LEONARDO'S NOTEBOOK

LEONARDO'S NOTEBOOKS

达·芬奇笔记

【意】列奥纳多·达·芬奇/著　【美】H.安娜·苏/编　刘 勇/译　CIS|K 湖南科学技术出版社

Leonardo's Notebooks

Writing and Art of the Great Master

Edited by

H.ANNA SUH

BLACK DOG
& LEVENTHAL
PUBLISHERS
NEW YORK

Black Dog & Leventhal Publishers
Hachette Book Group
1290 Avenue of the Americas
New York, NY 10104

www.blackdogandleventhal.com

Printed in China

Cover and interior design by Elizabeth Driesbach

IM

First Edition: June 2005
10 9 8 7 6

Black Dog & Leventhal Publishers is an imprint of Hachette Books, a division of Hachette Book Group.
The Black Dog & Leventhal Publishers name and logo are trademarks of Hachette Book Group, Inc.

The Hachette Speakers Bureau provides a wide range of authors for speaking events.
To find out more, go to www.HachetteSpeakersBureau.com or call (866) 376-6591

The publisher is not responsible for websites (or their content) that are not owned by the publisher.

Library of Congress Cataloging-in-Publication Data available upon request.

ISBN-13: 978-1-57912-946-0

序 言
INTRODUCTION

列奥纳多·达·芬奇（1452~1519）去世500多年后的今天，这位艺术家、发明家以及文艺复兴的杰出代表依然令我们眷恋并痴迷。除了十几幅谜一样美丽的画作，他还留下了大量的速写、笔记和文章，它们给那个时代的人们带去巨大的艺术感染力，同样也在现代读者中产生强烈的共鸣。

列奥纳多的手稿大约有4000份，被后人笼统地称为"达·芬奇笔记"，这些手稿实际上被分门别类、汇编成几个不同集合。笔记涵盖的内容广泛，有解剖学研究，也有颜料的研磨和调色，让我们几乎无拘无束地感知这位艺术大师极为丰富的想象力。

列奥纳多令人惊叹的艺术才能为他赢得了实至名归的声望，而他撰写的文字却鲜为人知。这些文字对现代读者是一个挑战，不仅仅因为他那著名的"镜像"写作方式，人们通常认为，这是由于列奥纳多患有诵读困难症或者由于想要保密的偏执。其实不然，他这样做，只是因为他运用独特的天才智慧成功解决了所有左撇子都会面临的难题，左撇子从左至右书写时，往往会把墨汁沾到手上。

此外，这些笔记非常散乱，除了《莱斯特手稿》（*Codex Leicester*）、《马德里手稿》（*Codex Madrid*）等少数特有的例外，其他手稿都是内容芜杂，有时甚至在同一页之内写有不同的内容。手稿的语言复杂难懂以及翻译资料相对匮乏，感兴趣的非专业读者若想深入探索列奥纳多的天赋，就会遭遇重重困难。

本书尝试克服上述困难。除了每一部分的编者导言之外，其余内容全部为列奥纳多本人的绘画和文字。这些内容经过精心编排，并被组织成为相应的章节。虽然这种分类方法稍稍有悖于列奥纳多艺术创作的高度统一性，但是它旨在为当代读者提供一种较为舒适的阅读结构。

列奥纳多主要依靠自学，他深感自己在古典教育方面的缺乏，曾经多次申辩自己是依靠实验和（强大的）观察能力进行学习的。这种自学成才的方法导致他在各个方面不是循规蹈矩，例如，他对风景的刻画以及对战争机器的建造。我们希望，本书能够把列奥纳多·达·芬奇的天才以崭新的形式呈现给读者。

——H. 安娜·苏

编者按
EDITOR'S NOTES

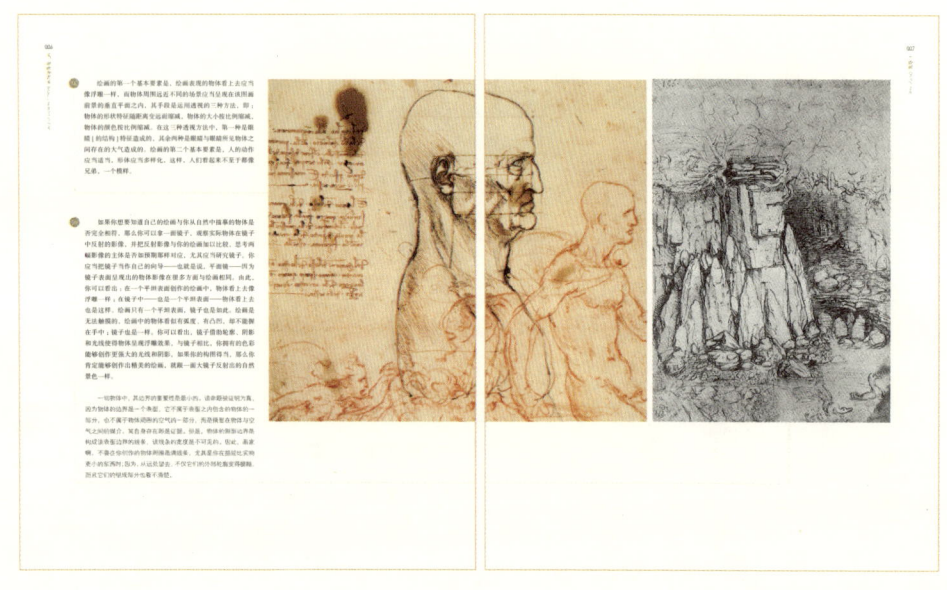

　　每段文字前面的编号与画稿的编号逐一对应。有些画稿对应的文字不止一处，因此在书中会出现多次。如果一幅画稿中存在好几处文字，那么画稿中的原文及其译文则采用相应的字母分别标注。

目 录
CONTENTS

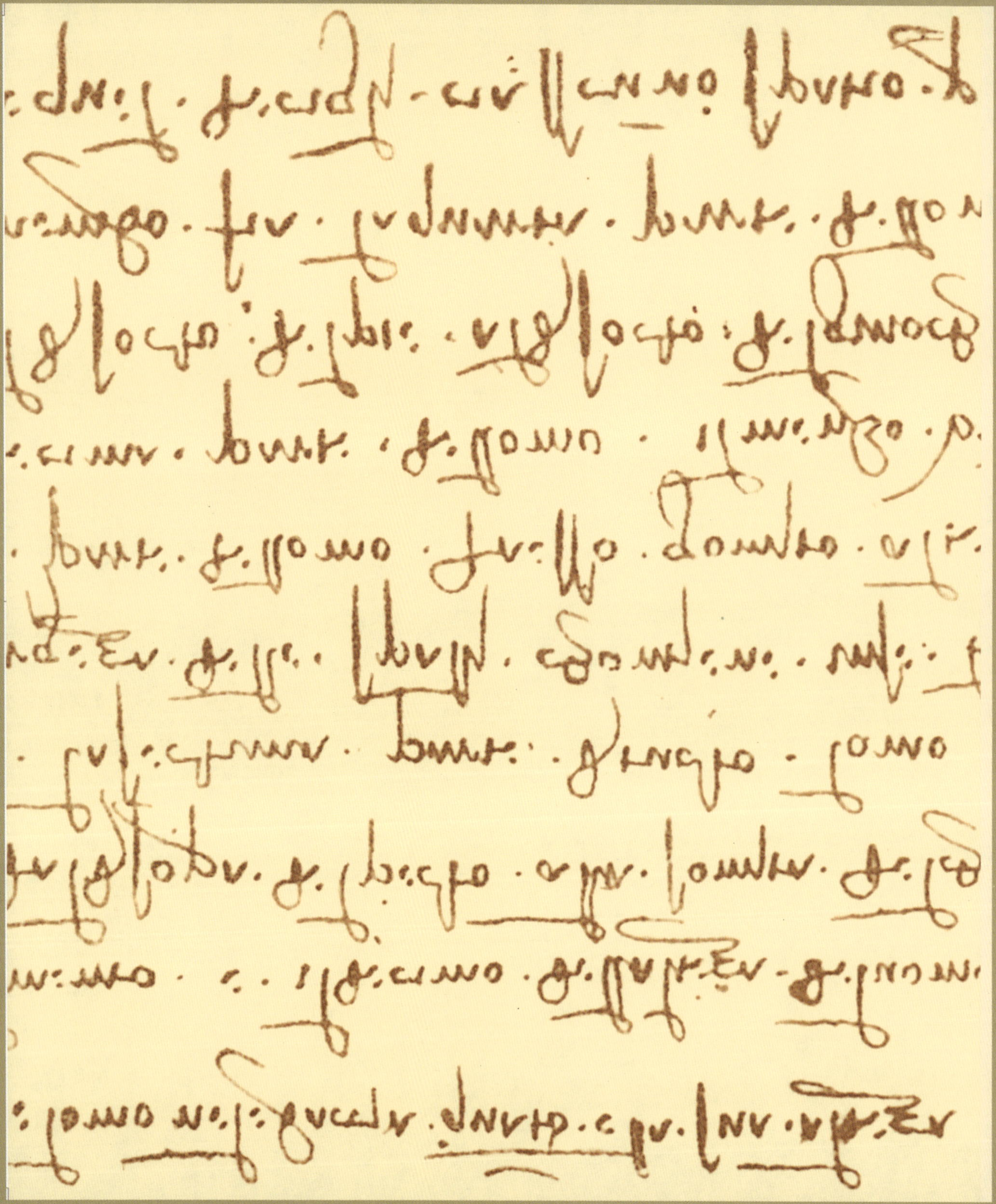

在很大程度上，列奥纳多·达·芬奇在现代的声望是取决于他的艺术成就。在绘画艺术的技巧和表现力得到惊人发展的时期，列奥纳多的贡献尤其可贵。他对观察和实验具有浓厚的兴趣，对美具有敏锐的感知能力以及对艺术具有无与伦比的技能，这两者结合起来，创造出一系列数量惊人的绘画和文字材料，涉及绘画表现的方方面面。

本部分介绍列奥纳多对画家各种技能的思考和教诲。"绘画"一章呈现出他对绘画基本要素的一般想法，例如：光在构图中的作用，不同种类绘画的准则，以及他向踌躇满志的画家提出的忠告。"人体"一章汇集列奥纳多在描绘人体时就比例和平衡方面做出的广泛研究，人体被认为是文艺复兴艺术中最高贵的题材。"光和影"一章展示他对明和暗在绘画中相互作用的细致研究。

在"透视和视觉感知"一章，列奥纳多对文艺复兴贡献了具有里程碑意义的成就——在绘画平面之内创造出具有真实空间感的技巧。实现这些技巧的方法是：随着物体逐渐消失于远处，它们在大小、色彩清晰度以及细节各方面按照比例相应地缩减。列奥纳多是掌握这些不同透视方法的大师，体现在他独特的"晕涂法（sfumato）"（烟雾缭绕的效应），《蒙娜丽莎》（*Mona Lisa*）以及《圣母子与圣安妮》（*Virgin and Child with Saint Anne*）等画作都运用了这种手法。

在"写生和素描"一章，我们收录了他的很多写生作品，其中包括著名壁画《最后的晚餐》（*The Last Supper*）的写生，一并收录的还有他为这些项目撰写的著名笔记。这一部分还包括许多富有寓意而又非常奇妙的人和动物形象，它们表明列奥纳多不仅对观察现实抱有坚定的信念，而且同时又具有强大的创造性想象力。

I 绘画
On Painting

最早的绘画只是用线条勾勒出太阳在墙上投射出的一个人影，
第一幅画作可以理解为是对现实的临摹。

The first drawing was a simple line drawn round the shadow of a man cast by the sun on a wall

　　画家的大脑应当像一面镜子，总是汲取它反射的物体的色彩，并且全面摄取它面前各种物体的影像。因此，画家啊，你必须知道，如果你不是一个全能的大师，无法运用艺术表现自然创造的任何一种形态，那么你就不是一个高明的画家！如果你不观察自然，不把它们留存在大脑，那么你就不知道如何做到这一点。故而，当你穿过原野，应当关注各种各样的事物，依次观察这样或那样的东西，去粗存精，收集广泛多样的材料。

　　但是，你不要像有些画家那样，当他们运用想象力出现倦怠时，放下脑海中的工作，外出散步以放松身心，而大脑依然疲惫不堪：尽管他们看到身边各种各样的事物，却不去感悟；纵然遇上亲友招呼，也充耳不闻。

　　绘画因其内在的精妙本质超越人类的一切工作。眼睛是心灵的窗口，是人的主要器官，大脑中枢借助眼睛能够最全面、最广泛地认识自然创造的无限丰富的事物；耳朵位居其次，通过聆听眼睛看见的那些事物而获得自己的尊严。无论历史学家、诗人或数学家，如果你不用眼睛观察事物，就无法用文字把它们记述下来。

　　诗人啊，你需要用笔讲述故事，画家则用画笔更容易做到这一点，结构更完整精炼，语言却不晦涩难懂。如果你把绘画称为哑巴诗，画家则可以把诗歌称为盲人画。那么，哪一种缺陷更糟糕？盲人还是哑巴？虽然诗人在创作诗歌的时候跟画家一样自由，但是诗歌无法像绘画那样达到更加令人满意的效果。因为，虽然诗歌能够运用文字描写形状、动作和地点，但是画家为了表现形状可以对形状进行实际描摹。现在，告诉我，哪个方面更贴近实际的人：一个人的名字还是他的形象？人的名字在不同国家有不同叫法，但是，他的形象却不会改变，除非死亡。

[2]

　　虽然你能够通过讲述或书写精确地描述形状，但是画家同样可以描述，他能够运用光和影表现一个人的面部表情，以此呈现出栩栩如生的形状；你使用写字笔无法做到这一点，而画笔则可以。

[3]　　绘画的第一个基本要素是，绘画表现的物体看上去应当像浮雕一样，而物体周围远近不同的场景应当呈现在该图画前景的垂直平面之内，其手段是运用透视的三种方法，即：物体的形状特征随距离变远而缩减，物体的大小按比例缩减，物体的颜色按比例缩减。在这三种透视方法中，第一种是眼睛 [的结构] 特征造成的，其余两种是眼睛与眼睛所见物体之间存在的大气造成的。绘画的第二个基本要素是，人的动作应当适当，形体应当多样化，这样，人们看起来不至于都像兄弟，一个模样。

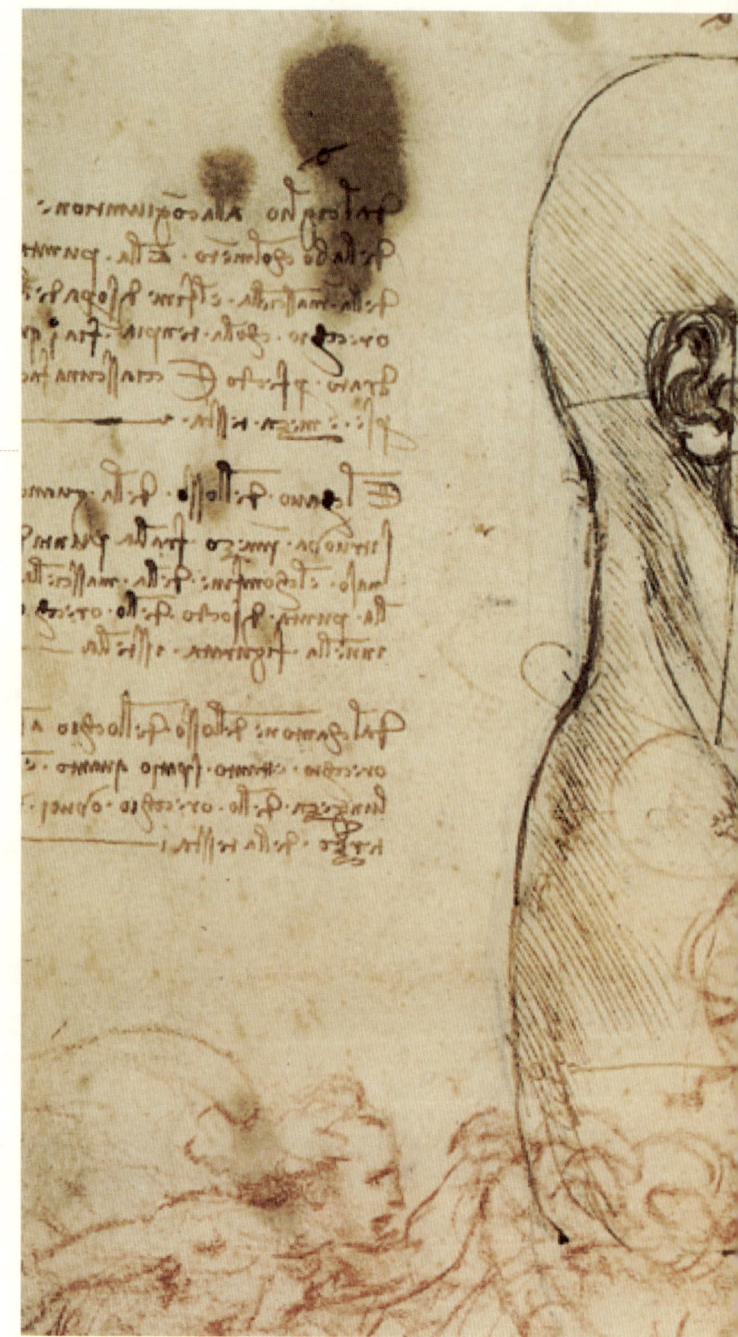

[4]　　如果你想要知道自己的绘画与你从自然中描摹的物体是否完全相符，那么你可以拿一面镜子，观察实际物体在镜子中反射的影像，并把反射影像与你的绘画加以比较，思考两幅影像的主体是否如预期那样对应，尤其应当研究镜子。你应当把镜子当作自己的向导——也就是说，平面镜——因为镜子表面呈现出的物体影像在很多方面与绘画相同。由此，你可以看出：在一个平坦表面创作的绘画中，物体看上去像浮雕一样；在镜子中——也是一个平坦表面——物体看上去也是这样。绘画只有一个平坦表面，镜子也是如此。绘画是无法触摸的，绘画中的物体看似有弧度、有凸凹，却不能握在手中；镜子也是一样。你可以看出，镜子借助轮廓、阴影和光线使得物体呈现浮雕效果，与镜子相比，你拥有的色彩能够创作更强大的光线和阴影，如果你的构图得当，那么你肯定能够创作出精美的绘画，就跟一面大镜子反射出的自然景色一样。

　　一切物体中，其边界的重要性是最小的。该命题被证明为真，因为物体的边界是一个表面，它不属于表面之内包含的物体的一部分，也不属于物体周围的空气的一部分，而是横亘在物体与空气之间的媒介，其自身存在即是证据。但是，物体的侧面边界是构成该表面边界的线条，该线条的宽度是不可见的。因此，画家啊，不要在你创作的物体周围画满线条，尤其是你在描绘比实物更小的东西时；因为，从远处望去，不仅它们的外部轮廓变得模糊，而且它们的组成部分也看不清楚。

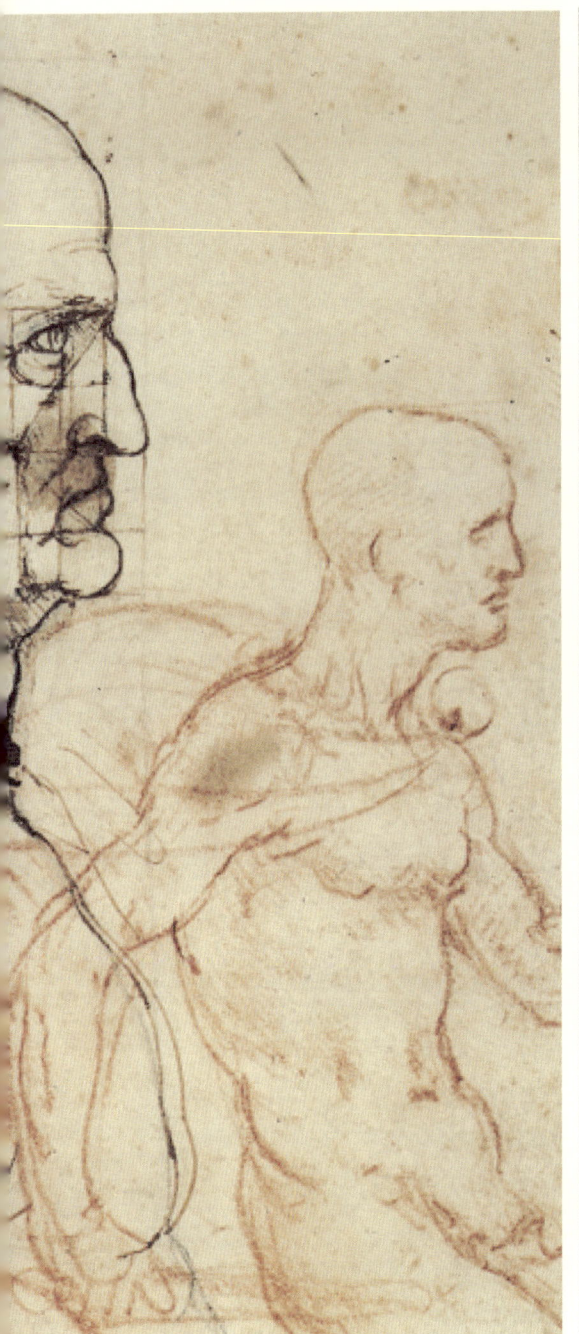

[5]

　　对画家而言，全面熟悉肢体在裸体状态下能够伸展的各种位置以及做出的各种动作，这一点必不可少。[这样，他才能够]知道肌腱、骨骼、肌肉和筋骨的解剖学，由此，他才可以知道，在肢体的这些组成部分施展出各种动作和状态时，哪一根神经或哪一块肌肉牵动了哪一个动作，只需要把突出且粗壮的神经和肌肉描摹出来，而不要把所有的成分都画满[整个肢体]，但是很多画家都容易犯这样的错误。[很多蹩脚的画家]，自诩为高明的大师，把裸体人像画得就像是木头，毫无美感可言，你看他的画，就会觉得，人体不是人体，倒像一袋胡桃，肌肉不是肌肉，恰如一捆萝卜。

[5]

[5]

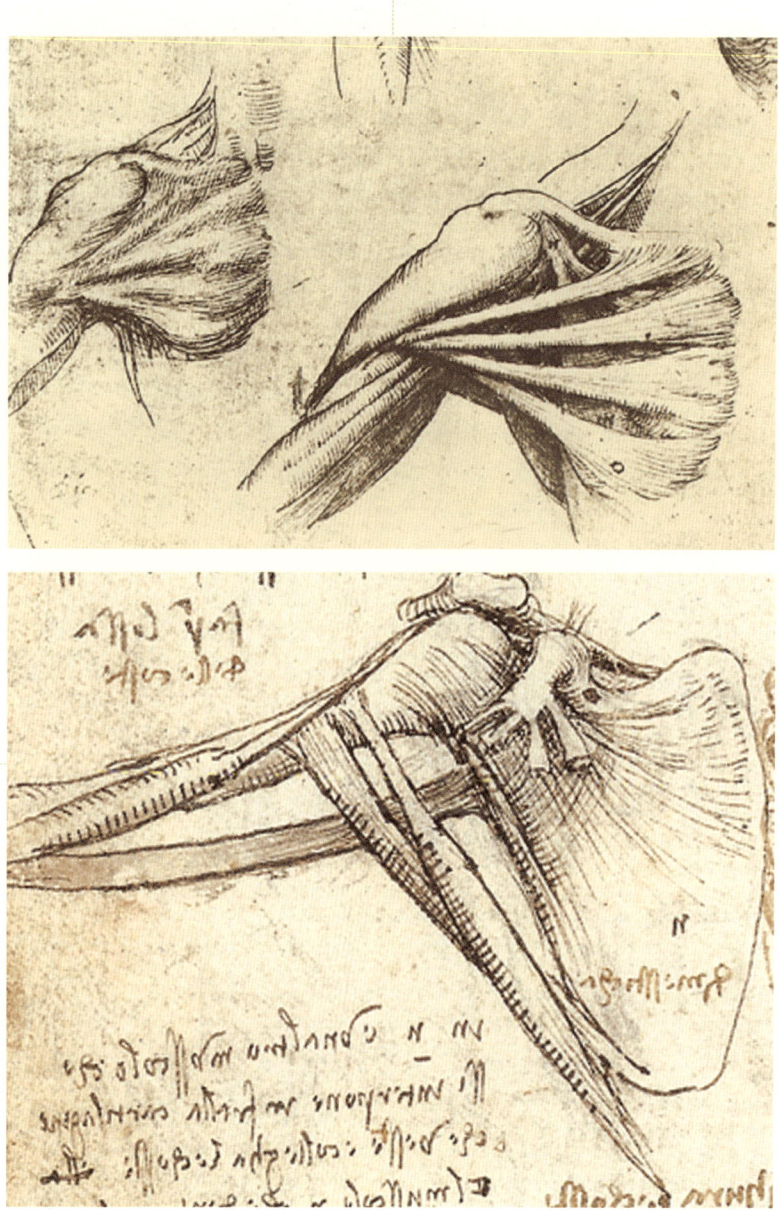

如何把光线投射到人体

　　如果你想要表现绘画人体，就应当在一定的自然条件下进行，光线的安排必须符合这些条件：即，如果你想把人体表现在阳光下，那么你应当把阴影画得浓暗，并带有大片光亮的空间，把人体的阴影以及周围各种物体的阴影在地上强烈地表现出来。如果你想在阴天条件下表现人体，就无需对光线和阴影做出太大的区分，人的脚下没有任何阴影。

　　如果你想在室内表现人体，就需要对光线和阴影做出强烈的对比，地上应当有阴影。如果窗口带有幕帘，墙面是白色的，那么光线的差别就很小。如果房间被火光照亮，你应当把高亮度的光线表现为通红、强烈的亮色，而那些被投射到墙上以及地上的阴影界限分明，它们距离人体越远，阴影的范围就越宽、越长。如果光线有一部分来自火光，另一部分来自室外自然光，那么室外自然光应当更强烈，而火光几乎跟火本身的红色一样。

　　重要的是，确保你绘制的人像受到的光照广泛而且自上而下，也就是说，你绘制所有人像都应当如此；因为，你应当明白，你在大街上看到，人们受到的光照都是从上方投射的，你必须知道，如果你看到自己最亲密的朋友，光线从下方向上照在 [他的脸上]，就会发现自己很难认出他来。

　　从一个小窗口投射到房间里的光线使得光和影具有强烈的反差，这种光线照射的房间越大，反差越强烈。这种光线不适合绘画。

[7]　　一个物体被最强烈的光线照射，例如太阳光，或者夜晚的火光，那么，它将会展现光和影的最强烈反差。但是，画家在绘画中应当谨慎使用这种情形，否则，绘画的效果就会显得粗糙、难看。

　　在中等强度的光线中，一个物体在光和影方面展现的反差较小；这种情形一般发生在傍晚或者多云天气，此时绘制的画作比较柔和，每一张脸都给人高贵的感觉。因此，在任何情况下，我们都应当避免走极端：光线太多会令绘画粗糙；光线太少则让我们看不清。适中是最好的。

[7]　　要让人体上的阴影与光线对应，并与人体的颜色对应。当你绘制一个人体，而你想要知道阴影是否与光线相辅相成，与你想要表现的阴影颜色性质相比，不要呈现太红或者 [太] 黄，按此方法作画。用你的手指在被照亮的部分投射出阴影，如果你看到作品中创作的阴影跟你用手指投射出的自然阴影一样，那就很好；把手指在远近不同的地方移动，你可以制造出更亮或更暗的阴影，你应当拿来与自己的 [作品] 进行比较。

　　画家只根据实践以及根据肉眼观察从事创作，不附带任何理性，他就像一面镜子，把摆放在眼前的每一样东西都描摹下来，而没有意识到它们的存在。

倘若创作历史画中的人物，画家必须始终揣摩他准备创作历史故事画作的那堵墙，他打算把人物安放于多高的位置；当他在自然中为该项创作进行写生的时候，必须采取仰视的角度观察他正在绘制的图画，因为将来观众在观赏画作时也会采取仰视的视角，画家与观众的视角水平应当保持一致。否则，这件作品看上去就会非常别扭。

历史画中不应当出现太多人物，乱糟糟地挤做一团。

[8]

倘若在历史画中创作[成群的]人物，如果你熟练掌握了透视法，并且内心拥有了物体的部分和形状，就可以着手创作，在你创作的过程中，应当不断地观察、记录以及思考那些人物一起交谈、争吵、欢笑或者打架的行为和环境；那些人物自身的行为，以及旁观者（即帮他们拉架或者纯粹旁观的人）的行为。

你应当始终随身携带一个小笔记本，用些许线条把人的行为记录下来。笔记本应当是浅色纸张，你不要擦掉已经做出的记录，应当在旧本子[用完]之后换一个新本子；因为这些记录不应当被擦掉，而应当小心翼翼地保存起来；物体的形状和位置无限多样，大脑不可能把它们全部记住，因此，保留这些[速写]，把它们当作你的向导和老师。

[9] **表现战斗场面的方法**

首先，你应当描绘大炮冒出的烟与尘土混杂在一起，并且被鏖战的人和战马扬起。你应当这样描述这团混杂的东西：尘土毕竟是泥土，具有重量；因为它很精细，所以容易被扬起并与空气混合，但是它终究会再次降落。

[10] 战斗者在混战当中厮杀得越起劲，他们的身形就越难被看见，他们的明暗对比就越不明显。

[11] 如果你要描绘战马在人群外疾驰，那么一团团尘土之间的距离应当跟战马跃步的距离相对应。

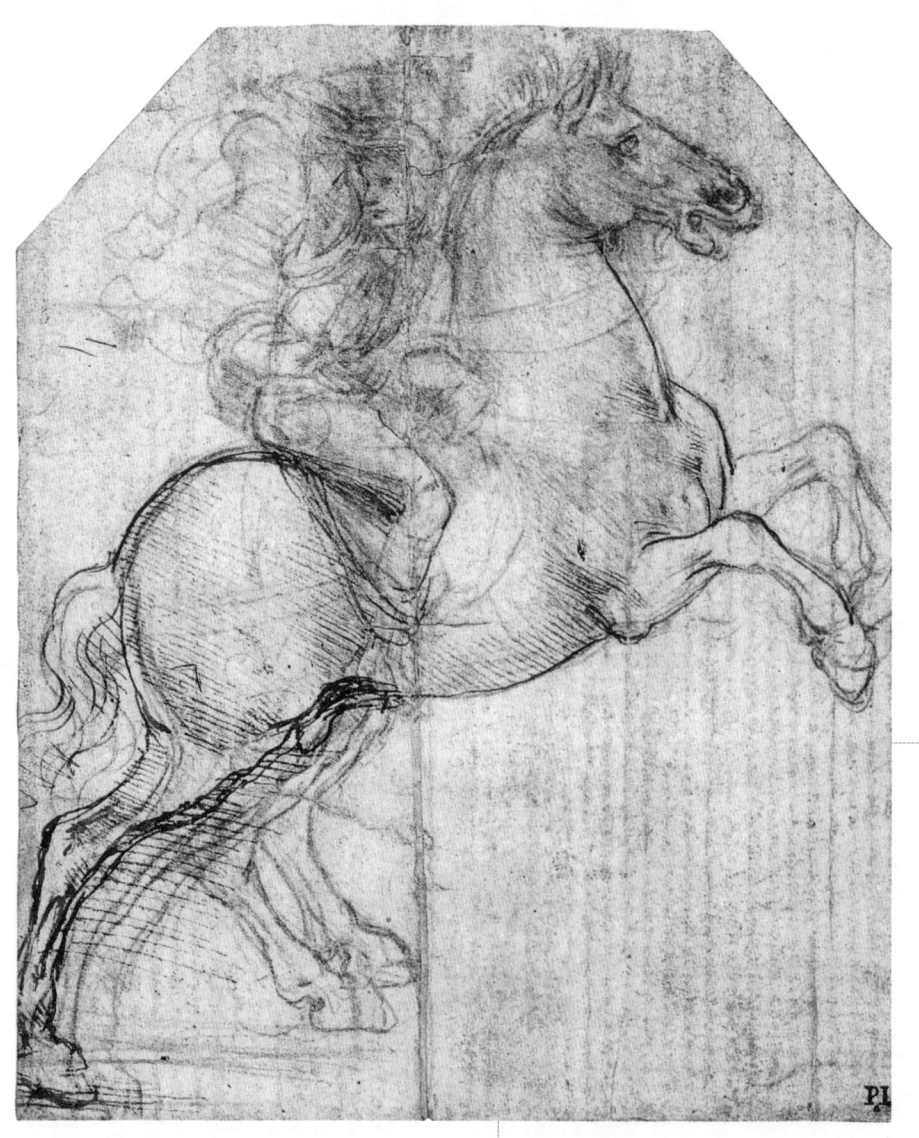

[12]

空中应当画满到处乱飞的箭，有的上射，有的下落，有的平飞。枪炮射出的弹丸在飞舞过程中，其后应当拖曳着一缕烟雾。对于那些处于前景中的人物，你应当在他们的头发、眉毛以及其他有可能积满尘土的平坦地方都画上尘土。你应当让征服者眉头紧锁，向前冲锋，头发和其他轻质的东西在风中飞扬。

[12]

如果你想描绘一个人跌倒，就应当呈现他跌倒的地方以及他挣扎所经之处变成了血迹斑斑的泥污；在周围半流动的软泥中，描绘出人和马经过那里时践踏留下的痕迹。再描绘一匹马拖曳着主人的尸体，在主人身后的尘埃和泥土中，表现尸体被拖曳留下的痕迹。

 描绘一个人用一只手挡住自己惊恐万状的眼睛，掌心朝向敌人，另一只手撑在地上支撑他半抬的身躯。描绘其他一些人张口大叫，四下逃散。你应当在战斗者的脚下描绘各种散乱的兵器，例如破烂的盾牌、长矛、断剑以及此类东西。你应当让死者被尘土半掩或完全覆盖，而尘土变成了猩红的烂泥。

[13]

[14]　你可以绘制一些被敌人打得丢盔弃甲、倒在地上的人，他们扑向敌人，利用牙齿和指甲拼命狂乱地复仇。你可以看见一匹无人骑乘的战马在敌人中间横冲直撞，马鬃在风中飞扬，马蹄狠命地踢打敌人。你能看见一个伤残的武士倒在地上，用盾牌掩护自己，而敌人正在俯身给他致命的一击。你还能看见很多人横七竖八地倒在一匹死马身上。

[15]　你可以绘制一条河流，战马在河中奔腾，溅起周围的河水，形成湍急的飞沫和波浪，迸射到空中，以及飞溅在战马的腿上和身上。千万不要留下没有被践踏得血污模糊的水平空间。

[16]　**如何表现暴风雨**

　　如果你想要描绘暴风雨,应当把你看见的暴风雨的效果事先思考并安排妥当:狂风吹过海洋和陆地的表面,扫荡并裹挟那些没有牢牢附着在其表面的东西。若要准确描绘暴风雨,你必须画出那些被驱散以及被撕碎的云团,在风中狂舞,夹杂着从海滩上被卷起的团团沙尘,以及被雷电的狂暴威力摧毁的树枝和叶子,还有漫天飞舞的其他轻质的东西。

[17] 　树木花草都应当倒向地面,几乎像是被狂风掠走,树枝七拧八弯地偏离了天然生长状态,叶子七零八落、飘荡翻飞。

　　暴风雨中,有些人应当摔倒在地,被凌乱的衣服缠绕包围,因为尘土飞扬难以辨认出模样;另一些依然站立的人可能躲在一棵树后,胳膊死死抱住树干,以免被狂风卷走;还有一些人蹲伏在地上,双手遮住眼睛抵挡风沙,衣服和头发随风飘动。

　　要让大海狂暴肆虐。惊涛骇浪之间到处都是飞舞旋动的飞沫,狂风从暴雨中吹过,吹散了较轻的波浪,形成浓密的雾霭,笼罩整个天空。

　　画中的船只,有些船只的风帆应当被撕破,碎片在空中飘舞;绳索断裂;桅杆折断、跌落。船只本身被狂暴的波浪摧毁,抛在波谷中间。人们尖叫怒号,紧紧抓住破碎的船体残片。

　　你应当让肆虐的狂风驱赶着乌云,冲向高高的山巅,如同波浪拍打礁石,粉身碎骨,化成涟漪。天空弥漫着沙尘、浓雾与乌云,暗无天日,阴森恐怖。

[18] 　　天空由于狂风暴雨而低沉，大雨被狂风裹挟而具有一定的倾斜角度，在风中摇曳飞舞。画中风神埃俄罗斯（Eolus）挥舞着狂风，把树木连根拔起，横七竖八地纠缠在一起，在巨浪中漂浮、旋动。

惊涛骇浪冲刷到陆地的片片水域应当乱七八糟地堆满了很多桌子、床架、小船以及其他各种各样的什物。

[20] 周围应当能看见一些古老的大树，被肆虐的狂风连根拔起，只剩光秃秃的树干。天空应当乌云密布，被天神愤怒挥舞的万钧雷霆劈得四分五裂，照亮了阴暗天空的角落深处。

[21]

[21]　　画家应当描绘一座崎岖山脉的顶峰，山脚被溪谷环绕，让山坡上的土壤表面疏松下滑，一同下滑的还有灌木的细根，剥落周围大片岩石。它们从悬崖崩解跌落，浩浩荡荡地一路俯冲，一些倒掉的大树树根朝天，盘根错节的树根被磨砺得光秃秃的。山脉历经风吹雨打，裸露出古代地震留下的深深的纹理。

　　山脚下，大部分区域堆积并覆盖着干枯的灌木，都是从高高山峰跌落下来的，让它们混杂着泥土、树根、树枝以及各种夹在淤泥、土壤和碎石中的叶子。在某个山谷的深处，山脉岩石崩落形成一个堰塞湖，那里的河水已经充盈，决堤而出，形成滚滚浪涛，冲击并摧毁山谷里的城墙和农舍。

　　昏暗，狂风，海上的暴风雨，泛滥的洪水，森林大火，雨水，天空的雷电，地震、山崩，夷为废墟的城市。船只撞击礁石，碎片到处散落。

我们非常清楚，视觉是我们能够做出的最机敏的动作之一。转瞬之间，我们能够瞥见不可胜数的形状；然而，我们每一次只能透彻理解一件事物。

假设读者你迅速瞥一眼本书的这一整页，立刻就能看出它布满各种各样的字母；但是，在同一时刻，你不可能认出它们是什么字母，也不知道它们想要讲什么。因此，如果你想明白这些字母是什么意思，就必须逐词逐句地阅读。还有，如果你想要爬上楼顶，就必须一级一级攀登，否则，你不可能到达顶点。

因此，我对你说，虽然天性激发你追求这门艺术，但是，你若想熟练掌握物体形态的知识，就必须从它们的细节入手，第一步在记忆和实践中打牢基础，然后才能迈出第二 [步]。假如你不这样做，就会虚掷光阴，或者徒然拖延学习的时间。切记，勤奋求学，不贪捷径。

[22]　师法自然与师法古人，哪一种方法更好？与模仿现代作品相比，模仿古代作品更好。绘画水准不断衰落，一代不如一代，今天，画家们只能模仿古代流传下来的画作，没有其他更好的标准。古罗马以后，画家们一味彼此模仿，以致他们的艺术水准不断衰落，一代不如一代，因此，如果一位画家把他们的作品奉为标准，就只能创作出流俗的作品。

但是，如果他愿意向自然事物学习，就可以取得丰硕的成果。

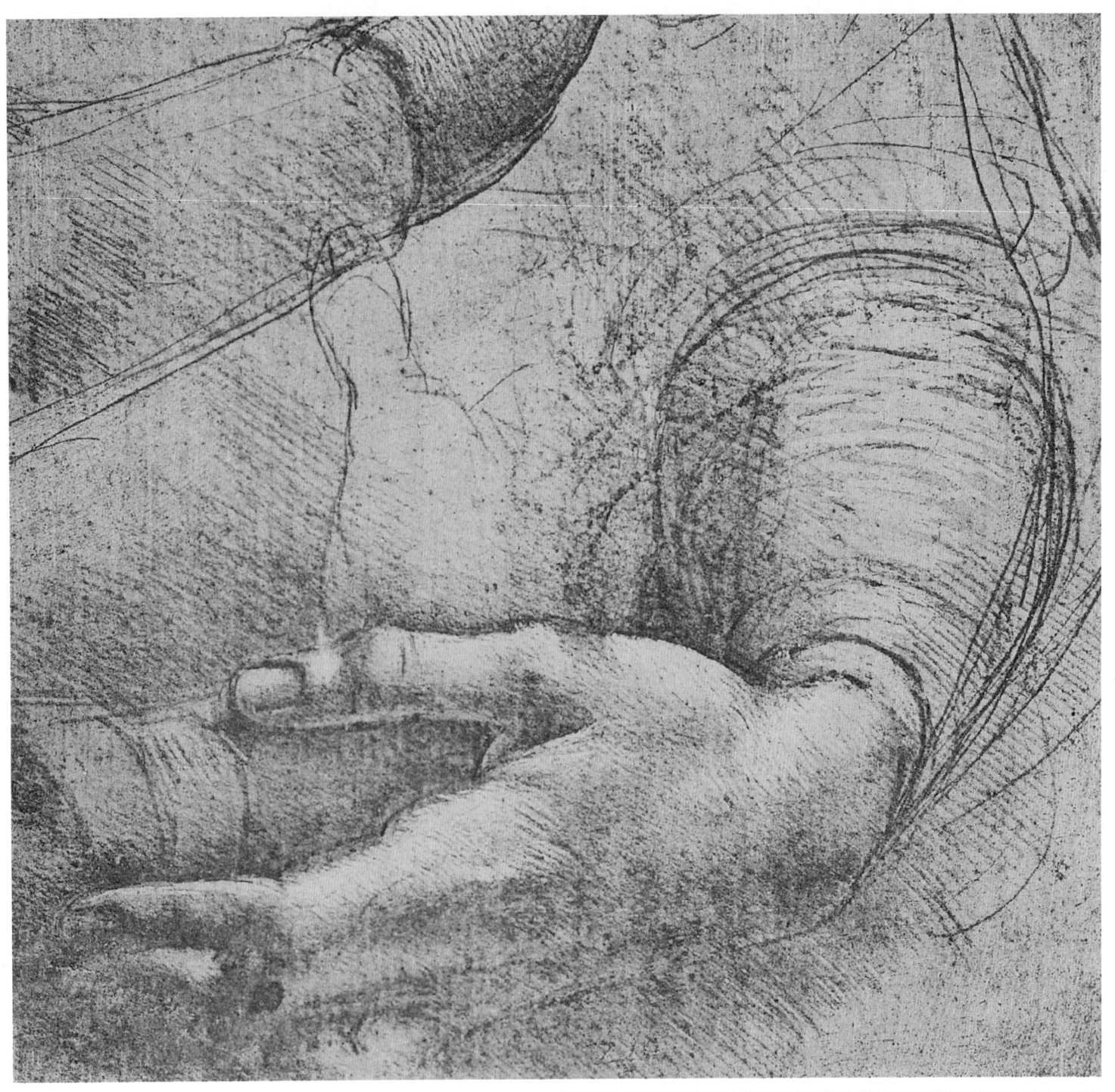

[23]　　很多人对绘画只是抱有兴趣爱好，却没有天赋；有些孩子不够勤奋，绘画时根本不知道如何着色，由此可以分辨出他们没有天赋。

　　小孩子应当首先学习物体的透视，然后学习物体的比例。然后他可以临摹某个大师的作品，逐渐锻炼自己细致入微的本领。然后，[他可以] 向自然学习，进一步通过实践巩固他已经掌握的法则。再后，他可以在一段时间里借鉴各个大师的作品。最后，他可以养成把艺术天赋付诸实践和创作的习惯。

[24]　　画家啊，当你们想要从游戏中放松身心，应当时刻不忘做一些有利于职业的事情，在判断物体方面好好锻炼一下你们的眼睛。因此，为了使你们的头脑对此类事物养成习惯，让其中一个人在墙上随意画出一条直线，其余每个人站在距离墙 10 臂尺（译注：braccio，古意大利长度单位，1 臂尺为一只胳膊的长度，等于 66~68 厘米）的地方，手中拿着一根草或者秸秆，根据自己对墙上那条直线长度的估计，剪断手中的草或秸秆。然后，每个人走到那条直线跟前，衡量他刚才判断长度的精确性如何。哪个人的判断与墙上直线的长度最为接近，他就是判断力最好的人、胜利者，你们事先商定好的奖品应当授予他。

　　再者，你们应当采用按透视原理缩小的测量方法，即：在前方某处选定一个点，让每人拿一根长矛、手杖或芦苇，根据自己的估算，测量那一段距离大约需要使用多少次。还有，谁能够画出最接近长度为 1 臂尺的直线，可以使用一根线绳检验结果。此类游戏是锻炼眼睛的绝好机会，而眼睛的判断能力是绘画第一重要的东西。

[25]

[25]

[还有] 当你观察一堵污迹斑斑或者由各色石头构成的墙面，如果你想据此构思一幅风景画，你可以发现它们像是各种各样的风景：纵横交错地分布着山脉、河流、岩石、树木、平原、山谷和丘陵，美不胜收。或者，你还可以假想自己看到的是人们激烈战斗的场面。又或者，你看见各种奇怪的面孔和服装，以及无穷多样的事物。你可以把它们转化成精妙、完美的绘画形式。你看见墙上出现这些杂乱无章的东西，仿佛听见叮当作响的钟声，可以充分发挥想象力，任意驰骋。

无法超越师傅的徒弟不是好徒弟。

一个画家不擅长描绘其他事物，只擅长描绘一种事物，例如裸体人像、头像、布匹、动物、风景或其他细节，这样的画家不值得赞扬。因为任何一个人专心致志地描绘一样东西并且持之以恒，都能把它画得很成功，没有谁会笨得连这一点也做不到。

一个画家不多才多艺，就不值得他人仰慕。一个画家仅仅擅长描绘头像或人体，有些人就把他奉为大师，我们完全可以断言，那些人不过是自欺欺人。这当然不是什么了不起的成就；一个人穷其一生钻研一件事情，谁不能在这方面取得某种程度的完美结果？但是，我们知道，绘画本身包罗并涵盖自然创造的万事万物以及人类主观行动产生的一切事物，简而言之，包罗并涵盖眼睛能够看到的一切。一个画家如果只能画好人体，在我看来不过是一个蹩脚的画匠。

你难道没有看见，单单是人的动作就数不胜数并且千变万化，动物无穷多样，另有各种树木、花草，众多的山区和平原，泉水和河流，公共建筑和私人府邸，星罗棋布的城市、机械，它们都可以满足人类的各种需求；还有种类繁多的服装、饰品和艺术。如果一个画家能够配得上大师的称号，在他的画笔之下，上述这些东西应当具有同等的重要性和价值。

II 人体
Human Figures

那些动作设计得最佳最美的形象，当首
名本形象设计属人类的激情。

That figure is most admirable which by its actions
best expresses the passion that animates it.

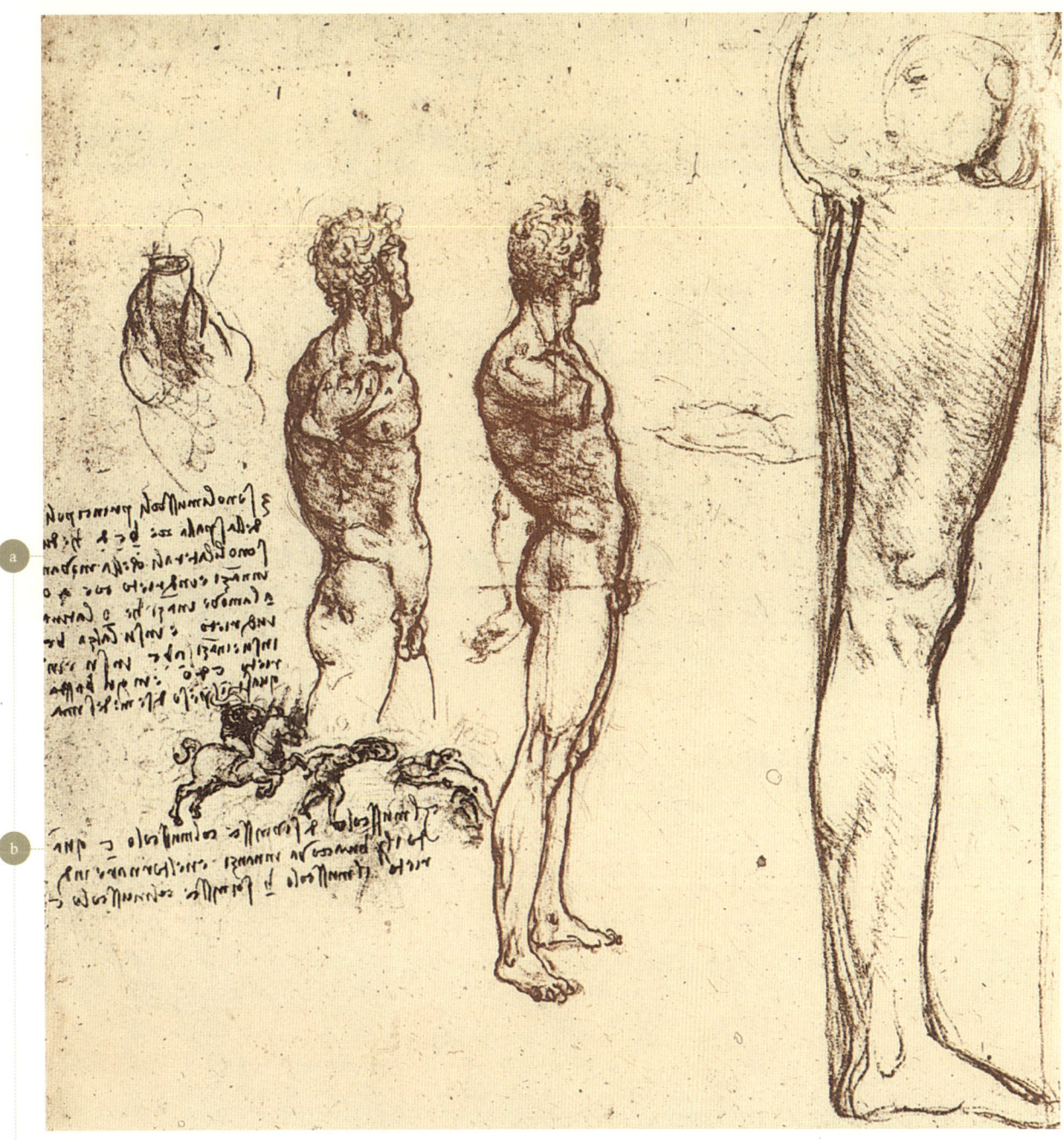

[1] (a) 肩膀有三块主要肌肉，即 b、c、d；还有两块负责肩膀前后移动的侧肌，即 a、o。a 把肩膀向前移动，o 负责向后移动；b、c、d 把肩膀抬起；a、b、c 把肩膀向上、向前移动，c、d、o 把肩膀向上、向后移动。肩膀自身的重量几乎足以使自己向下移动。

(b) 胳膊向前移动时，肌肉 d 与肌肉 c 相互作用；向后移动时，肌肉 b 与肌肉 c 相互作用。

[2] (a) 建筑师维特鲁威（Vitruvius）在其建筑学著作中说，自然把人体的尺寸安排如下：4 指为 1 掌宽，4 掌为 1 足长，6 掌为 1 腕尺（译注：cubit，译为腕尺，古意大利长度单位，从肘部至中指指尖的长度，约等于 46 厘米，下同），4 腕尺为一个人的身高。4 腕尺等于 1 步，24 掌等于一个人的身高。他把这些尺度用于建筑学。如果你叉开双腿使身高降低 1/14，双手向两侧伸展并抬高，直至中指的高度与头顶持平，伸展的四肢端点构成一个外接圆，肚脐就是它的圆心，而两腿之间的空间构成一个等边三角形。

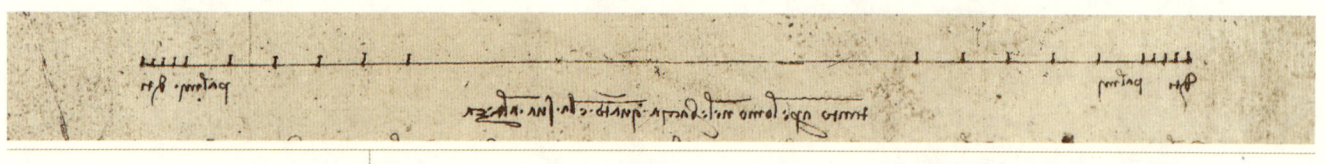

[2] (b) 一个人平伸两臂的宽度等于他的身高。

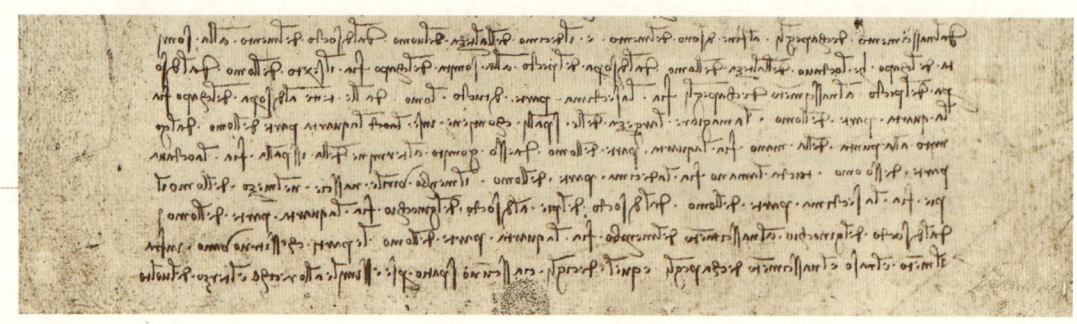

[2] (c) 头发根部至下颌底部的距离等于身高的 1/10，下颌底部至头顶部的距离等于身高的 1/8，胸口顶部至头顶部的距离等于身高的 1/6。胸口顶部至头发根部的距离等于身高的 1/7。乳头至头顶部的距离等于身高的 1/4。两肩之间最大宽度等于身高的 1/4。肘部至中指指尖的距离等于身高的 1/5，肘部至腋窝的距离等于身高的 1/8。手掌全长等于身高的 1/10。生殖器根部位于人体的正中。足长等于身高的 1/7。脚底至膝盖下部的距离等于身高的 1/4。膝盖下部至生殖器根部的距离等于身高的 1/4。下颌底部至鼻子的距离，以及头发根部至眉毛的距离，它们都跟耳朵的长度一样，等于脸部的 1/3。

[2]

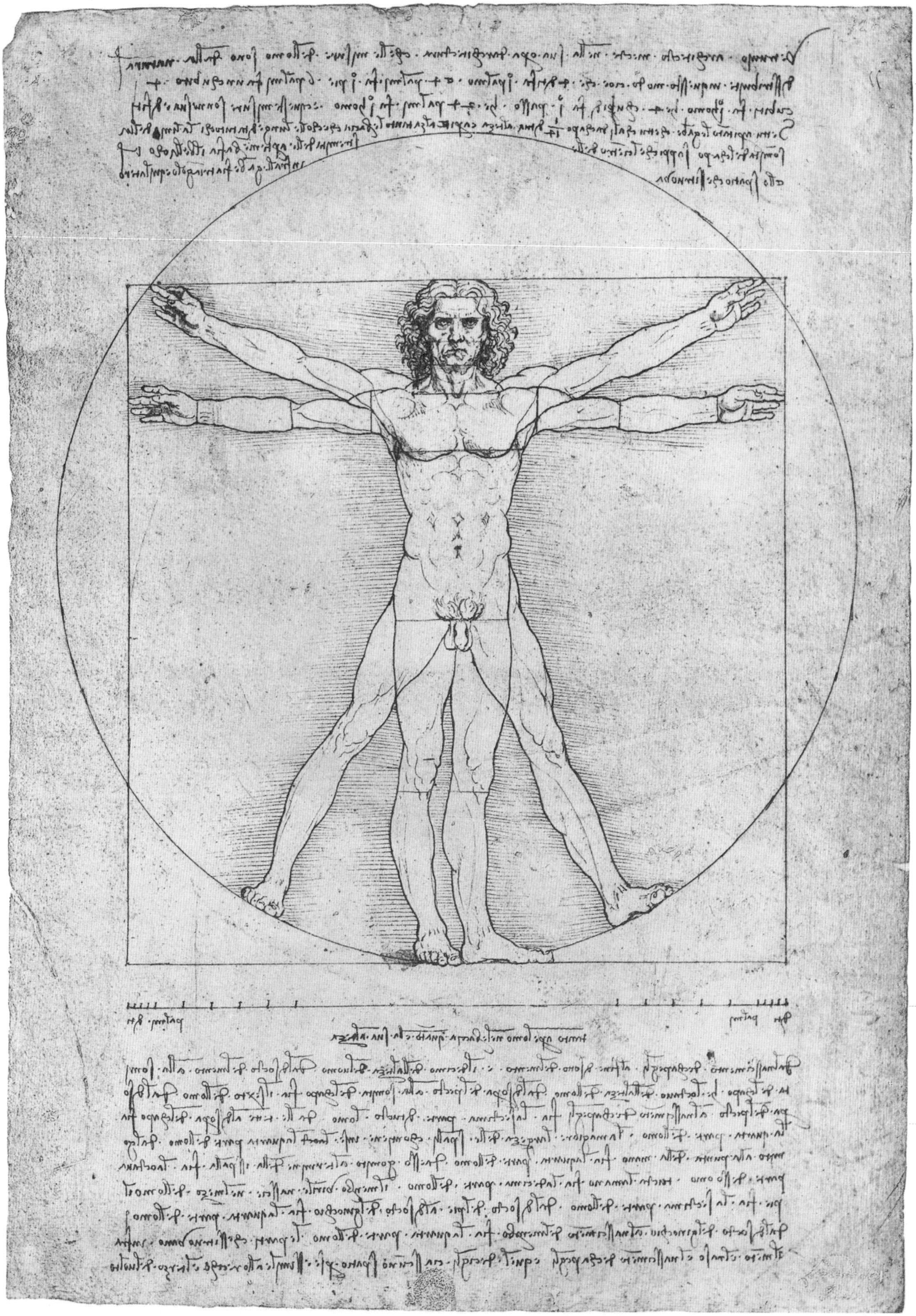

a

b

c

画家在描绘一幅人物的图画或肖像画时应当做到：旁观者从画中人物的姿态很容易就能看出他们的思想活动。所以，如果你描绘一个高贵人物正在讲话，应当使他的姿态与其高尚的话语完美契合；同样，如果你想要刻画一个性格粗暴的人物，让他的动作狂放不羁，他的胳膊朝向听众猛烈挥舞，脑袋和胸膛向前俯冲超过双脚，似乎追随着他的双手。这就像是一个聋哑人看到两个人在交谈，他虽然失去了听觉，却能够从谈话者的神情和姿态中判断他们的谈话内容。

[3]　当你描绘一个人由于某种原因向后面或侧面转动，应当考虑肢体在运动中的安排，不能把他的两脚以及肢体都转向他脸部朝向的方向。你应当把这个动作分解为不同层次以及不同关节，即足、膝、髋和颈关节。如果你想让他右腿支撑身体重量，应当使左膝内弯，左脚外侧稍稍提起，左肩比右肩略低，颈背恰好处于左脚脚踝外缘的正上方。左肩处于右脚脚趾的垂直线上方。设定人像时，切记不要让头部转向的方向与胸部朝向的方向相同，因为自然在创造我们人类时已经考虑周到：颈项可以朝任何方向随意转动，眼睛可以观察任何方向的地点，关节具有不同的功能。如果你想要描绘一个人坐在那里，他的胳膊摆弄身体旁边的东西，应当让他的上半身以髋关节为轴转动。

一个画家如果双手笨拙，他在作品中画出的手看上去也很笨拙，任何肢体都会出现这种情形，除非他通过长期学习克服这一点。因此，画家啊，你要仔细审视自己身体哪一部分缺陷最突出，不辞辛苦地在学习中加以改正。因为，如果你天生粗俗，那么画出的人物看上去同样粗俗，缺乏魅力；同样，如果你自身存在这样或那样的优点或缺点，它们都会在你的画作中不同程度地体现出来。

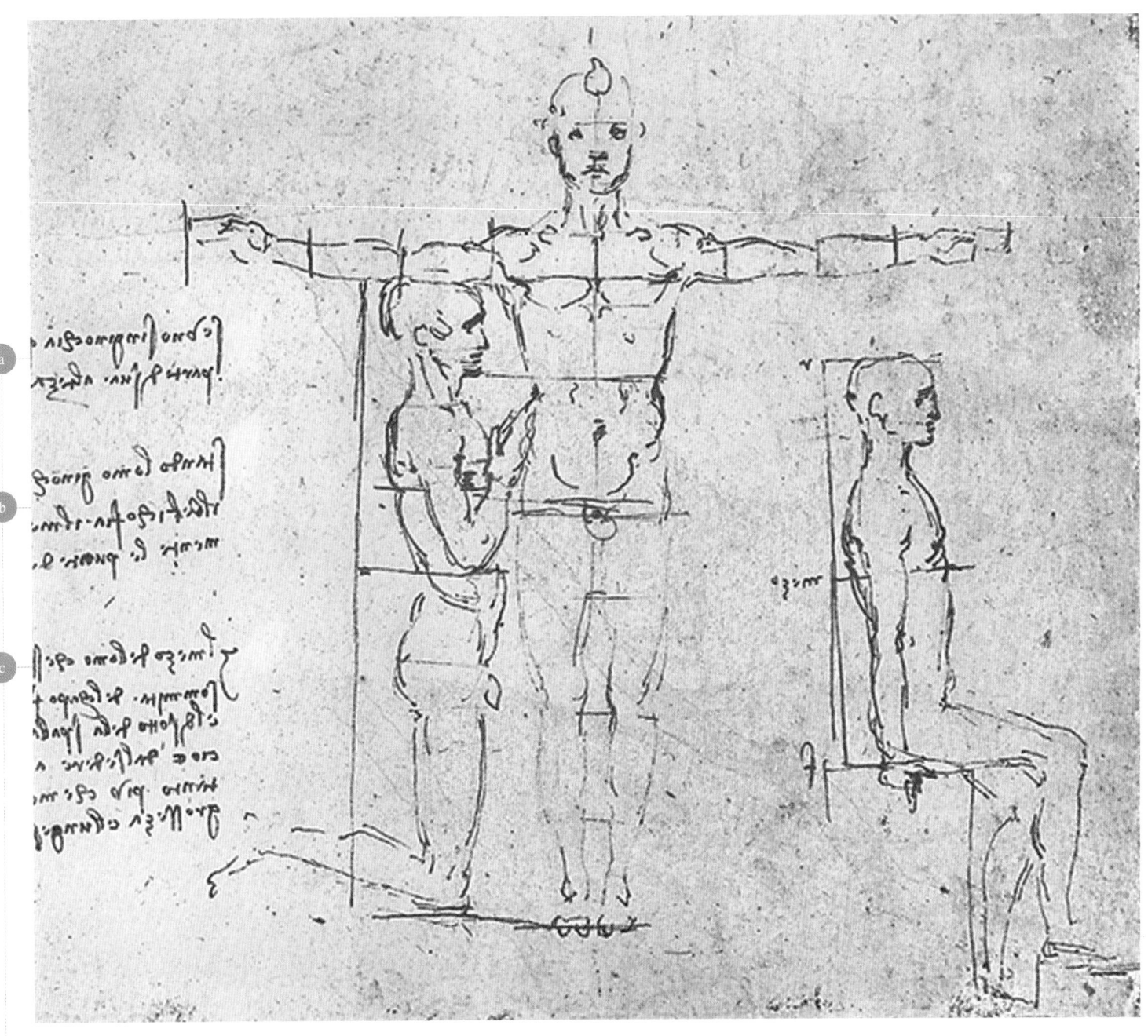

a

b

c

[4] (a) 人下跪的时候，他的身高减少 1/4。

(b) 人下跪时双手交叉抱在胸前，肚脐恰好处于身高的一半位置，同样，肘部末端跟肚脐持平。

(c) 一个人坐立时的身高——从座位至头顶的距离——这段距离的一半等于胸膛以及肩膀以下胳膊的长度。坐立的部分——从座位至头顶的距离——大于人体阴囊以下的部分，即大于 [整个身高] 的一半。

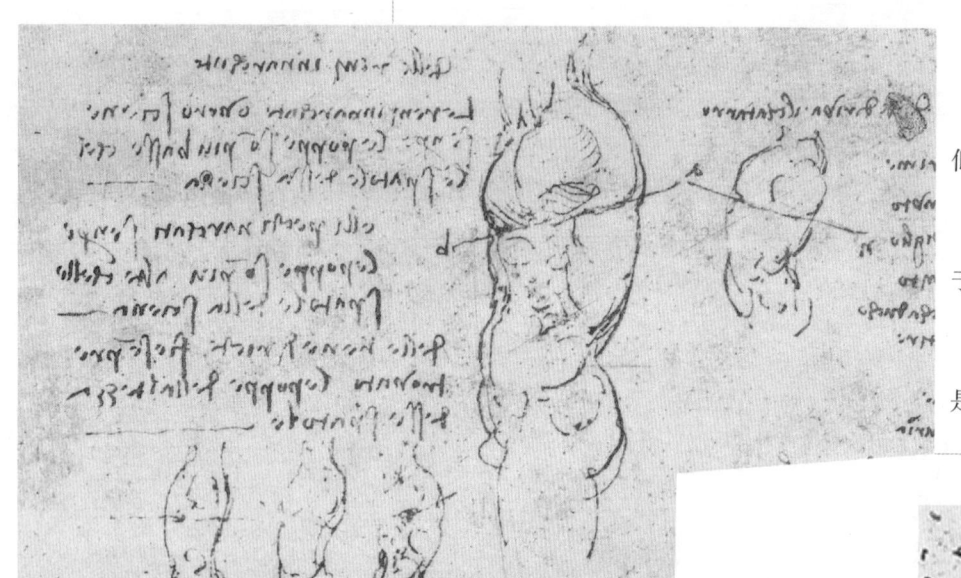

弯曲时的腰部。

腰部或脊椎弯曲。胸部总是低于背部的肩胛骨。

如果胸骨隆起，那么胸部高于肩胛骨。

如果腰部挺直，那么胸部总是与肩胛骨持平。

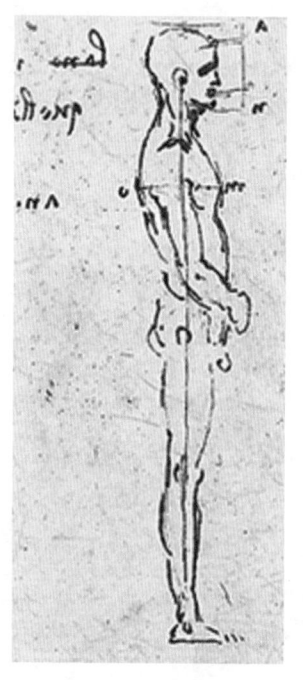

两臂以下的人体宽度等于臀部的宽度。

耳孔、肩部关节、臀部关节以及脚踝关节都处于同一条垂直线。

an 等于 mo。

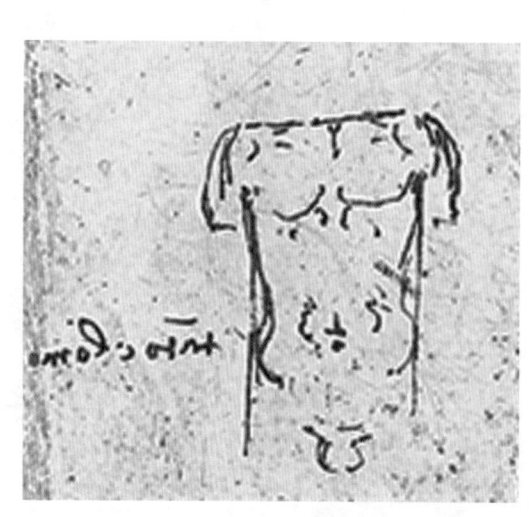

下颌尖端。

臀部。

中指的指根。

大腿内侧的腓骨末端。

小腿胫骨隆起部分的末端。

腿部最细部分的 3 倍等于大腿从正面看上去的距离。

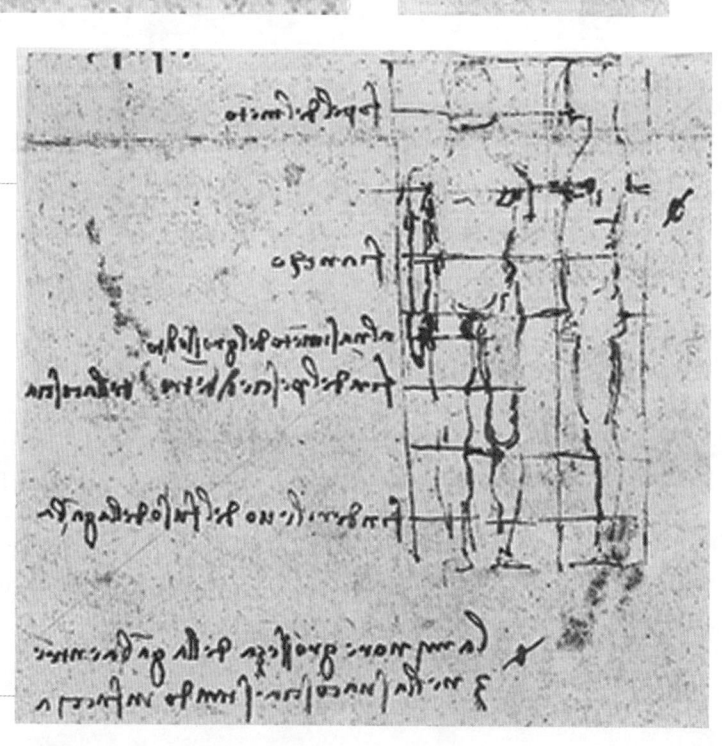

两耳垂之间的距离等于眉心至下颌的距离。在一张匀称的脸上，嘴巴的宽度等于唇缝至下颌尖端的距离。

耳朵跟鼻子长度完全相等。在侧面像中，唇缝跟下颌的方向构成倾角。耳朵的高度应当与鼻子底端至眼睑顶端的距离相等。两只眼睛之间的距离等于一只眼睛的宽度。在侧面像中，耳朵处于颈项中心的上方。

anof 等于嘴巴。

ac 与 af 等于两眼之间的距离。

nm、op、qr 等于眼睑宽度（即内眼角至外眼角的距离）的一半；同样，嘴唇至颌骨的距离也是如此；还有，两眼之间鼻子最窄的部分也是如此。这几种距离分别都是头部长度的 1/19。

no 等于一只眼睛的宽度或者两眼之间的距离。

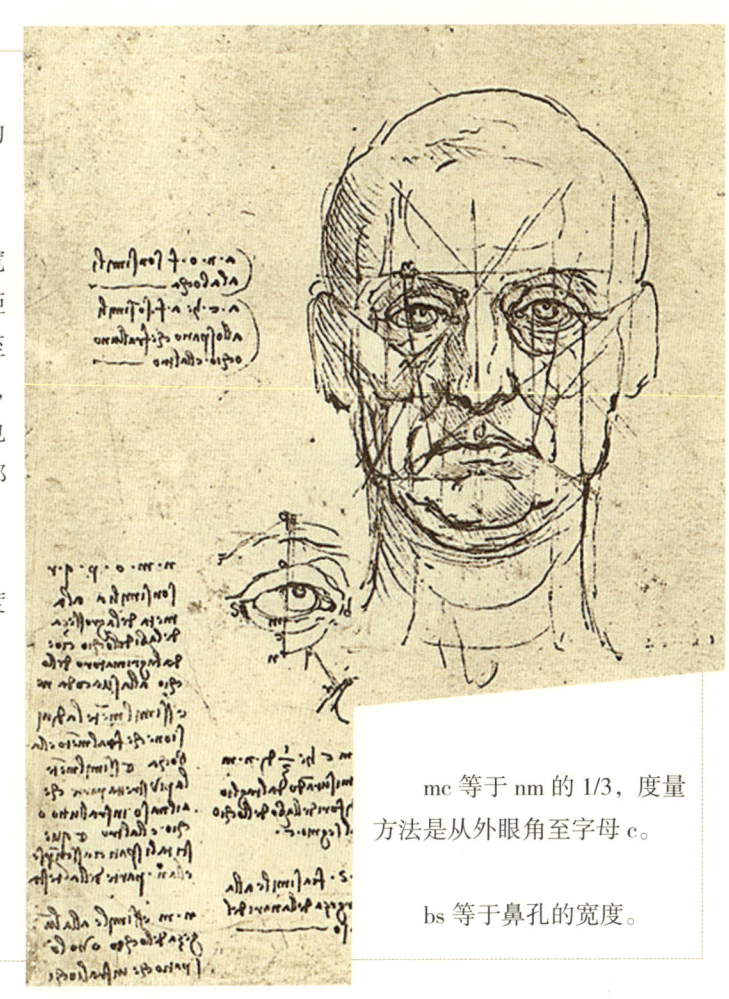

mc 等于 nm 的 1/3，度量方法是从外眼角至字母 c。

bs 等于鼻孔的宽度。

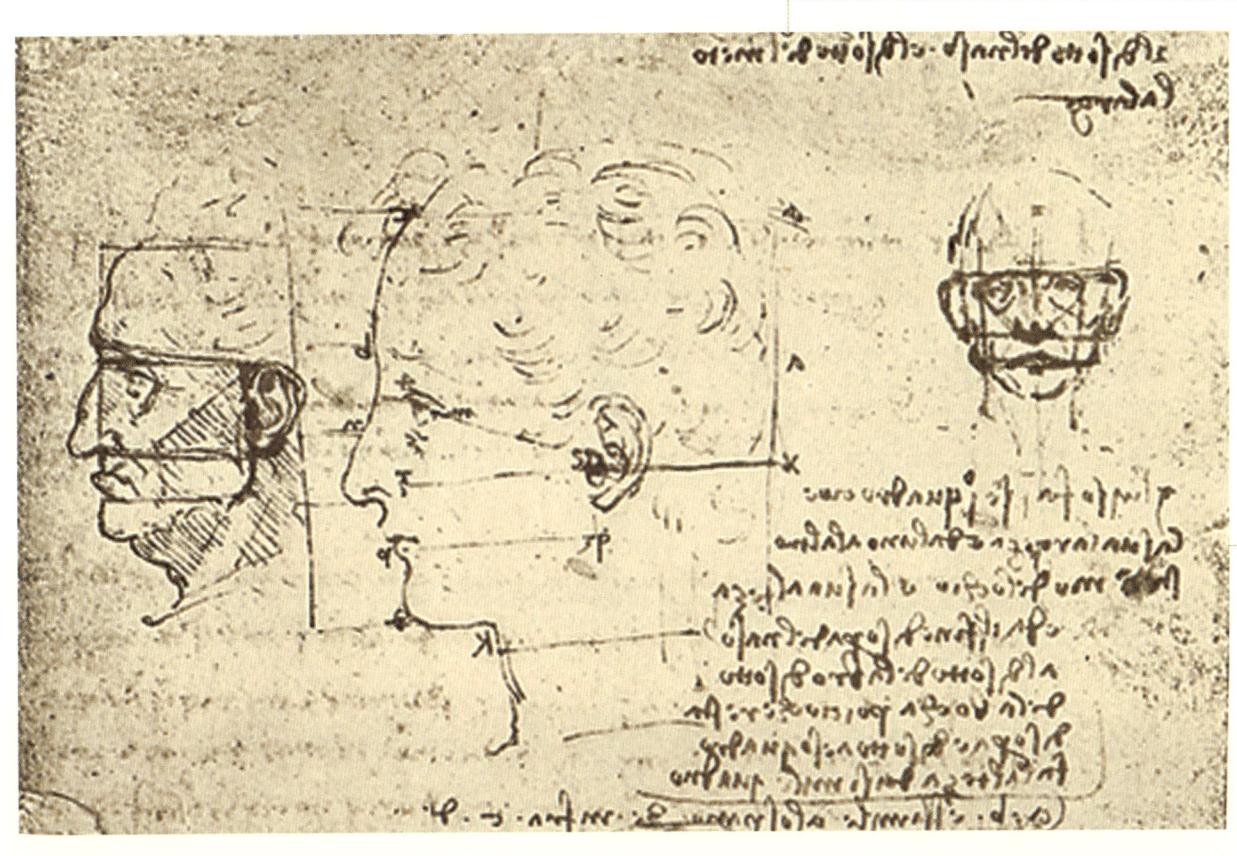

下嘴唇下方的承浆位于鼻子底端与下颌尖端的中心。

面部构成一个正方形，即：面部的宽度等于两只眼睛的外眼角之间的距离，高度等于鼻子顶端至下嘴唇底端的距离。位于这个正方形上、下两侧的面部高度也等于这个正方形的高度。ab 等于 cd 的距离。

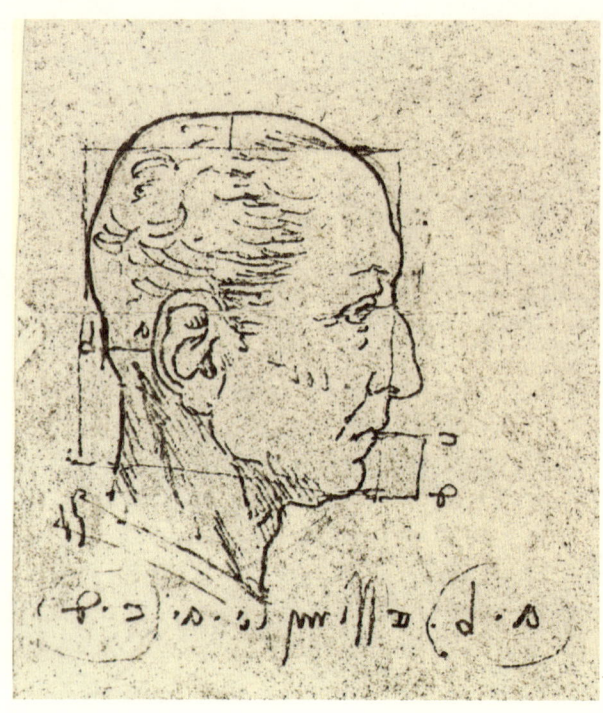

ab 等于 cd。

　　从眉毛、嘴唇与下颌的交叉点、颌骨的尖角至耳朵顶部与太阳穴的交角，构成一个完美的正方形。每一条边的边长都是头部长的一半。

　　颧骨的凹陷部分位于鼻尖和颌骨顶端的中心，在本图的框架中，颌骨顶端位于耳朵结构的底角。

　　眼窝的角至耳朵的距离等于耳朵的长度，又等于脸长的1/3。

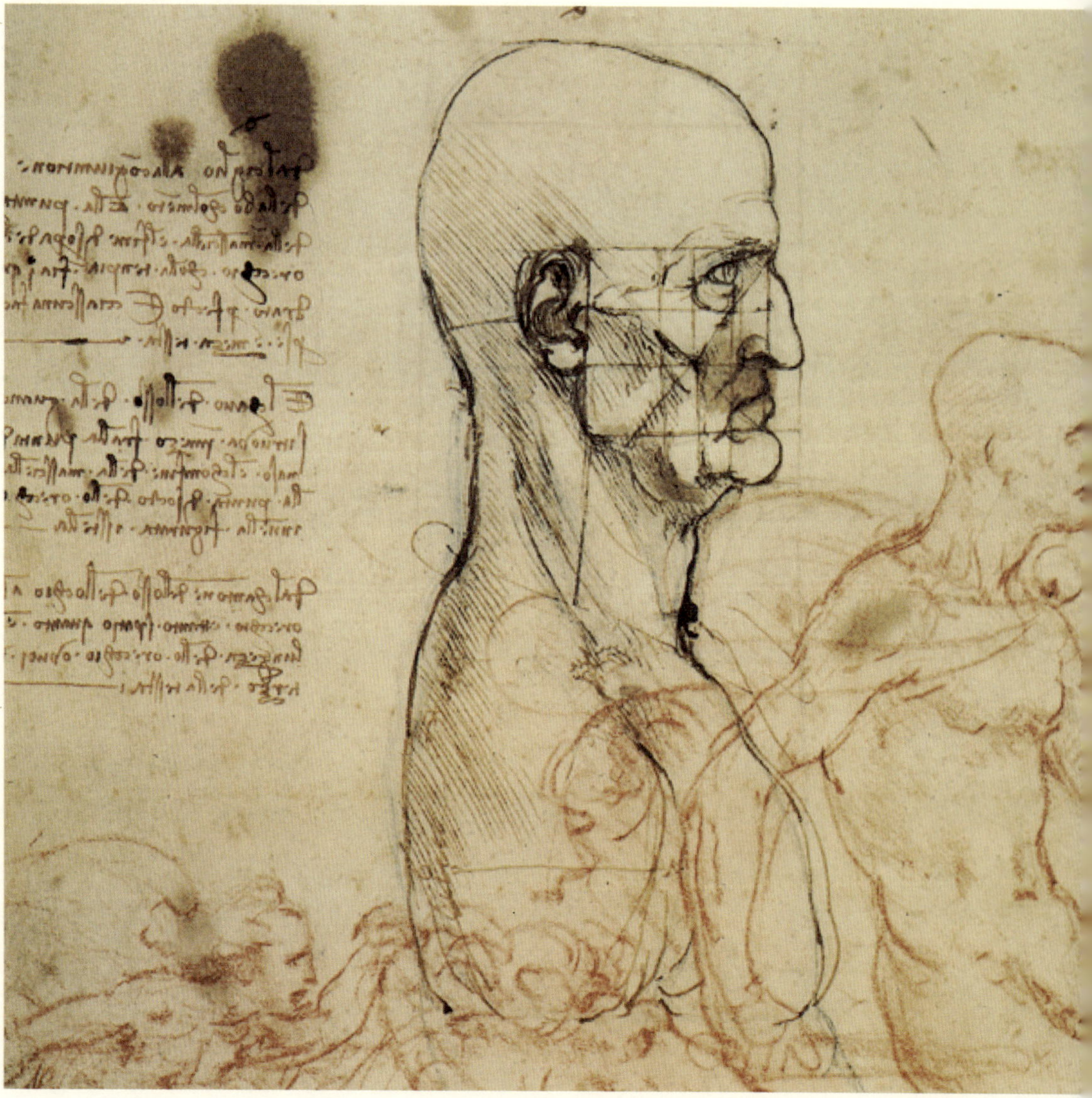

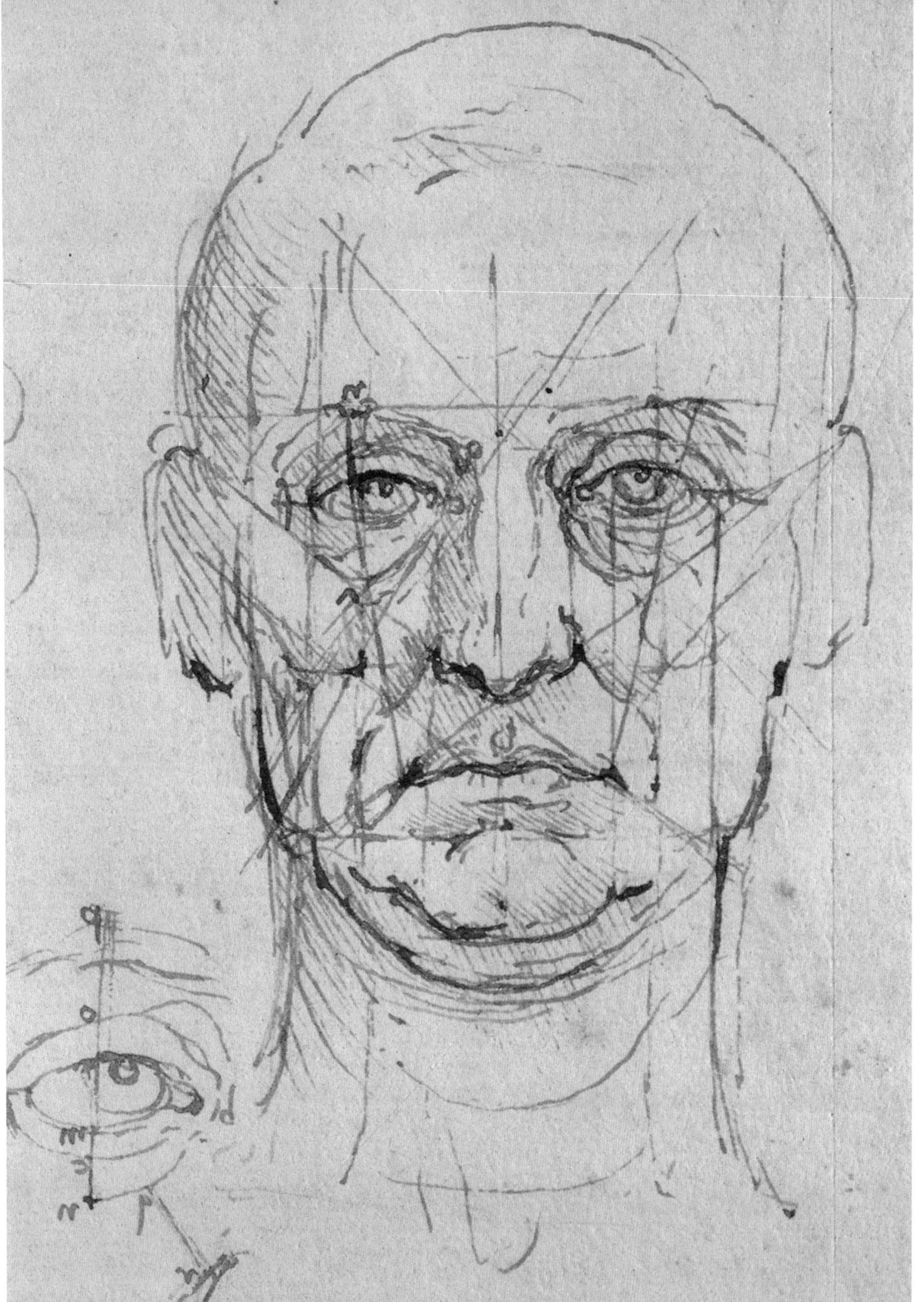

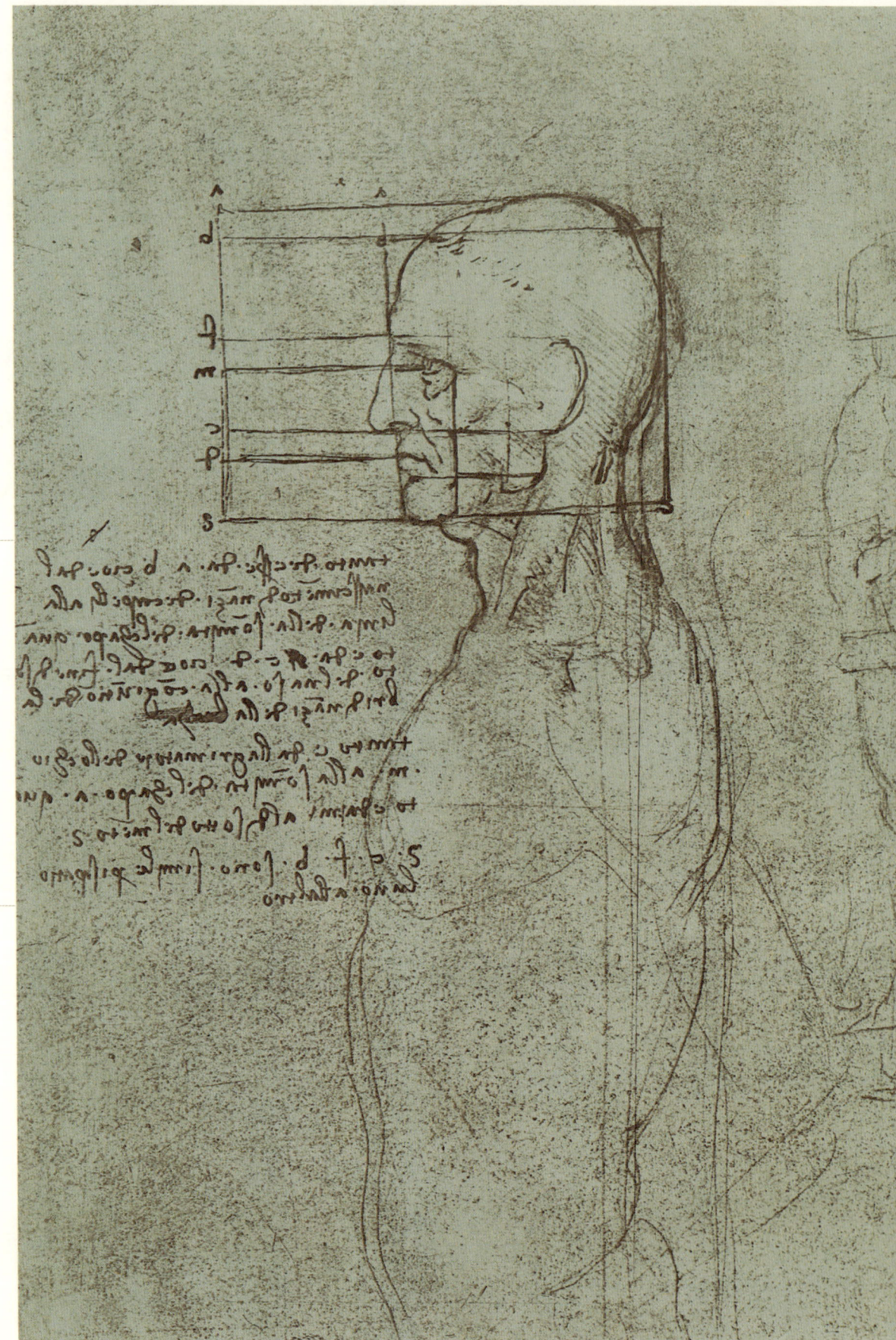

a 至 b，即前面的发根至头顶的距离，应当等于 cd，即鼻子底端至两唇在嘴中央交合点的距离。内眼角 m 至头顶 a 的距离等于 m 至下颌 s 的距离。

s、c、f、b 各点之间的距离相等。

唇缝 [嘴] 与鼻子基部的距离等于脸长的 1/7。

嘴至下颌底端的距离 cd 等于脸长的 1/4，又等于嘴的宽度。

下颌至鼻子基部的距离 ef 等于脸长的 1/3，又等于鼻子的高度，还等于前额的高度。

鼻子中心至下颌底端的距离 gh 等于脸长的一半。

鼻子的顶端（即眉毛的起点）至下颌底端的距离 ik 等于脸长的 2/3。

唇缝至承浆（即下颌上部与下唇交合处）的距离 im，等于唇缝至下颌底端距离的 1/3，又等于脸长的 1/12。承浆至下颌底端的距离 mn 等于脸长的 1/6，又等于身高的 1/54。

下颌突出的尖端至咽喉的距离 op 等于嘴至下颌底端的距离，又等于脸长的 1/4。

咽喉的顶部至底部咽窝 qr 等于脸长的一半，又等于身高的 1/18。

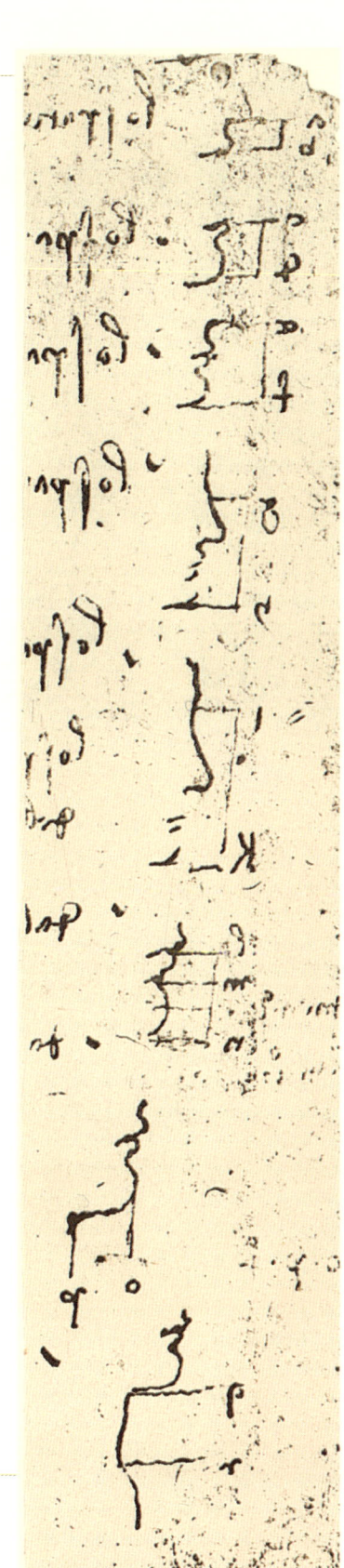

下颌至颈项后部的距离 st 等于嘴至发根的距离，又等于头部高度的 3/4。

下颌至颌骨的距离 vx 等于头高的一半，又等于侧面像中颈项的宽度。

眉毛至颈背这部分头部的宽度等于颈项的 $1\frac{3}{4}$。

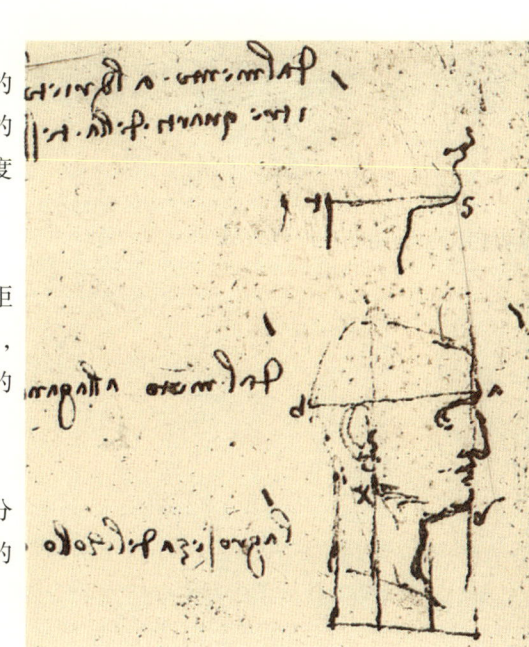

发根至胸部顶端的距离 ab 等于身高的 1/6，这个数值是常量。

ab、cd、ef、gh、ik 的距离都相等，然而，df 的距离未必与它们相等。

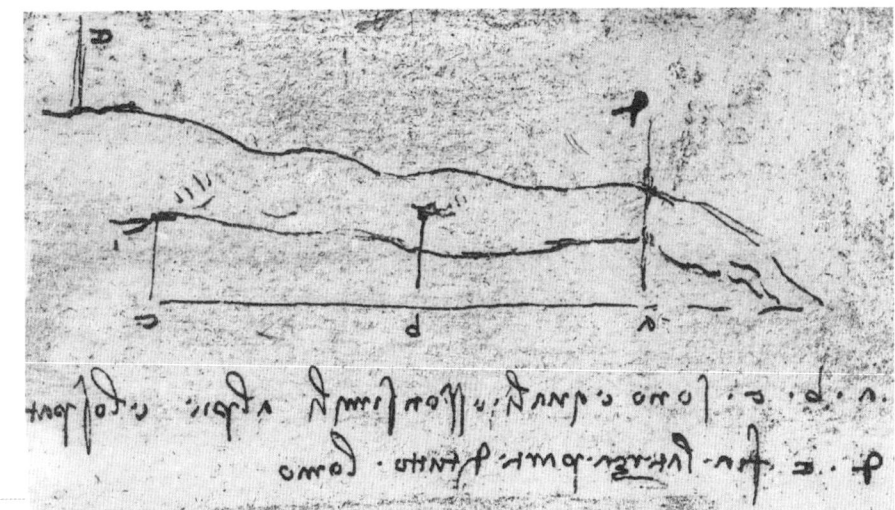

abc 各段的距离相等，等于脚的长度，又等于乳头至肚脐的距离。dc 的距离等于身高的 1/3。

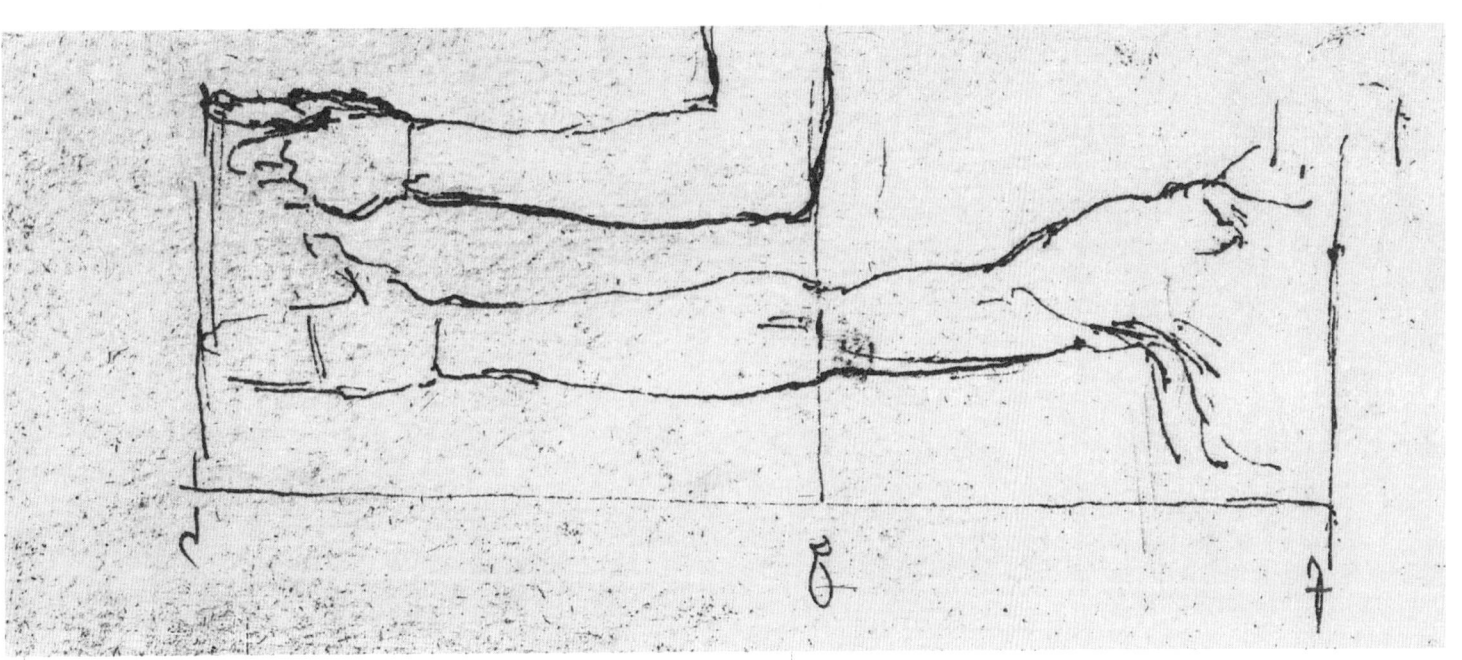

fg 等于身高的 1/4，又等于 gh，还等于 1 腕尺。

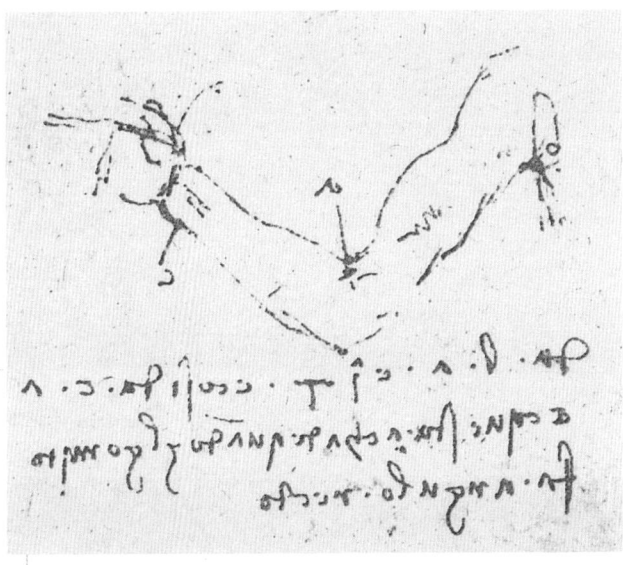

当肘关节呈直角时，b 至 a 的距离，以及 c 至 a 的距离，都等于头部的高度。

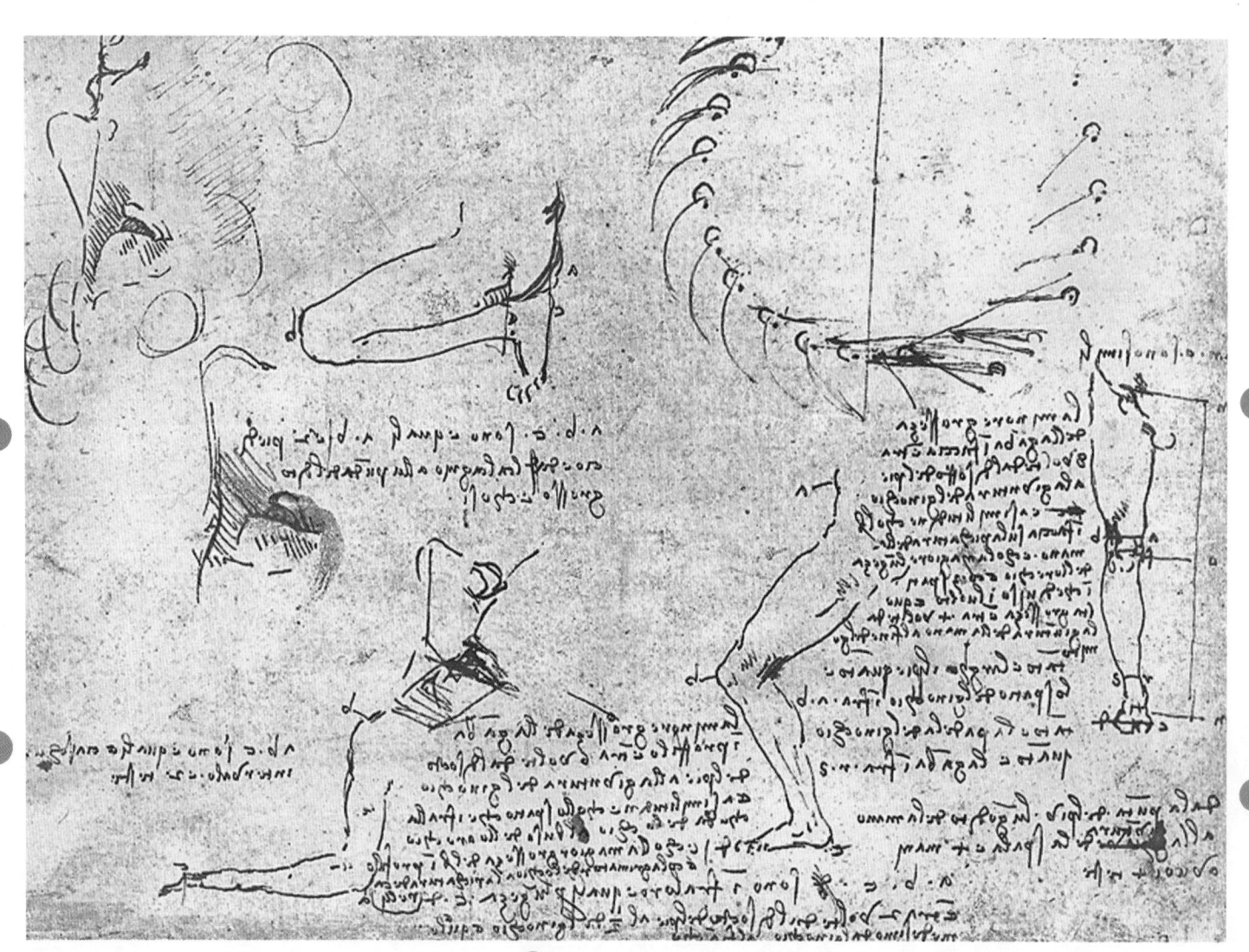

[5] (a) a、b、c 之间的距离相等；a 至 b 的距离等于脚长（从脚后跟至大脚趾）的 2 倍。

(b) m、n、o 之间的距离相等。从正面看，腿最窄部分的宽度等于脚底至膝关节距离的 8 倍，再等于胳膊正面在手腕处的宽度，又等于耳朵（译注：原文是 car，应为 ear）的最大长度，还等于脸部 1/3；也等于腕关节至肘尖的 1/4。脚的宽度等于膝盖 a 与 b 之间的距离；髌骨的宽度等于腿 r 与 s 之间的距离。

(c) 最长手指指尖至肩关节的距离等于手掌长度的 4 倍，或者，你也可说它等于脸长的 4 倍。

从侧面看，腿最窄部分的宽度等于脚底至膝关节距离的 1/6，再等于外眼角至耳孔的宽度，又等于侧面胳膊最粗的部分，还等于内眼角至头发根部的距离。

(d) a、b、c、[d] 之间的距离大致相等。cd 的距离等于脚底至膝盖中央距离的 1/2，又等于膝盖至臀部的距离。

(e) a、b、c 之间的距离相等，每段距离等于头部的 2 倍。

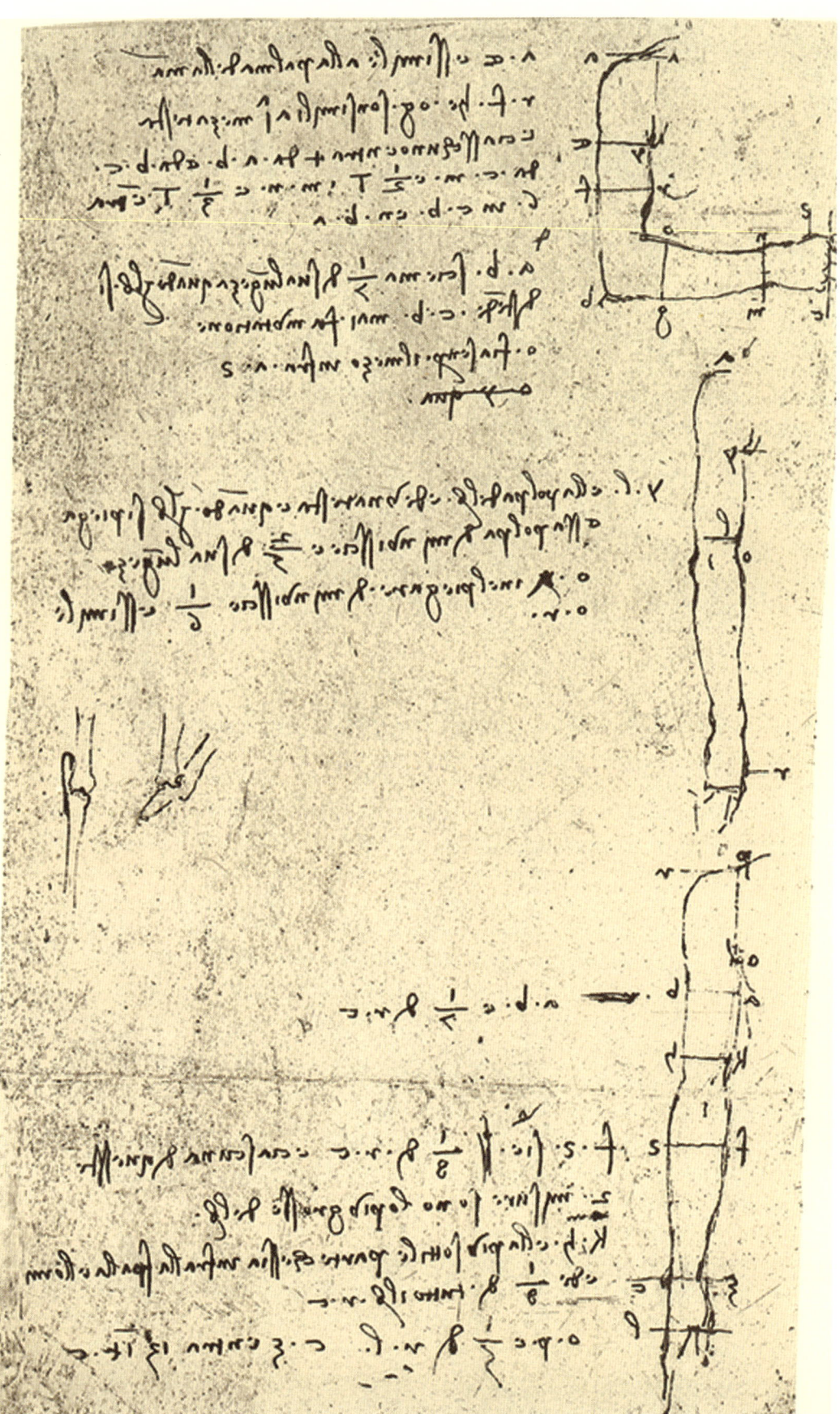

ae 等于手掌的宽度；rf 与 og 都等于头部的一半，每一段都等于 ab 或 bc 的 1/4。c 至 m 等于头部的一半；mn 等于头部的 1/3，又等于 cb 或 ba 的 1/6。

当胳膊伸展时，ab 的长度就会减少 1/7，cb 的长度始终不变，o 始终是 a 与 s 的中点。

yl 是胳膊的肉质部分，长度等于一个头；当胳膊弯曲时，该部分的长度收缩 2/5；oa 在弯曲时减少 1/6，or 的长度也是如此。

ab 等于 rc 的 1/7。

fs 等于 rc 的 1/8；这两段都是胳膊最粗的部分。kh 是肩膀与肘部之间最窄的部分，等于整个胳膊 rc 的 1/8。op 等于 rl 的 1/5，cz 等于 rc 的 1/13。

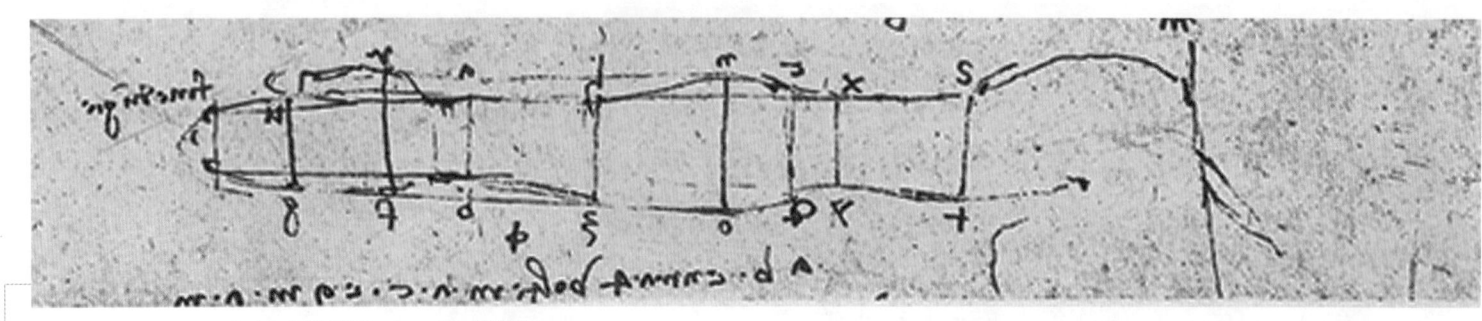

ab 的 4 倍等于 ac，ab9 倍等于 am。

[6]   肘至手之间最粗的胳膊部分等于 am 的 1/6，又等于 rf。肩与肘之间最粗的胳膊部分等于 cm 的 1/4，又等于 hng。肘以上最细的胳膊部分 xy 并不是一个正方形的底边，但它等于胳膊的内关节与腕关节距离 h3 的一半。

    手腕宽度的 12 倍等于整个胳膊的长度，即指尖至肩关节的距离；手腕宽度的 3 倍等于手的长度，9 倍等于胳膊的长度。

    手的主要动作有 10 种：向前，向后，向左和向右，圆周运动，向上或向下，握紧和松开，伸开手指或收拢手指（译注：这里是 11 种，但是原文如此）。

    胳膊在肘部弯曲时会形成一定的夹角，夹角越锐利，弯曲部位内侧的肌肉就越短，而外侧肌肉则越长。如图所示，dce 会大幅度收缩，bn 则会大幅度伸展。

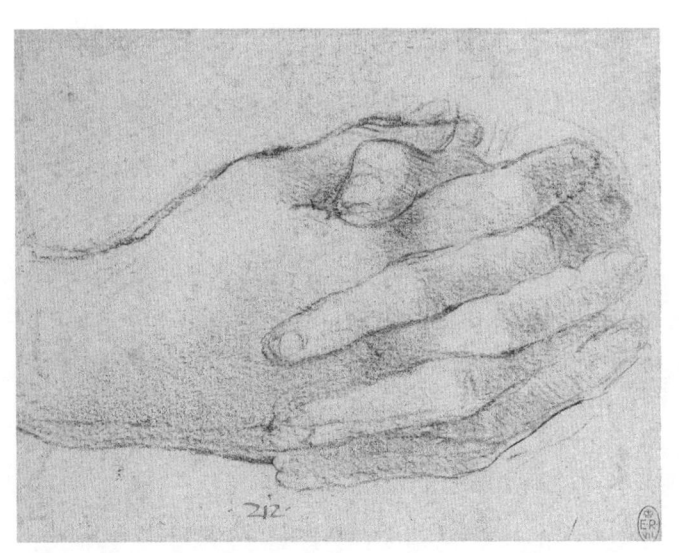

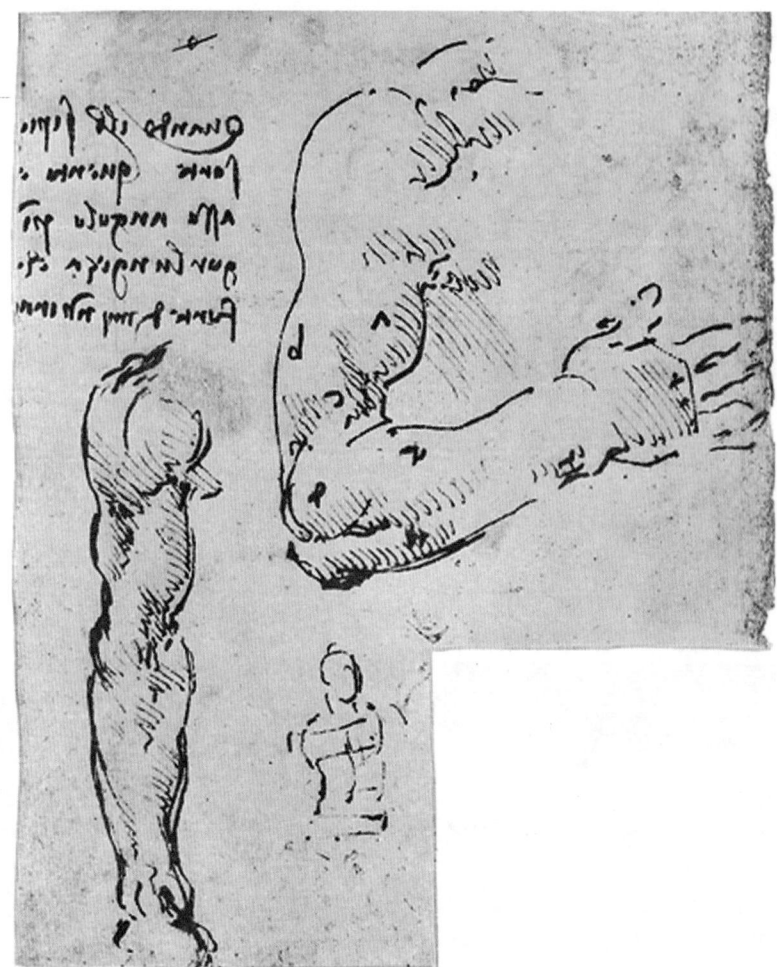

两个肩膀外侧部分之间的宽度等于
胸部顶端至肚脐的距离，又等于脚底至
鼻子底端距离的 1/4。

从正面看，与肩膀相连的胳膊宽度
等于两肩外侧之间距离的 1/6，又等于
脸长的 1/3，还等于脚长的 1/4，等于（内
侧或外侧）手长的 1/3。

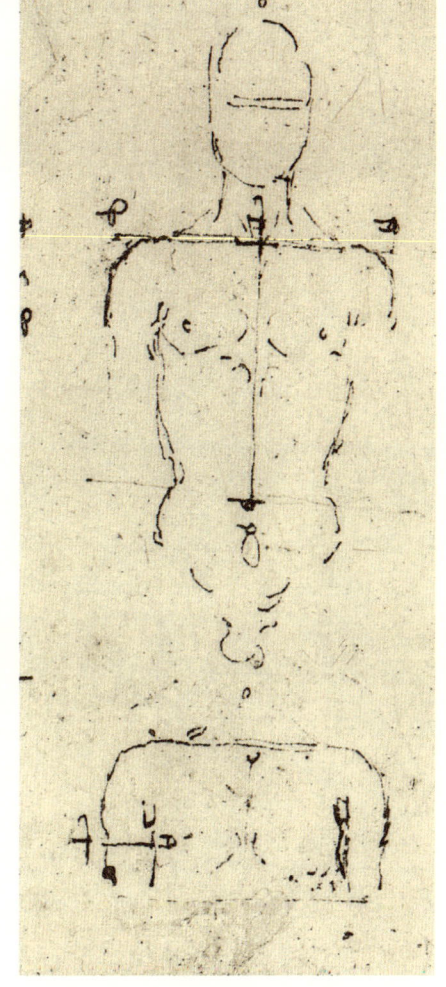

a、b、c 之间的距离相等，又等于腋窝至生殖器的
距离，还等于手指指尖至臂关节的距离，也等于至胸部
距离的一半；你应当知道，cb 是肩膀至脚底这部分身
高的 1/3；d、e、f 之间的距离相等，等于肩膀的最大宽度。

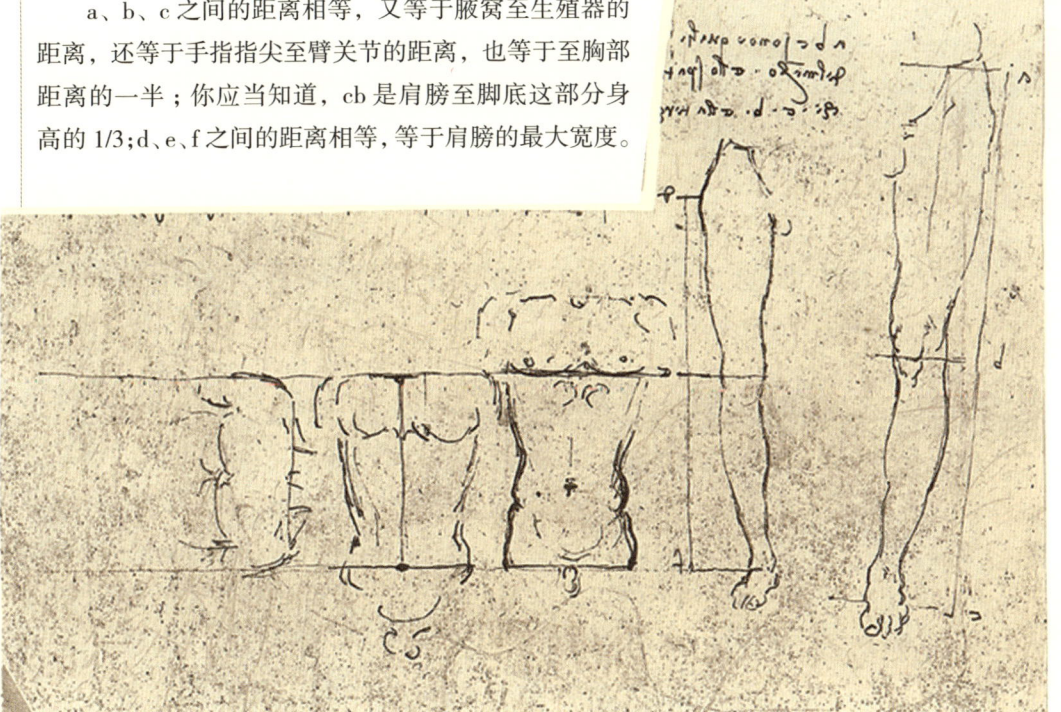

躯干 ab 最窄的部分等于一只脚
的长度，a 至 b 等于两只脚的长度，
与臀部构成两个正方形——臀部最
窄的部分是这个长度的 1/3，由此构
成 3 个正方形。

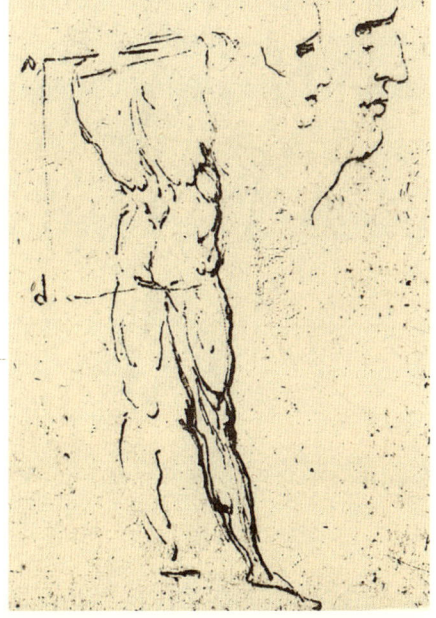

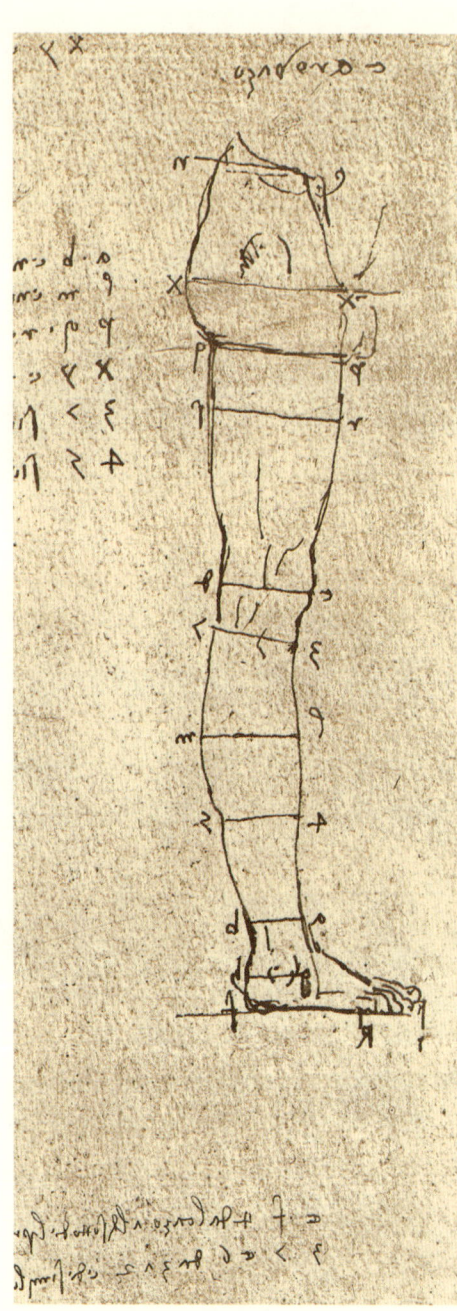

ac 等于头部高度的一半，又等于 db，还等于 5 个脚趾根部 ef 的宽度。dk 减少了腿长 gh 的 1/6。gh 等于头部的 1/3；mn 增加了 ac 的 1/6，等于头部的 7/12。op 比 dk 短 1/10，等于头部的 6/17。a 位于 bq 的中点，该段距离是身高的 1/4。r 位于 sb 的中点。膝窝外侧 r 高于内侧 a。r 点是整个腿长的中点，腿长即是大腿突起部位 s 至脚底 b 的距离。v 是 t 与 b 的中点。从正面看，大腿的宽度等于脸部的最大宽度，即下颌至头顶距离的 2/3；zr 等于 7v 的 5/6；mn 等于 7v，又等于 rb 的 1/4；xy 等于 rb 的 1/3，也等于 rs 的 1/3。

腿肚子最宽的部分等于其高度 ab 的 1/3，比脚部最大宽度多 1/20。

腿部肌肉指挥腿的行动，而且与髌骨相连。腿部抬升时，该部分肌肉承担很大的支撑力，腿部弯曲程度越大，肌肉承担的力量就越大。在大腿与躯干连接部位夹角发挥作用的肌肉承担的力量较小，需要抬升的重量较小，因为这部分肌肉无须承担大腿自身的重量。除此之外，该部位还拥有更强壮的肌肉，即臀部肌肉。

ad 等于头部的高度。
cb 等于头部的高度。

4 个小脚趾从上部指甲至脚趾底部的厚度都相等，等于脚长的 1/13。

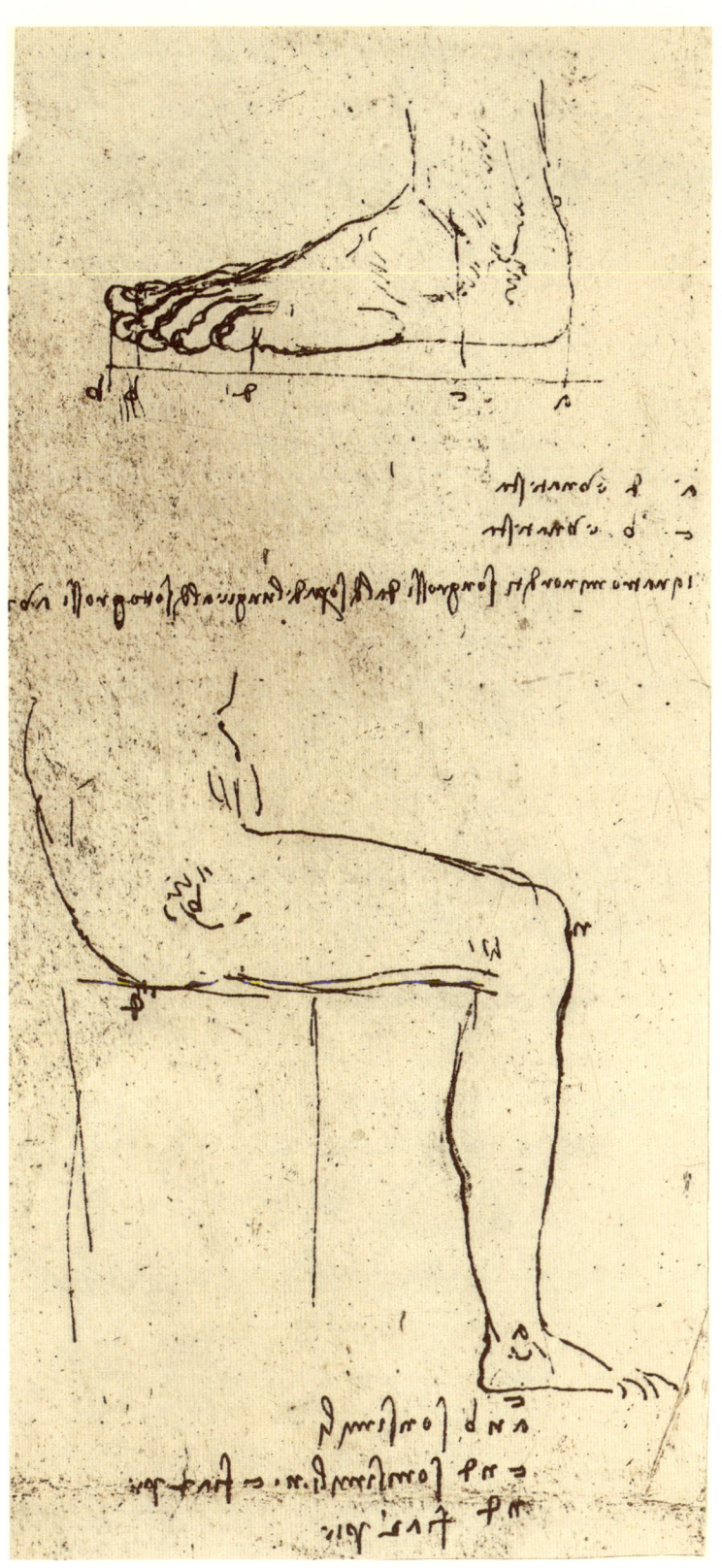

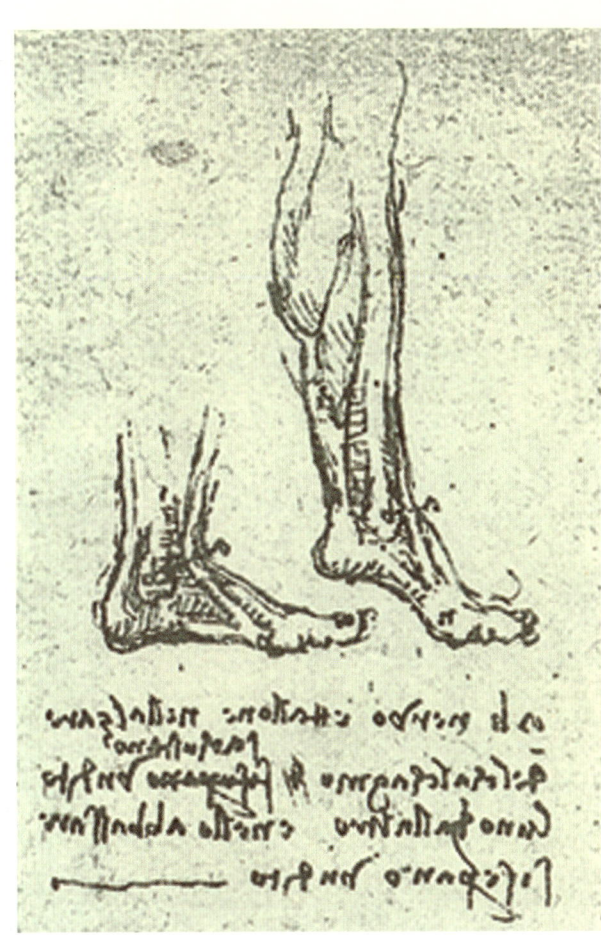

肌腱 a 与脚踝 b 在脚跟抬起时彼此接近，接近幅度等于一个手指的宽度（译注：原文 breath，应为 breadth）；脚跟下落时，它们彼此远离，远离幅度等于一个手指的宽度。

a、n、b 之间的距离相等。
c、n、d 之间的距离相等。
nc 等于脚长的 2 倍。
nd 等于脚长的 2 倍。

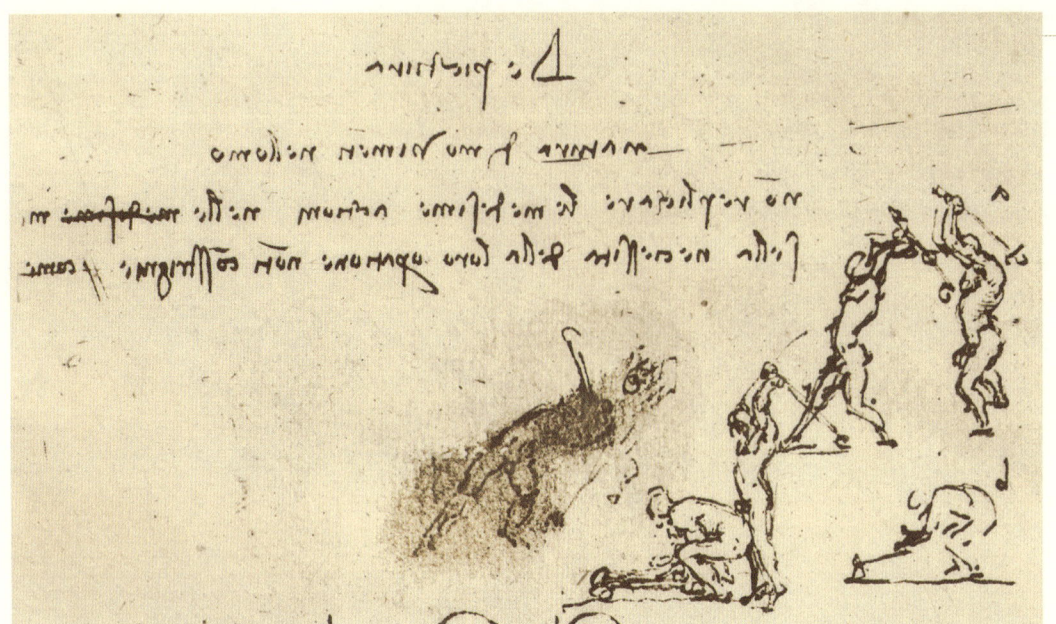

绘画

人的自然运动。不要重复
描绘人的肢体做出同样的姿势，
除非因为需要你被迫这样做，
如图中的 a、b 所示。

[7] 两个人站在平衡的木板两端，
假设他们的体重相等，如果其中一
个人想要向上纵身一跃，那么跳跃
动作将会把他这一端的木板下压，
始终保持在同样的位置而不会上升，
除非另一端那个人猛踏木板。

向右或向左发出的一击。

当一个人想要停止奔跑并抵消冲量，他必然身体后仰并踏着轻快的碎步。

一个人攀登的台阶越高，他的头部就会在前脚的上方伸得越远，目的是把更多体重放在点 a 而非点 b；这个人不可能登上台阶 m。如轴线 gf 所示。

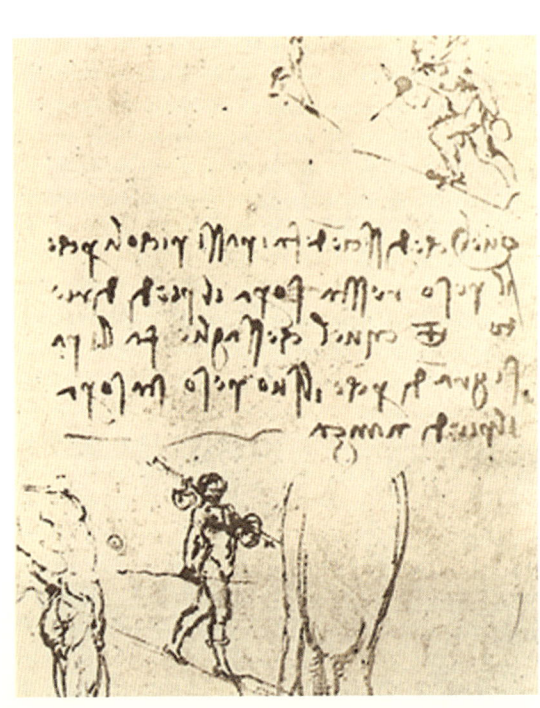

一个人坐立时，如果其轴心 [重心] 前侧身体部分的重量小于轴心 [重心] 后侧身体部分的重量，他不使用胳膊就无法站起身。

一个人爬坡时会发现，他必然不由自主地把大部分体重前移至较高的那只脚上，而不是后移，即移至轴心的前侧而非后侧。因此，一个人总是不由自主地把大部分体重移至他想移动的方向，而非其他方向。

一个人跑得越快，身体朝着跑动方向倾斜的程度就越大，朝轴心前侧而非后侧移动的重量就越大。一个人朝下坡跑动时，轴心就会落在脚后跟；朝上坡跑动时，轴心就会落在脚尖；在水平地面跑动时，轴心就会先是落在脚后跟，然后落在脚尖。

这个人无法支撑自己的体重，除非他把身体往后移动，以平衡前侧的重量，这样，他站立的那只脚是重心。

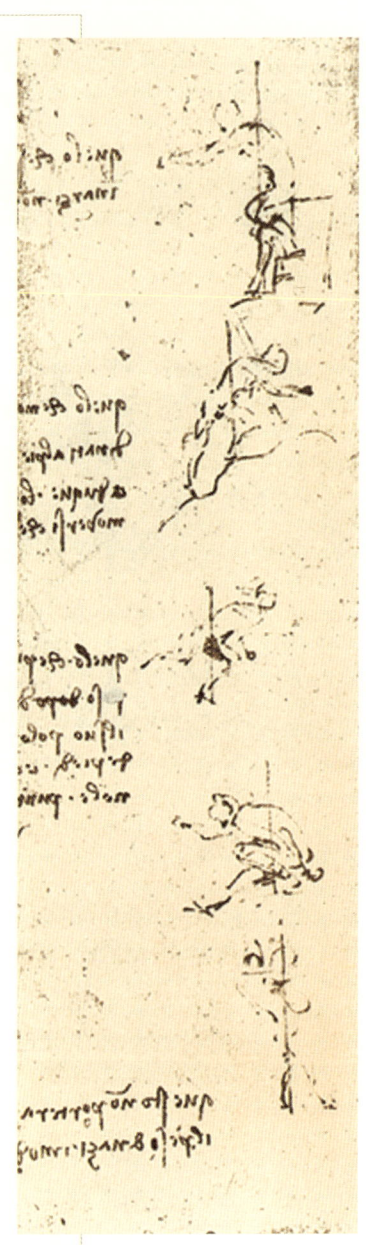

一个人下山时迈的步子小，因为重心落在后脚；而人上山时迈的步子大，因为他的重心落在前脚。

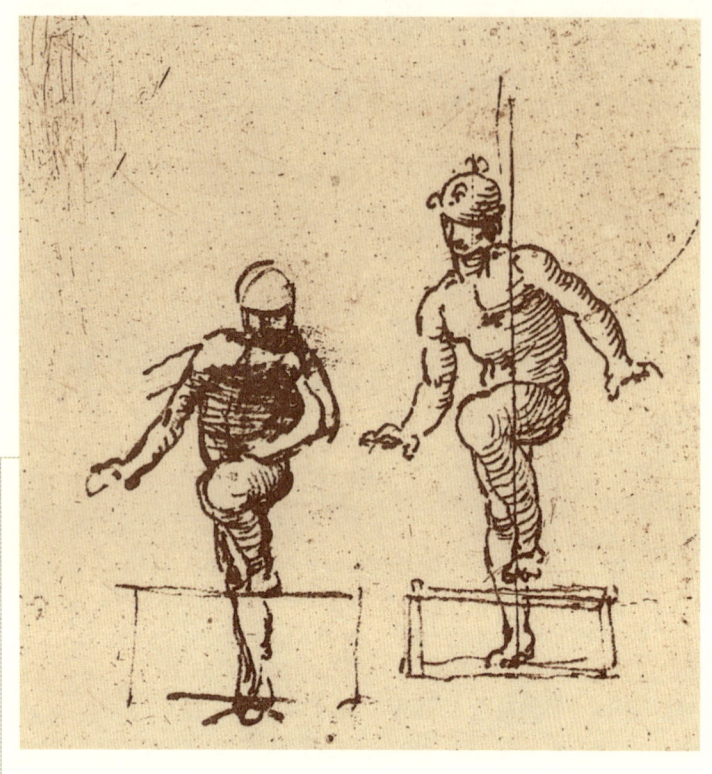

我问：这个人在这些阶梯每上升一级时，他给 b 以及给 c 带来的重量 [压强] 是多少？

观察这个人重心以下的垂直线。

[8]　一个人从地上提起一只脚时，他的重心总是落在另外那只 [站立] 的脚的脚底中心。

一个人在攀登台阶时，不由自主地把大部分体重向前转移至上面那只脚上，目的是与下面那只脚取得平衡，这样，下面那只脚的力量仅限于移动它自己。

一个人在攀登台阶时，首先要做的事情是把落在待抬起的那条腿上的躯干重量移开；除此之外，他把全部重量（包括待抬起的那条腿的 [重量]）都转移至另外一条腿上；然后，他抬起那条腿，把脚踏在要攀登的台阶上。完成这一系列动作后，他就把全部躯干重量以及腿部重量都重新转移至上面那只脚上，手放在大腿上，头向前伸并再次向上面那只脚脚尖移动，迅速提起下面那只脚的后跟；依靠这种冲量，他把自己抬起，同时把放在膝盖上的胳膊伸展开来，胳膊伸展动作把躯干和头部向上提升，从而使弯曲的脊椎伸直。

上台阶时，如果你双手都放在膝盖上，胳膊发出的力量都被膝盖后部的肌肉抵消。

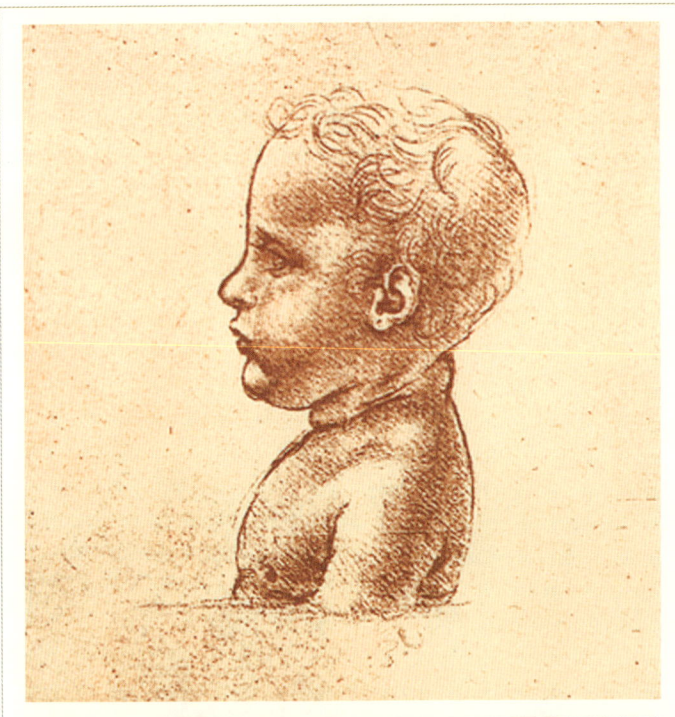

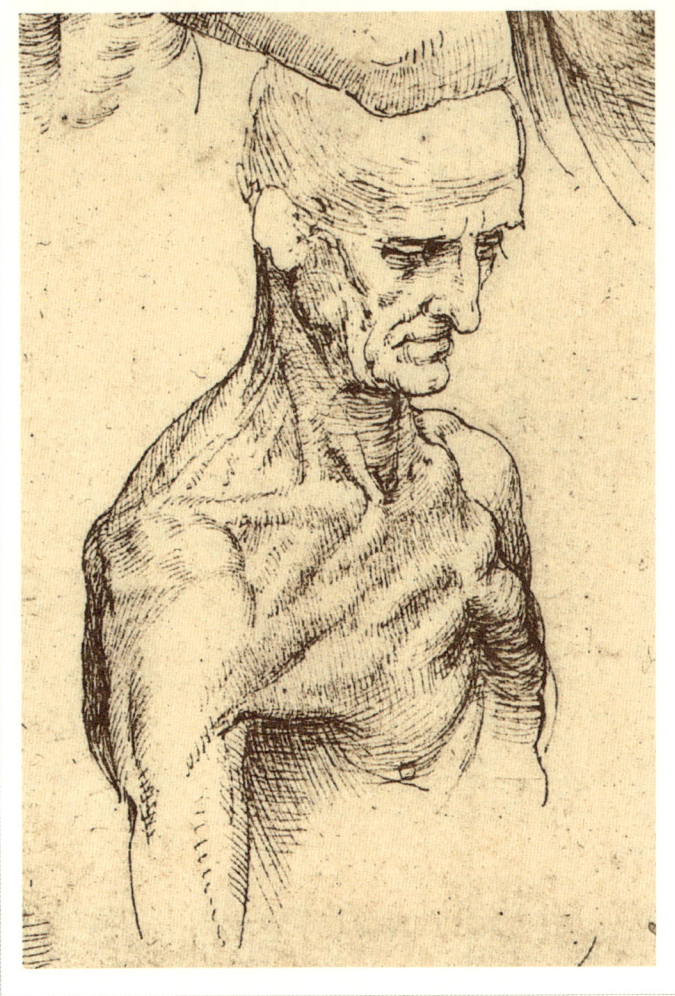

[9]

关于尺寸，为什么儿童的关节与成人恰恰相反？儿童的所有关节都很瘦削，而关节之间的部分都很肥厚，这是因为覆盖在关节处的表皮没有肉质，只有连接关节的筋骨。关节之间则有肥胖、饱满的肉质填充皮肤和骨头之间。

但是，关节处的骨骼比关节之间的骨骼粗，随着小孩长大，肌肉逐渐失去了以前皮肤与骨头之间的过剩体液，皮肤越来越贴近骨骼，四肢越来越瘦削。但是，关节处的皮肤主要是软骨、筋腱，不会干枯，因而不会收缩。

由于这个原因，儿童的关节瘦削，而关节之间肥厚；这一点可见于手指、胳膊和肩膀的关节，它们都瘦削而有深窝。相反，成人手指、胳膊和肩膀的关节都肥厚。凡是儿童身体凹陷的地方，成人都突起。

描绘老人时，应当表现他们动作迟缓凝重，他们站立的时候双腿在膝盖处弯曲，双脚平行并分开，头部向前下方倾斜低垂，双臂略微舒展。

描绘女人时，应当表现她们仪态端庄，双腿并拢，双臂交叉抱紧，头部倾斜，略微侧向一边。

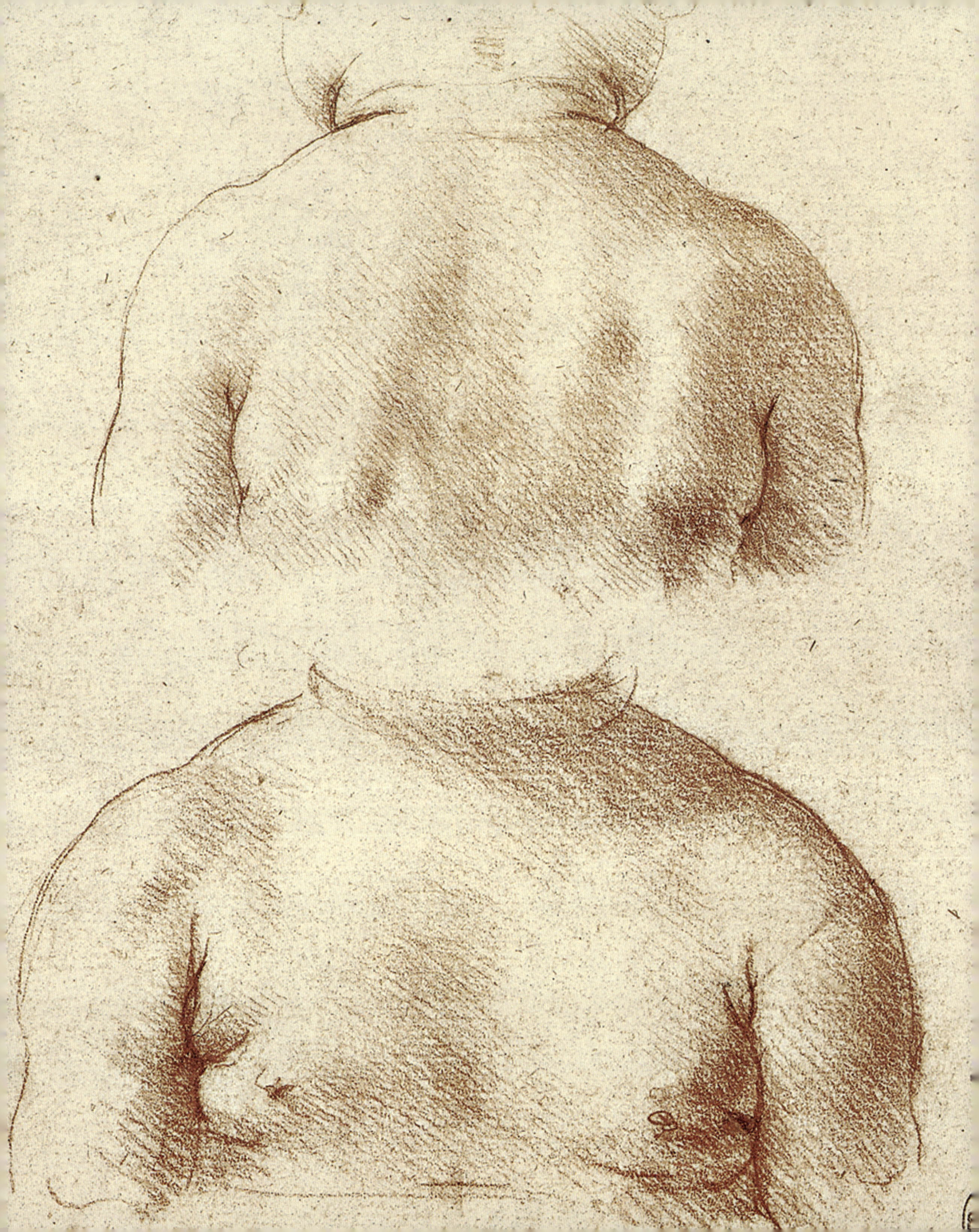

穿着外套的人物不应当过分凸现身体的轮廓，看上去就像外套直接贴着肉体一般；你肯定不希望看到外套紧贴着肉体，因为你应当假设肉体与外套之间还穿有其他衣物，遮挡了肢体形状，使其在外套上表现得不明显。如果你想突出表现一些肢体，就应当把它们画得粗壮一些，让人看上去感觉外套里面明显穿有其他衣物。

仙女或天使身着纤薄的衣裳，衣裳被风吹拂而紧贴着肢体，这时才可以画出肢体的真实形状。

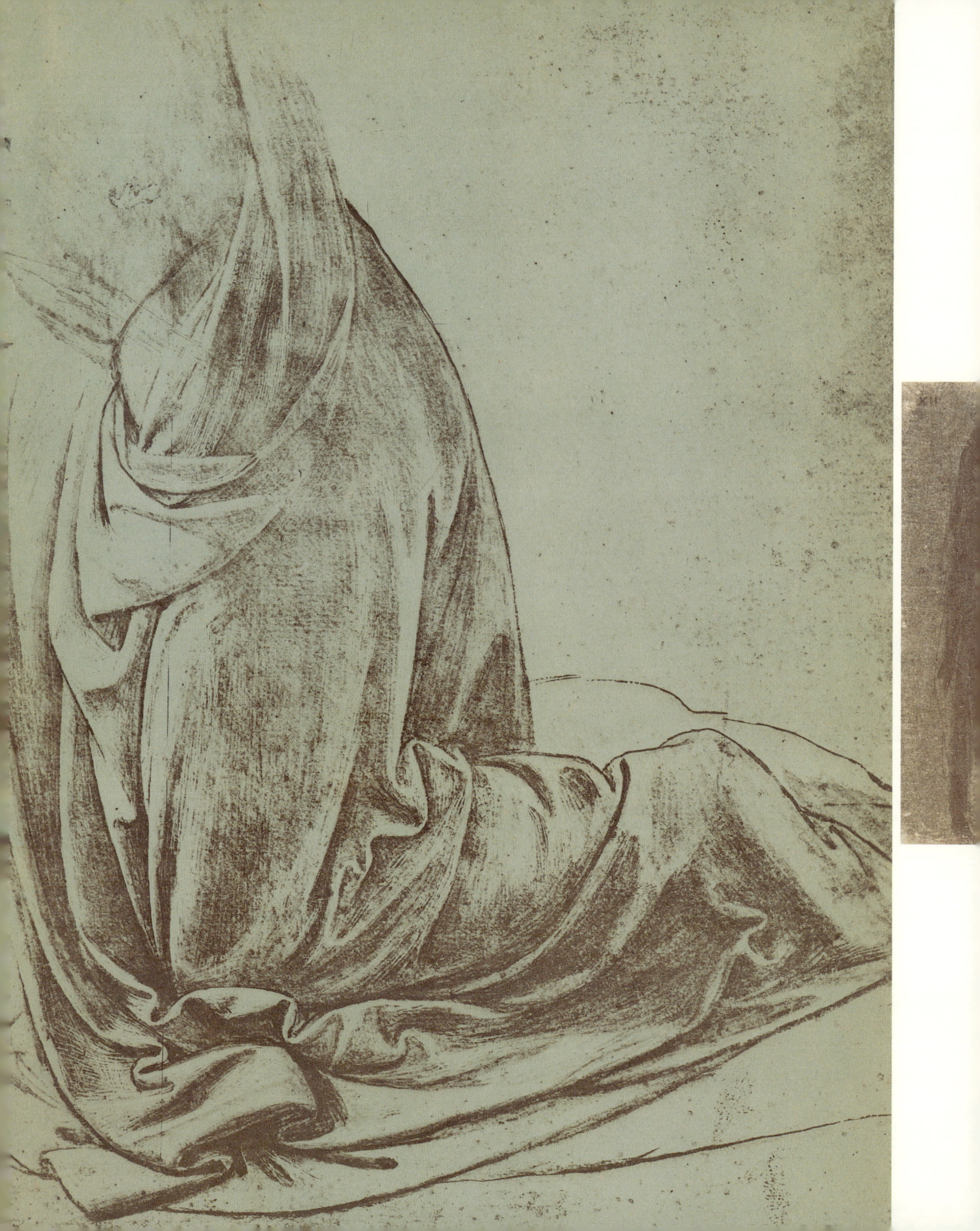

  描绘一个人物或某种高贵的动物，应当避免画得跟木头一样生硬，也就是说，要让他们的动作匀称、平衡，看起来不像木头。但是，如果你想把他们描绘得非常强悍，就不能这样做，扭头动作除外。

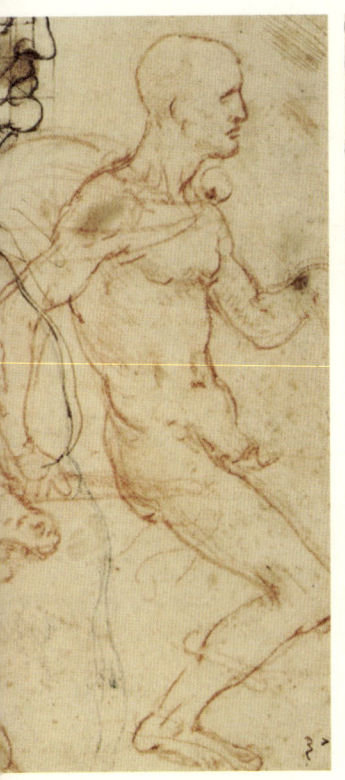
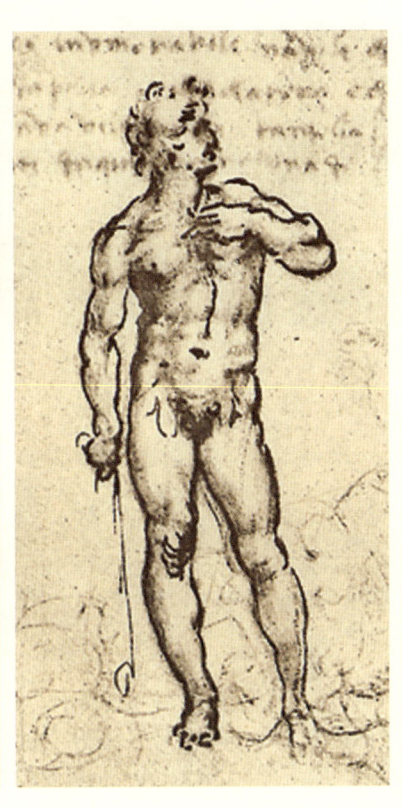
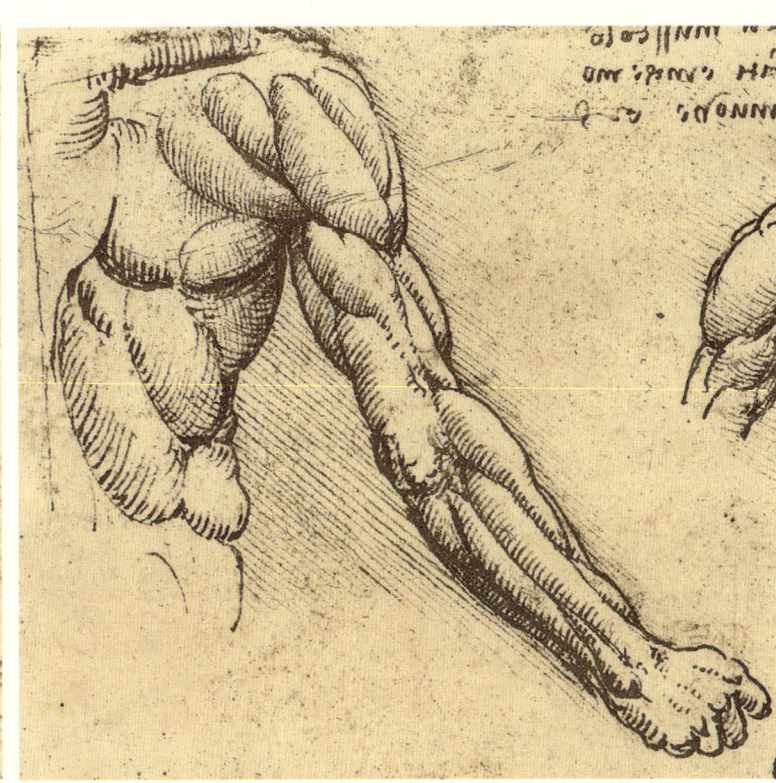

人体各个部位的比例必须与整体协调一致。因此，如果一个人敦实矮壮，其身体各部分应当与整体协调：胳膊短粗，手掌宽厚，手指以及指关节同样都很短，身体其他部分也是如此。我认为，这一点同样适用于描绘各种动物和植物；根据整体的尺寸规模，[各个部分] 应当按比例缩小或放大。

根据优雅原则以及根据你预期达到的效果，人体的四肢应当与躯干协调。如果你想要使创作的人物看上去轻盈优雅，就应当把四肢描绘得舒展大方，不要展现过多肌肉；为了达到预期效果而需要画出少数几块肌肉时，应当画得柔和，不能显得突兀并且不能有太强的阴影；四肢，尤其是胳膊，应当灵活自如；四肢不应当与其相邻的身体部分构成僵硬的直线。

臀部是人体的轴线，根据姿势的需要，如果臀部的右侧比左侧高，那么在垂直线上，你应当让那个较高肩膀尖端位于臀部最高突出点的上方，让右肩低于左肩。颈窝位于支撑体重的那只脚的关节中心上方。那条不承重腿的膝盖应当低于承重腿的膝盖，而且贴近那条腿。

头和胳膊的位置变化无穷，因此，我不打算为它们阐明法则。然而，画家应当让它们灵活自如、赏心悦目，可以做出各种转向、扭动的动作，关节处自然弯曲，不能像木头一样。

还有，切记在描绘四肢时必须非常小心，它们应当与躯干大小以及与人物年龄协调一致。因此，一个少年的四肢如果肌肉不太发达，就不能青筋暴露，四肢表面应当娇嫩、圆润、色泽柔和。成人的四肢强健有力，肌肉发达。而老人的皮肤表面应当皱纹满布、粗糙不平、关节明显、筋腱突出。

解剖学画家啊！你应当小心，否则，你本想在绘画中让裸体人物充分展现他们的各种情感，却因骨骼、筋腱和肌肉太过突出，而使得那些人物变成了木头。因此，为了竭力弥补这一点，你应当注意观察那些衰老或瘦削的人的肌肉如何覆盖或遮掩骨骼。此外，注意观察下面的法则：这些肌肉如何填充骨骼之间的皮肤表面，即使人物再肥胖，这些肌肉也始终凸显出来；而人物最瘦削时，这些附着的肌肉就隐匿不见。在很多情况下，随着人体脂肪增加，有几块肌肉看上去就像一整块；同样在很多情况下，随着人体变得瘦削或衰老，一块肌肉看上去就像是分成了几块。

还有，不要忘记 [观察]：在任何动物肢体关节处及其周围，由于肢体的动作千变万化，所以上述肌肉的形状发生各种变化；在这些关节的某一侧，随着构成肌肉的肉质增加或减少，该部分肌肉的突起现象有可能完全消失。

III 光和影
Light and Shade

光是黑暗的驱逐者。

影是光明的阻挡者。

Light is the chaser away of darkness

Shade is the obstruction of light.

[1]　阴影具有宇宙间一切事物的共性。我在开始就说，无论这些事物的形式或状况是什么，无论它们可见还是不可见，它们一开始都比较强大，结束时都越来越弱。它们并不是从一开始非常弱小，然后随着时间逐渐长大，这一点似乎不像一棵粗壮的橡树由弱小的子实逐渐长大。可是，我要说，橡树在刚开始成长的时候最为强大，也即它破土而出的时候，那时它最为强大。

　　黑暗是阴影的最强形式，光明是阴影的最弱形式。因此，画家啊，距离投射阴影的物体越近，那里的阴影就越暗，阴影的另一端应当逐渐过渡到光明，似乎中间没有明确的界限。

阴影即是没有光明，纯粹是由于不透明的物体阻挡了光线的去路。黑暗的本质是阴影，发光体的本质是光明。一个隐藏物体，一个显露物体。它们始终与各种物体相辅相成，密不可分。但是，阴影是比光明更强大的媒介，因为它能够阻碍并且完全剥夺物体的光明，而光明却不能彻底驱散不透明物体的阴影。

每一个可视的物体都被光和影围绕。

相较于其他方式，以黑白两色描绘的物体能够表现出更强的立体感，因此，我要提醒你，人物应该衣着鲜亮，如果使用黑暗的颜色，从远处看，人物会与背景难以分辨。其原因在于，所有物体的阴影都是黑暗的。如果你使用暗色填充衣服，光和影的反差就不明显；如果使用亮色，则反差强烈。

[2]

如果太阳位于东方，你向西方观望，就会看到所有物体都被充分照亮，完全没有阴影，因为你的视角与太阳光照的方向一致。

如果你向南方或北方观望，就会看到所有物体都处于光和影之中，因为你可以看到物体向光和背光两面。如果你迎着太阳光望去，就会看到所有物体阴暗的一面，因为太阳光照射不到那一面。

太阳的影像在小波纹情况下比大波纹情况下更显明亮。这是因为，太阳的反射或影像在小波纹情况下比大波纹更频繁发生，而亮色的波纹数量越多，太阳就显得越明亮。

如果波纹像杉木球果的叶片那样层层交叠，它们就能最大程度反射太阳的光辉，这是因为，有多少波脊，就会反射多少太阳的影像，而这些波纹之间的阴影很小，而且不太暗。这么多反射的光源融合在一起，把太阳的影像传递至人的眼睛，因此，我们根本察觉不到那些阴影。

[3] **(a) 当视线置于发光的物体与被其照亮的物体之间时，那些物体看上去不存在任何阴影。**

眼睛 [看到] 的光和影存在三种情况。第一种是，眼睛和光源处于可见物体的同一侧；第二种是，眼睛处于物体的前方，光源处于物体的后方；第三种是，眼睛处于物体的前方，光源处于物体的一侧，这样，从物体至眼睛画一条直线，以及从物体至光源画一条直线，这两条线相交构成一个直角。

[在室外] 发光的环境中，如果眼睛看到一个物体处于阴影中，那么它看上去比实际的情形更暗。这是因为，在室外，大气向瞳孔反射更多的光线，瞳孔相应收缩。瞳孔收缩得越厉害，看到的物体就比实际情形越暗淡。但是，一旦眼睛进入阴暗的空间，物体的阴影似乎突然变浅。这是因为，眼睛进入的地方越黑暗，瞳孔就会变得越大，由此，物体看上去就不那么黑暗。

眼睛视线从阳光下一个白色物体转移至一个比较阴暗的环境，就会感觉看到的所有东西都非常黑暗。这是因为，从明亮环境转移至阴暗环境时，瞳孔即从放大转换至收缩状态，其表面可以收缩至原来的 1/4 或更小，因此，[观察] 事物的能力随之减弱。

然而，你可能会对我说：一只俯冲的小鸟几乎什么也看不见，它的瞳孔原本就很小，白色的物体此时也会被它看成黑色的！我对此的回答是，我们必须考虑到大脑专门负责感知光线的那部分物质的比例如何。

或者，回过来说，人类的瞳孔根据 [周围] 物体的明暗变化相应地放大或缩小；因为瞳孔放大或缩小时需要一定的时间，不可能即刻适应从明亮转为阴暗的状态，从阴暗转为明亮也是如此，描绘眼睛的时候，这一点曾经让我深受其骗，而现在终于被我掌握。

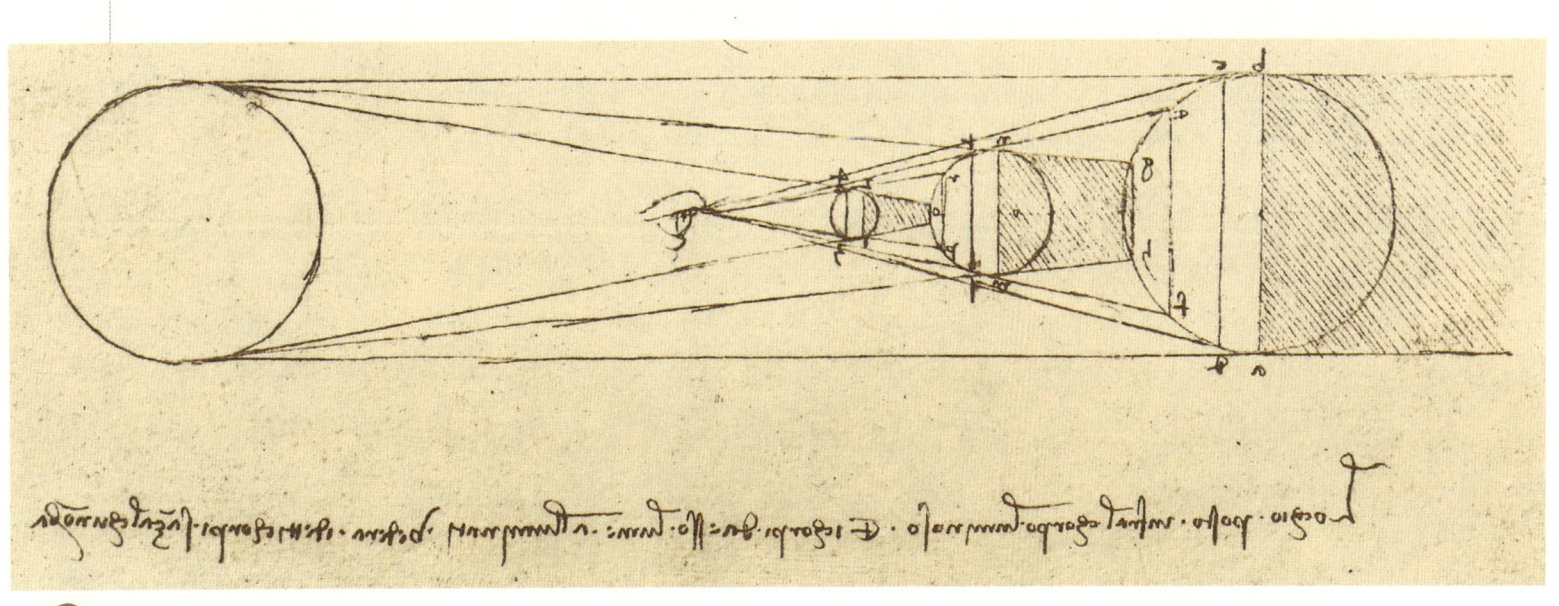

a

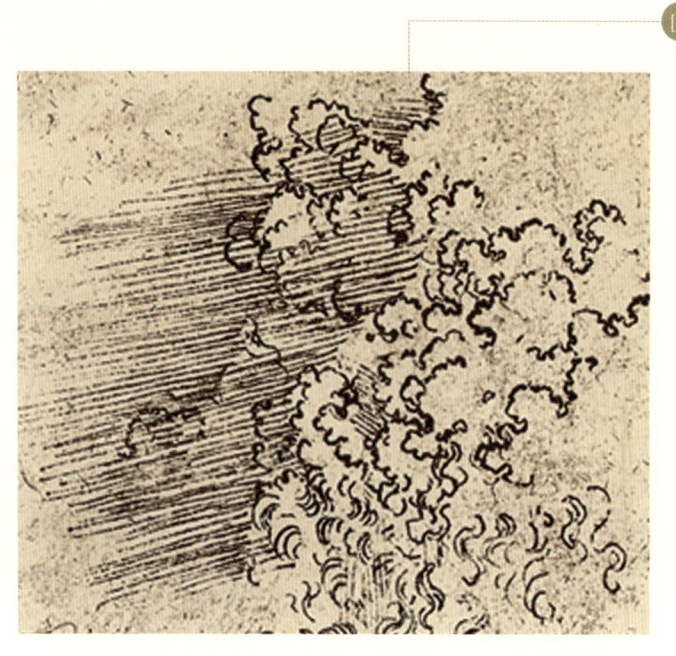

[4]

照亮不透明物体的第一类光线被称为特殊光，即太阳光，以及从窗口或灯火发出的光。第二类是普遍光，可见于阴天或雾天等。第三类是合成光，即黄昏或者清晨太阳位于地平线以下的时候。

各种物体由于缺乏同一个光源，其黑暗程度呈现不同的变化，与这种自然变化相呼应的是，它们的阴影程度也各不相同。你应当明白，它们的光亮程度也是如此。

原生光是指投射到物体并产生光和影的光线。派生光是指物体被原生光照亮的部分发出的光线。

照亮不透明物体的光源有四种。它们是：第一种是散射光，例如地平线以上大气散射的光；第二种是直射光，例如太阳光、从门窗或其他孔洞入射的光；第三种是反射光；第四种是透射光，这种光从亚麻布或纸张等［半］透明的物体穿过，而不是从玻璃或水晶等透明的物体穿过，但是其效果是一样的，似乎被照亮的物体与透射其上的光线之间没有阻隔。

[5] 　　在最弱光线照射下的物体，被照亮部分的光和影最不明显。标记为 m 的物体部分是最亮的，因为它循着直线 af 面向窗口 ad；n 位于第二等级，因为光线 bd 循着直线 be 照射；o 是第三等级，光线 cd 循着直线 ch 照射；p 是受光倒数第二弱的物体部分，因为光线 cd 循着直线 dv 照射；q 是物体最暗的部分，因为从窗口入射的光线无法到达该处。

　　一个被光线照亮的物体，距离光源最近的物体部分最为明亮。每一个浑圆的物体被光和影笼罩的时候，根据光亮和阴影部分的比例大小，一侧显得比另一侧更大或更小。

　　一个地方反射的入射光线数量越多，那里就最亮。

按 比 例 计 算，随着 cd 转换成 ad，n、r、s 比 m 越 来越暗，其余部分都没有阴影。

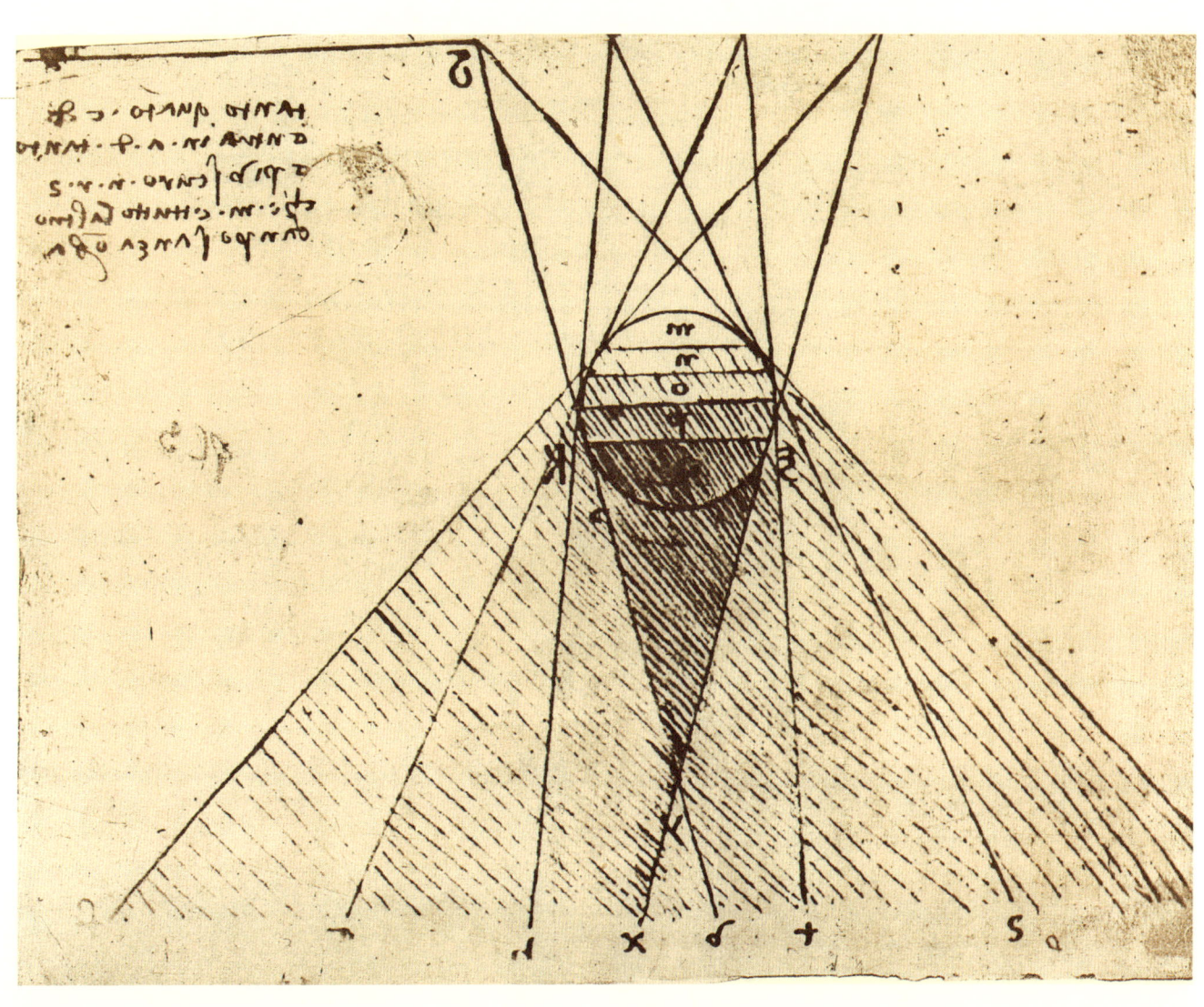

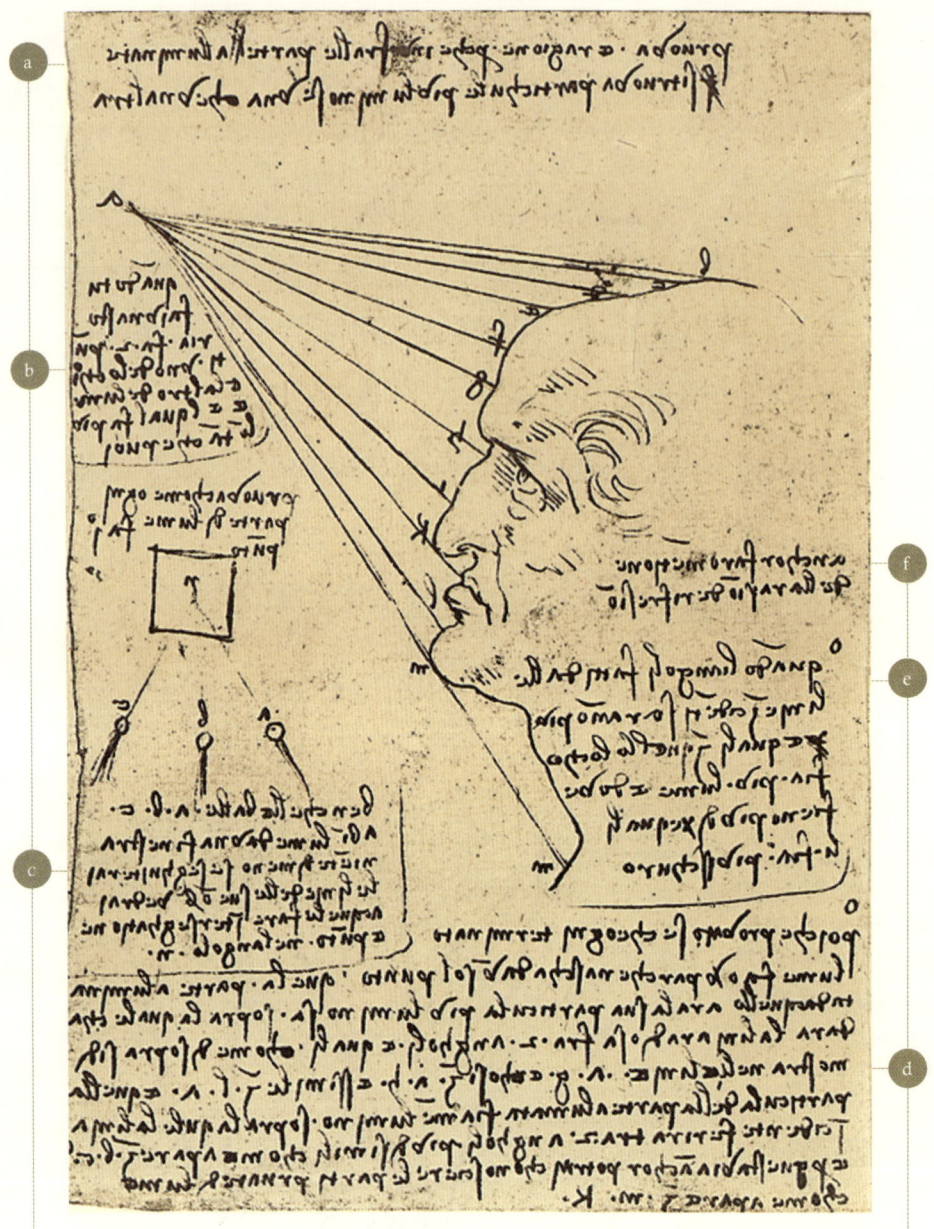

[6]　(a) 在被照射的物体上，某些部分比另外一些部分更明亮的证据和原因。

(b) [这幅图] 表明，任何一侧的光线如何会聚至一点。

(c) 虽然 a、b、c 三个球体都是由来自同一扇窗口的光线照亮，但是，如果你循着它们阴影的线条，就可以发现这些线条在一个点交会构成夹角 n。

(d) 人们已经证明，因为每一束确定（或者看上去确定）的光线都来源于某个固定点，所以在被光线照亮的物体那一侧，与辐射光线垂直的物体部分最为明亮，例如上图中的线条 ag，以及 ah 和 la；而入射光线照射到两个角度差别较大的部分，例如 b、c、d，那么该部分就会最暗。由于同样的原因，你能够明白哪些部分没有被光线照亮，例如 m、k。

(e): 我还会继续提及反射的原因。

(f): 入射光线形成的角度最为接近的地方，那里就会最亮；角度差别最大的地方，那里就会最暗。

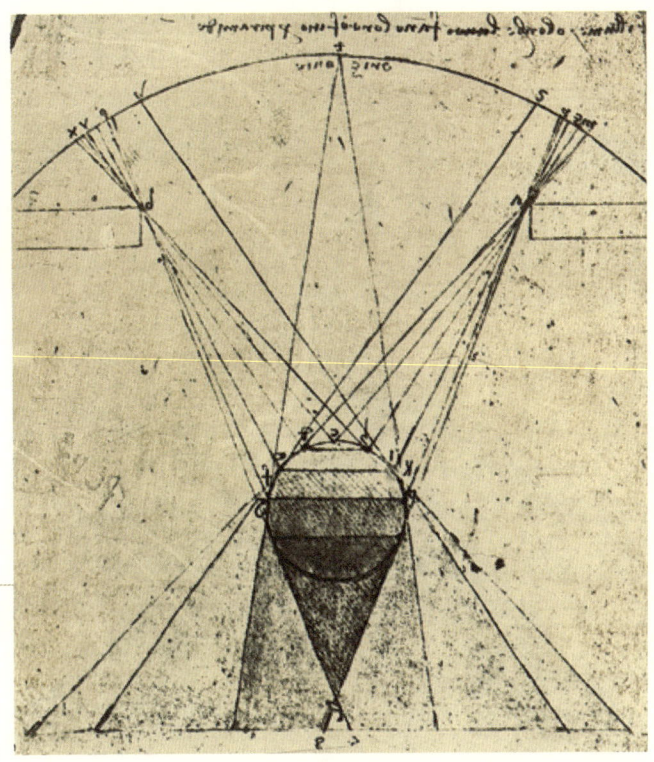

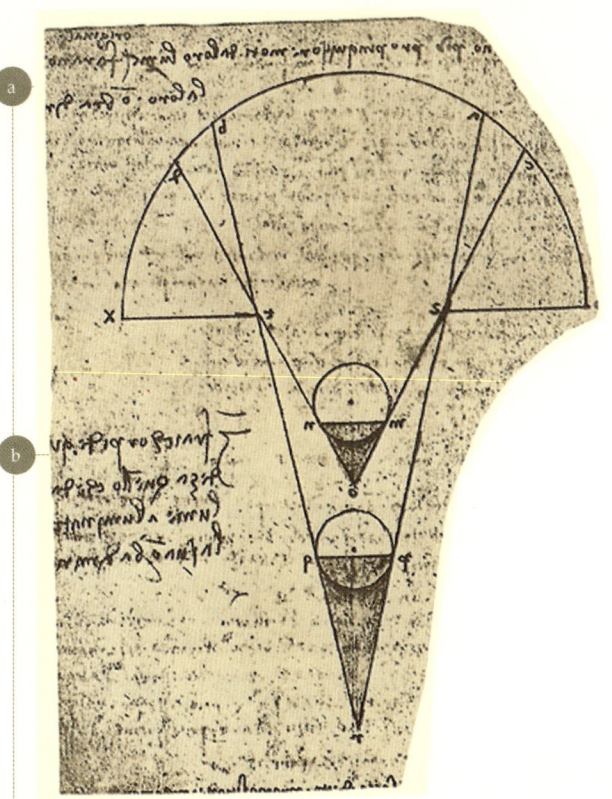

[7]　　光线照射在一个带有阴影的物体上，物体与光线垂直的部分接收的光线最亮，两者呈钝角的部分接收的光线最暗，而且光线与阴影形成金字塔状。角 c 接收的光线最强，因为它位于窗口 ab 以及整个天际线 mx 的正前方。角 a 与角 c 稍微不同，因为那些划分角 c 的角度比较接近，不像下面那些角度差别较大，而且只有位于 y 与 x 之间的天际线部分被阻挡。虽然它在另一侧也接收到同样多的光线，但是并不强，因为一个角小于另一侧的那个角。

　　角 e 和角 i 接收的光线较少，因为它们看到光线 ms 和光线 vx 的部分不多，它们的角度相差太大。角 k 和角 f 分别位于角度差别很大的角度中，只能接收很少的光线，因为角 k 只有光线 pt，角 f 只有光线 tq。og 接收的光线等级最弱，因为这部分根本接收不到天空的光线。由此，我们可以用这一侧的线条重建一个金字塔，它与金字塔 c 恰好反过来；这个金字塔 l 位于阴影的第一个等级，因为它也位于两个等角之间，这两个等角位于穿过该物体中心并穿过光线中心的直线的两侧。

　　在窗口点 a 和点 b 的框架内，几个发光的影像构成一条光线，点 4 和点 6 围绕着那个固体投下的阴影。阴影部分从 og 开始，至点 7 和点 8 终结。

[8]　(a) 所有物体根据其距离光源的远近，相应地产生较长或较短的派生影。

　(b): 大小相同的物体中，物体接收光线的面积越大，产生的阴影越短。

　　实验证明了这个命题。如上图所示，物体 mn 比物体 pq 接收到的光线更多。我们假设，vcabdx 是作为光源的苍穹，st 是光源入射经过的窗口，因此，mn 和 pq 暴露于光线之中，产生光和影。

　　[物体]mn 产生的派生影较小，因为它的原始影较小；它的派生光较大，因为原始光 cd 较大。pq 产生的派生影较大，因为它的原始影较大；它比 mn 的派生光更小，因为照亮它的苍穹部分 ab 比照亮物体 mn 的苍穹部分 cd 更小。

　　几个大小相同的物体与眼睛的距离相等时，背景光线较亮的那个物体看上去显得更小。

[9] 你在绘画中能够注意到，有些阴影在程度和形状方面差别并不明显，这一点可以从第三个 [命题] 反映出来：球形物体表面具有众多深浅不同的光和影，正如周围物体反射的明亮和阴暗多种多样。

不透明物体表面的阴影或光线取决于其所处的环境，靠近黑暗一侧的阴影较暗，靠近光源一侧的光线较亮。

任何不透明物体的表面都在某种程度上受到其周围物体色彩的影响，但是，根据该物体与其他物体距离远近的不同以及色彩浓淡的不同，这种影响效果强弱依次不同。

物体置于光亮与阴影之间，以及物体完全置于光亮或是阴影之中，前者呈现出的浮雕感更加强烈。

照射到物体的光源越小，产生的阴影就越大。物体距离光源越近，受到光照的面积就越小；相反，物体距离光源越远，受到光照的面积就越大。

一个光源比它照射的物体更小，如果光源距离物体越近，那么照射到物体的面积就越小；相反，光源距离物体越远，照射的面积就越大。但是，当光源比它照射的物体更大时，光源距离物体越近，照射到物体的面积就越大；相反，光源距离物体越远，照射的面积就越小。

黑暗即是没有光明。

阴影即是缺乏光明。

原生影是指附着在物体上的阴影，位于光线照射不到的那一侧。

派生影是指脱离一个带有阴影的物体、在空气中传播的阴影。

反射影是指被一个被照亮物体的光线包围着的阴影。

简单影是指光源不可见、却能够产生的阴影。

简单影的起始点位于那条把它与发光体边界分离开来的线上。

[10]

对我而言，阴影似乎是透视最重要的方面，没有阴影，不透明的固体就会模糊不清：除非另有一种不同于物体的颜色作为背景，否则，该物体边界以内的东西以及边界本身都会模糊不清。因此，我把这一点表述为：一切不透明物体都被阴影和光线包围，像衣服一样附着在物体表面。此外，这些阴影本身在黑暗程度上深浅不同，因为产生它们的光线亮度各不相同。我把这些阴影称为原生影，因为它们是最初形成的阴影，覆盖在产生这些阴影的物体表面。

这些原生影发射出某些暗色射线，在空气中散射开来，其强度根据衍生它们的原生影深浅不同而不同，因此，我把这些阴影称为派生影，因为它们起源于其他阴影。

还有，这些派生影照在多少种不同场所就产生了多少种不同的效果。凡是派生阴影投射到的地方，同时也有光线照射，因此阴影和光线反弹回来形成反射光线，回到起源处与原生影混合并转化为原生影，从而在一定程度上改变了它的性质。

[12]　论阴影：

　　派生影具有三种类型，第一种是扩散形；第二种是柱形；第三种是相交形，阴影的两条边相遇并交叉，穿过交叉点之后，两边呈无限延长的直线。

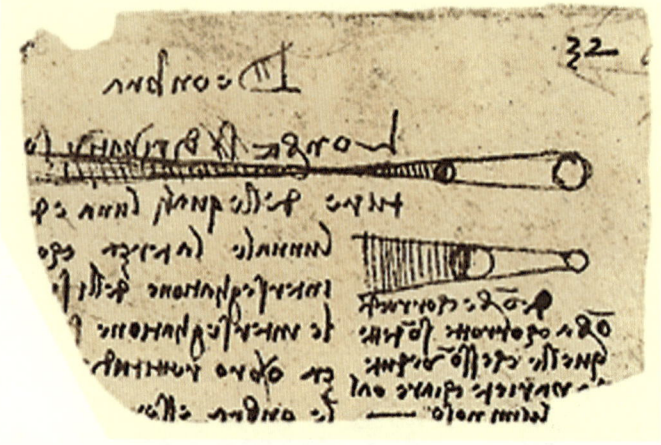

　　阴影是不透明物体的干涉而缺乏光线。阴影是由于不透明物体阻断光线而产生的对应物。

　　这一点已经得到证明，如果我们把原先的光线转换成阴影，其形状和大小与该光线投射产生的阴影相同。

[11]　每一个带有阴影的物体如果大于瞳孔，并且置于发光物体和眼睛之间，那么该物体看上去是暗的。

　　会聚的阴影射线数量最多的地方即是最黑暗的地方。阴影射线以最大角度覆盖的地方即是最黑暗的地方。

　　简单派生影分为两类，一类具有有限的长度，另一类具有无限的长度。有限派生影呈锥形；无限派生影又分为两种，一种是柱形，另一种是扩散形。这三种派生影都具有直边，但是，产生交叉状（即锥形）阴影的物体小于发光体，产生柱形阴影的物体等于发光体，产生扩散形阴影的物体大于发光体。

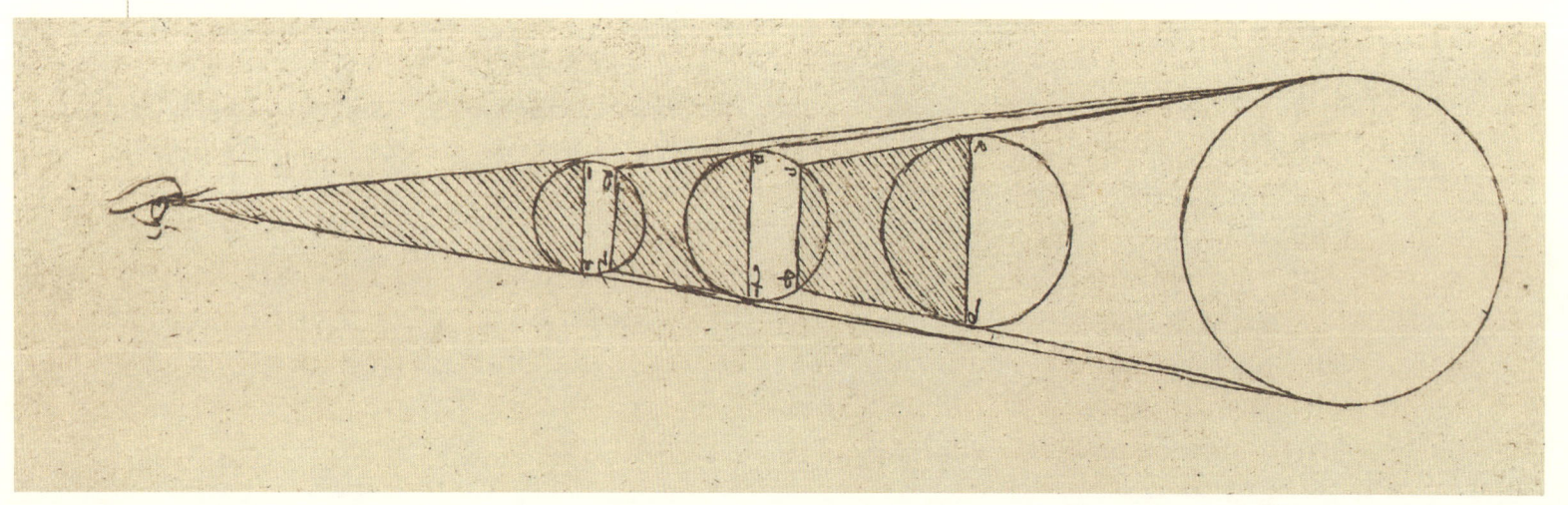

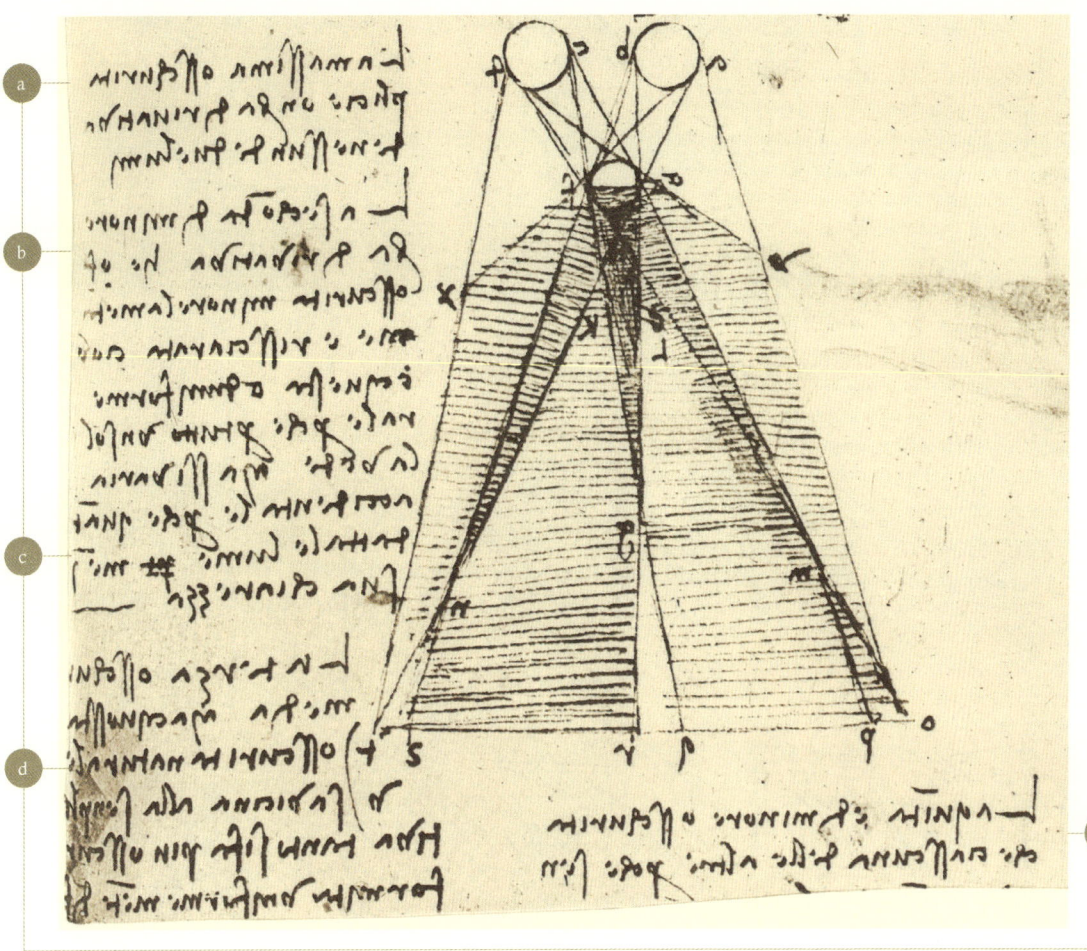

[13] (a) 深度最深的阴影位于简单派生影之中，因为两个光源 ab 和 cd 都照不到那里。

(b) 深度其次的阴影是派生影 efn，在这里，阴影的深度减半，因为它由单个光源 cd 照亮。

(c) 这符合我们的直觉，因为它始终只被两个光源中的一个照亮。但是，它根据阴影的状态变化而变化，同样，它距离光源越远，接收的光线就越少。

(d) 深度第三的是中影。但是，它不符合我们的直觉，因为它距离简单派生影越近，深度就越深，距离简单派生影越远，深度按一定比例逐渐变浅：一个阴影距离两个光源越远，其深度就相应变深。

深度第四的是阴影 krs，它距离 ks 越近，当然就变得更暗，因为它从光源 ab 那里接收的光线较少，但是，由于 [距离] 的原因，它的深度反而不是那么深，因为它距离 cd 较近，所以始终暴露于两个光源之中。

(e) 与其他阴影相比，深度第五的阴影最浅，因为它始终完全暴露于其中一个光源之中，而且暴露于另一个光源的全部或部分之中；它距离两个光源越近，以及它距离外侧线 xt 越近，深度就相应变得更浅，因为它更多地暴露于第二个光源 ab 之中。

[14]　　阴影的形状有三种：如果产生阴影的物体等于光源的大小，阴影呈柱形，没有终点；如果物体大于光源，阴影呈锥形，阴影距离物体越远就变得越大，长度无限；如果物体小于光源，阴影呈锥形，具有终点，样子就像月食。

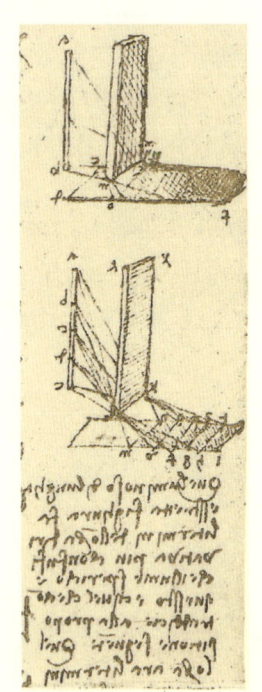

一个阴影物体处于非常明亮的背景中，看上去显得更小；一个发光体处于较为阴暗的背景中，看上去显得更大：黑夜，建筑物背后有闪电出现时，建筑物的高度就会显示这种情形；闪电霎时闪亮时，建筑物立刻显得矮了半截。

我们从这里也可以得出：建筑物在迷雾或黑夜中比在晴朗、澄澈的空气中显得更大。

[15] 与球形发光体相比，形状狭长的发光体产生的派生影轮廓较为含混不清，这一点与下面的命题相矛盾：一个阴影距离原生影越近，或者按照我的说法，它距离产生阴影的物体越近，该阴影的轮廓越分明；其原因在于发光体 ac 的形状狭长，等等。

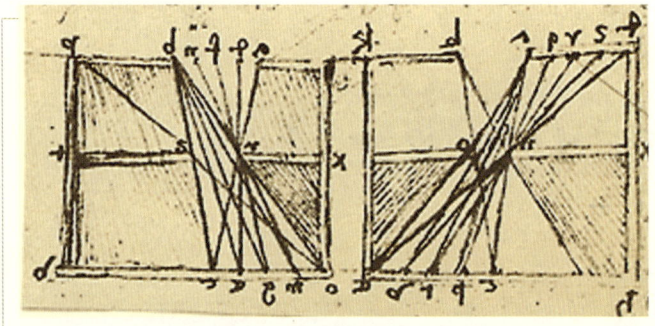

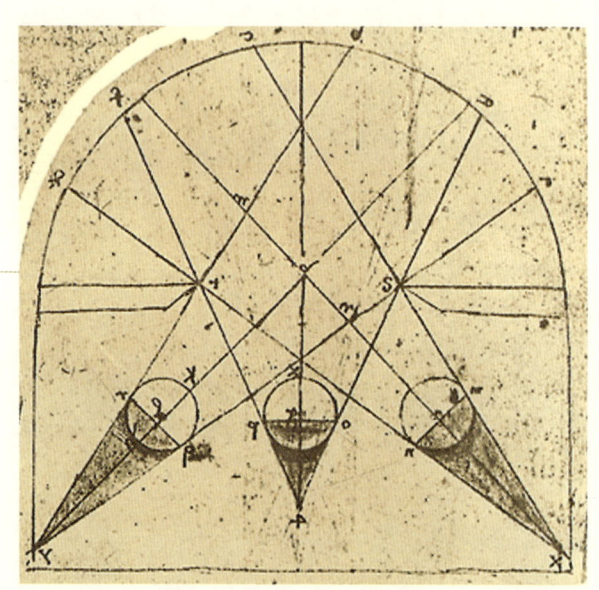

[16] 阴影周围的东西把其派生影与发光体产生的光线混合在一起。明亮窗口周围的黑暗墙壁的派生影与窗口发出的光线不同程度地混合在一起，这些深浅不一的阴影影响到光亮的每一部分，光线最强的点 c 除外。

为了证明这一点，让我们假设 da 为原生影，它被转向点 e，da 的派生影使得点 e 更暗；我们从三角形 aed 可以看出这一点，在该三角形中，角 e 面对着变暗的底边 dae。点 v 面对着变暗的阴影 as，而 as 是 ad 的一部分。点 e 面对 [三角形的] 整个底边，而点 v 只面对底边的一部分，因为整体大于部分，所以点 e 比点 v 的阴影更深。

结果，点 t 的阴影没有点 v 那么深，因为 [三角形] t 的底边是 [三角形]v 的底边的一部分；同样的道理，点 p 的阴影没有点 t 那么深，因为 [三角形]p 的底边是 [三角形]t 的底边的一部分。点 c 是派生影的终点，又是最亮光线的主要起点。

[17] 光线从一个窗口入射，如果几个物体大小相等而距离光源远近不同，那么距离光源最远的那个物体的阴影最长。一个物体比另一个物体接收的光线更多，它的阴影就比另外那个更短。阴影 nm 和 evk 的部分相当于 rt，而 vx 相当于 x 至 4 和 y 的部分。

如果一些物体位于窗口中央的正前方，而另一些物体的位置与窗口具有一定的斜角，那么前者的阴影比后者短，其原因在于，从正前方望去，窗口呈现正常的形状，而从倾斜的位置望去，窗口呈现按比例缩小的形状，即：从正前方看到的是窗口的最大尺寸，而从倾斜角度看到的是窗口的缩小尺寸。位于正前方的物体面对的是整个穹顶 ef；而那些位置倾斜的物体面对的只是穹顶的一部分，即，qr 面对 ab，mn 面对 cd。中间物体比两边物体接收的光线数量更多，它还从下方中央接收光线，因此阴影更短。

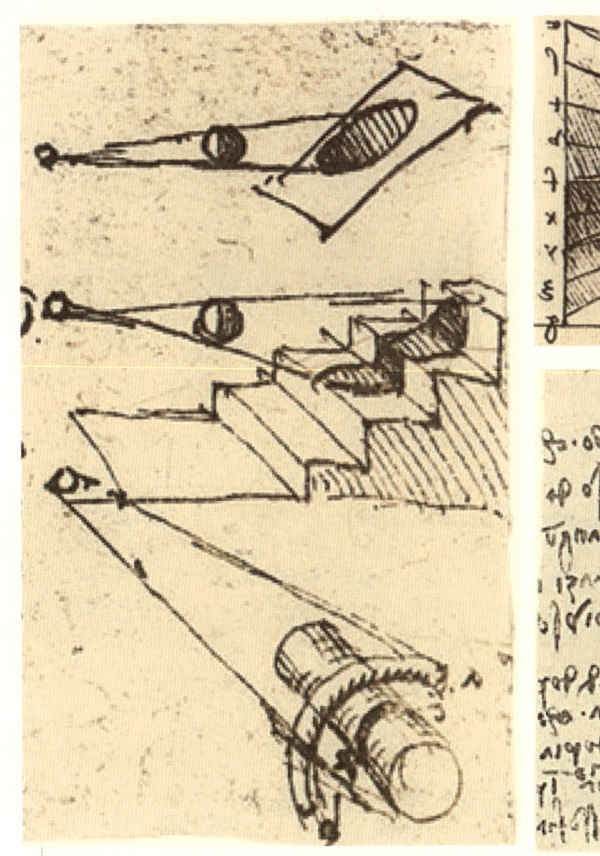

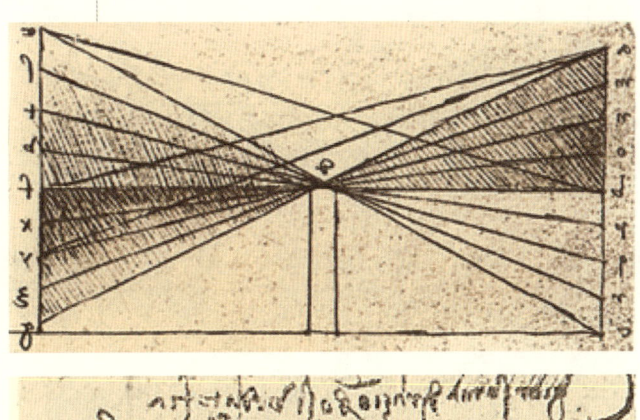

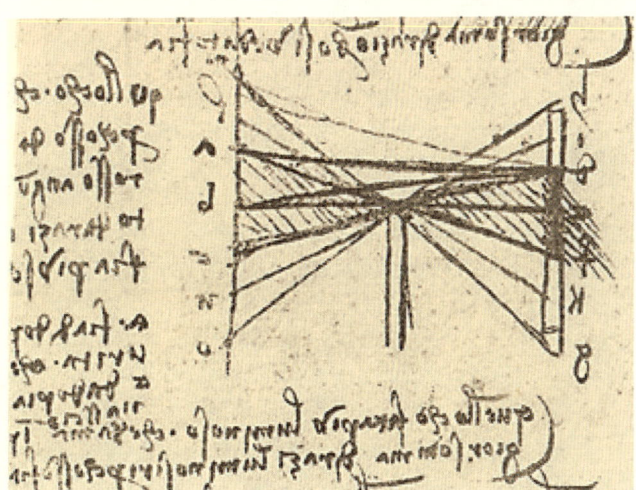

[18] 　　在拦截阴影的横断面上，除非横断面的每一部分都与发光体距离相等，否则，阴影绝不可能具有相同的深度。阴影如果被一个更暗或更亮的背景包围，那么阴影看上去就显得更浓或更淡。背景根据距离发光体远近不同，一些部分变得更暗或更亮。与发光体距离相等的各点中，光线照射角度最小的点最亮：如果眼睛置于光线的正中心，就会看到阴影落在物体表面距离不等的各点时，它们的形状与投射阴影的物体各点相似。

　　阴影距离投射它的物体越远，该阴影看上去就越黑暗。

[19] 　　虽然使用透视法描绘光线和阴影时，它们的宽度和长度相应地变窄、变短，但是光线和阴影的重量与数量不会增加或减少。

　　使用透视法时光线和阴影按比例缩小，其方法是，根据光线投射到对面物体上的重量和数量，确定光线对该物体产生的阴影以及光亮程度。

　　一个派生阴影距离阴暗程度倒数第二的地方越

近，它看上去就越暗。位于交叉点后的 gz 面对的只是 [标记为]yz 阴影的一部分，yz 借助交叉点从 mn 那里获得阴影，而借助直线从 am 那里获得阴影，因此，yz 的浓度是 gz 的 2 倍。yx 借助交叉点从 no 获得阴影，借助直线从 nma 获得阴影，因此，yx 的浓度是 gz 的 3 倍。xf 借助交叉点面对 ob，借助直线面对 onma，因此我们可以说，fx 之间的阴影浓度是 gz 的 4 倍，因为它面对的阴影是 gz 的 4 倍。

　　假设 ab 是原生影的一条边，bc 是原生光，那么 d 就是光线的拦截点，fg 是派生影，fe 是派生光。

[20] 　　当大量的阴暗射线会聚到一个点，该点的阴影最浓。一个点如果接收阴暗射线的角度最大，则该点的阴影最浓；点 a 的阴影浓度是点 b 的 2 倍，因为点 a 与点 b 处于相同的距离，接收到的阴暗射线却是点 b 的 2 倍。当大量的发光光线会聚到一个点，该点的亮度最强。点 d 是阴影 df 的起点，其色调对点 a 具有些许影响；de 是阴影 df 的一半，它投射到点 b 比投射到点 f 的阴影更浓。整个阴影空间 e 的色调对点 a 具有较大影响。

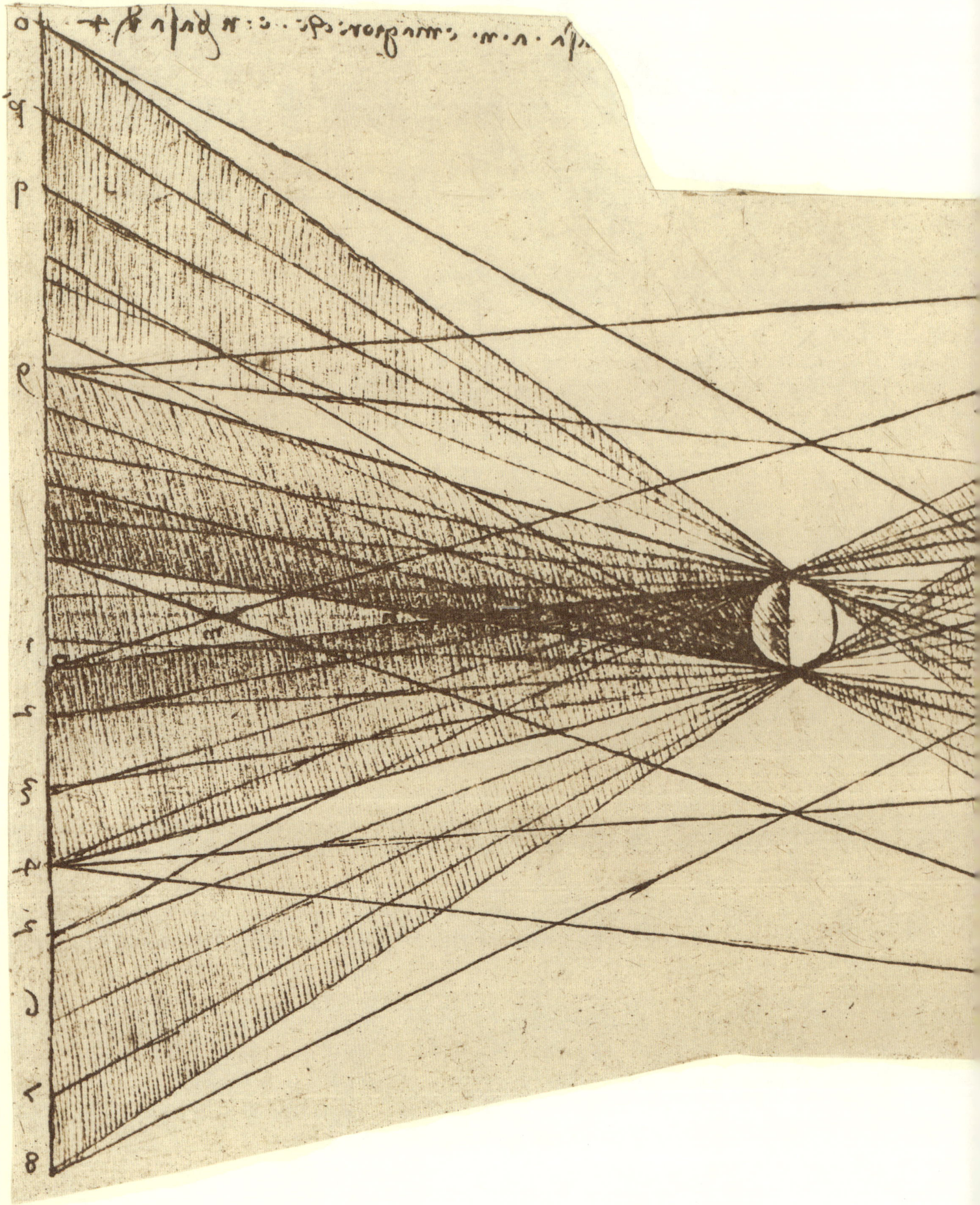

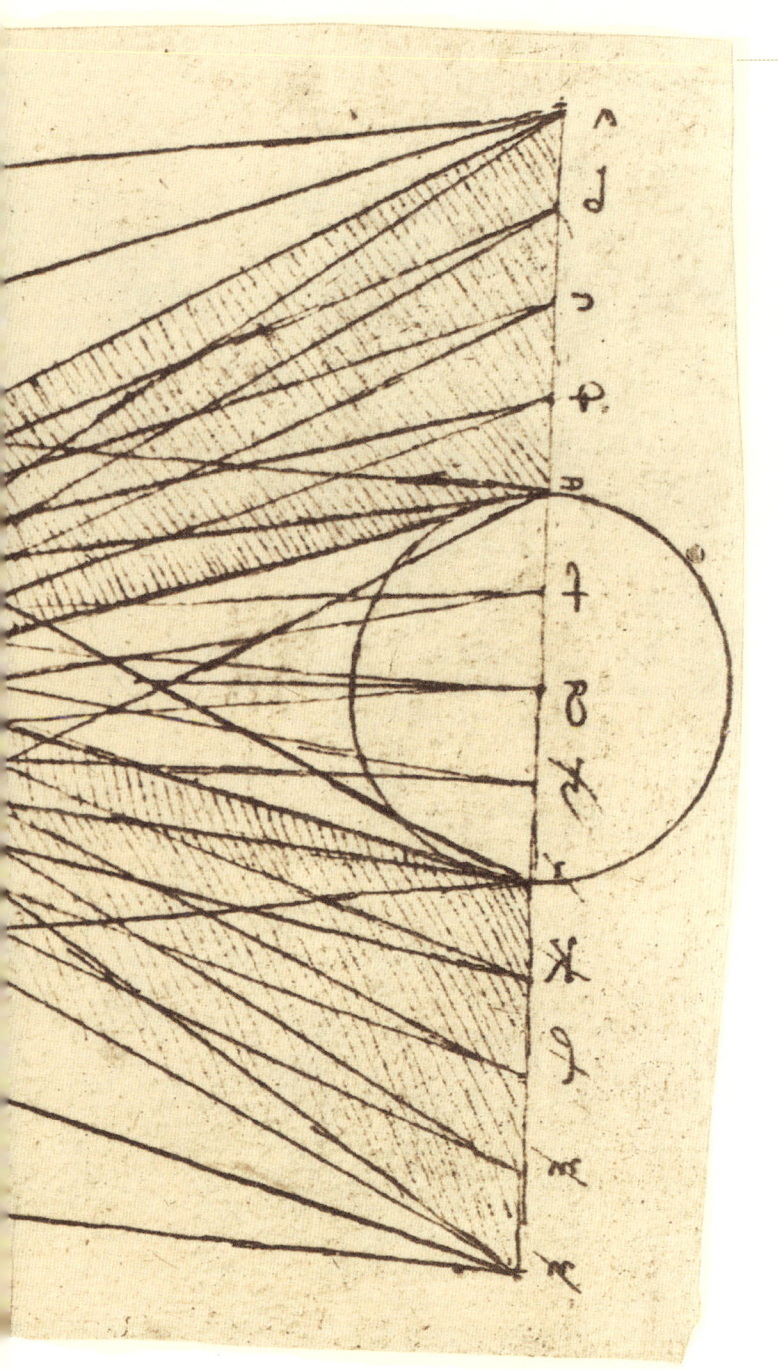

[21]　　两个物体处于彼此相对的位置，如果对面那个物体的影像投射到这个物体上，这个物体表面上投射角度最大的部分具有最强的色调。在这幅图中，角8比角4的角度更大，因为角8的底边 an 比角4的底边 en 更大。这幅图应在 an48 结束。

　　在一个被照亮的物体表面，如果有一个阴影被投射到该表面，那么，与这个阴影相邻的那一部分最明亮。一个物体接收到的光线数量越多，它就越明亮，同理，一个物体接收到的阴影数量越多，它就越暗淡。

　　几个平坦的表面彼此邻近，色调相同，方向相反，这些表面产生并限定的阴影分布状况是：阴影末端比起始端更暗，而这又取决于入射的光线。

IV 透视和视觉感知

Perspective and Visual Perception

为什么眼睛在睡梦中看物体
比大脑在清醒时想象得更清楚？

Why does the eye see a thing more clearly in
dreams than the imagination when awake?

[1]　　　山脉看上去显得稀少，只有那些相互间隔最远的山脉才能够被看见，因为，在那样的距离，雾霭浓度增加到很大的程度，产生极为强烈的亮光，把山脉的黑暗阻断,山顶的黑暗几近消失。低矮、邻近的山丘之间虽然 [雾霭] 较少，但是也难以分辨，山脚处最难分辨。

有些人热爱实践而没有知识，他们就像水手登上船却没有舵或罗盘，永远拿不准自己驶向何方。实践必须建立在坚实的理论之上，为了做到这一点，透视是向导和门径，没有这一点，你在绘画方面将一事无成。

透视是绘画艺术的最佳向导。

透视具有这样的性质：它使扁平的东西呈现浮雕感，使浮雕的东西呈现扁平感。

借助透视描绘一件东西时，如果从描绘该东西的视角看过去，能够更好地加以理解。

透视就像透过一片光滑、透明的玻璃观看一个物体，玻璃后面的所有物体都会在玻璃表面留有痕迹。有些物体呈锥形映入眼帘，而那些锥形被玻璃切割。

一切事物都经由锥形的线条把其影像传递至眼睛，透视是这种现象的理性展示，人类经验证实了这一点。我所说的锥形直线，是指那些直线从物体表面的端点出发，经过一定距离后逐渐会聚至一个点，我将向你展示，在这个特定的案例中，上述的这个点位于眼睛，而眼睛是一切事物的总裁判。我把不可分割的东西称为点；位于眼睛中的这个点不可分割，所以眼睛只能看见比这个点大的东西，因此，从物体向这个点发出的直线必然是锥形的。

所有的透视案例都借助五个数学术语加以表达，即：点、线、角、面和体。

在这些术语中，点与众不同，点没有高度、宽度、长度或深度。因此，我们可以说，点是不可分割的，它不占有空间。

线有三种，即：直线、曲线和折线。线没有宽度、高度或深度，因此，它除了长度之外也是不可分割的，其两端是两个点。

角是两条直线相交于一点形成的。角有三种，即：直角、锐角和钝角。

面是物体边界的名称，它没有深度，所以，它跟点或线一样，在深度方面不可分割，只有在长度或宽度方面可以分割。有多少种产生表面的物体就有多少种表面。

体具有高度、宽度、长度和深度，体的这几种属性都可以分割。体的形状既无限又多样。

如果你想要描绘一件近处的东西，让它看上去很自然，观看画作的人应当与你绘画时所处的距离、高度和视角完全吻合，否则，势必使你的透视显得错误，具有虚假的外观和失调的比例，拙劣的画作容易出现这种错误。

因此，你有必要制作一个等于你脸部大小的窗口或者一个小孔，通过它观看自己的作品。如果你这样做，并且正确处理好光和影，毫无疑问，你的作品必能产生自然的效果，而且你甚至难以相信这真是画出来的。否则，你就不要费劲去画任何东西，除非你作画时采取的距离至少是你所画东西最大宽度和高度的 20 倍，这样，观赏者无论站在画作前方的任何角度，都能感到满意。

透视有三个分支。第一个分支研究不透明物体远离眼睛时体积 [明显] 变小的原因，被称为缩形透视或线性透视。第二个分支研究颜色远离眼睛时发生变化的方式。第三即最后一个分支研究 [作品中] 物体轮廓距离眼睛越远越模糊的原因。

几个大小相等的物体，距离眼睛最远的那个看上去最小。

两个大小相等的物体，距离眼睛较近的那个比较远的那个看上去更大。

采取相等的视角，近处一件小的物体与远处一件大的物体看上去大小相同。

一个物体再大，只要距离眼睛足够远，那么它看上去也会比近前的一个小物体还小。

远处的两个物体大小相等，如果第二个物体与第一个物体的距离等于第一个物体与眼睛的距离，那么第二个物体的大小看上去是第一个物体的一半。

相等的物体与眼睛的距离相同，则会被眼睛判断为大小相等。相等的物体与眼睛的距离远近不同，看上去大小不等。不相等的物体由于距离眼睛远近不同，看上去相等。

几个大小相等的不透明物体，根据观看它们的眼睛距离远近，它们的大小发生明显的变化，但是呈反比例变化，距离越远的物体看上去越小，距离越近的物体看上去越大。线性透视即是建立在这个基础之上。其次，该原则还表明，每一个物体在距离很远的时候，其最瘦小的部分总是最先消失。

因此，一匹马，腿部比头部先消失，因为腿比头瘦小。同理，颈项比躯干先消失。因此，眼睛最后能够看到的部分只剩马的躯干，虽然还保留着卵形，却更接近于柱形。根据上述第二个结论，马的宽度比长度先消失。

如果眼睛不动，透视的距离结束于一个点；但是，如果眼睛沿一条直线移动，透视形成一条线，因为这条线是该点移动的结果，而我们的视角始终跟随着这个点。因此，这个点随着视角移动而移动，点的移动进而形成线。

[2]

几个大小相等的物体与眼睛的距离相等，颜色越白的物体显得越大。

几个物体的大小、颜色相同，距离眼睛越远的那个看上去颜色越淡、体积越小。

很多体积庞大的物体位于远处时，可能因为它们的颜色而失去可视度；很多体积小巧的物体位于远处时，可能因为相同的颜色而保持可视度。

一个物体的颜色如果与天空颜色相同，那么它在中等程度的距离可以保持可视度；一个物体如果比天空颜色更苍白，那么它在远距离可以保持可视度；一个物体如果比天空更黯淡，那么它在近距离便不可见。

但是，在这三种物体中，一个物体自身的颜色反差越大，它的可视距离越远。

为了把色彩在透视方面变化或消退的基本特征付诸实践，你应当观察风景中间隔 100 臂尺的事物，例如树木、房屋、人或特定地点。

拿一片玻璃，牢牢固定其位置，你的眼睛也固定不动，观察第一棵树，循着树的形状在玻璃上描绘出来。然后，把玻璃向树那里移动，使得真实的树靠近你画的树，给你的图画着色，让两者在色彩和形状方面都相像，如果你闭上眼睛，两棵树仿佛都是画在玻璃上并且距离相同。

采用同样的方法，描绘第二棵树、第三棵树，它们的间距都是 100 臂尺。无论你何时着手绘画，无论你描绘什么，这些图画都可以作为标准和指针，并且确保你在作品中体现正确的距离。但是我发现，作为一条法则，当第二棵树位于第一棵树以外 20 臂尺的时候，它是第一棵树的 4/5。

　　还有一种我称之为"空气透视"的透视，因为我们能够根据大气辨别那些看上去处于同一条基线的各种建筑距离眼睛的远近不同。例如，我们看见一堵墙外的几幢建筑，它们位于这堵墙头以上的部分看上去大小相同，如果你想要在画中描绘它们距离眼睛的远近不同，以及把大气描绘得浓重一些，那么你应当知道，透过浓度均匀的大气眺望最遥远的物体（例如山脉），由于眼睛与物体之间存在大量的空气，所以那些物体呈蓝色，几乎跟太阳在东方时天空的颜色相同。因此，你应当把墙头之上最近的建筑描绘成它的本色，越远的建筑轮廓越模糊、颜色越蓝。你想要描绘的最远的建筑其蓝色最深。如果一个建筑有 5 倍远，蓝色的深度就应当是 5 倍。根据这条法则，你就能使处于一条基线、大小似乎相同的建筑看上去一目了然：哪些建筑比其余的更远或更大。

一个物体被放置在与眼睛有一定距离的地方，该物体最小部分的特征首先失去，而最大部分的特征依然保留，却失去了所有的细节和轮廓特征。最后，只剩下模糊的卵形或球形轮廓。

距离，黑暗，或者雾霭弥漫于眼睛与物体之间，由此产生的模糊状况可以导致物体的边界在大气中几乎难以分辨。

太阳升起、驱散雾霭的时候，在雾霭消散的那一侧，山岭的特征逐渐显露出来，它们看上去呈蓝色，仿佛向迷雾退去的方向喷放烟气，而建筑物显现出光和影。在雾霭浓度小的地方，建筑物只显现亮光，而在雾霭浓度大的地方，什么也看不见。这种现象是由于雾霭沿着水平方向移动造成的，雾霭边缘在蓝色天空的背景中隐约难辨，在地面的背景中看上去几乎就像扬起的尘埃。

朝向西方的房屋只呈现它们被太阳照亮的一面，其余部分都隐没在雾霭之中。

大气的密度越浓，风景中的城市建筑和树木看上去就越稀少，因为，只有最突出以及最大的建筑或树木才能被看见。

如果不透明物体的真实轮廓在近距离内无法分辨，那么它们在远距离更是难以分辨。每个不透明物体的真实形状是通过其轮廓反映出来的，如果眼睛由于距离原因而无法看清物体的

整体轮廓，那么我们就更加无法看清该物体的组成部分。

我说，一些物体看上去很小，是因为它们距离眼睛遥远。这种情形显而易见，因为在眼睛与物体之间必然存在大量空气，这部分空气干扰物体形状的可见性，从而，这些物体的细枝末节难以区分和辨认。

因此，画家啊，让你画出的小物体显得比较粗略，而不要太细致完整，否则，绘画的效果违背自然这个至上准则。物体之所以看上去很小，是因为它与眼睛相隔遥远的距离，大量空气存在其间，这部分空气形成浓密的一团，干涉并阻碍眼睛看见远处物体的细枝末节。

经验告诉我们，空气的背后肯定是黑暗，却依然呈现蓝色。如果你点燃一根干燥的木头令其产生一小股烟，太阳光线照在这股烟上，然后，你在烟的背后放置一块黑色天鹅绒布料，但是不要让阳光照射到布料上，那么你就会看见，眼睛与黑色天鹅绒之间的烟呈现漂亮的蓝色。如果你把黑色天鹅绒换成白色布料，那么，烟的浓度太稀薄则不会呈现蓝色，烟的浓度太稠密产生的蓝色则不完美。因此，浓度适中的烟才能产生最完美的蓝色。

让阳光光束透射到一个黑暗的房间，让水在房间里剧烈喷

射出精细的水雾，那么这些水雾就会呈现蓝色，如果水经过蒸馏，蓝色则更鲜艳，稀薄的烟也呈蓝色。我提及这一点，目的是证明，大气的蓝色是由其背后的黑暗造成的。

清晨，雾霭的上层比下层更浓密，因为太阳把雾霭往上吸引；因此，那些高大建筑的顶部就会隐匿不见，尽管顶部、底部与眼睛的距离相同。同理，眼睛前上方的天空比地平线显得更暗，地平线不是接近于蓝色，而是呈现烟雾和尘埃的颜色。

雾霭弥漫的大气根本不会呈现蓝色，只是接近云团的色彩，而云团在晴天时呈现白色。你向西张望，越远的地方变得越黑暗；向东张望，越远的地方变得越清晰明朗。翠绿的田野在稀薄的雾霭中呈现浅蓝的色彩，而在浓密的雾霭中变成黑色。

我说，我们看到的大气颜色并不是其真正的颜色，原因在于：暖湿的水蒸气在空中蒸发成为精细、不可见的原子，经过太阳光线照射，把光线反射到无限遥远的黑暗天球之上。因此，正如我所言，大气之所以呈现这种湛蓝色彩，是因为潮湿的微粒吸收了太阳光线。

另外，在阳光光束透过孔洞投射到一个黑暗的房间里，我们可以分辨出尘埃微粒与烟雾微粒存在差别，尘埃呈现烟灰色，而稀薄的烟雾呈现最漂亮的蓝色。我们看见遥远山脉的阴影处也呈现这种颜色，此时，眼睛与那些阴影之间的大气看上去湛

蓝无比，不过，那些山脉的最明亮部分与其真实的色彩相差不大。

但是，如果谁想得到一个终极的证明方法，让他在画板上描绘出各种颜色，其中有一片浓浓的黑色，然后在这些颜色上面覆盖 [一层] 稀薄、透明的白色。那么他就会看见，那片黑色之上的透明白色显现为最为漂亮的蓝色。不过，那层透明白色必须非常稀薄，研磨得非常精细。

黑暗把一切东西都沾染上它的色彩。一个东西脱离黑暗越彻底，就越能显现它真实的本色。

所有颜色被置于阴影中的时候，它们都呈现同等程度的黑暗色彩。但是，所有颜色被置于充足的光线之中，它们绝不会改变自己的真实本色。

我们知道，[只有] 借助于光线，我们才能看见颜色本身。因此，我们可以设想，在光线最充足的地方，一种颜色的真正性质才能显露无遗。在阴影最浓厚的地方，物体的颜色受到那个 [阴影] 色彩的影响。故而，画家啊，记住要在明亮光线之中展现颜色的真实本质。

根据阴影的深浅不同，阴影中的颜色或多或少地展现它们的自然光泽。但是，如果这些颜色处于光线充足的地方，光线越亮，这些颜色也就越亮。

阴影越深，阴影中的颜色展现出的变化程度就越小。这种现象的证据如下：你从室外开阔的空间向黑暗模糊的教堂门口望去，原本颜色各异的东西看上去都一致呈现为黑色。

因此，在一定的距离，所有不同颜色的阴影都会呈现相同的黑色。在光和影中，只有物体光亮的一面呈现出真实的颜色。

除黑色以外的各种颜色与眼睛相隔遥远的距离，看上去最蓝的那种颜色其本色最接近黑色；反之，与黑色相差最大的那种颜色会在最大程度上保持自己的本色。

因此，与黄色或白色相比，田野的绿色看上去带有更强的蓝色。反之，黄色和白色比绿色变化更少，红色变化最少。

几 [片] 色泽相同的白色，位于最黑背景的那 [片] 白色显得最白。黑色在最白背景映衬下显得最黑。

红色在最黄背景映衬下显得最鲜艳；同理，各种颜色在与其反差最大的颜色映衬下最鲜艳。

每一个不透明且无色的物体呈现它反射的那种颜色，白色的墙壁即是如此。

被照亮物体的色调受 [照亮该物体的] 发光体色调的影响。

任何不透明物体的表面都受其周围物体 [反射] 的颜色的影响。但是，根据周围物体远近和 [反射颜色] 强弱的不同，这种影响或大或小。

任何没有颜色的物体都会在某种程度上受其对面 [物体] 颜色的影响。这一点可以从经验得到证明，任何一个物体反射另外一个物体，它就会受到被反射物体颜色的影响。如果该物体表面的一部分是白色，那么该部分反射红色时就会呈现红色，反射其他颜色也一样，只是明暗不同。

光线投射到一个物体产生阴影，该阴影总是受到物体表面颜色的影响。

镜子中产生的影像受到镜子颜色的影响。

任何物体快速移动时似乎都会在其路径中留下自己的色彩。这个命题的真实性可以根据经验证明：当闪电穿过黑暗的云团，它飞驰的速度使得其蜿蜒的路径仿佛闪亮的蛇。同样，如果你舞动一块燃烧的木头，它的路径就像一圈火苗。这是因为，视觉器官比大脑决断的行动更加迅速。

拿一块石头扔进水中，就会以石头为中心形成一圈圈涟漪，同样，声音在空气中以圆形向外传播。任何东西被置放于明亮的大气中，都会呈圆形向外扩散，无穷无尽的影像充满周围的大气。同样，所有物体的影像都反射在一个物体上，而哪怕最小的一个物体也会把自己的影像反射至所有物体上。

所有物体在一起（以及各自）向周围大气发散无穷无尽的影像，它们无所不在、无不完整。每一个影像都传达出产生该影像的物体的性质、颜色和形状。

[4]

(a) 我们可以清楚地看见，所有物体借助于自己的影像存在于周围大气的每一个角落，每一个在性质、颜色和形状方面都自成一体。证明如下：各种物体的影像借助光线把物体传播到一个小孔的另一侧，那些线条相互交织形成原物体的倒金字塔形状，这样，它们在第一个反射这些光线的黑暗平面上呈现颠倒的影像。

大气中充满分布其间的物体无穷无尽的影像。所有的物体都会被表现出来，无论是整体还是单个物体。因此，如果两个镜子被摆放在恰好面对面的位置，那么第一个镜子会在第二个镜子中得到反射，而第二个镜子则把自己的影像和镜中的影像都反射到第一个镜子。这其中就有第二个镜子的影像，由此，影像套着影像，直至无穷，每一个镜子都包含另一个镜子，每一个都比前一个更小并被前一个镜子包含。通过这个范例可以清楚地证明，每一个物体都把自己的影像发散至各处，由此我们才能看见物体自身。反之，每一个物体也可以接收它跟前物体发出的所有影像。

因此，眼睛在大气中把自己的影像传播至它看到的所有物体，并且接收那些物体的影像，也就是说，大脑经由眼睛表面接收那些影像，对它们进行思考，如果认为它们令人愉悦，就储存于记忆中。因此，我认为：眼睛向各种物体传播不可见的影像，同样，物体的影像也传播至眼睛。物体的影像必须经由空气传播。

举一个例子，你可以把几个镜子沿着一个圆圈放置，这样它们彼此无穷无尽地反射下去。当一个影像反射到另外一个，它就会返回至产生该影像的镜子，经过缩小之后，它又反射到另外那个镜子，然后又反射回来，没有穷尽。

如果你在两个相距 1 臂尺的镜子之间放置一盏灯，就会看见每个镜子里面反射出无数的灯，一个比一个更小，直至无穷。夜晚，如果你在室内四壁之间放置一盏灯，墙壁的所有部分都会出现这盏灯的影像。墙壁接收灯光的影像，灯光同样接收墙壁的影像，也就是说，它们之间没有障碍物阻断影像的传播。我们可以在更大规模上看到同样的例子：太阳的每一条光线合起来（以及分别）把自己的影像传播至各种物体之上。

这些例子清楚地证明：每一个物体单独可以用自身的影像充满其周围的大气，而这一部分大气同时也能够接收位于其中的无数其他物体的影像。在整个大气圈中，每一个物体的影像到处存在并且可以被看见，从整体至其最微小的部分；每一个物体存在于所有物体之中，所有物体存在于每一个物体之中。

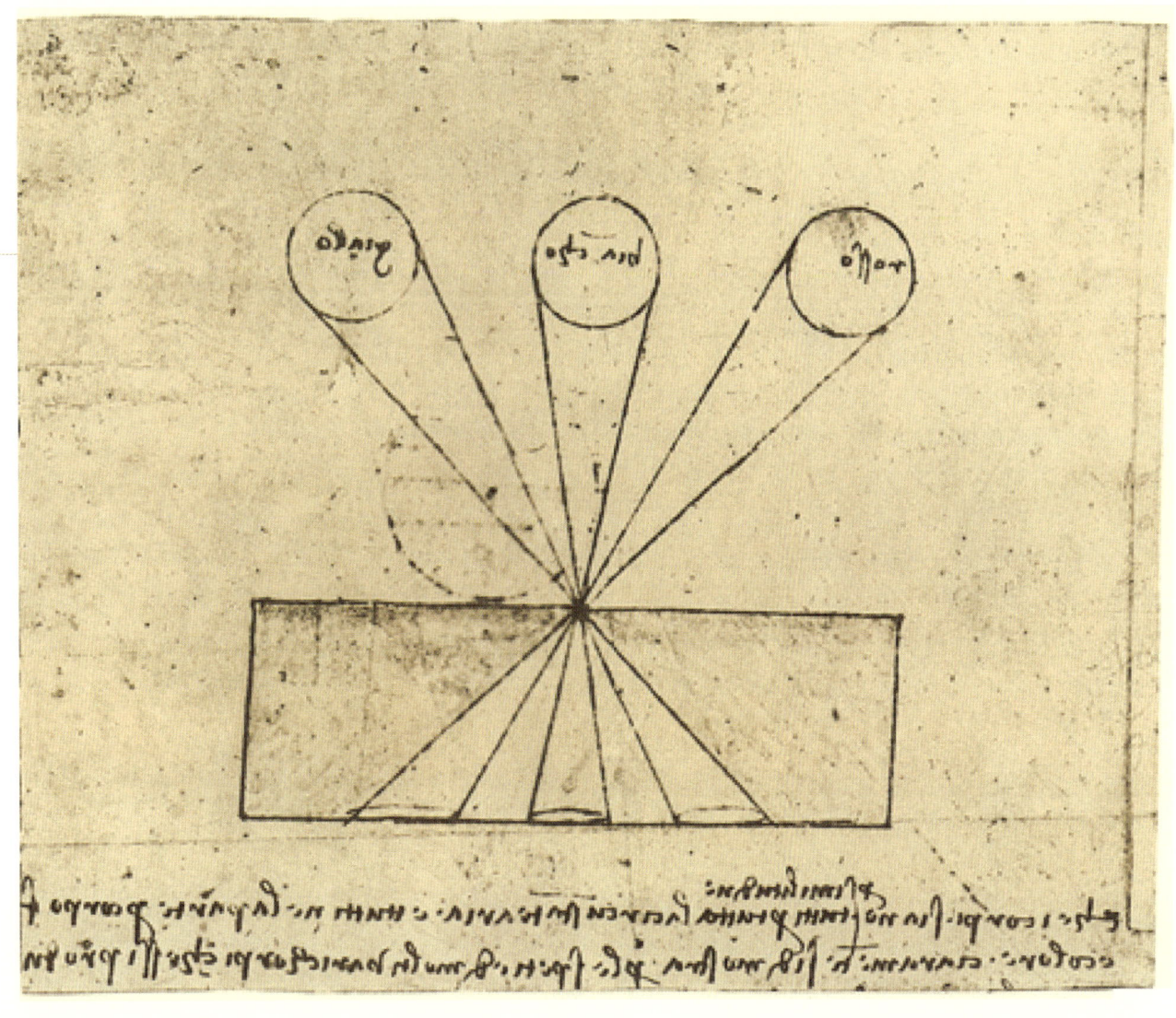

太阳的影像在小波纹情况下比大波纹情况下更显明亮——这是因为，太阳的反射或影像在小波纹情况下比大波纹更多，而亮色的波纹数量越多，太阳就显得越明亮。

如果波纹像杉木球果的叶片那样层层交叠，它们就能最大程度反射太阳的光辉，这是因为，有多少波脊，就会反射多少太阳的影像，而这些波纹之间的阴影很小，而且不太暗。这么多反射的光源融合在一起，把太阳的影像传递至人的眼睛，因此，我们根本察觉不到那些阴影。

我说，所有动物都借助于光线才能被我们的眼睛看见。如果有人想要拿夜行动物的例证反驳我，那么我要说，这一点也同样遵循相同的自然法则。

因为，我们可以很容易理解：那些接收物体影像的视觉器官本身并不投射任何视觉影像。相反，在物体和视觉器官之间的大气媒介把物体的影像融入大气之中，大气与视觉器官接触，把物体传递至视觉器官。如果一个物体——经由声音或者经由气味——把它的精神力传递给耳朵或者鼻子，那么它就不需要经由光线，光线不发挥作用。如果物体不被光线照亮，它们的形状就不会把影像发送至大气中，眼睛由于自身的结构特点就不能够从大气中接收那些物体形状，因为大气并不拥有那些影像，即便大气接触那些物体表面。

如果你偏要说，很多动物都在夜间捕食，我的回答是：当那些动物的眼睛需要的些许光线缺乏时，它们借助于强大的听觉和嗅觉为自己指引方向，它们的听觉和嗅觉不受黑暗阻碍，而且比人类强大得多。如果你让一只猫于白天在一些瓶瓶罐罐上跳来跳去，它不会打碎那些瓶罐，但是，如果你在夜晚也这样做，猫就会把它们打碎。只有月亮完全或部分照耀，夜行鸟类才会四处飞行，而且，这些鸟类通常在日落之后与夜晚完全黑暗之前这段时间觅食。

没有光和影，我们就不能看见任何物体，而光和影是由光造成的。

如果眼睛前方的物体把自己的影像传递给眼睛，眼睛也把自己的影像传递给该物体，无论是眼睛还是物体出现

什么问题，它们发出的影像任何部分都不会消失。因此，我们应当得出结论：不是物体本身具有某种性质，可以在大气中传播自己的影像；而是发光的大气具有某种性质和力量，能够吸引并吸收位于大气中的物体的影像。

如果眼睛前方的物体把自己的影像传递给眼睛，眼睛也把自己的影像传递给该物体，那么这些影像就应当是它们发出的放射物。假如是这样，每一个物体必然迅速变小，因为每一个物体在其面前的大气中都呈现完整的影像，即，整个物体呈现在整个大气之中以及大气的每一个部分之中，那么，该物体的那个部分就能够把其他物体发出图像的直线和射线都吸收至自己体内。

因此，我们必须承认：存在于各种物体之间的大气具有某种性质，就像磁铁一样，把位于其间的物体的影像吸收至大气自身。

所有物体都借助于锥形把自己的影像传递至眼睛；物体的横截面距离眼睛越近，产生的影像就显得越小。

如果你问我如何才能在实践中展示这一点，那么我可以告诉你：关于那个随着你移动而离去的点，你可以在犁成笔直垄沟的田地行走，你顺着垄沟渐行渐远，一对对垄沟的末端似乎逐渐向一起靠拢，在尽头处融为一体。

关于向眼睛靠近的点，就更加容易理解。如果你注视一个人的眼睛，就可以在那里看到自己的影像。因此，如果你假设两条直线从你两耳出发，延伸至你在别人眼中见到的自己影像的两耳上，你很容易看出，这两条直线逐渐靠拢，在你那个影像后方不远处就会相交成一个点。

自然创造瞳孔的时候把瞳孔安排在眼睛凸面，这样，眼睛的视角更大，能够看到周围更多物体的影像，如果眼睛是平面，则做不到这一点。

眼睛前方的物体经由瞳孔大门把自己的影像传递给玻璃体，这些影像在瞳孔内的传递方式如下：影像右侧的光线投射在玻璃体的左侧，左侧光线投射在右侧；然后，光线穿透这个玻璃体，与穿透玻璃体之前相比，光线穿透之

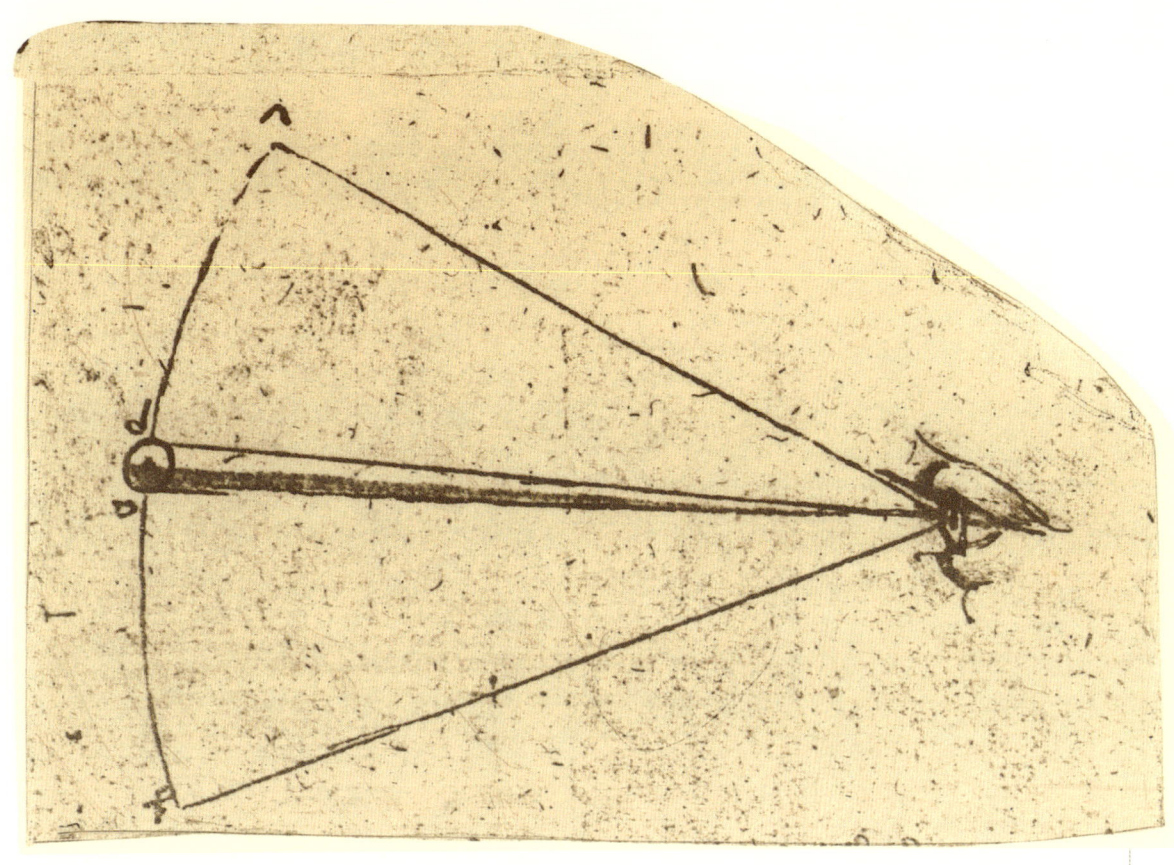

后在玻璃体的背面收缩并彼此非常接近。

当两只眼睛把锥形的视线投向一个物体，就能够清晰地看见并理解那个物体。

[5]

所有物体的影像都是经由眼睛中的一个小孔传递至感觉器官。因此，如果整个地平线 ad 经由这个小孔传递至眼睛，物体 bc 仅是这个地平线的很小一部分，既然广大的地平线在眼睛中形成的影像那么小，那么物体 bc 在影像中占据的空间有多大？由于明亮的物体在黑暗中比其他物体显得更明亮，而眼房跟一切带有颜色的腔室一样都非常黑暗，所以遥远的物体在明亮的大气中就会变得模糊、消失，即便它们能够被眼睛看见，也会显得又黑又暗，同样，在明亮的大气中，每一个微小的物体也显得又黑又暗。

我们显然看到：眼睛前方所有可视物体无论大小，它们的影像都是经由眼睛这个细微的小孔传递至视觉器官。天空和地平线能够经由这个狭小的通道传递至视觉器官，既然如此，一个人的脸庞——假如跟天空和地平线的距离一样远，那么脸庞的影像就微乎其微——在眼睛中占据的空间几乎无法分辨。

人脸的影像也需要从眼睛表面经由一个黑暗的媒介（晶状体，呈现黑色）传递至视觉器官，因为这个影像的颜色不是很鲜亮，它会在穿过晶状体时受其黑色的影响，在抵达视觉器官时显得黑暗，除此之外，不可能有其他原因。如果说眼睛里的晶状体是黑色的，那是因为它充满了跟空气一样透明的液体，作用相当于一个木板上的小孔；从这个小孔向里望去，它呈现黑色，而物体影像穿过明亮的大气和黑暗的晶状体，在这个黑暗的地方变得模糊不清。

我们看见的每一个物体在午夜比在正午显得更大，在清晨比在正午显得更大。这是因为，眼睛的瞳孔在正午比在其他任何时间都小。

猫头鹰的眼睛或瞳孔能够按照比例自动放大或缩小，其幅度比人类大得多。因此，猫头鹰在夜晚比人类看到更多光线，而在正午，假如它的瞳孔不缩小就看不见任何东西，同样，它在夜晚看到的东西比在白天更大。

如果你让眼睛观看距离它太近的东西，比如一个人想要看清楚自己的鼻尖，它就无法做出正确的判断。因此，作为一条普遍法则，自然教导我们：一个物体与眼睛之间的距离至少需要等于人脸的长度，否则，眼睛不可能完全清楚地看见一个物体。

两匹马沿着平行的跑道奔向前方，如果眼睛处于跑道之间，就会看见它们越跑越向一起靠拢。这是因为，随着马的跑动，两匹马投射到眼睛的影像逐渐移向眼睛瞳孔表面的中心。

但是，物体影像传递至眼睛瞳孔时，在瞳孔上的分布与其在大气中的分布完全一致，证明如下：当我们仰望满天的星星，而不是刻意凝望某一颗星，天空看上去布满了星星，它们在眼睛中的大小与其在天空中一致，它们之间的距离也同样一致。

眼睛的瞳孔随着自身反射的光线增加而相应地收缩。瞳孔随着自身反射阳光或其他光线的减少而相应地放大。瞳孔放大时，眼睛观看并分辨物体的视线相应地越强，这方面的例证见于某些夜行动物（例如猫）以及某些鸟类（例如猫头鹰等），在夜晚或白天时，它们瞳孔的大小变化很大。[在室外]明亮大气中的眼睛向窗口后方望去，会看到房间里一片黑暗，而那里[其实]是明亮的。

眼睛前方的物体亮度和暗度有多少种差别，瞳孔大小的改变也就有多少种。在这方面，自然给眼睛提供了如下视觉能力：当眼睛被过度光线刺痛时，瞳孔就会缩小；当眼睛不得不忍受程度各异的黑暗时，瞳孔就可以像拉开钱包的口一样放大。

这里，自然扮演的角色就像是一个人：如果他居住的室内光线太强，就可以把窗口遮挡一半，或者根据需要有所增减；当夜晚来临，他可以把整个窗口打开，目的是让室内更明亮。这里，上述明暗变化自始至终呈现在我们眼前，自然让我们的瞳孔根据明暗变化而缩小或放大，不断地进行调整与匹配，由此产生一种动态的平衡。

你可以在夜行动物中看到这一过程，例如猫、普通猫头鹰、长耳猫头鹰等，它们的瞳孔正午时非常小，而夜晚时非常大。这一点同样适用于所有陆生动物、空中动物以及水生动物，当然，最具代表性的还是夜行动物。

如果你想要用人来做实验，可以拿着一根点燃的蜡烛距离那个人稍远一点，让他看着烛光，你把蜡烛一点点向他跟前移过去，盯着他的瞳孔，那么你就会发现，烛光越接近他的瞳孔，瞳孔就收缩得越小。

当眼睛习惯了黑暗，如果突然接收光线就会受到伤害，由于不能忍受光线而会迅速闭上眼睛。这是因为，为了在所习惯的黑暗中辨别物体，瞳孔放大，使用全部力量把黑暗中物体的影像传递至接收器官。光线突然投射进来，从瞳孔穿过，给原本处于黑暗的瞳孔造成很大伤害；光亮与黑暗恰恰相反，而眼睛已经适应并习惯了黑暗环境，需要在黑暗中继续保持现有状态，如果突然撤去黑暗，势必给眼睛造成伤害。

你也可以说，突然到来的光线给眼睛造成伤害，是因为原本处在黑暗中的瞳孔突然缩小，眼睛的感光部分突然接触并摩擦，就会发生这种情形。

如果你想见证这一点，可以细心观察并留意一个人瞳孔大小的变化：他正在注视一个黑暗的地方，然后把一根点燃的蜡烛拿到他眼前，使烛光迅速接近他的眼睛，你就会看见他的瞳孔瞬间缩小。

眼睛看见的所有物体都是颠倒的，它会把物体的影像保留一段时间。这个结论已经被各种结果证明，因为眼睛凝望着光亮时，会把光线的影像保留下来。在凝望［光亮］之后，眼睛里面会保留强烈光线的影像，从而使得任何不太明亮的点看上去呈现黑色，直到眼睛失去了强光留下的最后一丝痕迹为止。

如果你观看太阳或其他发光体，随后突然闭上眼睛，就会看到该相同轮廓的物体影像在眼睛内停留很长一段时间。这个迹象表明，影像进入了眼睛内。

明亮物体比阴暗物体的影像更容易被眼睛内部接收并保留。原因在于，眼睛自身完全黑暗，而两个颜色相似的事物难以区分，所以，夜晚以及其他黑暗的事物无法被眼睛看见或辨别。光亮恰恰相反，特征更加突出，与通常黑暗的眼睛发生反作用，容易区分，因此影像容易停留在眼睛之中。

因为眼睛是心灵的窗口，所以心灵总是害怕失去眼睛，以至于眼睛前方出现的某种东西突然让一个人心生恐惧时，他并不是用手保护心脏（即便心脏给居住着感官之王的大脑赋予生命），也不是保护耳朵、鼻子或嘴巴。受到惊吓的视觉器官即刻闭上眼睛，用尽最大力量合起眼睑，把脸猛地转向一边，即使这样他还是感觉不安全，便用一只手捂住双眼，伸出另一只手在他与他害怕的东西之间形成屏障。

据说，狼能够凭借目光让人发出战栗的嘶哑声音。
据说，蛇怪只要瞟一眼，就能夺去任何生物的生命。
据说，鸵鸟和蜘蛛凭借目光把它们的卵孵化出来。
据说，少女能够凭借眼眸吸引男子的爱情。

噢，伟大的创造［译注：原文是数字零（0），应为大写字母O］！什么样的天才才能够理解这样一个自然？谁会相信这么小一个空间能够容纳整个宇宙的影像？什么样的舌头才能够讲述这么伟大的奇迹？这是指引人类通向神圣事物的途径。

V 写生和素描

Studies and Sketches

画家的头脑应当像一面镜子，它常吸取所反映物体的色彩，并且被摆在它面前的许多物体的形象所充满。

The mind of the painter must resemble a mirror, which always takes the color of the object it reflects and is completely occupied by images.

一个人正在饮酒，把杯子放回原处，转头对着讲话的人。

另一个人双手手指交握，蹙着眉望着他的同伴。另一个人摊开双手露出掌心，两臂高耸触耳，满脸惊讶。

另一个人对邻座耳语，而那人一手拿着餐刀，另一手拿着刚切一半的面包，转过头来倾听。另一个人转身的时候，拿着餐刀的手打翻了桌上一只杯子。

[1]

彼得

[1]

　　另一个人把一只手放在桌上，正在观望。另一个人张着嘴 [喘气]。另一个人身体前倾，注视讲话的人。另一个人退缩在那个身体前倾的人背后，从墙壁和那个倾身的人之间注视讲话的人。

巴多罗买

安得烈　　　　　　　　　　　　　　　　　腓力

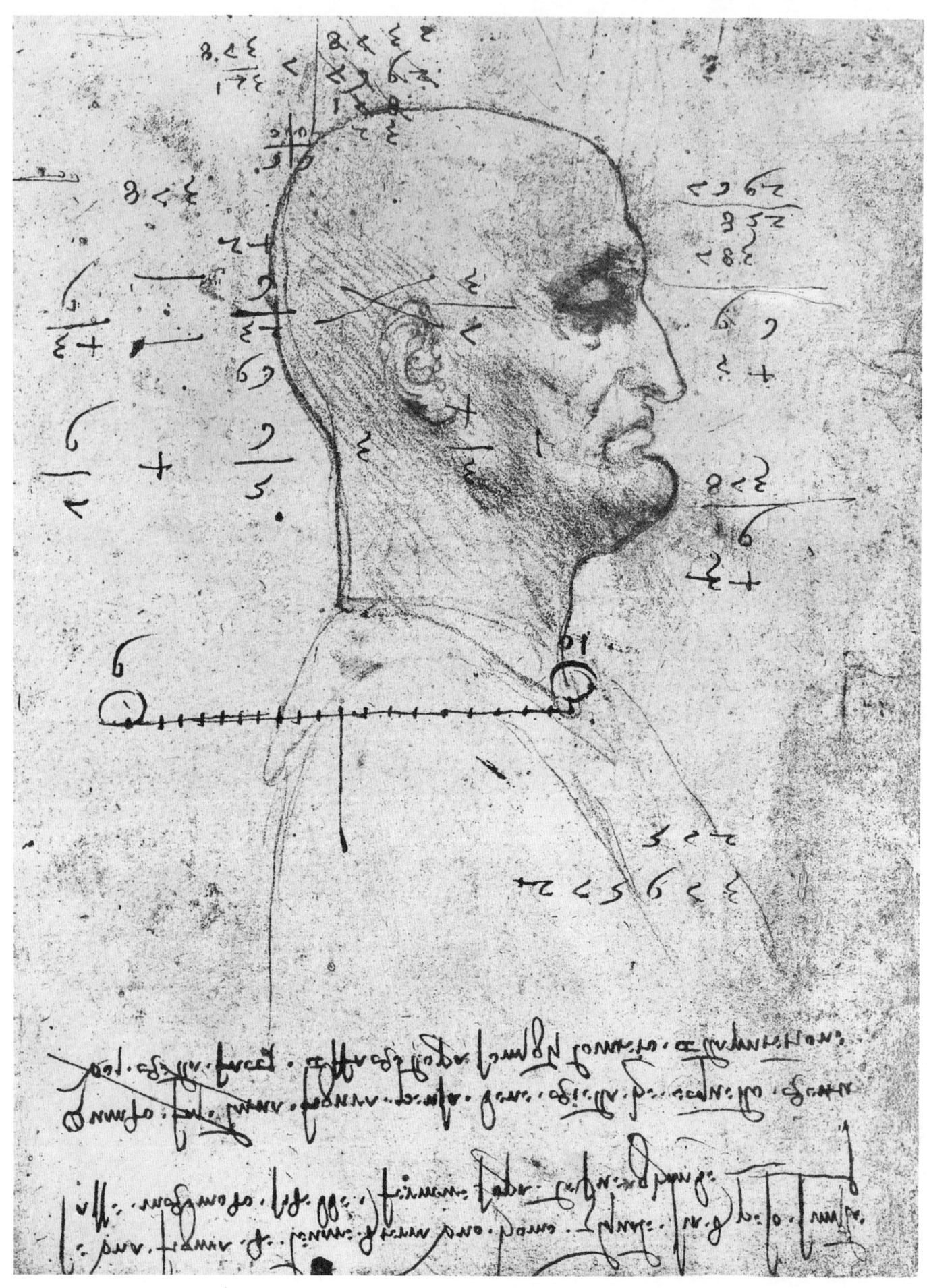

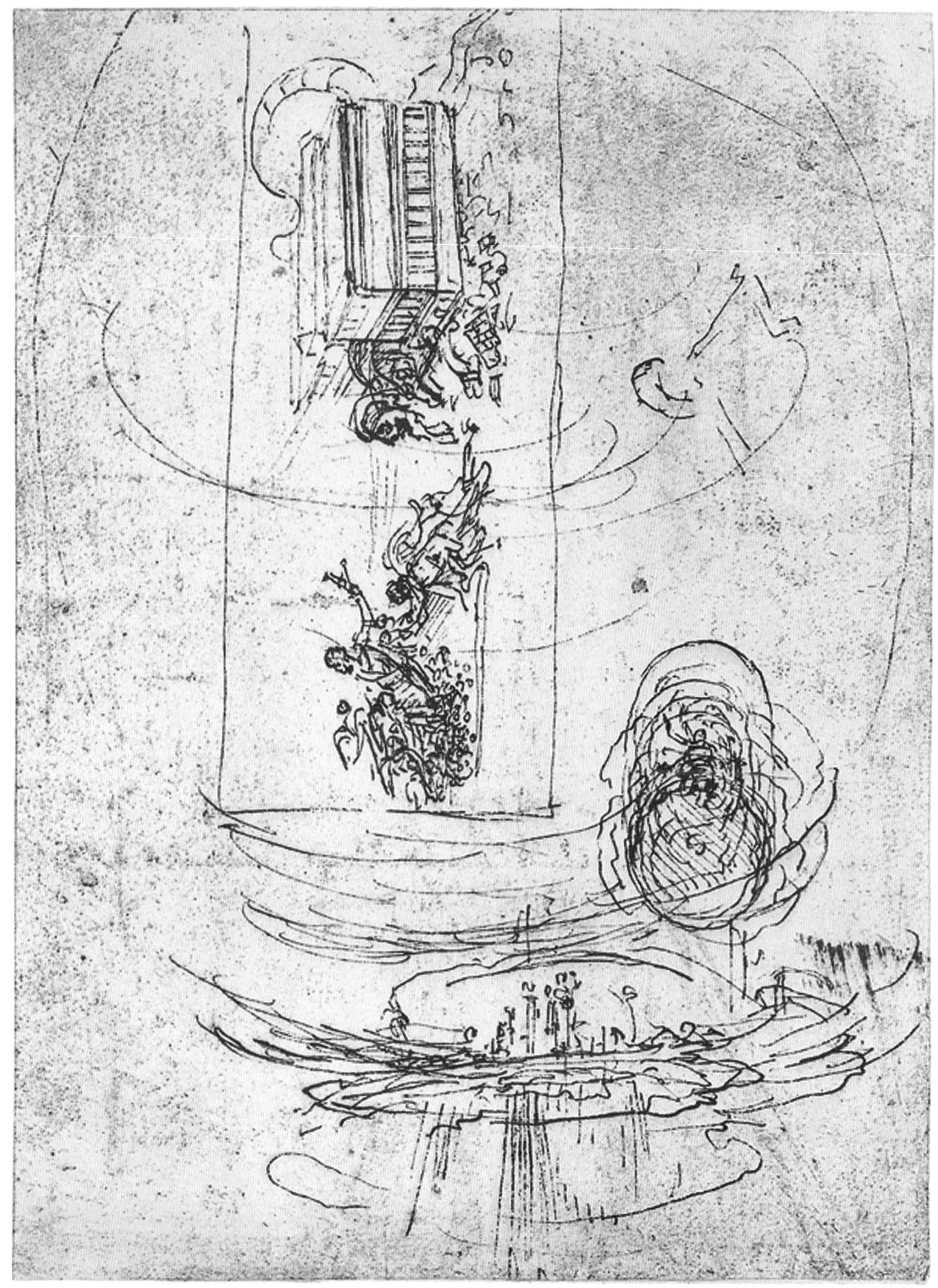

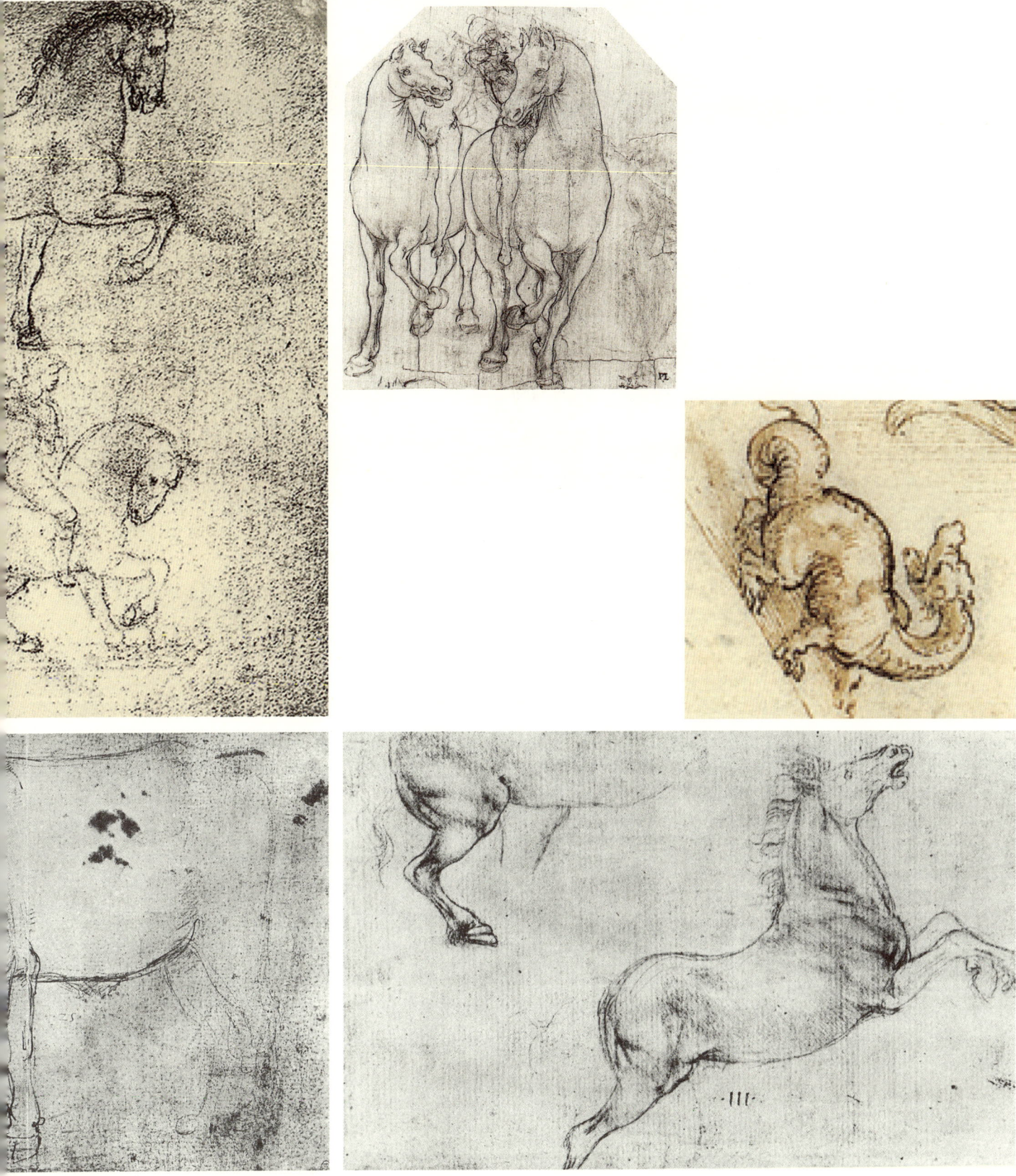

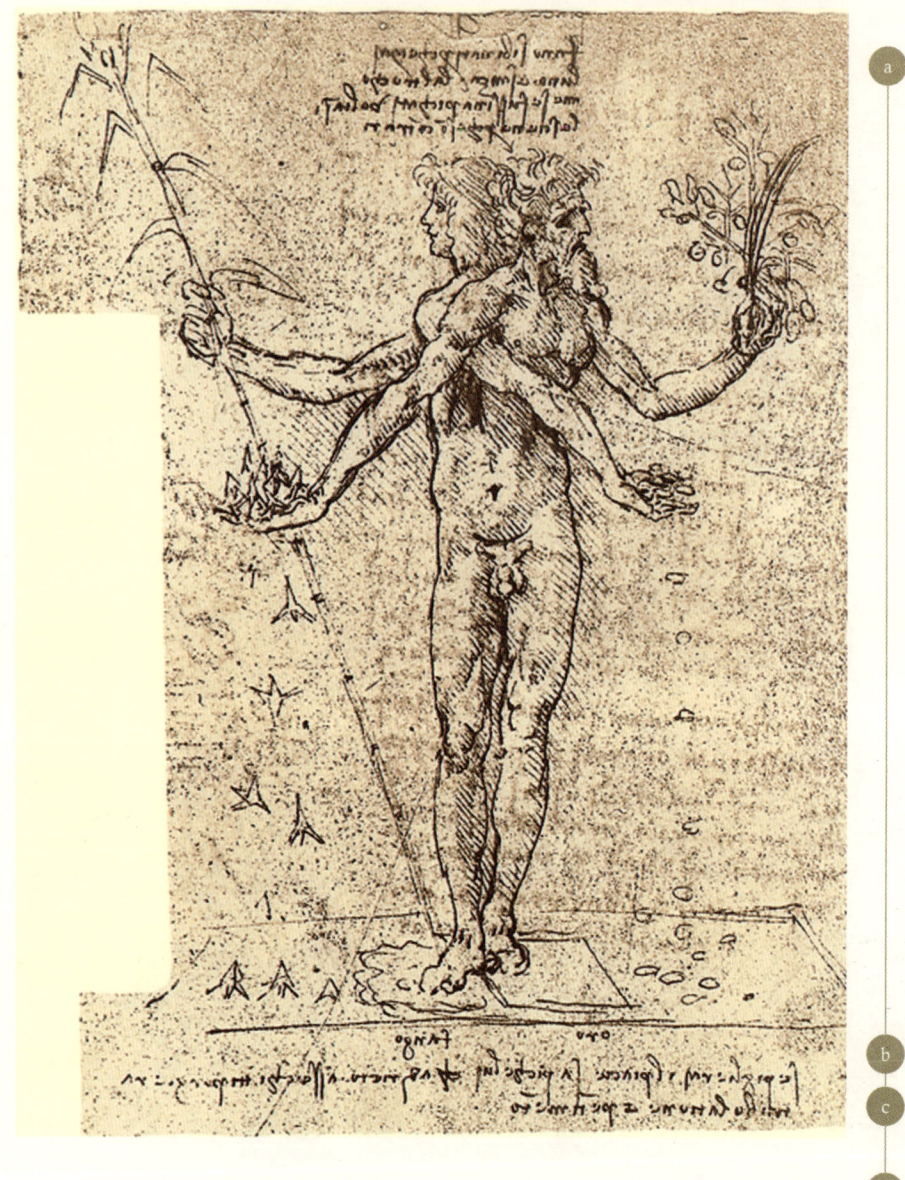

a

b

c

[3]

(a) 这幅图把快乐与痛苦描绘成孪生人，因为它们从不单独出现；它们仿佛是背靠背在一起，因为它们之间彼此对立。

(b) 黏土，金子。

(c) 如果你享受快乐，你应当知道，快乐背后的苦难和悔恨就会随之而来。

　　这幅图描绘快乐与痛苦相伴。它们仿佛是孪生人，因为它们形影不离。它们背靠背，因为它们之间彼此对立。它们是存在于同一个事物中的对立面，因为它们具有相同的基础，快乐的根源来自劳作和痛苦，而各种邪恶的快乐则是痛苦的根源。因此，图中把这个基础描绘成他右手中的一根芦苇，既没有用途也没有力量，而它造成的创伤具有毒性。在（意大利）托斯卡纳地区，芦苇被用作床垫；在图中，这根芦苇被用来象征虚幻的梦想，人生的大部分时光都被消耗。早晨大脑清醒、精神焕发，整个人准备好开始新一天劳作的时候，大量宝贵的时间却被浪费。这个孪生人享受众多虚幻的快乐，大脑幻想着不切实际的东西，身体享受那些快乐，而它们通常是人生堕落的原因。出于这些理由，图中把芦苇描绘成孪生人的支撑物。

a   [4]

[4]

(a) 邪恶的思想不是嫉妒，就是忘恩负义。

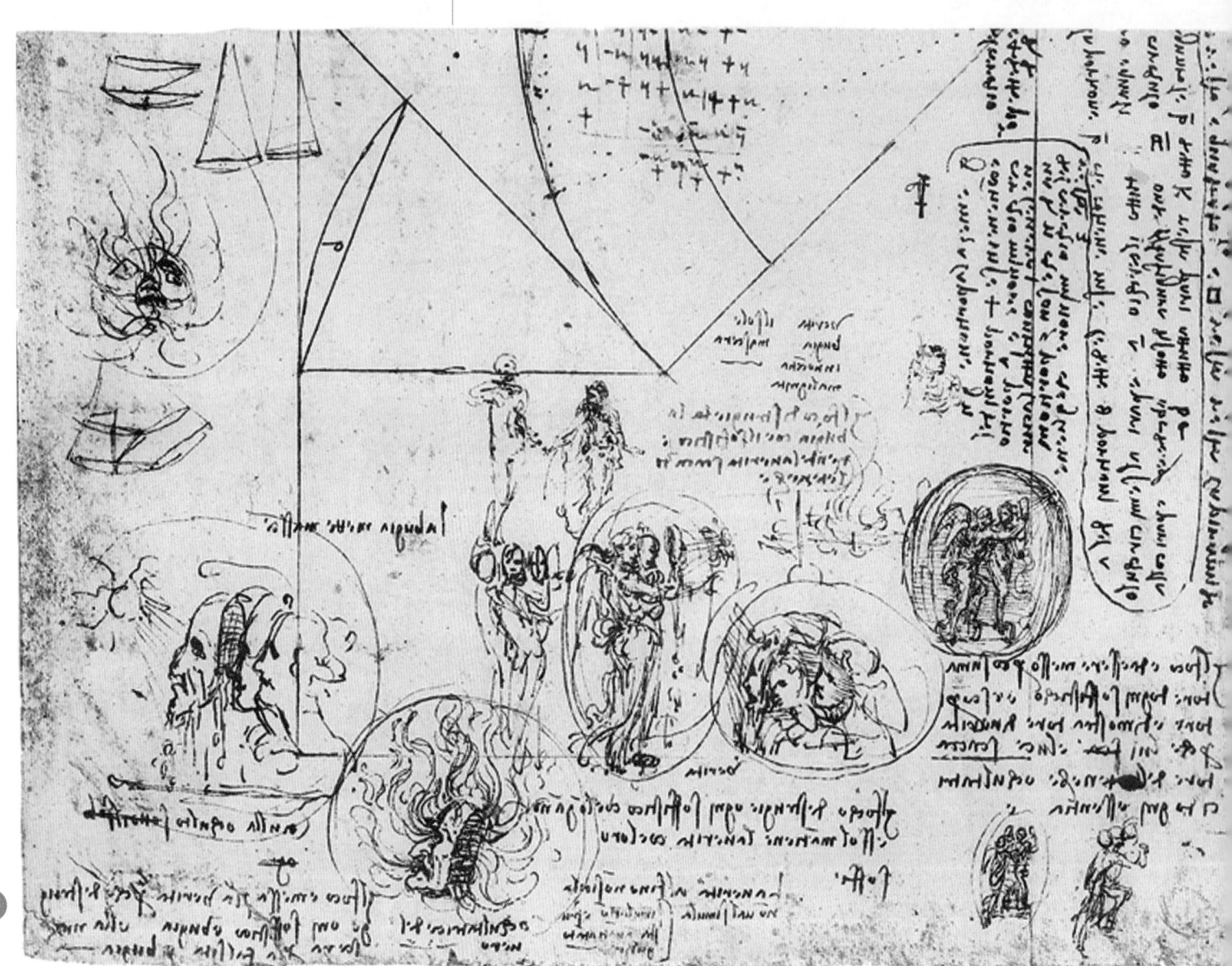

[5]

[5]

真相——太阳。

虚伪——面具。

纯真。

歹毒。

(a) 火摧毁虚伪（即诡辩），还原真相，驱散黑暗。

(b) 火可以被描绘成所有诡辩的摧毁者，它是真相的形象和展示，因为它是光明，驱散那些隐藏一切事物本质 [或精妙细节] 的黑暗。

(c) 真相。火摧毁一切诡辩（即欺骗），单单留下真相（即金子）。真相终究不会被隐藏。虚伪毫无用处，虚伪在火这个伟大的法官面前白费力气。

(d) 虚伪戴上面具。太阳底下没有什么能够隐藏。火之所以代表真相，是因为它摧毁一切诡辩和谎言，而面具是用来掩盖那些隐藏真相的谎言和虚伪。

[6]   [6]

美德一旦降生在这个世界，嫉妒随之降生下来攻击它；任何事物都有阴影，同样，美德与嫉妒始终形影不离。

你应当把嫉妒描绘成这样：她目空一切地把一只手伸向天空，因为，如果她可以，她会用自己的力量对抗上帝；她用一个看似公正的面具把脸遮住；她的眼睛被一根棕榈枝以及一个橄榄枝戳伤，耳朵被月桂和桃金娘树枝扎伤，象征胜利和真相对她深恶痛绝。她发出很多霹雳雷电，象征她的恶毒言语。她身形瘦弱、面容憔悴，因为她永远受痛苦折磨。她的心脏被一条粗壮的毒蛇咬噬；让她带着一个箭囊，里面的一支支箭就像舌头，因为她经常用舌头攻击他人。把她的皮肤画成豹皮，因为豹子由于嫉妒而采取欺骗手段杀死了狮子。她的手里还拿着一个花瓶，花瓶盛满了花朵、蝎子、蟾蜍以及其他有毒的生物；让她骑着死亡，因为永不死亡的嫉妒从不厌倦驾驭一切。让她趾高气扬；让她带着各种各样的武器，因为她的武器都是致命的。

你知道，你创作的动物不可能没有肢体，而这些肢体必须与其他某些动物的肢体相似。因此，如果你想要创作一个想象的动物，使它看上去很自然——比如说龙——你可以参照獒或猎犬的头创作龙的头，还有猫的眼睛、豪猪的耳朵、灰狗的鼻子、狮子的眉毛、公鸡的太阳穴以及乌龟的脖颈。

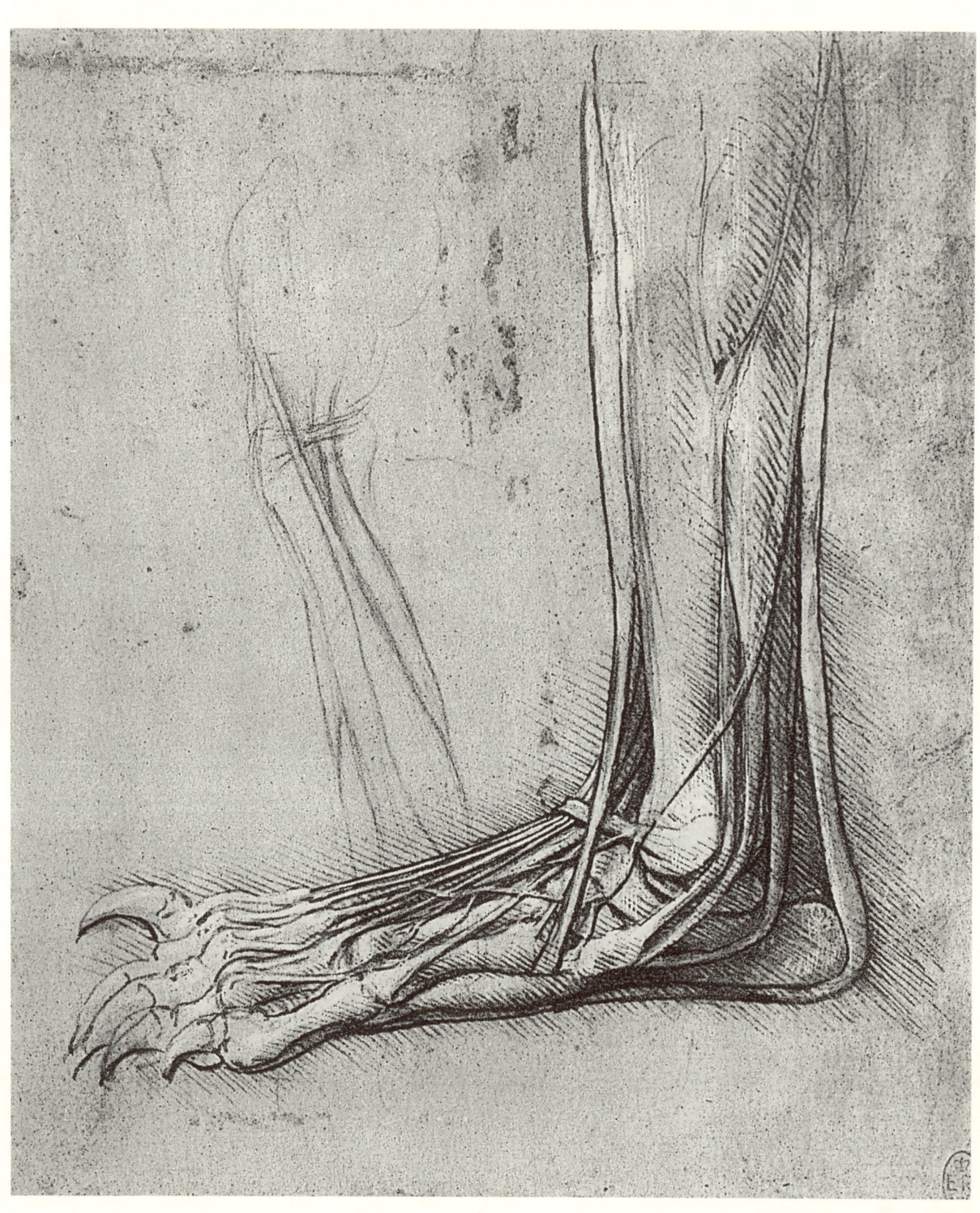

[8]

[8]

至于各种奇形怪状的脸，我无须多说，因为它们可以毫不费力地留存在大脑中。

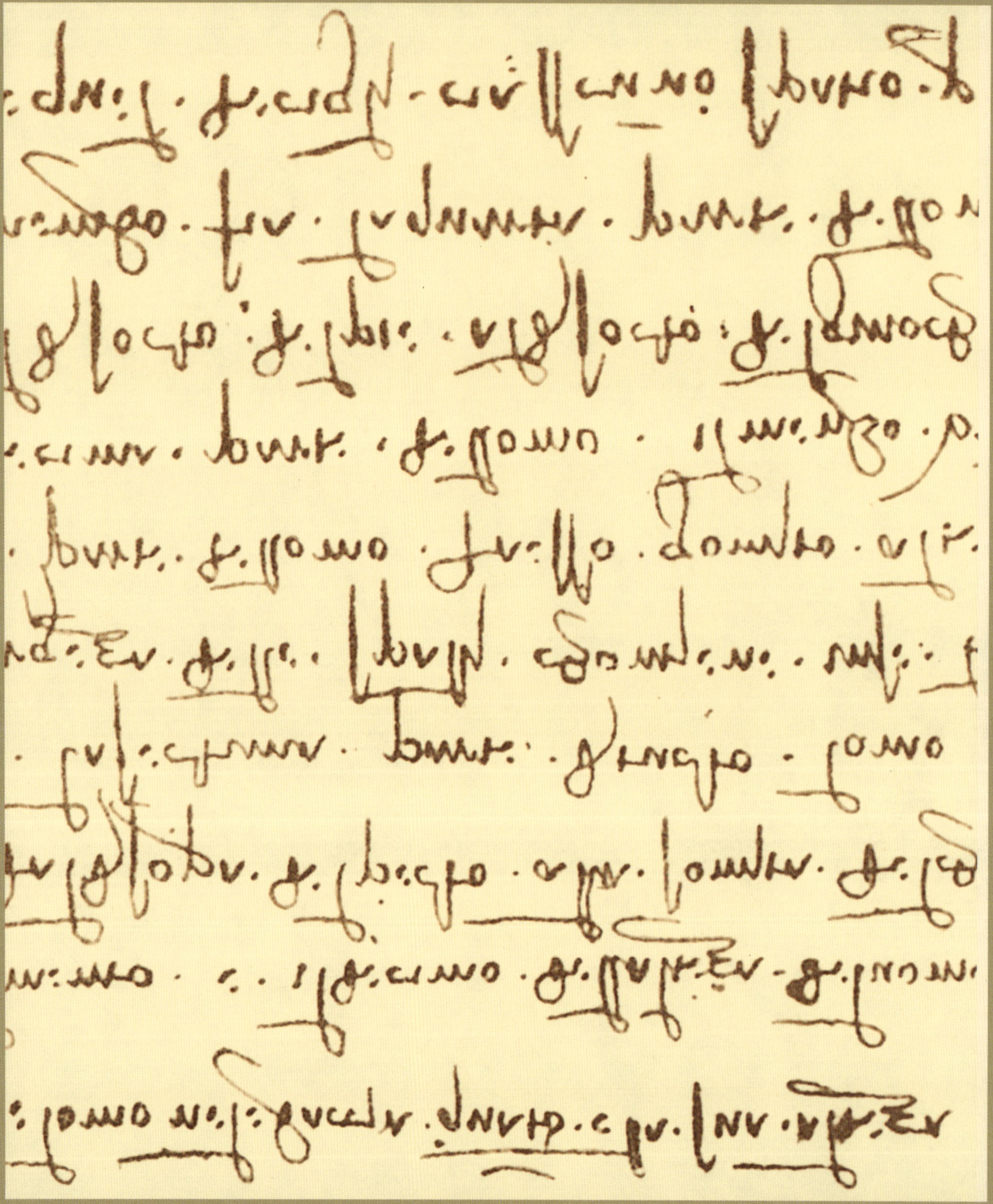

观察和秩序
Observations and Order

　　文艺复兴时期，人被认为是整个大宇宙的微缩宇宙，这个观念具有深远的意义。人们寻找人体与外部世界之间的一一对应关系，文艺复兴时期的思想家据此提出了人与世界平行对应的构想，在现代读者看来，这种构想与其说是科学探索，不如说是富有诗意的想象。

　　列奥纳多对人以及对宇宙的结构进行了广泛研究，他的研究是当时人们这种认识世界方法的典范。本部分"解剖学"介绍了他迷恋的对应关系，无论是人与动物解剖上的对应，还是人与社会层级的功能对应。在某种意义上，人体解剖是从事所有其他观察的基础。列奥纳多是这一领域的先驱，进行解剖切片分析，而这种经验做法当时还没有被人们普遍接受。但是，列奥纳多认识到，为了精确地描绘人体，画家必须首先了解人体的基本结构和组织原则。

　　列奥纳多从人体转向了人周围的环境。"植物学和风景"一章凸显了他对环境的观察，尤其是这些观察与绘画关系密切。在"地理学"一章，他利用解剖学的术语解释地球的结构，把海洋比作血液、土壤比作肌肉。这一章还包括他精心绘制的意大利各地以及其他国家的地图，充分展示了他的制图才能，以及他对与土木工程相关的河流和土地信息的细致观察。

　　在"物理学和天文学"一章，我们可以看到列奥纳多涉猎广泛、不知餍足的好奇心。本章阐述了他对"力和运动"的讨论，还有他对天体具有惊人的预见能力，这些方面在各自领域相应延伸发展，在很大程度上为文艺复兴思想奠定了基础。

VI 解剖学

Anatomy

神经把回馈像士兵传递给它们的区长，肌腱像它们传递，感官把感觉像企业家传递给它们的首长，感官像长官把感觉传递给灵魂。

The nerves with their muscles serve the tendons even as soldiers serve their leaders, and the tendons serve the common sense as the leaders serve their captain, and this common sense serves the soul as the captain serves his lord.

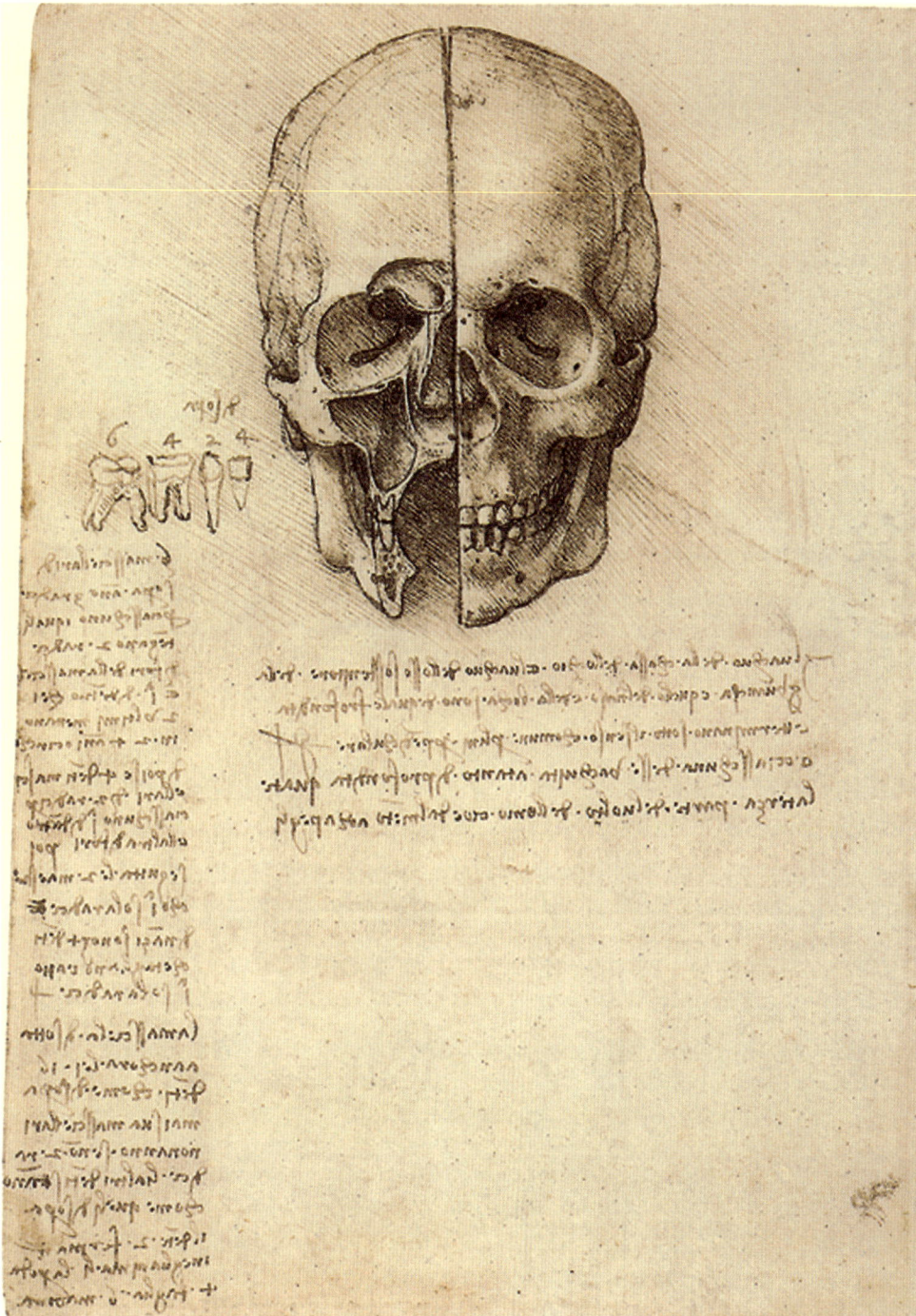

头的比例划分是 10，
即外部 5，内部 5。外部
包括头发、皮肤、肌肉、
筋膜和颅骨；内部包括
硬脑膜、软脑膜以及 [它
们] 封闭的大脑。硬脑膜
和软脑膜位于大脑下面，
把大脑封闭起来；还有
细脉网；以及枕骨，枕
骨支撑大脑，大脑生发
出神经。

画家必须了解人体的内部形状 [和结构]。画家熟悉肌腱、肌肉和筋骨的性质，在描绘肢体的运动时就会非常清楚：哪些以及多少肌腱引起该肢体运动；哪块肌肉通过膨胀造成肌腱收缩；哪些肌腱扩张成细薄的软骨，包围并支撑那块肌肉。这样，他才能够借助笔下人物各种不同的姿态，源源不断地表现出各式各样的肌肉，而不至于像很多画家那样，画出的人物虽然动作各异，但是胳膊、背部、胸膛和腿部却总是表现出千篇一律 [的造型]。这些方面都不应被视为微不足道的瑕疵。

人体有 11 种组织：软骨、硬骨、神经、静脉、动脉、筋膜、韧带和肌腱、皮肤、肌肉以及脂肪。

描述一下：脂肪增加时哪些肌肉消失不见，而脂肪减少时哪些肌肉比较显见？

注意观察一个胖人身体表面哪一部位凹陷最深，而他变瘦的时候这个部位又最突出？

肌肉与肌肉分开的地方，你应当画出剖面图；而肌肉相连的地方……

通常的情形是，两块肌肉连在一起，它们却分别服务于各自的肢体，之所以这样构造，是因为，如果一块肌肉由于受到伤害而丧失功能，那么另一块肌肉可以在一定程度上代替受损肌肉发挥作用。

记住：为了确定一块肌肉的起始点，你必须拉动那块肌肉的发源肌腱，看一看肌肉的活动状况，以及它在哪里与骨骼的软骨相连。

除非你首先像亚麻线那样表现出细小的肌肉，否则你在表现肌肉及其位置、起源和终点时只会弄得一团糟。你像画亚麻线一样描绘细小肌肉，按照肌肉本来的样子一根堆叠在另一根之上，这样，你还可以根据肌肉服务的肢体而加以命名。

我曾经剥除一个去世病人的皮肤，他的肌肉由于病魔而极度萎缩，只剩下一层薄薄的膜片，这样，肌腱不是与肌肉融为一体，而是形成了大片的薄膜；而在皮肤覆盖的骨骼部位，那些骨骼也比正常尺寸萎缩很多。

任何生物只要它需要不断补充营养，最终都会死去，然后不断地再生，因为只有先前的营养被耗光，后续的营养才能进入那里，而营养被耗光，该生物即失去了生命。如果你身体的营养被耗光，却没有补充等量的营养，生命就会失去活力；而如果你拿掉这些营养，就会摧毁整个生命。

但是，如果你每天补充的营养跟消耗的一样多，那么生命的消耗就跟补给相互抵消，正如蜡烛火焰所需的营养是由这根蜡烛的液体提供，火焰在上面不断燃烧，而在下面不断地快速补充营养，直至明亮的烛光最终"死亡"变成一缕青烟。这种死亡在延续，因为烟雾在延续。而烟雾的延续等于营养的延续。在同一瞬间，随着火焰自身营养的耗尽，火焰完全"死亡"，一切都重新再生。

[2]

关于呼吸的原因，关于心脏跳动的原因，关于
呕吐的原因，关于食物在胃部向下移动的原因，关
于肠道清空的原因。

关于剩余物质从肠道移动出去的原因。

关于吞咽的原因，关于咳嗽的原因，关于打哈
欠的原因，关于打喷嚏的原因，关于肢体麻木的原因。

关于肢体失去感觉的原因。

关于瘙痒的原因。

关于人体情欲以及其他欲望的原因，关于人体
排尿以及各种自然代谢的原因。

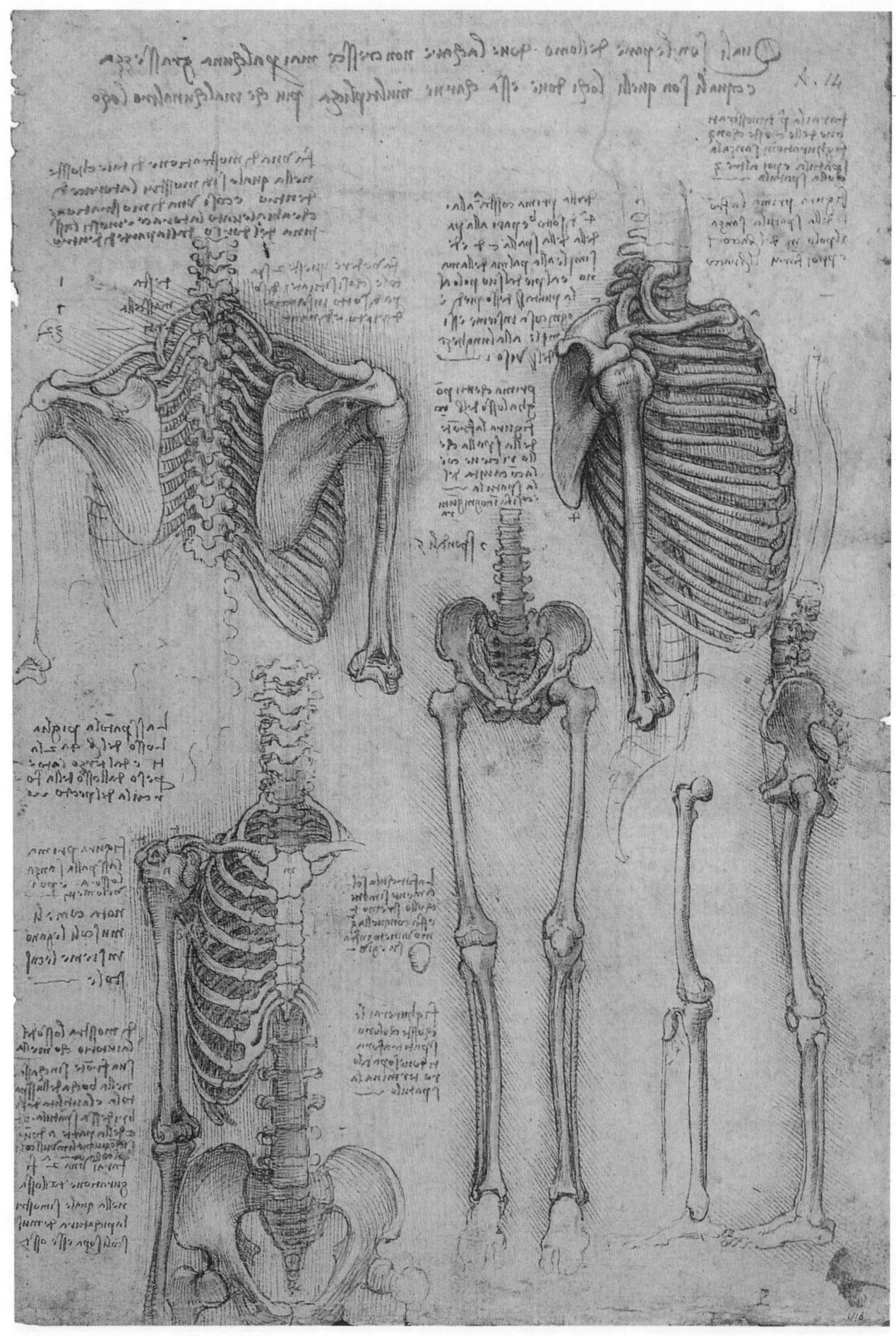

[3]

[3]

你观看我描绘的这幅人体图，就好像观看自己面前站立的自然人。原因在于，如果你想要从解剖学上彻底了解人体的各个部位，那么你——或者说你的眼睛——就需要从不同角度观察人体，从上方、从下方以及从侧面考虑，把它转动一下，看看每一个部位的起源，这样，自然解剖学可以帮助你充分了解人体。

但是，你应当明白，单单是上述那些知识还不够用，静脉、动脉、神经、肌腱、肌肉、骨骼等组织与血液（把自己的颜色染遍各种组织）混合在一起，令你根本看不清楚这些部位。而作为输送血液的静脉因为太细小，更是难以分辨。此外，在我们研究这些组织的内部构造时，它们的完整性不可避免地遭到破坏，它们的透明物质被沾染血色，令你无法把沾染血色的透明物质与其覆盖的部分分辨开来；你想清清楚楚地了解每一个部位，不把它们弄混淆也不弄坏掉，几乎是不可能的。

因此，你需要一些更深入细致的解剖图。你需要三幅图用来全面了解静脉和动脉，它们遍及人体的其他各种组织。另外三幅图用来展示各种组织。还有三幅图用来展示肌肉、肌腱和韧带。三幅图用来展示硬骨和软骨。三幅图用来展示骨头的解剖学，你必须把骨头锯断，才能看见哪些是空的，哪些不是空的；哪些含有骨髓，哪些呈海绵状；哪些从外至内越来越浓密，哪些越来越疏松。有些骨头在一些地方极其疏松，在另一些地方却极其浓密；有些部位是空的，或者骨头很硬，或者充满骨髓，或者呈海绵状。有时候，你会发现这些情况可能存在于同一根骨头之中，而有些骨头根本不存在这些情况。

你还需要三幅关于女人的解剖图，由于女人具有子宫和胎儿而使得这些图显得非常神秘。因此，根据我绘制的解剖图，通过对人体每个部位进行三个不同角度的全面展示，你可以充分了解它们。如果你看见人的一条胳膊从前面抬起，那上面有肌肉、肌腱以及血管，我也会把这条胳膊的侧面以及后面的视角展现给你，恰如你手中拿着那条胳膊，把它任意翻转，直到你充分掌握了你希望掌握的一切。同样，我会把每一个肢体从各种不同角度给你展现三四次，这样，你就能够如愿以偿，学到关于人体全面、真正的知识。

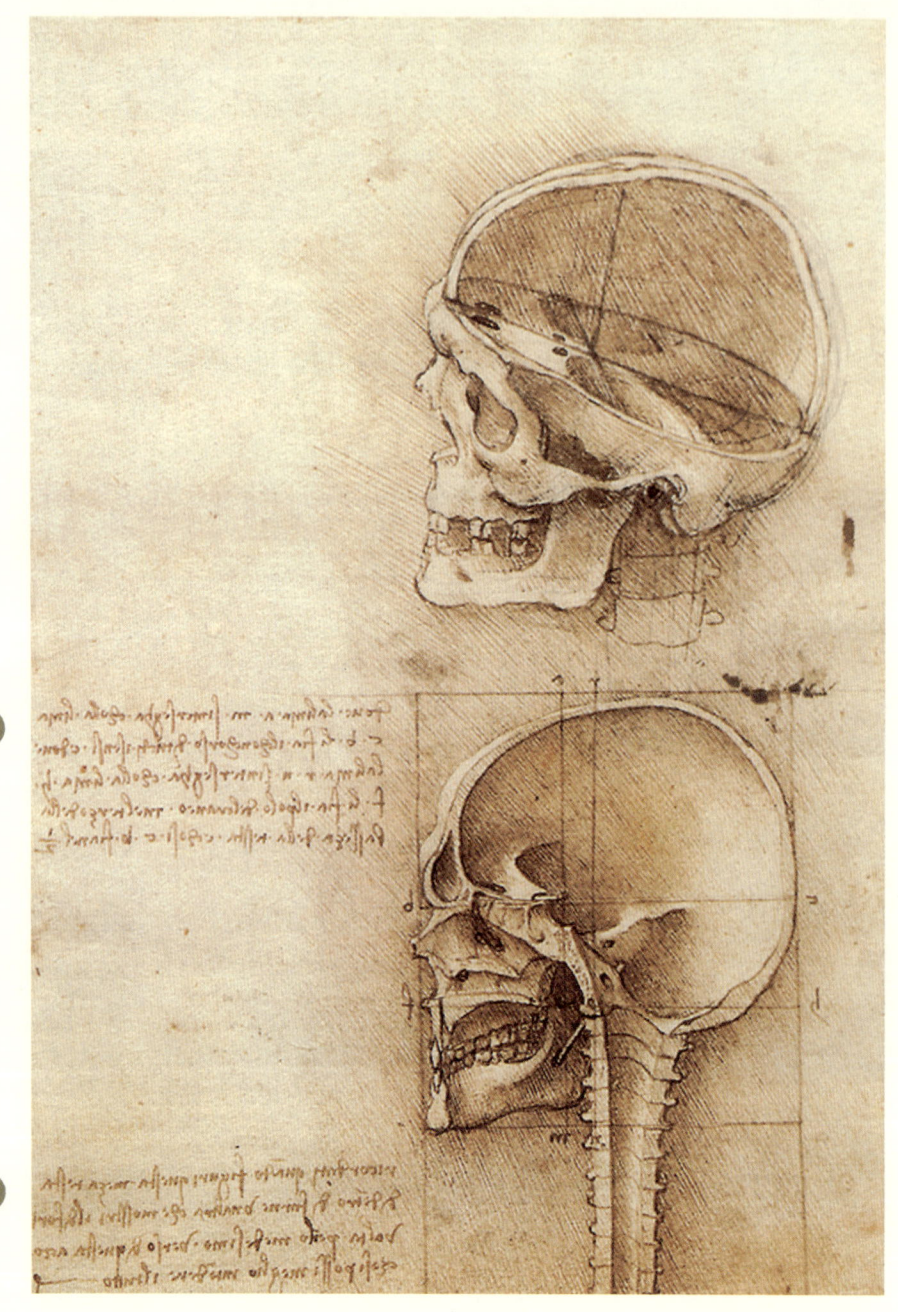

a

b

[5] (a) 如果你切开一个洋葱头，就会看见以洋葱头为中心形成同心圆的那些洋葱表皮，并且数一数它们的层数。

(b) 同样，如果你沿着中间切开一个人的头部，就会依次经过下列组织：首先是头发；然后是皮肤、肌肉和颅骨膜；再后是头盖骨、硬脑膜和软脑膜，以及脑膜内的大脑；最后又是软脑膜和硬脑膜，还有细脉网，以及作为这一切基础的枕骨。

[4]

(a) 直线 am 与直线 cb 相交的地方是所有感官的交会处。直线 rn 与直线 hf 相交的地方是颅骨的轴心，位于头部的 1/3 处。

(b) 记住，当你描绘这幅从正中剖开的头颅内部时，应当再画出另一幅关于头颅外部的图，方向与第一幅相同，这样，你就能更好地理解整个头部。

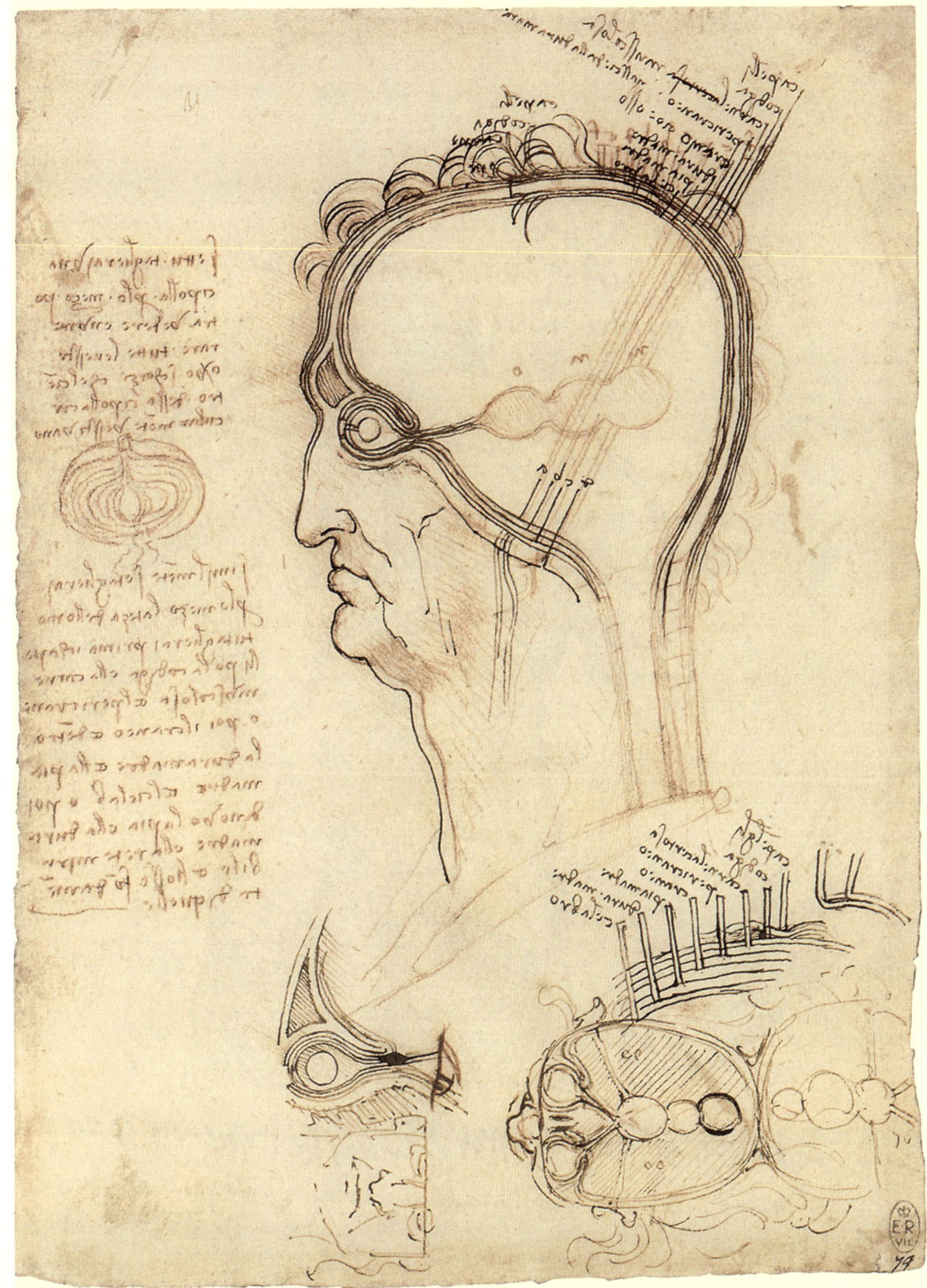

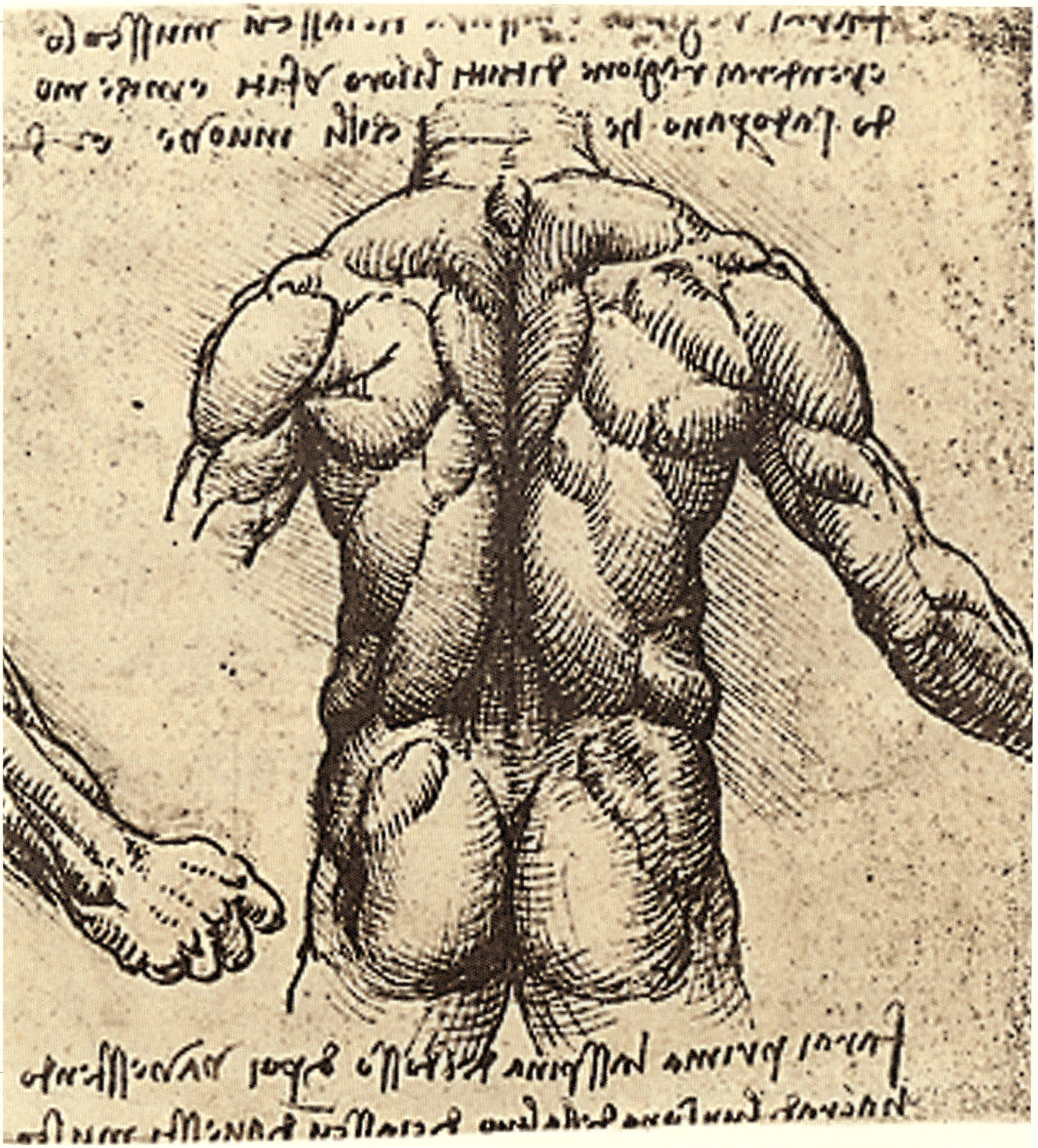
a
b

[6] (a) 制定法则并度量每一块肌肉；描述每一块肌肉的功能、工作方式以及工作动力的原因。

(b) 首先，画出背部的脊柱。然后，逐步添加一块块肌肉及其细节，在每一块肌肉上画出神经、动脉和静脉。除此之外，注意这些肌肉附着的椎骨，肠子的哪些部分与椎骨接触，还有哪些骨头以及其他器官，等等。

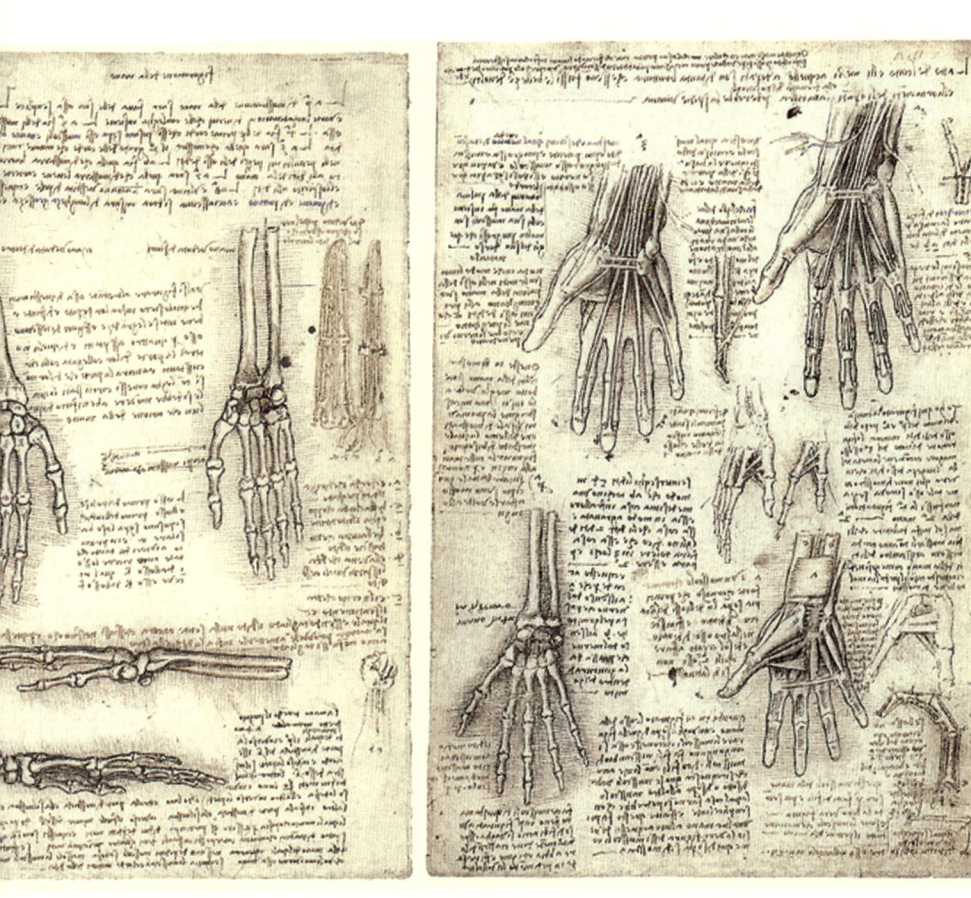

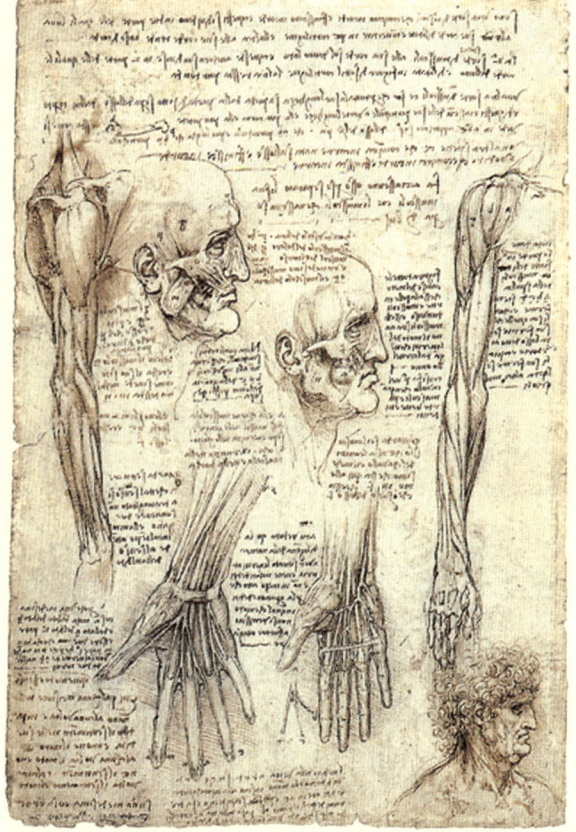

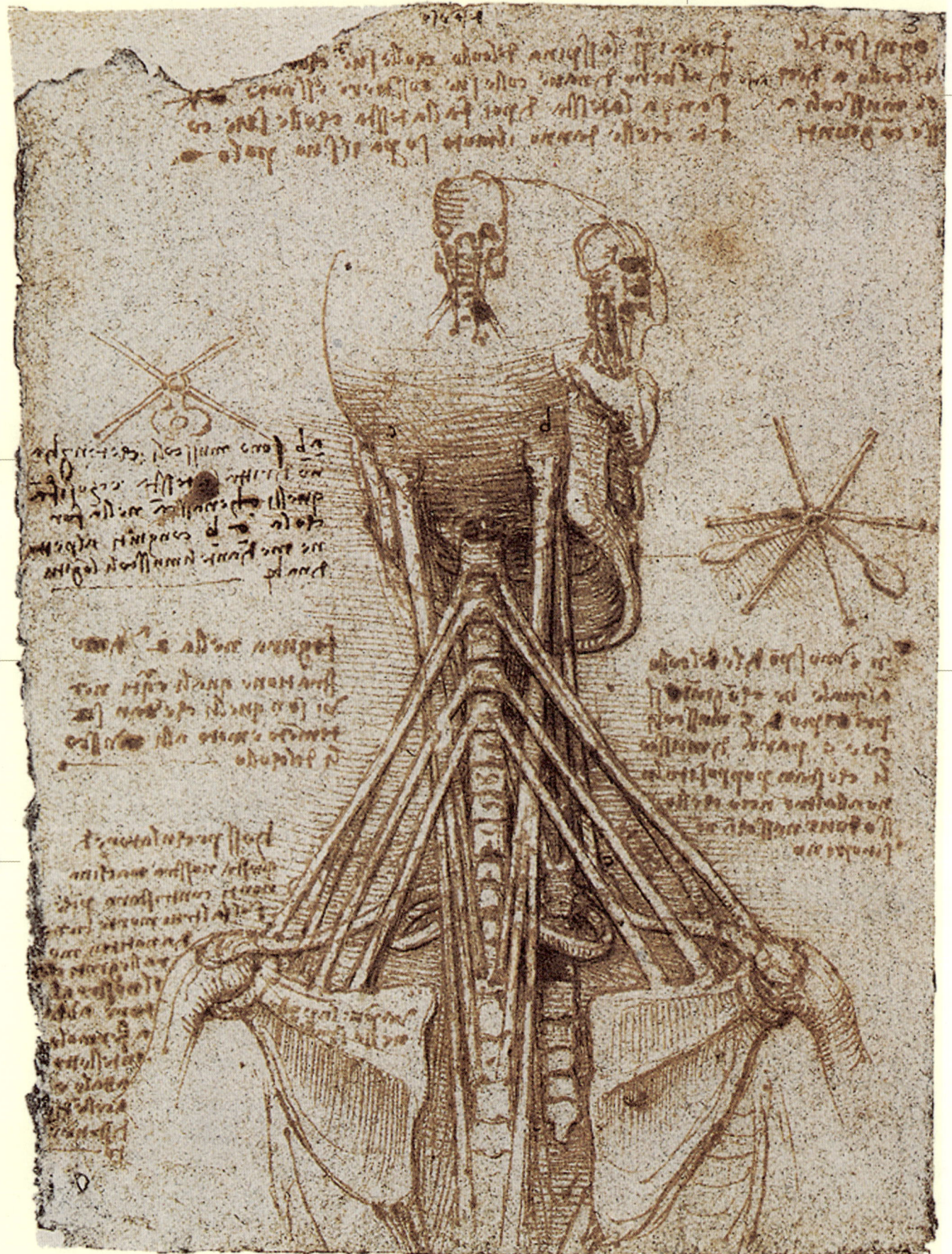

[7] (a) 颈部的每根椎骨连着 10 块肌肉。

(b) 你应当首先把颈部脊柱连同肌腱描绘成船上的桅杆，只有桅索却没有杆头，然后描绘出头部及其肌腱，头部以肌腱为轴转动。

(c) a、b 两块肌肉使头部保持直立，c、b 两块肌肉起源于锁骨，也发挥同样的作用，它们经由纵肌与耻骨相连。

{d} 第二次呈现的是，给颈部肌肉提供感觉和运动的神经有哪些以及有多少？

(e) n 是颈部的一根椎骨，它连接三块肌肉的起始端，这三块肌肉彼此相对，确保它们起始端的这根骨头不会破裂。

(f) 噢，旁观者！看一看我们这台人体机器，你不要因为又一个人死亡可以增进我们的知识而感到悲伤，应当因为造物主把如此卓越的感知本领赋予我们而感到快乐。

肺部始终充满大量的空气，哪怕它为了呼气而把其中一部分空气排出体外，当肺部吸入新鲜空气的时候，把空气向胸部两侧挤压，使胸部稍微扩张并把胸部向外推挤。如果你在呼吸的时候把手放在胸部，就会看见并感觉到胸部扩张与收缩，当一个人深深叹息的时候，这种情形更为明显。

造物主的意愿就是如此：这种力应当位于胸部的肋骨之内，而不应当位于肺部末端的膈膜之内，否则，当一个人因心情异常沉重而深深叹息的时候，他不至于因为吸入过量空气而使那层膈膜爆裂。

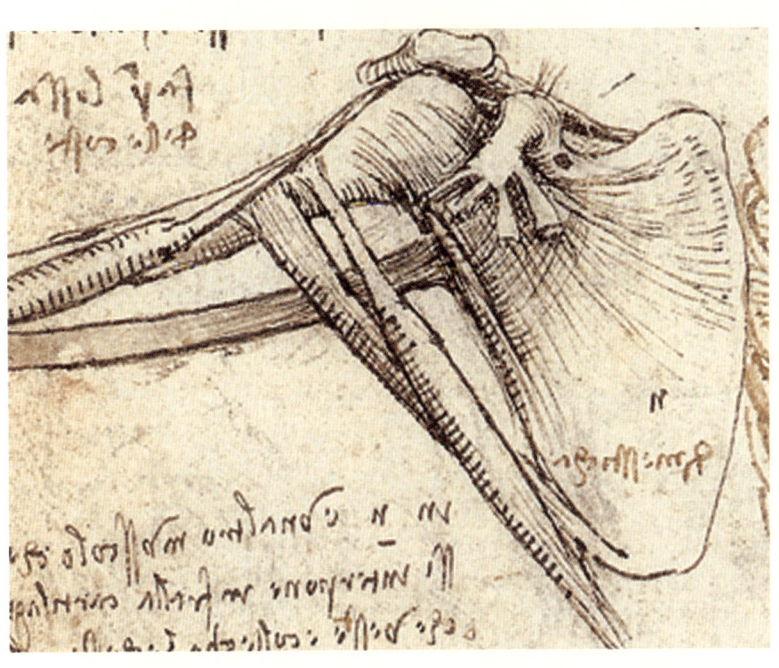

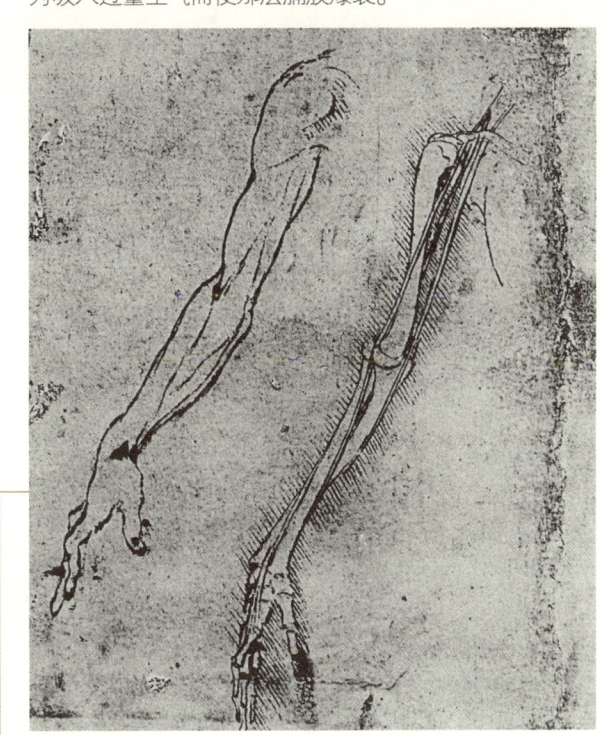

[8] 所有起源于肩部（即肩胛和胸口）的肌肉，都服务于胳膊从肩至肘部的运动。所有起源于胳膊从肩至肘部的肌肉，都服务于胳膊从肘至手部的运动。所有起源于胳膊从肘至手部的肌肉，都服务于手部的运动。所有起源于颈部的肌肉，都服务于头和肩膀的运动。

[9] 胳膊在肘与手之间插入两根骨头。如果一个人双脚站立、两手平伸，他的胳膊在掌心朝向地面比朝向天空时稍微短一些。这是因为，当掌心朝向地面时，那两根骨头的交叉方式发生变化：从肘部右侧出发的骨头伸向手掌左侧，而从肘部左侧出发的骨头伸向这只手掌的右侧。

胳膊由 30 根骨头构成，其中，3 根位于胳膊本身，27 根位于手部。

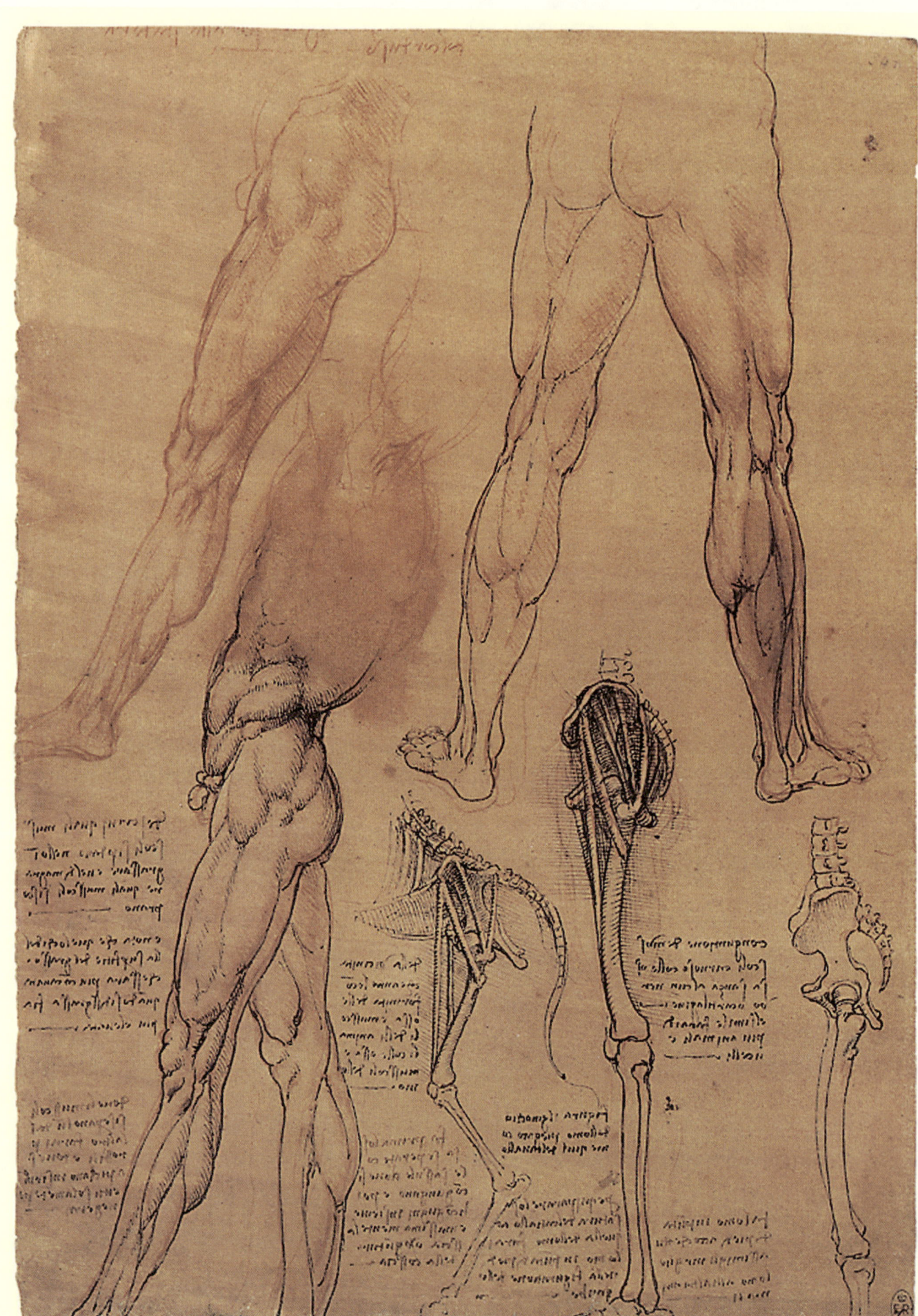

[10]

小腿运动的直接原因与大腿运动的直接原因完全分离，这正是力量的源泉。

当你画完小腿的时候，记下所有骨头的数量；画完肌腱的时候，在肌腱末端记下它们的数量。对待肌肉、静脉和动脉，也这样做。你可以说：它们在大腿的数量是这么多，在小腿的数量是这么多，在脚部的数量是这么多。然后，你应当说：从一块骨头起源并于另一块骨头终结的肌肉有这么多，从一块骨头起源并于另一块肌肉终结的肌肉有这么多。这样，你就可以描述每一个肢体的具体细节，尤其适合描述某些肌肉产生的肌腱在肢体上到处分叉的情形。

这四条腿应当画在同一张纸上，这样，你就能够更好地理解那些肌肉的位置，并且从不同角度辨认它们。

负责降低脚趾的肌腱起源于脚底部位生成的肌肉；但是，负责抬起脚趾的肌腱并非像有些人描写的那样起源于大腿外侧，而是起源于脚的上面部分（称为脚背）。如果你想要证实这一点，可以用双手握住膝盖上方附近的大腿部位，然后抬起脚趾，那么你就会察觉，在这个过程中，大腿的肌肉或肌腱根本没有运动。这一点千真万确。

人的脚部由 27 块骨头构成，其中包括大脚趾基部下方的两块骨头。

[10]

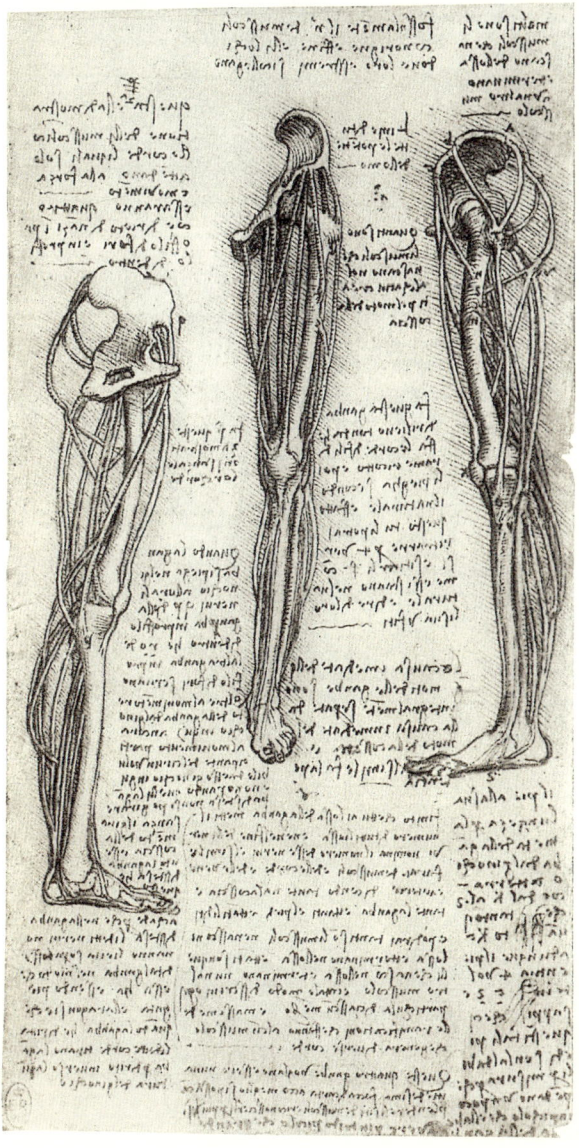

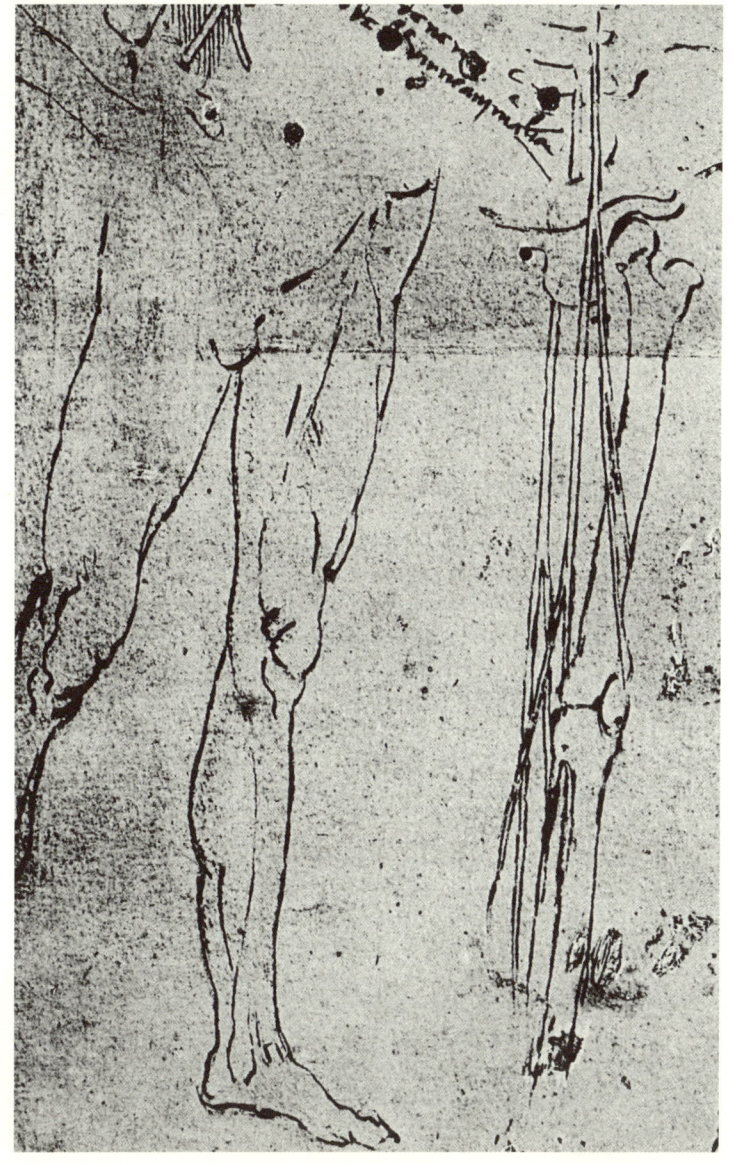

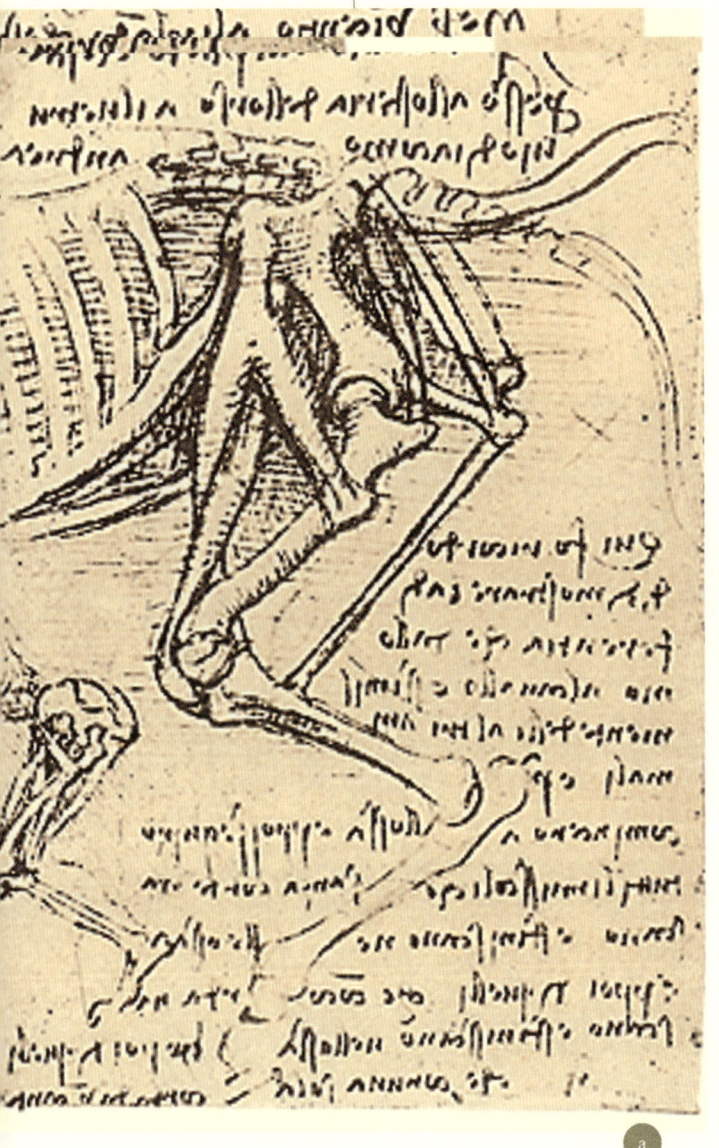

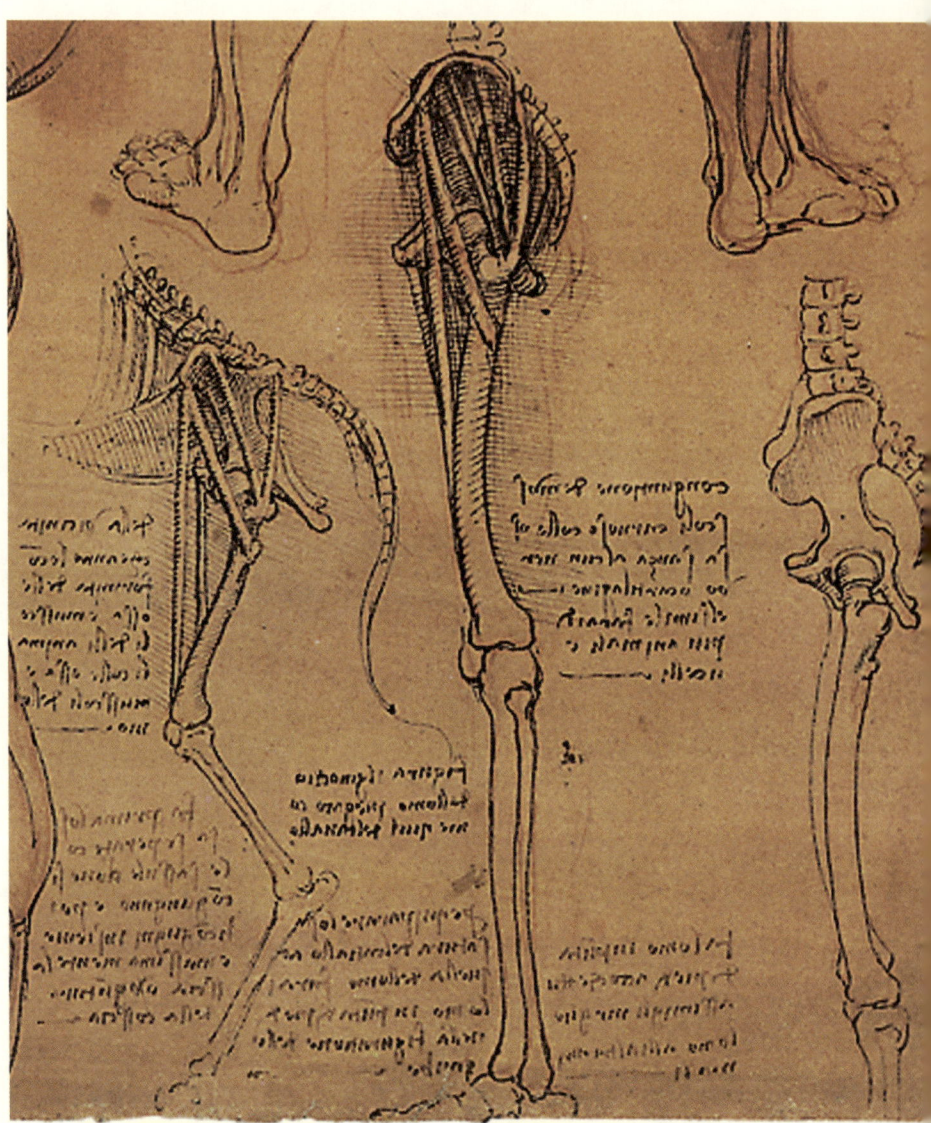

a

[11] (a) 我在这里做了一个笔记，展现人与马（其他动物也一样）之间的区别。我首先从骨骼开始，然后描述各种发源于骨骼、终结于骨骼并且不带肌腱的肌肉，然后描述那些发源于一端是单根肌腱的肌肉。

[12] 人类的行走方式遵循四足动物行走的普遍方式，马在跑动的时候四条腿交替运动，人类在行走时同样也是四肢交替运动，如果一个人行走时向前迈出右脚，必然相应地伸出左胳膊，反之亦然。

所有动物眼睛的瞳孔都能够根据阳光或其他光线的强弱自动地放大或缩小。但是，这种变化在鸟类中幅度更大，尤其是夜行鸟类（例如角枭）以及猫头鹰的一个物种。在这些动物中，瞳孔放大时几乎能够占满整个眼睛，而缩小时可以变为粟米大小，却始终保持着圆形。

但是，在狮子一类的动物中，例如黑豹、金钱豹、雪豹、老虎、猞猁、西班牙猫以及其他类似动物，它们的瞳孔在收缩时从正圆形变成带尖的椭圆形，如图的边角处所示。但是，人类比其他动物的视力都弱，即便光线很强也不容易受到伤害，瞳孔在黑暗处放大幅度较小。

但是，在这些夜行动物中，角枭——体形在所有夜行鸟类中最大——的眼睛视力极大地增强，即便在最暗的夜晚光线中（我们称之为黑暗），它对物体的分辨能力比我们人类在正午强光下还要强。正午时，那些鸟类都躲藏在黑暗的孔洞中，如果它们确实被赶出孔洞，飞到阳光充足的洞外，那么它们的瞳孔就会极大地收缩，接收的光线大大减少，视力相应地下降。

我发现，拿人体的构造与动物体的构造相比，人体的感觉器官比较迟钝、粗糙。因此，构成人体的部件灵活性较差，接收各种感觉的器官空间较为狭小。我看到，在狮子一类动物身上，嗅觉器官与大脑向下延伸至鼻腔的物质部分相连接，那里形成一个宽阔的嗅觉接收器官，存在大量软骨状的气囊，其中有好几条通道通向（上述）大脑向下延伸的部位。

狮子一类动物的眼睛，其眼窝占据头部的很大一部分，视神经能够即刻与大脑沟通；但是人类恰恰相反，眼窝只占头部的很小一部分，视神经十分细长纤弱，因为视觉能力较弱，所以我们白天可以看见物体，但是夜晚看不清楚。而那些动物在晚上与白天看得一样清楚。那些动物能够看清物体的证据在于：它们在夜晚潜行捕食猎物，白天睡觉，夜行鸟类也是如此。

[13]

图中的这个胎儿既没有心跳，也没有呼吸，因为他一直待在水中。假如他呼吸，就会被淹死，而他没有必要呼吸，因为他从母亲那里获得生命并且由母亲的生命和食物提供营养。食物哺育这个小生命的方式与滋养母亲身体的其他部分（即手、脚及其他器官）相同。统辖这两个生命体的灵魂只有一个，这个小生命与母体其他有感觉的部位一样，共同感受欲望、恐惧和痛苦。

[13] (a) 我们可以从上述内容推断，假如母亲想要某一件东西，那么母亲此刻的欲望往往就会强加到她孕育的胎儿相应部位；而突如其来的恐惧会同时扼杀母亲和胎儿。因此，我们得出结论，同一个灵魂统辖着两个生命并且哺育着两个 [生命]。

灵魂显然端坐在审判席上，而审判官显然端坐在所有感官会聚的地方，这一点被称为"共通感"。

[自然] 给这个形成 [胎儿] 的生命赋予灵魂，即：母亲首先在子宫里建构成一个胎儿的形状，然后在适当时刻唤醒栖息在胎儿身上的灵魂。这个灵魂最初蛰伏在那里并受母亲的监护，母亲经由脐静脉全身心地哺育胎儿并赋予其灵魂，这是因为，脐带连接着胎盘与胎盘小叶，胎儿由此与母体相连。基于这些原因，母亲的一个愿望、一个强烈渴望、一次惊吓或者任何其他精神伤害，都会传递给胎儿，它所受到的影响比母亲更为强烈。

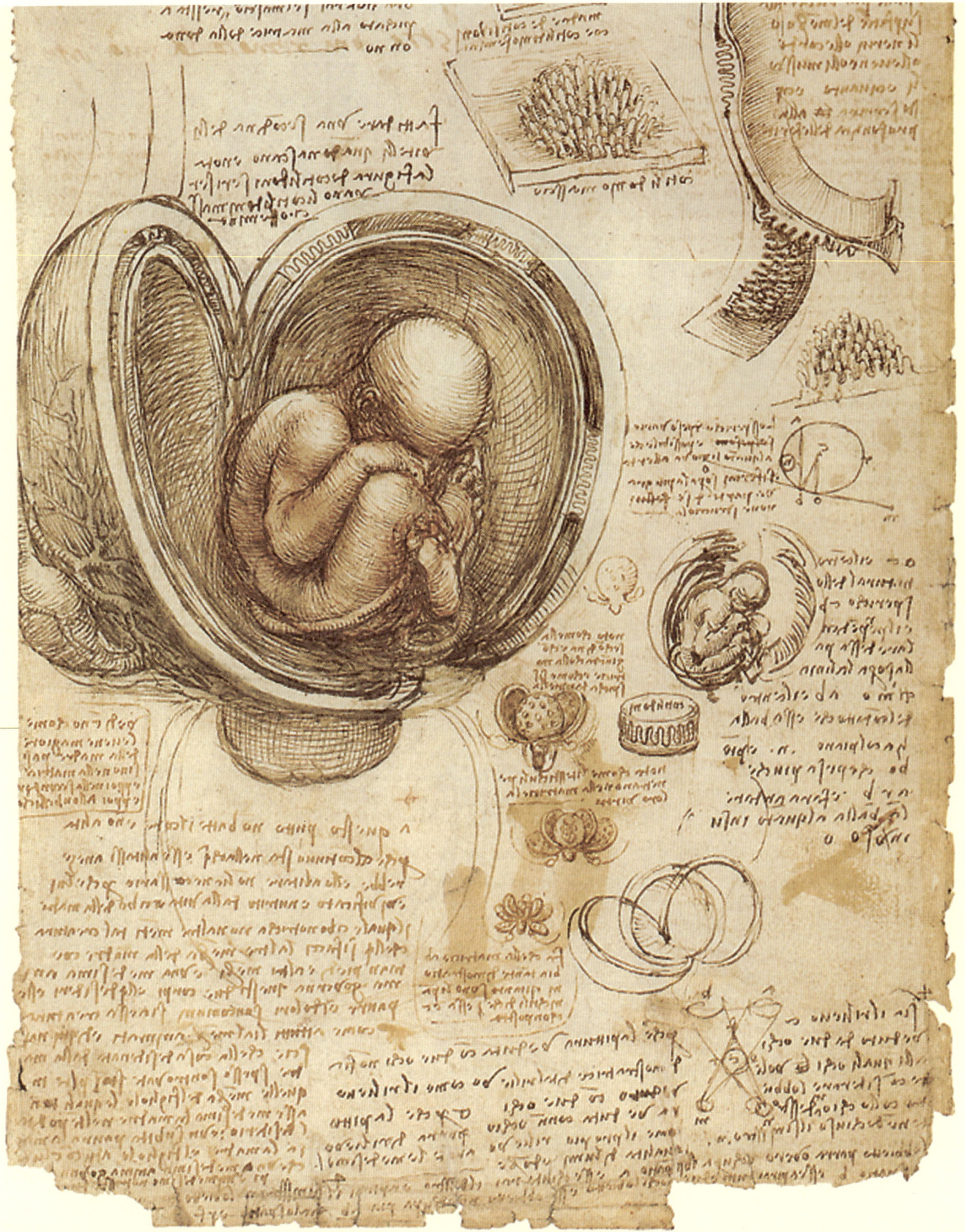

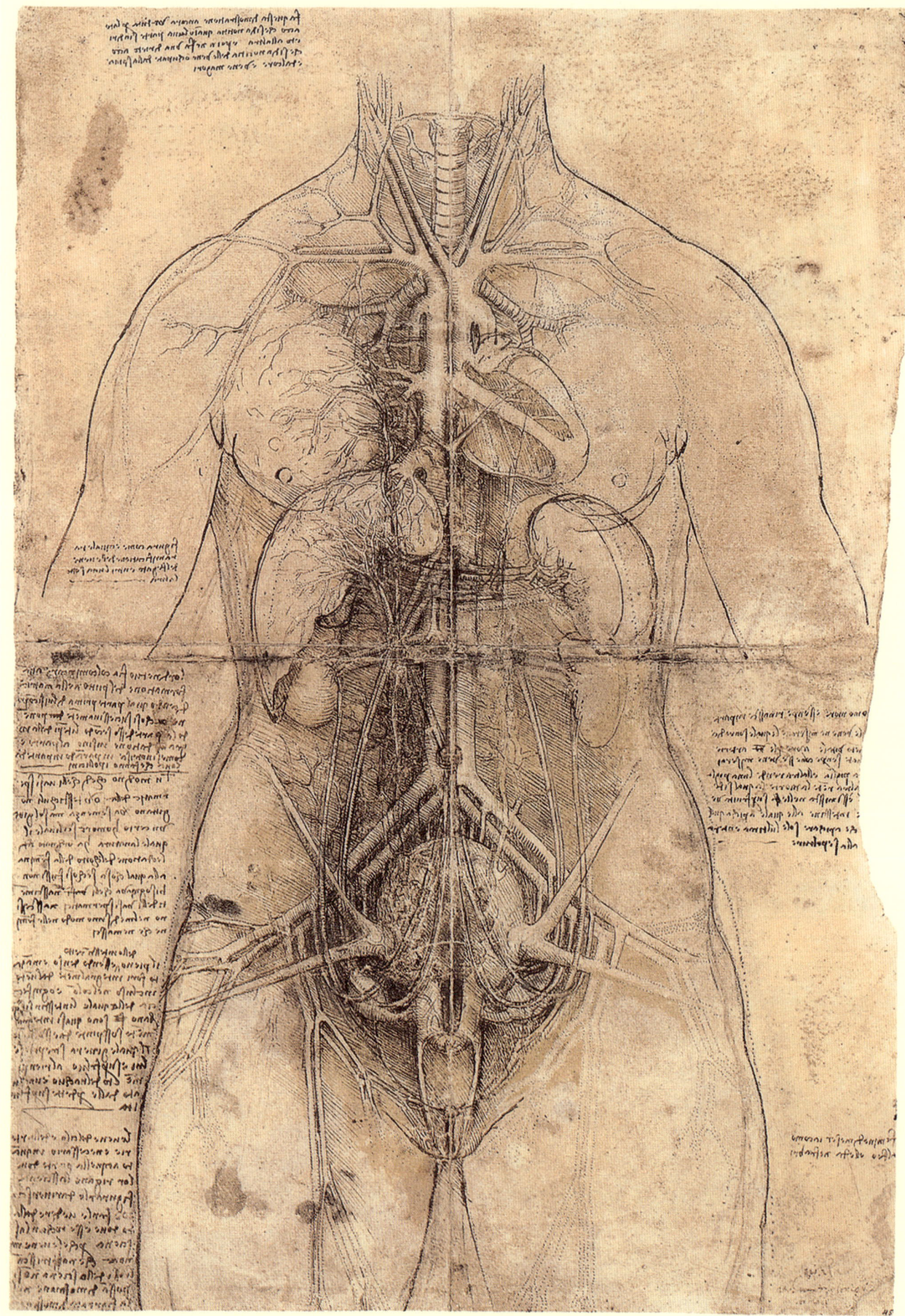

我想要创造奇迹，也许，与其他生活较为宁静的人相比，或者与那些想要一夜暴富的人相比，我将会拥有的东西更少。我可能会长时间生活在贫困交加之中，所有追求永恒的人都会遭遇这种情形，就像下面这些人经常遭遇的那样：炼金术士，他们将会炼出金银；工程师，他们让死水再度复活并流动不止；巫师和魔法师，他们就像超级傻瓜。

你说，你认为观察解剖学家进行实际解剖工作，胜过观察这些图画。假如你只用一具尸体就能够观察到这些图画向你展示的所有细节内容，那么你算说对了。但是，即便你再聪明，你在一具尸体中能够看到以及学到的不过是少数几根血管。而我为了获取关于这些血管真正、全面的知识，已经解剖了不下十具尸体，把其他器官全部去掉，而且把覆盖在这些血管表面哪怕是最细碎的肉屑也剔除干净，却不至于造成这些血管流血，毛细血管那种看不见的流血除外。因为一具尸体的利用时间不会那么久，所以我必须利用好几具尸体循序渐进地进行研究，直至我最终掌握了这方面的完整知识。为了明确可能存在的差异，我把整个研究过程重复了两遍。

即使你对这种研究感兴趣，你也可能因为工作恶心而止步。即使这一点也不能阻止你，你可能也会因为自己必须在漫漫长夜里与那些尸体相伴而担惊受怕，它们被肢解、剥皮，看上去令人恐怖。即使这样也吓不倒你，你或许还是不能把画画得很好，因为你可能缺少展示人体的绘画技巧，或者，即使你掌握了绘画技巧，你可能没有与透视知识相结合。即使你做到这一步，你可能不懂几何学的证明方法，或者肌肉力量和强度的计算方法。你可能还缺乏耐心，因而缺乏毅力。至于这些方面在我身上是否都能找到，我撰写的120部著作足以给出"是"或"否"的裁定。在这些方面，阻碍我的不是贪欲或怠惰，而是生命有限。

尽管人类的巧智能够创造各种各样的发明，但是与自然相比，自然创造的各种事物更美丽、更简单、更实用。因为，自然创造的东西没有一样存在缺陷，没有一样多余累赘，而它在为动物创造那些适于运动的肢体时，不需要另外创造与之平衡的东西。

我把灵魂的定义留给修士发挥他们的想象力，他们是众人之父，借助灵感知道一切秘密。我不去谈论那些神圣的书籍，因为它们是至上的真理。

血管里血液的自然热量使其驻留在人的头部，一个人死去，这部分血液冷却并下降至身体的下部。同样，当炽热的太阳照射头部时，头部的血液含量急剧增加，这些血液连同体液充盈血管，往往引起人的头部疼痛。

与此相同，无数的泉水散布在地球这个躯体的各个部位，各处的泉水中也含有自然热量，因此，那些水驻留在泉眼里，并通过山脉罅隙被输送至高高的山峰之上。而那些在山脉中被圈闭的渠道里流淌的水就像死去的东西，不会从低处向高处输送，因为它们没有泉水带来的自然热给其加热。还有，火这种元素的热量，以及白天阳光的热量，它们都有力量把低处的湿气吸引过来并抬升至一定的高度，正如它们在广阔的海面上吸引云团并把其中的湿气向上抬升。

古人把人称为"小世界"，这个说法确实恰如其分，因为我们看到，如果说人是由土、水、气和火（译注：此处当指古希腊关于世界的物质组成的"四元素说"，对后世的影响深远）构成的，地球的构成同样如此。人的身体内有骨头作为肉的支撑和框架，同样，世界有岩石支撑泥土。人的心脏有一团血液，随着肺部呼吸而膨胀或收缩，同样，地球拥有海洋，随着世界的呼吸每隔6个小时潮涨潮落。人体内那团血液生发无数血管，遍布身体各个部位，同样，海洋的水也分成了无数的支流，遍及地球各处。

然而，地球的躯体缺少肌腱，地球之所以缺少肌腱，是因为肌腱的功能是用于运动。地球本身处于永恒的静止状态，因为地球不运动，所以没有必要拥有肌腱。但是，在其他各个方面，人与地球表现出极大的相似性。

VII 植物学和风景
Botany and Landscape

太阳给植物以精神和生命，
地球使用水分滋养它们。

The sun gives spirit and life to plants, and
the earth nourishes them with moisture.

　　画家应当这样描绘风景：树木一半处于阳光下，一半处于阴影中；但是，如果云团把阳光遮住，效果则更好，那样的话，树木被天空的普遍光线照亮，同时又被地面的普遍阴影映衬；这些树木距离树干中段以及距离地面越近的部分，相应地就越暗淡。

[1] 与一天的其他任何时候相比，在晴朗的正午阳光下，风景具有更加精美的蔚蓝 [色调]，因为空气纯净，不含水汽。透过这样的空气观看风景，就会看到那些树木的外围呈现一种漂亮的绿色，而越往树干中段，阴影越深。更远处，在介于你与树木之间的大气空间，如果远处有黑暗的东西做背景，这部分大气空间看上去更漂亮。不过，最漂亮的还是蔚蓝色。

顺着阳光照射的方向观看物体，你看不到物体的阴影。但是，如果你的视线比太阳低，你就能看见太阳照射不到的地方，那里都处在阴影中。介于你与太阳之间的叶子呈现两种基本的颜色，都是光彩夺目的翠绿色；大气反射，照亮太阳照射不到的物体；只面

向大地的部分带有阴影；还有一些最黑暗的东西，而它们周围的东西并不黑暗。

风景中的树木处于你与太阳之间，或者你处于树木与太阳之间，前一种风景看上去要漂亮得多。这是因为，那些面向太阳的树木的靠近树枝末端的叶子看上去呈现透明性，而那些不透明的叶子——即位于末端的叶子——反射太阳光线；由于没有其他东西遮挡，那里的阴影很暗。

当你置身于树木与太阳之间时，那些树木只会展现它们的光亮和自然色彩，而这种色彩本身并不非常强烈。此外，你还可以看见一些反射光线，而这些光

线的背景与它们本身在色调上相差无几，所以并不显眼。如果你所处的位置比树木的位置低，那么你还能看见太阳照射不到的部分，那些部分都很阴暗。

但是，如果你与风吹的方向处于同侧，就会看到那些树木比从其他侧面看去更明亮，这是因为风把叶子下侧的那一面翻转向上，而所有叶子的底面比上面更明亮；更有甚者，如果风的方向与太阳光方向一致，而你是背对着太阳光，就会看到树木愈加明亮。

如果你想在风景画中表现冬天的[景色]，就不应当把山脉画成蓝色，我们在夏天看到的山脉才呈蓝色。

从很远的地方眺望群山，那些本身颜色最暗的山脉看上去显得最蓝，假如叶子被去掉，那些本身较暗的树木将会呈现较蓝的色调。因此，当叶子掉光的时候，树木的颜色就会呈现灰色，而有叶子的时候，树木就呈现绿色。绿色本身比灰色更暗，所以，从远处看，绿色相应地比灰色显得更蓝。

还有，树木带有叶子时其阴影比不带叶子时更暗，因为树木带有叶子比不带叶子时更浓密——这一点证实了我说的话。

大气蓝色的清晰度可以解释为什么风景在夏天比在冬天更蓝。

. 130.

我曾经做过一个实验：给一棵葫芦树只留下一个很小的根，用水给树提供养分，这棵树最后结出了大约 60 个丰硕的果实，这在长葫芦物种中算是果实较多的。我孜孜不倦地研究它的生命来源，发现原来是夜晚的露水从葫芦宽大叶子的根部渗透进去，为葫芦提供充足的养分，由此养育了这棵树和它的孩子，更确切地说，养育了繁育下一代的种子。

关于当年生的最晚树枝上的叶子，有一条规律：它们在同一根树枝上沿着相反方向生长，即，叶子环树枝生长，其方式是，上面第六片叶子恰好在下面第六片叶子之上，其方向是，如果一片叶子长在它同伴的右侧，另外那片叶子就长在左侧。

在接下来一年，叶子的作用就像乳房，给树枝或果实提供营养。

描绘的风景画中带有风、带有水、带有太阳升起或落下的场景。

由于树枝及其分叉发生弯曲而使得叶子垂向地面，这些叶子被阵阵风吹拂而呈水平方向，它们的透视角度也颠倒过来。假如那棵树处于你和来风的方向之间，那些原本朝向你的叶子保持它们的自然状态，而另一侧那些叶子的叶梢原本指向与你相反的方向，被风翻转过来，现在也指向你。

关于暗色叶子的光线，如果这些叶子的颜色最接近于大气反射在它们身上的颜色，那么它们的光线最暗，这是因为下面的事实：被照亮物体的光线与黑暗融合，本身就会形成一种蓝色，光线照在暗色叶子上就会使叶子呈现蓝色；而大气光线反射在这些叶子光滑的表面也会形成蓝色，从而加深了叶子原本呈现的蓝色。

黄色的叶子尽管也反射大气中的光线，但是它们反射出的颜色并不呈现蓝色；由于我们在镜子中看见的物体都会带有这面镜子的部分颜色，所以大气的蓝色经过黄色叶子反射时呈现绿色，而蓝色与黄色融合就会形成一种最鲜

艳的绿色，因此具有光泽的亮黄色叶子就会呈现浅绿的黄色。

如果发光体 m 照亮叶子 f，而眼睛从这片叶子下侧向上观察，就会看到叶子呈现非常漂亮的亮绿色，因为它是透明的。在很多情况下，叶子所处的位置可以让自己不产生阴影，它们的底面呈透明状，另一面 [因反射] 而熠熠生辉。

如果我们每隔三四年给柳树以及类似树种剪枝，它们就会生长出笔直的新枝条。它们的阴影朝向这些新枝的诞生地中心，而在新枝末端产生的阴影很小，因为那里的叶子很小，而且枝条很少、很纤细。

因此，那些朝向天空的枝条具有的阴影和浮雕感都很小。而那些朝向地面的枝条从阴影的黑暗部分向外抽枝，越是接近枝条末端的地方颜色越浅，因为这些枝条在阴影背景中其亮度渐次增加，所以呈现很强的浮雕感。

一株植物拥有的枝条和叶子越少，它的阴影就越少。

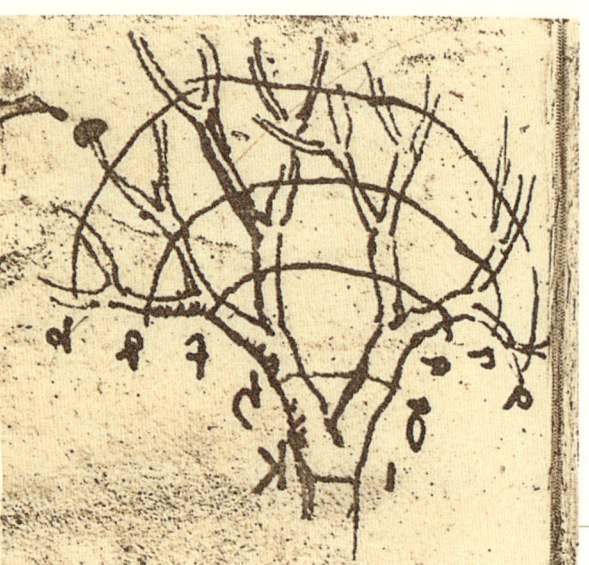

[2] 一棵树的所有树枝在生长过程中，如果把每一阶段增生部分的宽度加起来，等于 [它们下面] 树干的宽度。

一条河流（河道）的所有支流在流动过程中，如果水流的速度相等，那么干流的速度也与它们相等。

当外力袭击一棵树时，距离这种力量最远的树木部分受到伤害最大，因为那里承受的张力最大。因此，自然预见了这种情形，在创造树木时把树木最容易受到伤害的部分加粗。这类树木往往长得很高，例如松树等。

你在描绘多叶的树木时应当注意，当你画第二棵树的时候，不要丝毫不差地重复使用 [它后面] 第一棵树的颜色，你画出的绿色可以稍微亮一些、暗一些或浓一些。

[3] 每一年，当一株植物或 [一棵树木] 的枝条成熟期宣告结束时，如果我们把它们增生部分的宽度加起来，其宽度等于主干的宽度。你会发现，在树枝增生的每一阶段，那些树枝的宽度，例如 ik、gh、ef、cd 及 ab，它们各自宽度之和都彼此相等。除非那棵树被修剪，那样的话，本法则就不适用。

所有的树枝都指向一个方向，即这棵树的中心 m。

[4] 一棵树的每一根树枝的阴影都彼此交叠，从而形成整棵树的阴影。当光线照射过来的时候，任何一根树枝或一棵树的阴影形状都受到光线的限制，光线赋予阴影一定的形状，而阴影距离光线照射那一侧的长度有时可能长达 1 英里（1 英里约等于 1610 米）。

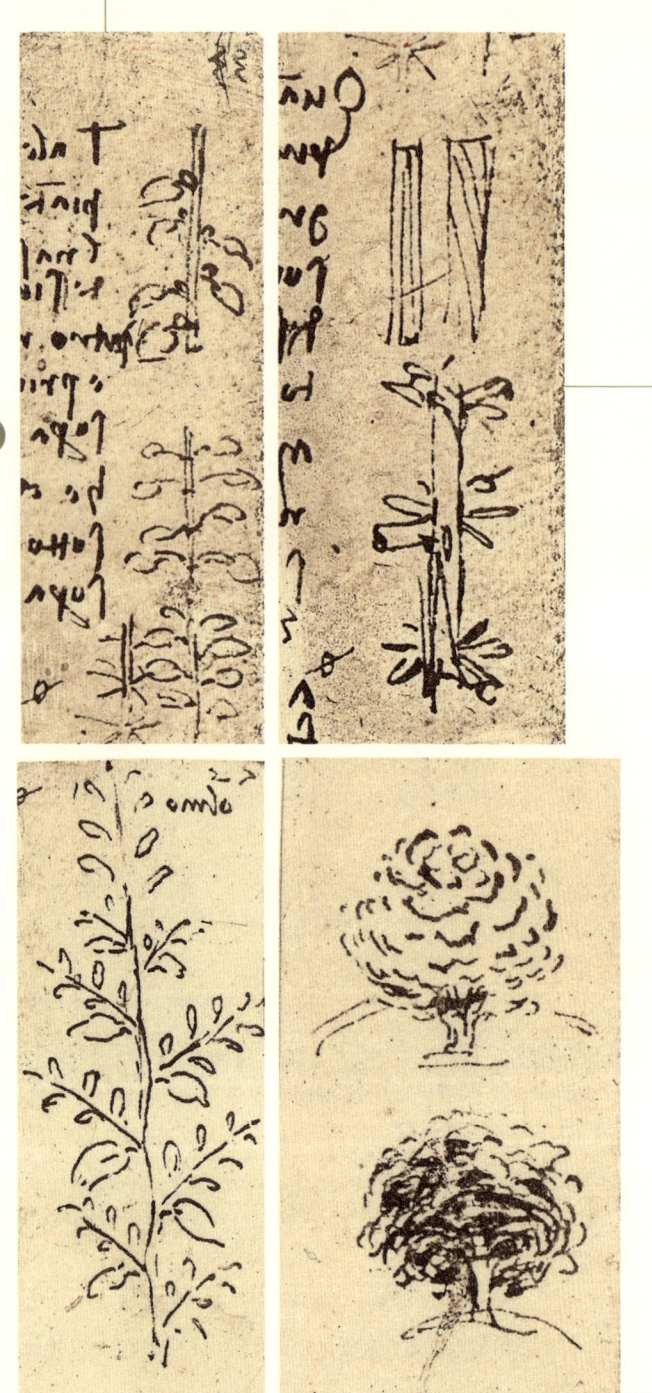

a

[5] (a) 新枝条总是在植物主干枝条上生出，新叶生长的方式也是这样。叶子一片生长在另一片上方，共有四种方式。第一种也是最常见的方式，上面的第六片叶子总是在下面第六片叶子的上方。第二种方式，上面的 2/3 在下方 2/3 的上方。第三种方式，上面第三片叶子在下面第三片叶子的上方。[最后一种方式显示在第四幅素描图上。]

[6] 前一年的树枝第二年抽出新的枝条，而这些枝条在前一年的树枝上分布不均匀，生长在其中一侧，如果这样，下面那根树枝的养分就会被转移至上面的新枝，即使它本身可能也偏长在其下面一根树枝的一侧。

但是，如果新抽的枝条长势均匀，那么在这棵树的任何一层高度，主干的脉络都是笔直 [平行] 并且间距相等的。

(a) 因此，画家啊，你不懂这些法则！为了不让那些懂得这些知识的人责备你，你最好师从自然描绘每一样东西，而且不要像那些 [只] 为了赚钱的画家那样蔑视这门学问。

一般而言，树木的直立部分几乎都稍微弯曲，凸面朝南，而且，南向的树枝比北向的树枝更长、更粗、更密。这是因为，太阳把树液吸引至树木表面距离太阳最近的地方。我们都可以注意到这一现象，除非太阳被其他树木遮挡。

一片叶子的根部与另一个叶根的距离等于或略小

[7] 于叶子最大长度的一半，因为叶子之间的间隔大约等于叶子宽度的 1/3。

榆树树枝末端附近的叶子比树枝根部的叶子更多，而叶子的宽度 [表面] 在 [角度与] 形状方面没什么变化。

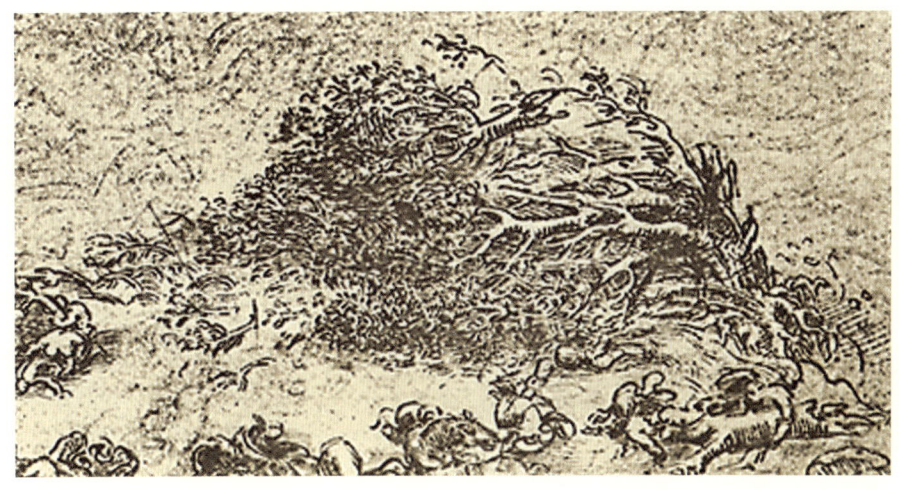

叶子总是把正面朝向天空，这样，整个叶面就能够更充分地接收大气中轻轻降落的露水。叶子在植物上的分布方式是，它们尽量避免相互遮掩，却又层层相错，你从攀爬在墙上的常春藤可以看出。这种相互交错的方式有两个目的，第一个目的是，留出间隙让空气和阳光从中穿透。第二个目的是，从第一片叶子落下的水珠可以滴落至第四片叶子上，对某些树木而言，可以滴落至第六片叶子上。

[8]

如果眼睛所处的位置看到树木被照亮的部分是朝向光源的，那么眼睛看到这棵树被照亮的部分不可能与另一棵树完全相等。为了证明这一点，我们假设眼睛 c 观察被太阳 a 照亮的两棵树 b 和 d。我说，眼睛 c 分别在两棵树上看到的光与影的比例不可能相等。因为，如果一棵树比另一棵树距离入射到眼睛的太阳光线更近，那么与距离太阳较远的树相比，距离太阳较近的那棵树展现的阴影更多。

你可以看出，眼睛 c 在树木 d 那里看到的只有阴影，而同样的眼睛 c 看到树木 b 一半处于光亮、一半处于阴影之中。

当眼睛从下向上观察，就会看到上方的情景是：一个圆圈之内存在很多树枝。

画家啊，请记住：在任何一种特定的树木中，树枝的浓密或稀疏程度不同，就会相应造成阴影深浅变化不同。

[9]

由于风力吹袭，树木朝着风吹动的方向弯曲；风力吹过，树木朝着相反的方向弯曲，即处于逆向运动。

[10]　　风景中，右手边树木与左手边树木的阴影不可能出现在同一位置，如果太阳偏左或偏右的时候，更是如此。不透明物体处于光源与眼睛之间时，看上去完全处于阴影中。

(a) 眼睛处于不透明物体与光源之间时，看到该物体完全被照亮。眼睛和不透明物体处于光亮与黑暗之间时，眼睛看到物体一半处于光亮、一半处于阴影之中。

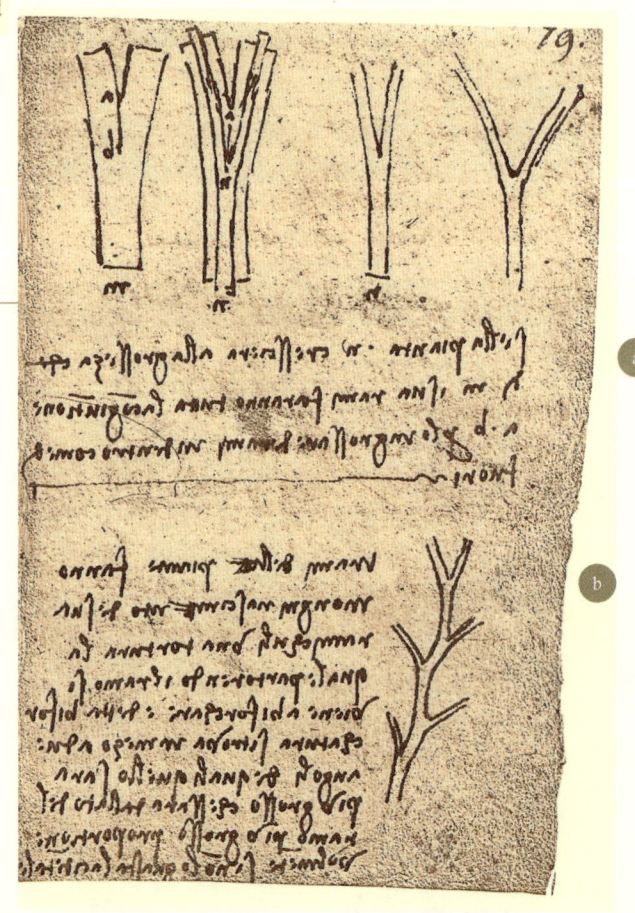

(a) 如果树木 n 成长至树木 m 那样的宽度，那么 n 的
[11] 树枝由于内侧和外侧都在生长，其 [宽度] 将会与树杈 ab 对应。

(b) 植物或树木的枝条生发新枝时，总会出现扭曲，这种扭曲现象构成树杈。这个树杈位于两个角之间，其中较大的那个角处在较大树枝的那一侧，树枝越大，那个角越大，除非意外破坏了这种情形。

如果一棵树的树皮被剥掉一部分，自然为了弥补这一部分，就会向这里补充大量的营养液体，远远多于其他地方。这样，由于当初这部分树皮被剥掉，这里反而长得比其他地方更粗厚。营养液体具有下面的运动力量：到达需要补给的这个地点之后，它像反弹的小球一样把自己的一部分抬升，造成那里生枝发芽，这种情形就像水沸腾那样。

很多树木在种植后为了相互接触，第二年可以学会如何抛弃它们之间的树皮，彼此融合生长。通过这种方式，你可以让自家的花园围墙连绵不断，四年之内，你甚至可以看到植物形成了非常宽阔的木板形状。

把很多谷粒或种子密密地播撒在一起，然后在上面覆盖一块带有很多孔眼跟种子一样大小的木板，让种子在木板下生长。随着种子发芽，它们将会被固定在一起，形成一簇漂亮的植株。如果你把不同的种子混合在一起播种，那么这簇植株看上去就像一块碧玉。

[12] 如果我们每隔三四年给柳树以及类似树种剪枝，它们就会生长出笔直的新枝条。它们的阴影朝向这些新枝的诞生地中心，而在新枝末端产生的阴影很小，因为那里的叶子很小，而且枝条很少、很纤细。

因此，那些朝向天空的枝条具有的阴影和浮雕感都很小。而那些朝向地面的枝条从阴影的黑暗部分向外抽枝，越是接近枝条末端的地方颜色越浅，因为这些枝条在阴影背景中其亮度渐次增加，所以呈现很强的浮雕感。

一棵树拥有的枝条和叶子越少，它的阴影就越少。

[13] 以天空为背景观察远处的树木，它们的轮廓是什么样子？

在明亮天空的背景中，如果树木距离眼睛越远，枝叶轮廓的形状越接近球形，距离眼睛越近，形状越不像球形。例如，第一棵树 a 距离眼睛较近，它的枝叶展现出真实的形状；树木 b 的真实细节较少；树木 c 完全失去了真实细节，眼睛不仅看不到这棵树的枝条，而且连整棵树也很难辨认。

树木以及其他植物如果带有很多纤细的枝条，它们产生的暗影较少；相比之下，如果它们带有很多宽阔的叶子，则产生的暗影较多。

[14] 没有天空作为背景，叶子处于光源与眼睛之间时，距离眼睛最近的叶子显得最暗，最远的叶子显得最亮。这种情形发生在那些远离树木中心的叶子，也即朝向光源的叶子。

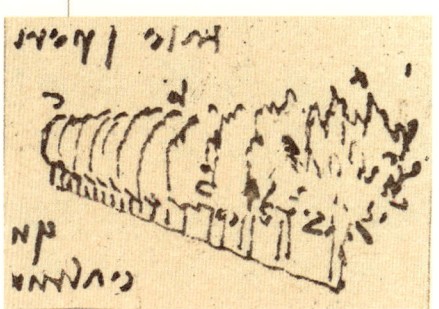

[15] (a) 物体与入射光线相交成直角时，物体显得最亮。

在远处的山脉中，阴影呈现最可爱的蓝色，比山脉被照亮的部分更纯净。由此我们可以推断，如果山脉的岩石为红色，那么被照亮的部分则呈紫色，岩石接收的光线越多，被照亮的部分就会更接近于本色。

在描绘风的时候，你应当让风把树枝吹弯，叶子朝着风吹来的方向逆向飞舞，除此之外，你还应当把它们置于那些由细微尘埃夹杂着污浊空气构成的一团团烟雾之中。

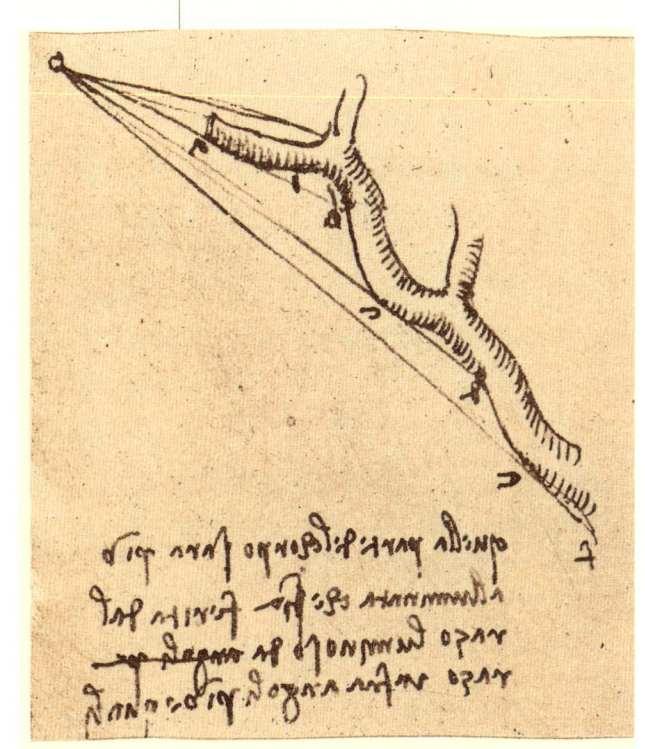

[16] (a) 云团只有其面对太阳的一侧才呈现圆形，其他侧面因为处于阴影中，所以看不出圆形。

(b) 假如太阳位于东方，云团位于西方，眼睛位于太阳与云团之间，那么眼睛看到云团的圆形边缘呈暗色，而被这部分暗色[边缘]包围的部分呈亮色。这是因为，云团的圆形边缘朝向上面或侧面的天空，天空的颜色反射到云团边缘。

(c) 地平线附近的天空呈红色。

[17] (a) 云团或树木处于阴影的一侧都不可能呈现圆形。

我看见过不计其数的（大气效应）。最近，我从米兰去往马焦雷（Maggiore）湖，在那里看到一个云团形状像一座巍巍大山，裂缝中由于太阳而透射出闪耀的光芒，此时的太阳已经接近于地平线，光线呈红色，太阳光染红了云团。这个云团把周围的小云团都吸引到自己身上，而这个大云团原地不动，这样，在太阳落山之后一个半小时，云团的顶部依然留有太阳的光芒，非常巨大壮观。太阳落山之后大约两个小时，刮起了大风，风势强劲，前所未有。

[18] 云团处于太阳与眼睛之间的时候，云团上部的圆形边缘呈现亮色，而中部则呈现暗色。这是因为，太阳位于云团边缘的斜上方，而你位于斜下方。树枝处于同样的位置，也会发生同样的情形。回过来再说云团，它们跟树木一样，因为具有一定的透明性，所以有些部分被照亮，而在边缘处则显得更薄。

但是，眼睛处于云团与太阳之间的时候，云团的效应与上述情形刚好相反：云团的边缘呈现暗色，而中部则呈现亮色。这是因为，你看到的云团一面也是太阳照射的那一面，云团边缘具有一定的透明性，可以显现其背后被遮住的那一面，而背面的那一部分无法接收到太阳光线，必然显得较暗。再者，如果太阳照射到云团上部，而你观看云团下部，就会看到圆形边缘的细节，因为下部边缘的位置不能向你反射太阳

光，正如前面那种情形，所以那里呈现暗色。

我们经常看到，黑色云团的位置比那些被太阳照亮的云团更高，那是因为它们被其他云团遮挡，位于其他云团与太阳之间。

还有，我们看到面向太阳的云团呈现圆形边缘，并且边缘呈现暗色，这是因为它们所处的背景是亮色。为了亲眼证实这种说法，你可以往一个全亮的云团上方看一看，那里是蓝色的天空，比这个云团更暗。

[19] 观察水的表面的运动，它就像人的头发一样，有两种运动方式：一种顺着水流向下游流动，另一种形成一圈圈的漩涡。这样，在漩涡形成的过程中，其中一部分原因在于主体水流的动量，而另一部分原因在于水的外部运动和回流。

VIII 地理学

Geography

两个弱者相互倚靠，就是｜更只固。因此，世界的｜另一半倚靠，就变强大，变得强固。

Two weaknesses leaning together create a strength.
Therefore the half of the world leaning against the other half becomes firm.

[1]　在没有情感、活力和理性生活的地方，什么也不会产生。羽毛在鸟身上生长，每年更换。毛发在其他动物身上生长，每年更换，有些部位的毛发除外，例如狮子、猫之类动物的胡须。草在地里生长，叶子在树上生长，它们每年都有很大一部分再生。因此，我们可以说，地球具有一种生长的灵魂：地球的肉是土壤，它的骨骼是那些构成山脉的岩石的排列组合，它的软骨是泉华，它的血液是泉水。

　　围绕着心脏的一团血液是海洋；心脏的呼吸是指血脉的增加或减少，而地球的呼吸表现为海洋的潮涨潮落。地球的灵魂的热量是遍及地球的火，而充满活力的灵魂的栖息地存在于各种火之中，我们可以发现热液喷孔存在于世界各地的硫黄温泉和矿泉，存在于火山（例如西西里岛上的埃特纳火山），以及存在于众多其他地方。

[2]

[2]　　在山脉中上升的水是维持山脉生命的血液。自然时刻准备帮助生物，如果山脉的血管在内部或者在外侧破裂，自然就会毫不吝啬地提供帮助，不顾一切地弥补那里流失的水分。如果人的某个部位受到打击，也会出现同样的情形。我们可以看到，自然帮助那个人把血液大量输送到受打击的皮肤下方，形成一个瘀血的肿块，目的是想冲开受伤的部位。

　　同样，如果（山脉）最高峰的生命被切断，自然就会把水分从最低的山底输送到最高峰被切断的部位，大量水分涌向那里，因此，那里不会因为缺水而使生命终止。

　　我说，血管里血液的自然热量使其驻留在人的头部，一个人死去，这部分血液冷却并下降至身体的下部。同样，当炽热的太阳照射头部时，头部的血液含量急剧增加，这些血液连同其他体液充盈血管，往往引起人的头部疼痛。与此相同，无数的泉水散布在地球这个躯体的各个部位，各处的泉水中也含有自然热量，因此，那些水通过山脉罅隙被输送至高高的山峰之上。

　　而这一渠水在山脉中被圈闭的渠道里流淌，就像死去的东西，不会从低处向高处输送，除非泉水带来的自然热给其加热。还有，火这种元素的热量，以及白天阳光的热量，它们都有力量把低处的湿气吸引过来并抬升至一定的高度，正如它们从海床吸引云团并把其中的湿气向上抬升。

[3]

　　河流从山中流过时，在河床沉积数量众多的大石头，其中一些依然带有棱角，河水在流动的过程中，还携带一些较小的石头，它们的棱角被磨去较多；也就是说，大石头变得越来越小。河水还会沉积一些粗糙的砾石，砾石变得越来越小，变成了粗糙的沙子，然后变得更加细碎。就这样，河水裹挟着泥沙和砾石，融入大海。

　　沙子被大海的波浪往回冲刷而淤积在海滨，结果，那里的沙子极其精细，看上去就像水一样，但是，那些沙子不会停留在海滨，而是由于重量很轻而返回海里，因为它们原本就是由腐烂的叶子以及其他轻质的东西构成的。然而，正如我们所说的，尽管这些细沙近乎水的性质，以后风平浪静的时候，它们还会淤积下来，在海底变成固体。在海底，这些沙子由于非常精细而变得非常致密，由于质地光滑而不会被从其表面流过的波浪冲走，这样，就形成了层层硬壳，这就是白垩土，适合制作陶器。

[3]

　　在任何一个空间，地球深度的每一部分都是由地层构成的，而每一层都是由较重或较轻的物质构成的，最里层的物质最重。这一点可以得到证明，这些地层的成因是，水流流入海洋，携带至海洋的物质逐渐沉积而成。

(a) 沉积物中最重的部分被首先抛到水底，然后依次进行；当水变得停滞时，它的作用是把最先携带来的泥土最先抛到水底。我们可以在河岸看到这样的土壤层，河水持续不断地流动，在河岸切削出一个又一个深深的斜坡。而在沙砾构成的地层，河水从中流过之后，那些沙砾干涸，变成了坚硬的石头。这种情形最常发生于沙砾极其精细的地方。因此，我们得出结论：地球表面的每一个部分都曾经是地球的中心，反之亦然。

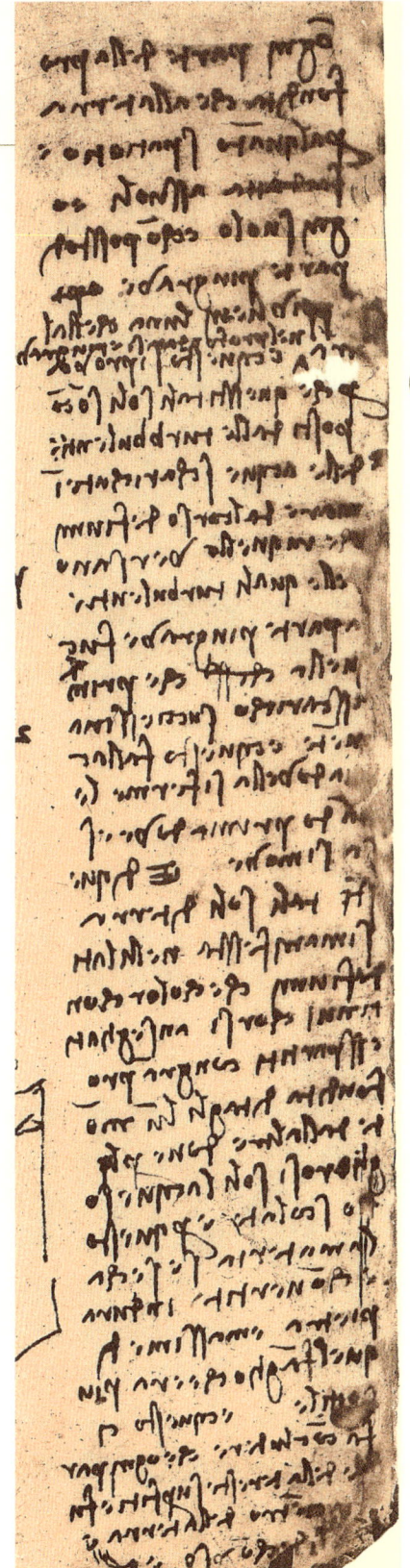

a

自然准备创造石头的时候，先创造出一种黏性的糊状物，糊状物干燥后，连同里面包含的各种其他东西一起形成坚硬的大块，然而，那些东西并不变成石头，而是以其本来的样子被保存在石头之中。

因此，在山脉底部的石头中，我们可以发现叶子被完好地保存下来，另外还混杂着各种不同的东西，它们还保持秋季来临河水泛滥将它们淹没时的样子。连续不断的洪水带来大量泥浆，泥浆与上述糊状物一起融合成坚硬的大块物质，逐渐变成连续的岩石地层，它们与相应的泥浆地层对应。

[4] 　地球的历史比文字记载的历史悠久得多。在今天，如果说没有记录显示有些海洋曾经淹没了那么多国家，还有，即便有一些记录存在，然而战争、大火、洪水、语言和法律的改变也已经毁掉了古代的一切，

那么，这也不足为怪。但是，最充分的证据是，我们在远离海洋的高山之上发现了海水创造的东西。

随着时间推移，海平面下降，而随着海水退去，留下的泥浆变成了石头，甲壳动物失去了壳内的居民，留在原地被泥浆填满。结果，在周围泥浆变成石头的过程中，在半张开的甲壳内，那里的泥浆与周围的泥浆混合在一起，所以也一同变成了石头。因此，这些甲壳被夹在两种石化的物质（即它们周围的物质以及它们包围的物质）之间。

今天，我们在很多地方都能找到这些东西。山脉岩石中几乎所有已经石化的甲壳动物都依然保存着原先自然的外壳，尤其是有些甲壳自身比较坚硬而保存很久，而比较新近的甲壳在很大程度上已经变成了白垩，被具有石化作用的黏性液体滴穿。

假如你偏要说，是洪水把那些甲壳冲刷至数百英里以外的地方，这是不可能发生的。洪水是由大雨造成的，大雨当然迫使河水裹挟着各种东西奔涌至大海，而不可能把海边死去的生物携带至山上。

假如你偏要说，河流的洪水后来上升漫过山脉，那么，由于海水逆着洪水流动时必然迟缓，也不可能使那些比它自身更重的东西漂浮起来。即便海水能让那些东西漂浮起来，那么海水退去时，那些东西也会散落得到处都是。但是，在伦巴第地区的费拉脱（Ferrato）山脉，我们每天都能见到黏附在岩石上的珊瑚，珊瑚上带有一些虫洞，由于河水冲刷而暴露出来。你如何解释这一现象？

这些岩石都被成团成簇的牡蛎覆盖，就我们所知，那些牡蛎一动不动，始终把一片外壳黏附在岩石上，另一片外壳张开用于捕食在水中游动的微生物，那些微生物为了寻找更好的觅食场所，却成了这些牡蛎的食物。我们在那些变成化石的泥沙中没有发现海草，因为在变成化石以前，海草已经退去。在波河（Po）乱石丛生的河岸，我们可以看到这种情形。

[5] 我认为，古时候，地球表面完全被海水填满，其中的平原也被覆盖，而作为地球骨骼的山脉底部宽阔，山峰刺破并高耸于空中，山脉的表面被地势较高的土壤覆盖。

后来，雨水连续不断，形成越来越多的河流，由于反复冲刷而使那些山脉高峰剥落，因此岩石暴露于空气之中，土壤从这里流失。山峰和山坡的土壤向下滑落至山脉底部，加高了环绕山脉底部周围的海床，使得那里的平原露出水面，在有些地方甚至把海水驱赶到很远的地方。

哪里有生命，哪里就有自然热；哪里有自然热，哪里就有水汽的运动。这已经得到证明，因为我们可以看到，火这种元素由于具有热量，总是从海洋、湖泊、河流及潮湿的山谷，把潮湿的水汽和浓密的雾霭吸引到自己身边形成不透明的云团。根据火的热量多少，这些云团被吸引至一定的高度，因为热量和水汽不能与那里寒冷、干燥的空气并存，云团最前端的部分便停下来，后面的部分也告停止，就这样一部分一部分叠加，形成浓密、黑暗的云团。

这些云团被风吹拂，从一个地方飘浮到另一个地方，由于密度变得太大而形成大雨降落下来。假如太阳的热量与火元素的力量添加在一起，这些云团就会被吸引至更高的空中，遇到更冷的空气，在那里形成冰，以冰雹的形式降落下来。我们还可以看到，既然这种热量能够吸引那么多水汽，形成云团并降落下来，它同样能够从山脚把大量的水汽吸引至峰顶并驻留在那里，一旦那些水汽找到山脉的裂口，就会源源不断地流淌下来，形成河流。

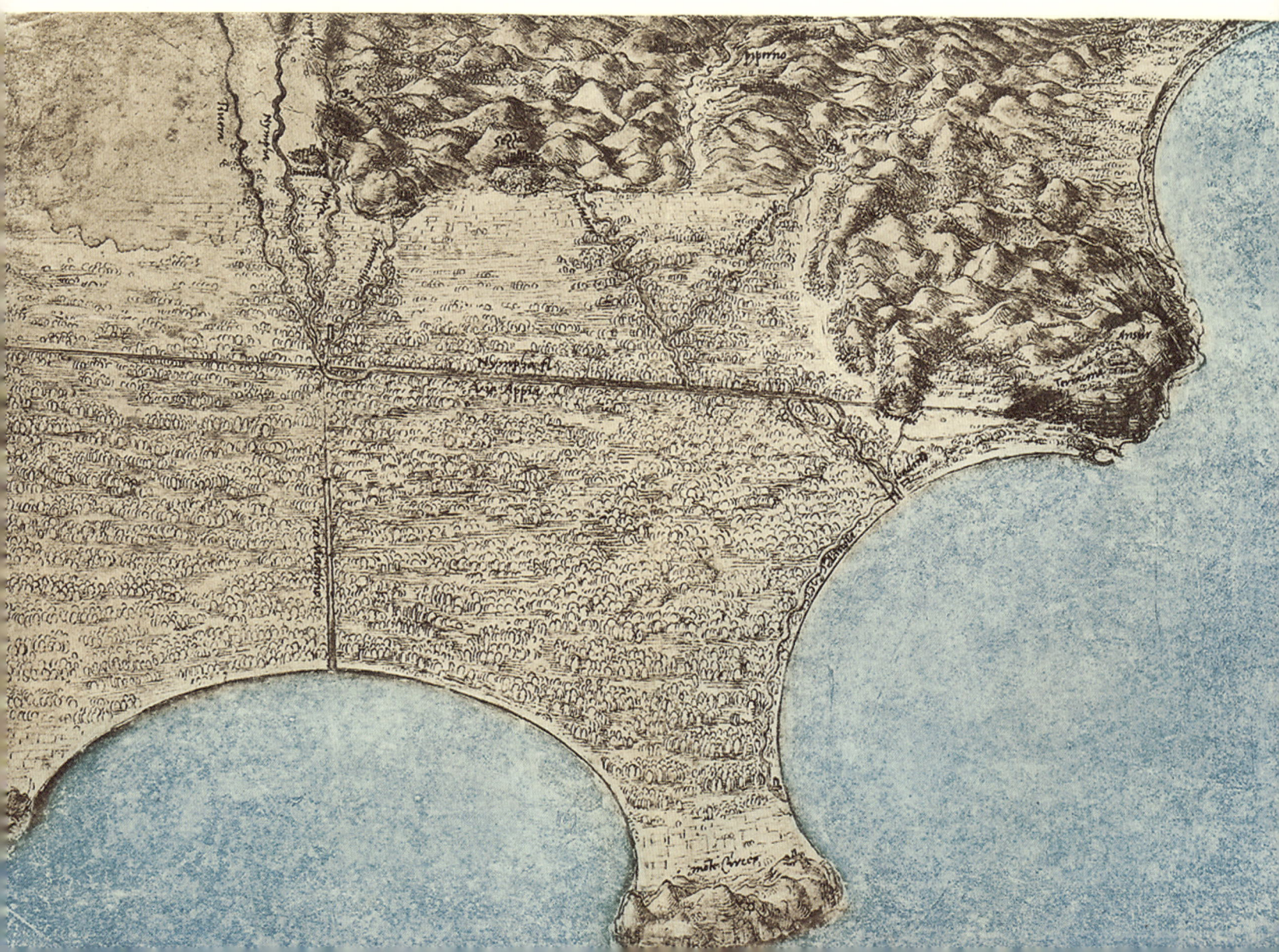

在四种元素中，水的质量以及不稳定性都处于第二位。水始终奔流不息，直至与海洋融为一体，风平浪静的时候，海洋平面各点与世界中心的距离相等。

水是所有生命体的体液和成长剂。没有水，生命体就不可能保持其原来的样子。水借助数量增加而使生命体统一起来并逐渐成长。

任何比自身轻的东西不借助外力就不可能穿透自身。水借助热量很容易抬升自己，以稀薄的水汽形式上升至空中。水遇冷凝结。水停滞则变污浊。也就是说，热量使水运动，寒冷使水凝结，静止使水污浊。

水可以表现为各种气味、颜色和味道，而它本身并不具备这些特征。水可以渗透各种有孔的物体。一旦水发怒，没有人能够抵挡，即便能够抵挡，也不能持续多久。水在快速流动的过程中，可以携带比水重的东西。借助运动或反弹，水提升的高度能够等于其下降的高度。水在快速流动的过程中，能够潜入比它轻的东西下面。

水的优势部分有时候位于表面，有时候位于中心，有时候位于底部。一部分水流升高越过另一部分水流的横截面，如果出现这种情形，流动的水的表面就会产生波浪。河岸或河床只要存在很小的障碍物，就会造成对侧的河岸或河床消失。

与河流充盈的时候相比，河流水平面较低的时候对河岸造成的损害更大。河水的一部分重量不会施加在另一部分之上。在河的两岸之间，水流并非始终都朝向一个方向。河水的上半部分不会把重量施加到下半部分。

鲁莽的河水泛滥，能够造成无法挽回的毁灭性灾难，我们应当在河水造成这些恐怖的伤害之前，采取各种措施积极预防。但是，暴虐的洪水泛滥，给人类造成难以想象、灭绝人性的浩劫，而人类却无能为力，面对这种可怕的浩劫，我要用什么样的语言才能表达或描述心中的苦痛？

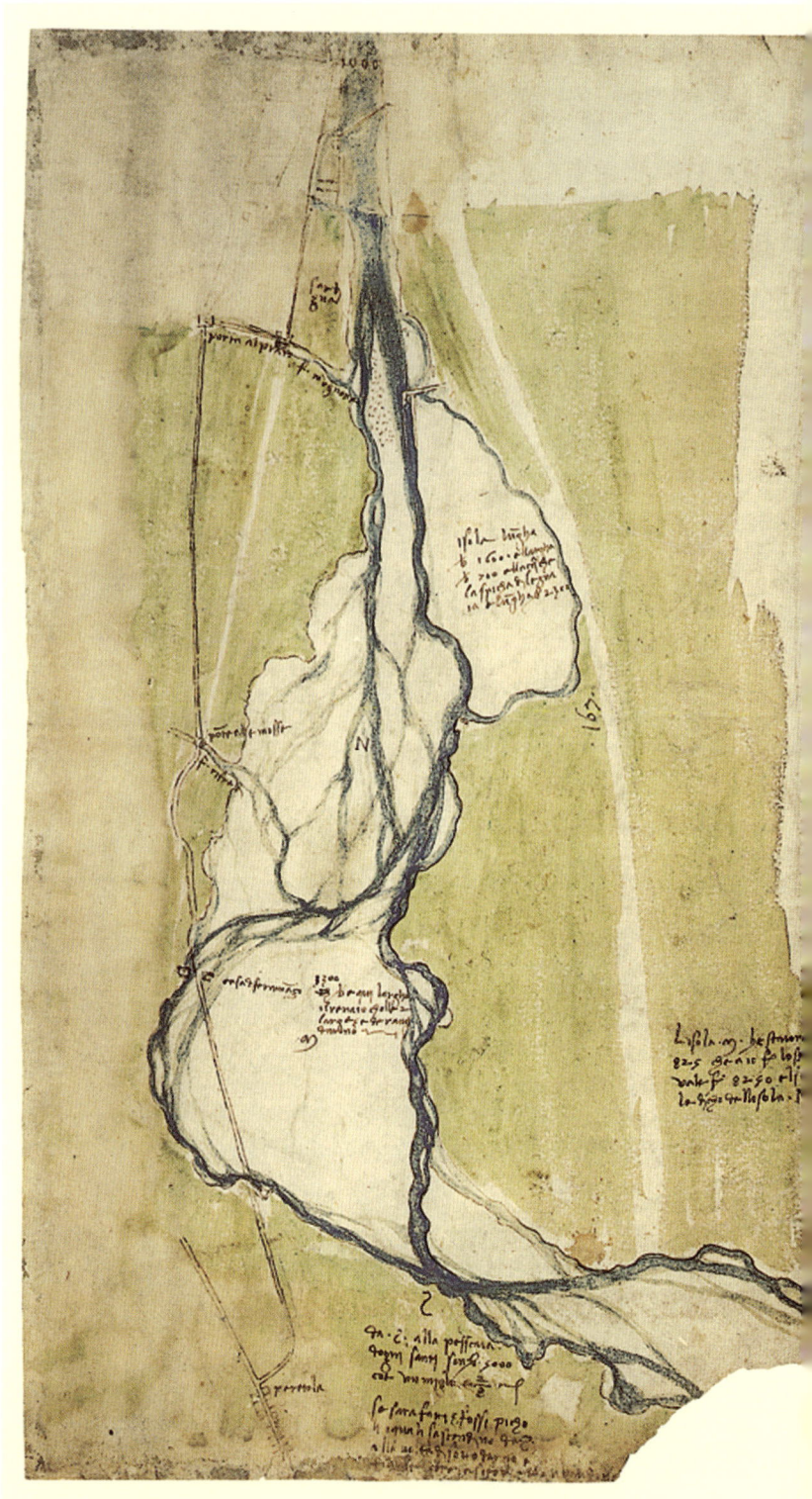

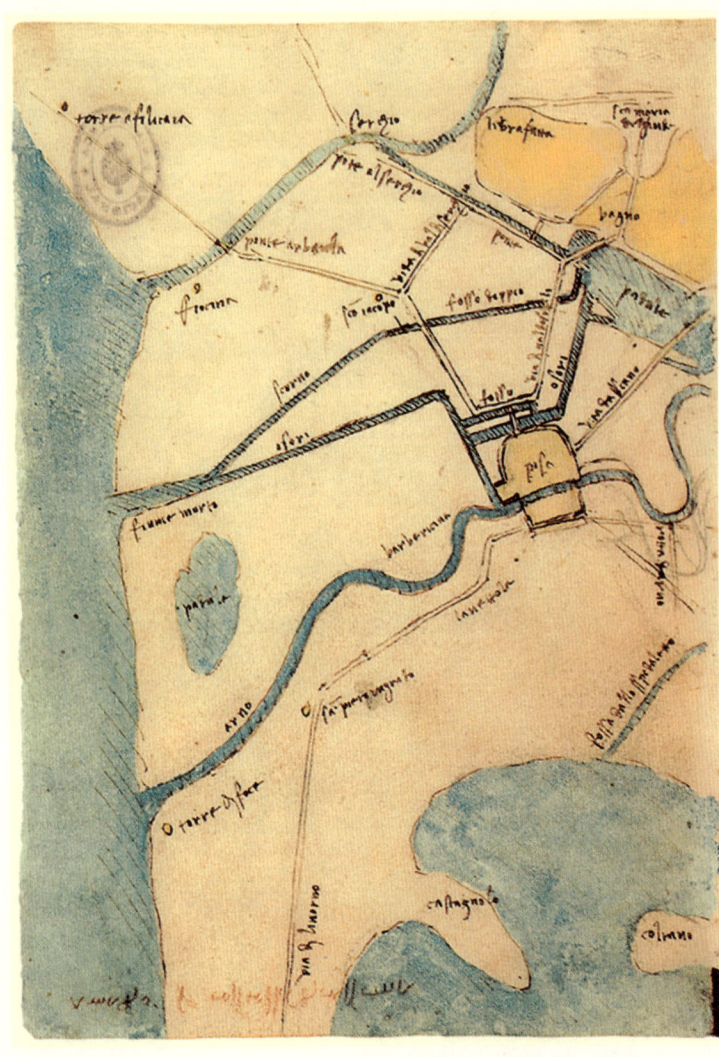

[6]　　火把它的食物吞噬，同时自身也就被食物吞噬。山谷的斜坡造成水运动，直到水到达山谷地势最低的地方，它的运动才会停息。火是火的食物造成的，水的运动是水想要下降的愿望造成的。火的食物被火烧得分崩离析，造成的灾害也分崩离析，火的食物被吞噬，其自身也就灭亡。山谷的斜坡连绵不断，具有破坏性的河流造成的灾害也就连绵不断，直到它在山谷的护送下一路奔流到海洋，那里是蜿蜒曲折的河水的共同基地和终极归宿。

　　河水产生的波浪奔涌咆哮，能够摧毁高高的山脉，冲垮最坚固的堤岸，拔起根深蒂固的大树。暴虐的波浪从田野袭过，携带的泥沙淤塞那里的耕地，可怜的农夫辛辛苦苦的劳动成果化为乌有，痛不欲生。肆虐的洪水给山谷带去贫穷困苦，那里一片狼藉，荒凉孤寂。

　　愤怒咆哮的（波浪）接连不断，侵蚀、冲垮高大的堤岸，裹挟着农田里的泥土而变得浑浊，摧毁那里的房屋，连根拔起高大的树木。波浪一路奔涌，扫荡每一座堤坝、每一个屏障，裹挟着较轻的东西，吞噬、摧毁较重的东西，在狭小的裂缝处制造山崩，用洪水填满低洼的山谷，洪流组成的水团浩浩荡荡、势不可挡，把人、动物、树木、房屋和土壤当作战利品带到海洋，那里是它的老窝。

　　谁要是碰巧就在近前，还不赶紧逃命！噢，洪水吞噬了多少城镇，以及多少田园、城堡、别墅和房屋！

　　有多少可怜的农夫辛勤劳作的成果，全都毁于一旦，颗粒无收！有多少家庭家破人亡！还有那些成群结队的家畜被淹死、冲走，我能说什么呢？

　　陆地上几条笔直的河流假如具有同样的特征，含有同样丰富的水量，而且具有同样的宽度、长度、深度和坡度，那么，最古老的那条河的水流速度最缓慢。

这一点可以得到证明。最古老的那条河必然是最曲折的，因为它蜿蜒曲折，在从这些地方获得更大力量的过程中就会变得更缓慢。

从同样高度向同样低处流动的河流中，河道最长的那条河流速最缓慢。

在几条河流的发源地，最古老的那条河流速最缓慢，

这一点是依据下面的事实：这条古老的河流蜿蜒曲折，在这些地方不断获得更大的力量。

河流的坡度越陡斜，水流的速度越快；水流的速度越快，对河床侵蚀冲刷的力度更大，使河床变得更深，同等的水量占据的空间更少。

河流的河道越短，水流的速度越快。反过来，河道越长，水流的速度越慢。

[7] 　　河流如果笔直，与河流两侧相比，位于中心线的水流的动量大得多。

　　河水以相同的冲击力冲击两岸，如果某段河道比较狭窄，河水就会挤向中心线，这些波浪在中间形成一轮新的冲击波，结果它们还会以相同的冲击力返回两岸。河水冲击两岸形成第一轮冲击波，而在中心线形成第二轮冲击波，夹在这两轮波浪范围内的河水呈现锥形，这段河水的底部水流必然缓慢，顶部必然疾速。两轮冲击波在抵达河底之后，将会上升至与河水横断面相同的高度。但是，在中心线形成的波浪始终会比从两岸返回的波浪速度更快。

　　河水在宽度相等、河床相同的河道中流动时，河床有多少斜坡，就会有同样多宽度不同的水流。一个地方有多少疾速流动的水流，在另一个地方就有同样多缓慢的水流。

[8] 　　所有的内海以及那些内海的海湾，都是由流向那里的河流形成的。

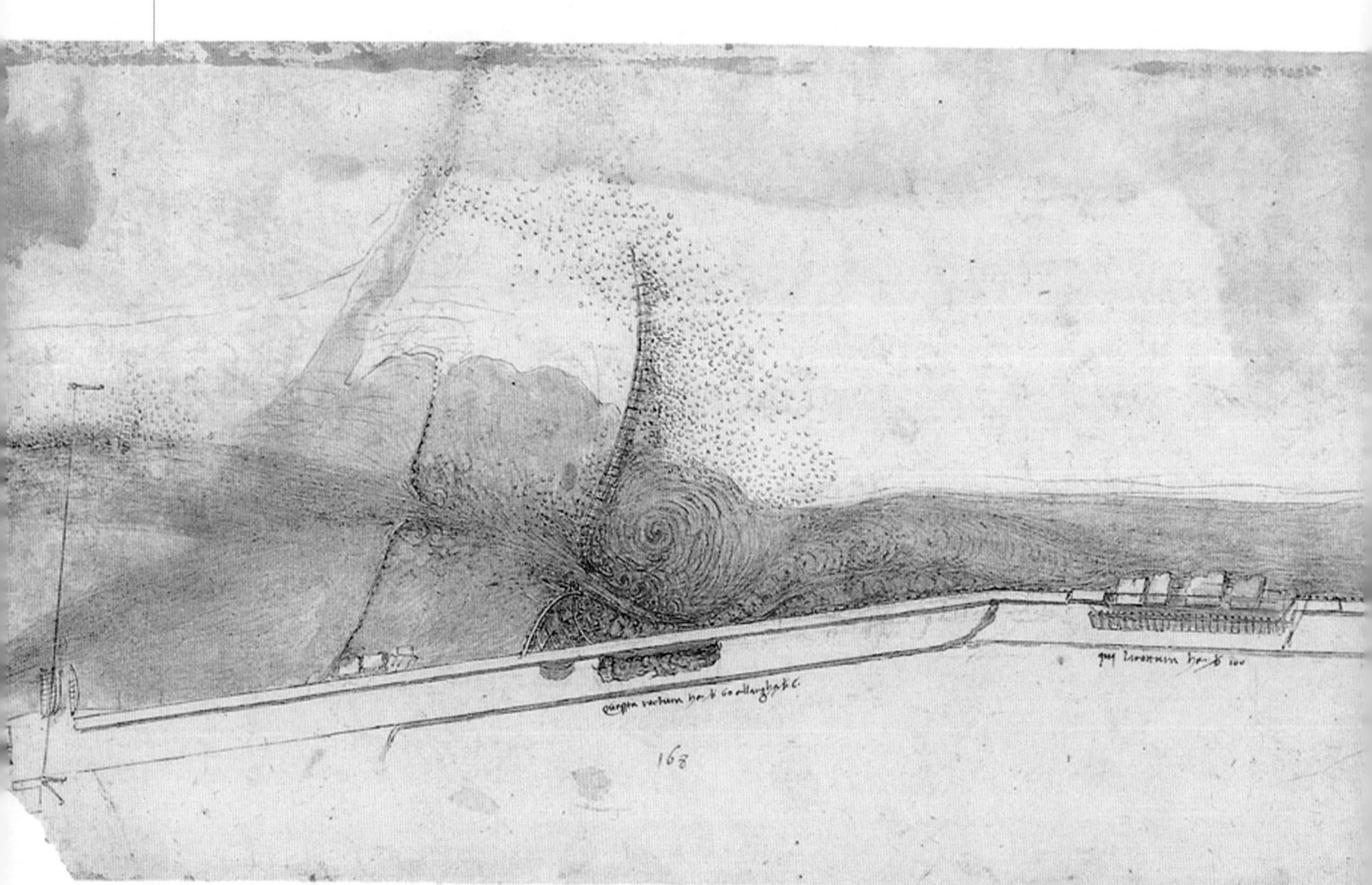

[9] 红海的表面与大洋的表面处丁同一平面。

可能是曾经有一座山脉崩塌，封闭了红海的出口并阻碍了地中海的出口，由此造成地中海海水泛滥，地中海只好利用加的斯山脉之间的通道作为出口。在我们自己这个时代，也发生过同样的事情：一座山脉崩塌，落在山谷的碎石长达 7 英里，把那里封闭形成一个湖泊。因此，大多数湖泊都是由山脉形成的，例如：加尔达湖、科莫湖、卢加诺湖以及马焦雷湖。

(a) 地中海在叙利亚境内的落差很小，小于加的斯海峡，而加的斯海峡是一个非常重要的水道。因为，在加的斯海峡没有形成之前，地中海只能朝东南方向流动，加的斯海峡形成之后，地中海就朝那里流动。

(b) 在点 a，地中海的海水流入大洋。

位于海洋与山脉之间的所有平原原先都曾被海水覆盖。每一个山谷都是由山谷自己的河流造成的，而山谷与山谷之间的比例跟河流与河流的比例相等。

在很多地方，河流中的水每隔 6 个小时涨潮，每隔 6 个小时退潮。就我而言，我曾亲眼见过科莫湖上游的普里尼安纳河，正如我前面所说，这条河的潮涨潮落就是如此，推动两个磨坊运转。这条河退潮的时候水位非常低，看上去就像一个深坑里的水。

[10] (a) 位于昂布瓦斯的卢瓦河。

(b) 河岸 bd 内侧的河水水位比其外侧的地面高。

(c) 该岛屿是昂布瓦斯的一部分。

(d) 这条河流流经昂布瓦斯。它流经 ab、cd，当它流经那座桥之后，借助河道 de、bf 与两股水流（ab、cd 与 de、bf）之间的那个河岸接触，逆着先前的方向流动。然后，它又借助河道 fl、gh、nm 再次调转方向，流经 kn，与它原先从中分离出来的那条河融为一体，融合后的河道为 km、rt。但是，如果这条河流水量充盈的时候，就会漫过河岸 bd，成为一条大河。

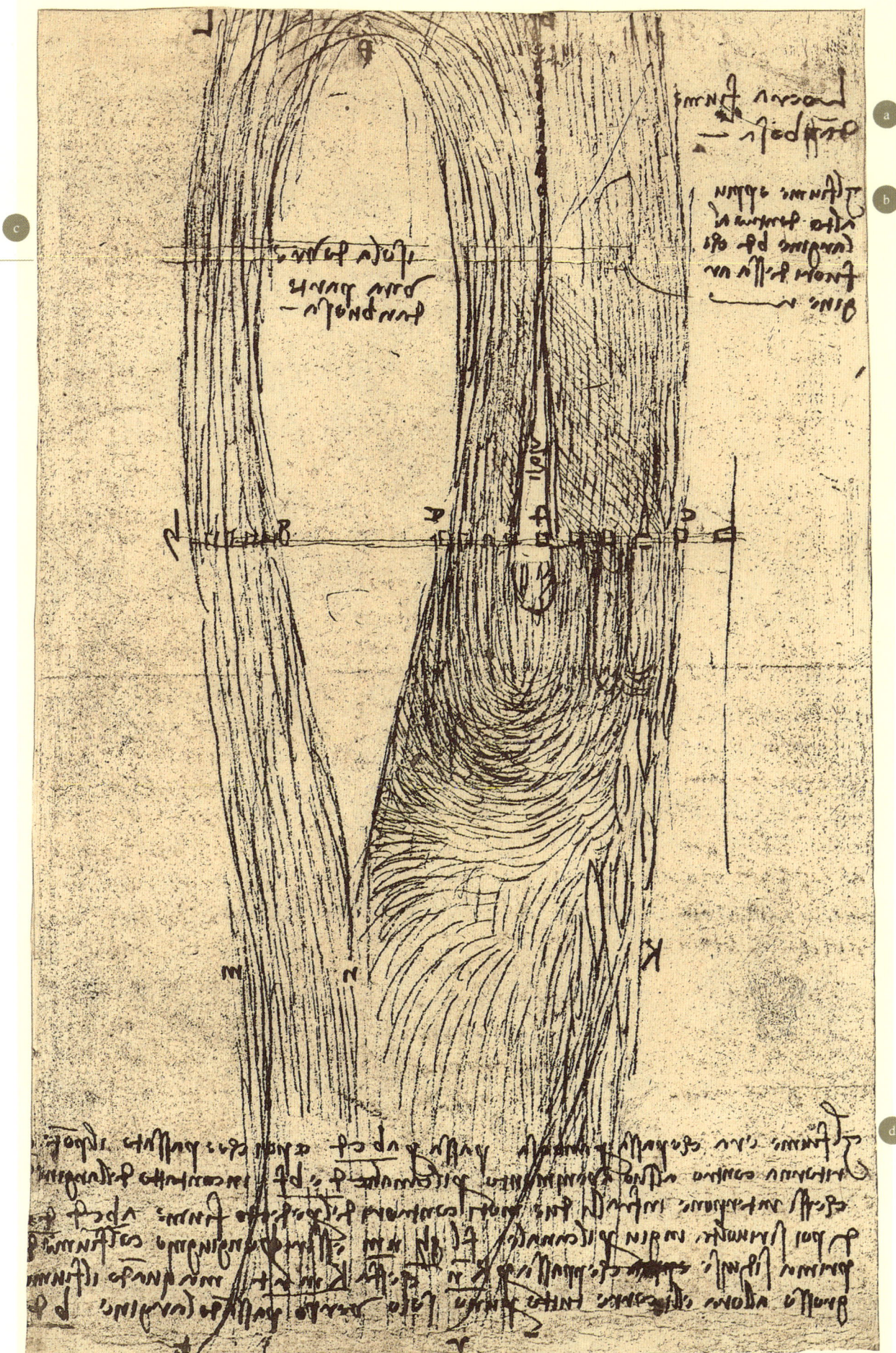

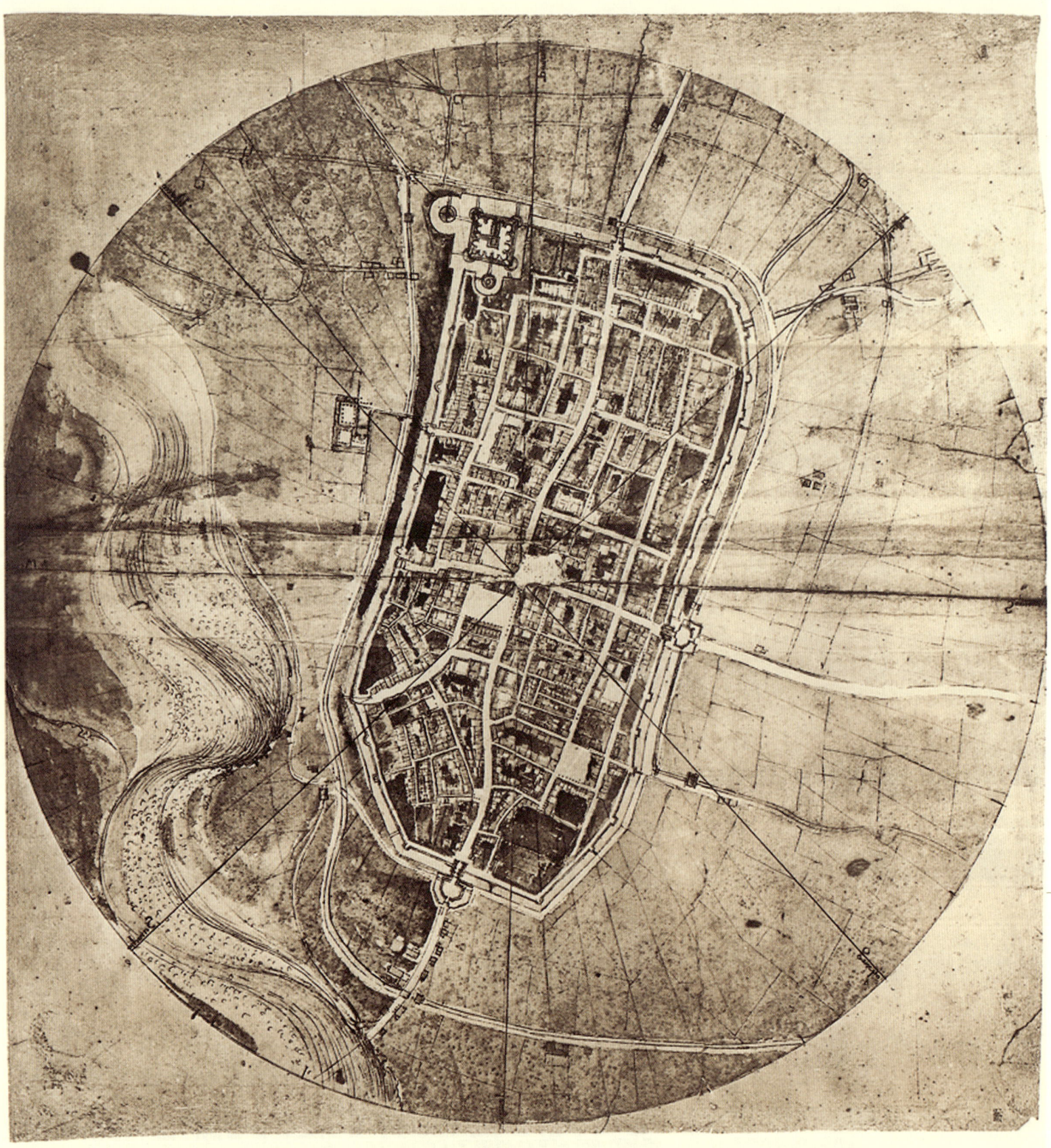

[11]　伊莫拉位于博洛尼亚以西偏西北方向的 5 点，两地距离 20 英里。

圣彼得罗堡位于伊莫拉的西北方向，距离 7 英里。

法恩扎位于伊莫拉的东方与东南方之间，距离伊莫拉 10 英里。弗利位于同样的方向，距离伊莫拉 20 英里。福林波波利位于同样的方向，距离伊莫拉 25 英里。

贝尔蒂诺罗位于伊莫拉以东偏东南方向的 2 点，两地距离 27 英里。

[12]　在维罗纳的山区，人们发现红色大理石都与已经石化的海扇壳融合在一起。有些海扇在开口处淤满了石化的胶质；有些海扇与周围的岩石分离，因为那些贝壳闭合，把壳内物质与岩石隔开，岩石无法进入壳内；还有一些海扇非常古老、外壳脱落，已经被胶质石化。

[13] (a) 致巴比伦神圣苏丹的属臣、叙利亚的财务官阁下。

(b) 我们北方这里最近发生了灾难，我敢保证，这场灾难不仅令你感到震惊，也令整个世界感到恐怖。我将按照一定顺序向你汇报，先叙述灾难的后果，后叙述原因。

(c) 承蒙你的委派，我前来亚美尼亚向民众播撒你对他们的关爱之情。为了给这项工作找到一个我认为最合适的切入点，我来到了靠近边境的卡林德拉。这个城市坐落于托罗斯山麓与幼发拉底河河谷接壤的地方，向西眺望着巍峨的托罗斯山脉顶峰。那些山峰极高，似乎直插云霄，全世界没有哪个地方比这座山峰更高。

距离太阳从地平线升起还有 4 个小时，太阳光就已经开始照射到这座山峰的东侧，那里最纯白的岩石反射出耀眼的光芒，恰如黑暗午夜的一轮明月给这些亚美尼亚人带来光明。由于山峰极高，它向上穿越最高的云团之后，其上端还多出 4 英里的垂直高度。山脉西侧很多地方的人们眺望这座高峰，日落之后夜晚已经过去了 1/3 的时间，太阳还在峰顶照耀。以前，你和我们在晴好的夜晚都把它当作是一颗彗星，在夜空中闪耀，形状经常发生变化，有时候被分成两三个部分，有时候变长，有时候变短。这是因为天际线那里的云团横亘在山峰与太阳之间，遮挡了太阳光线，一块块云团把光线分割开来，由此形成不同形状的亮光。

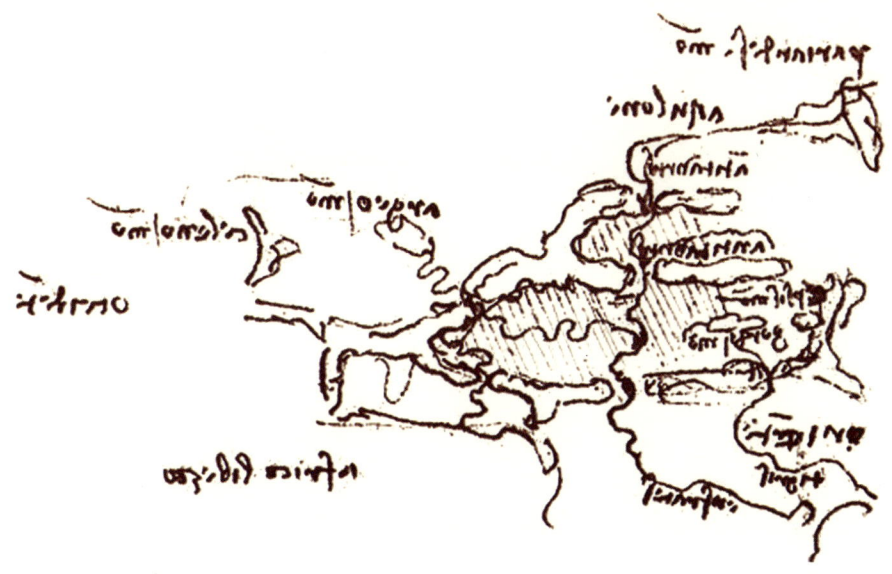

信仰的颂扬和忏悔。

洪水暴发，令其终结。

摧毁城市。

很多人死亡，充满绝望。

找到布道者，他乐善好施。

描述这座大山崩塌的原因。

山崩造成的危害。

雪崩。

找到预言家。

他的预言。

(d) 东亚美尼亚的低洼地区洪水泛滥，排涝工作受到托罗斯山脉崩塌影响。

新找到的那位预言家表示，这场灾难的发生跟他原先的预言一致。

描述托罗斯山和幼发拉底河。

(e) 从半夜至1/3夜晚的时间，这条山脉以东的人看到太阳已经升起在山顶，而山脉以西的人看到日落后就像一颗彗星。为什么？

(f) 这颗彗星看上去形状多变，一会儿呈圆形，一会儿呈长条形，一会儿分成两三个部分，一会儿合成一体，一会儿又若隐若现。为什么？

[114] (a) 托罗斯山的形状。

(b) 噢，财务官阁下，从你的责备中可以看出，你并非是要呵斥我玩忽职守。你对我格外关爱，令我受益良多，同时也鞭策我尽心尽力，积极调查并找出这场严重、巨大灾难的原因。而这项工作需要一定的时间。现在，为了让你充分了解这场巨大灾难的原因，我有必要首先向你解释这里的地形，然后描述灾难的后果，我相信这样肯定会令你十分满意。

(c) 噢，财务官阁下，我对你的急切要求没有及时做出回复，请你不要恼怒。鉴于你要求我处置的这些事情的性质，没有一定的时间，我就不可能全面充分地加以描述，尤其是，为了解释这场巨大灾难的原因，我有必要首先精确描述这里的地理特征，这样的话，我在后面就可以很容易满足你的上述要求。

(d) 我将省略对小亚细亚地理的描述，不去说哪些海洋或陆地构成小亚细亚的外围边界，因为我知道，凭借你在学习方面勤恳钻研，不可能不懂得这方面的知识。我将径直描述托罗斯山脉的真正地理知识，它是造成这场严重、巨大灾难的原因，也是我们的目的所在。很多山脉都被说成是高加索山脉的山脊，但是，只有托罗斯山脉才是真正的高加索山脊。我为了确证这一点，就向里海沿岸的居民打听详情，他们给出证据证明这就是真正的高加索山，虽然他们那里的山脉名称与这座山脉相同，但是这座山脉最高。为了证实这一点，在斯基泰语言中，"高加索"的意思是"非常高的山峰"，实际上，据我们所知，在此处的东西各方没有哪一座山脉比这座山脉还高。可以证明这一点的是，在日落之后至夜晚已经过去 1/4 这段时间期间，这座山脉西侧的居民还能看到太阳照射在山峰之上。同样，黎明前的那段时间，山脉东侧的居民也能看到这种现象。

(e) 托罗斯山的结构和大小。

(f) 托罗斯山山脊的影子非常之高，在 6 月中旬太阳位于正午时，山脊的影子能够延伸到萨尔马提亚的边境，距离山脉有 12 天的路程；而在 12 月中旬，山脊的影子能够延伸到北方寒冷的山脉，距离这里有一个月的路程。山坡迎风的一侧通常没有云或雾，因为风吹到岩石上就被分开，然后在那块岩石后方较远的地方重新袭来，在整个运动过程中，风携带着从各个方向吹来的云团，重新袭来时把云团抛在那里。因为大量密集在那里的云团带去狂暴的闪电雷霆，岩石被劈得四分五裂，到处都是破碎的岩屑。在这座山脉的脚下，生活着大量富足的居民，遍布着最美丽的泉眼和河流，土地肥沃、物产丰富、质量上乘，尤其是朝南的一侧。我们向山上攀爬大约 3 英里之后，开始发现大片的森林，森林里生长着大量的杉树、山毛榉以及其他树木。我们接着攀爬了 3 英里，那里是辽阔的草地和牧场。再往上，直到托罗斯山高度正式开始计算的起始点，是终年不化的永久积雪。这几段距离合计是大约 14 英里。从山脉高度的起始点再往上 1 英里，那里的云团终年也不消散。这样，我们的行程总计 15 英里，换算成垂直高度为大约 5 英里。托罗斯山脉顶峰的高度与这段距离大致相等。我们攀爬到这里，即一半的路程，发现太阳光线太强，一丝风也没有，没有什么东西能够长时间生活在这里。这里除了几只猛禽之外什么生物也没有，它们生活在高高的缝隙处，飞到云层以下的山中寻找猎物。在林木生长的山坡往上（即云层以上的山体），那里只有光秃秃的岩石，岩石呈现纯白色。山路崎岖、危险，我们没有办法继续攀登到顶峰。

[14]

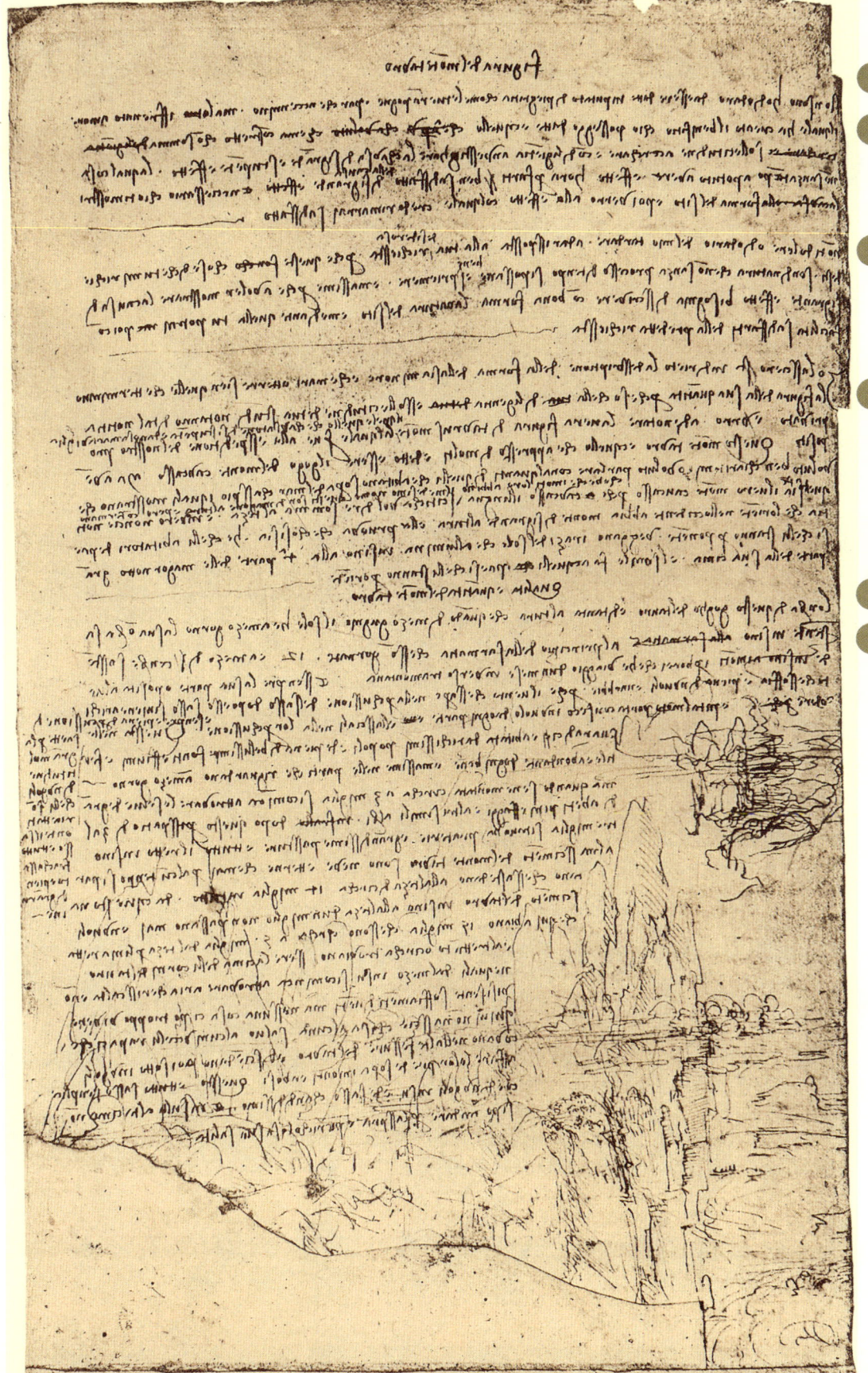

IX 物理学和天文学
Physical Sciences and Astronomy

力来源于物质的缺乏、力是物理运动之子，它是引力之母和精神运动之孙。

Force arises from dearth or abundance; it is the child of physical motion, and the mother and origin of gravity, and the grandchild of spiritual motion.

[11] 　　我把"力"定义为无形的力量（即看不见的力量）。一个保持某种状态的物体突然脱离那种状态，储存并分散在物体内部的运动造成不可见的外部压强，由此产生了力。一旦神奇的力施加到自然万物身上，它就会迫使这些东西改变形状和位置，自己根据环境也发生改变，最终匆匆地死亡。

　　力的速度缓慢时，其强度增加；速度增加，强度则减弱。力生于暴力，死于自由；力越强大，消耗得越快。力想要征服并杀死阻碍它的东西，在这个过程中自己也同归于尽。力遇到的阻碍越大，自己就变得越强。每一样东西本能地逃避死亡。每一样东西在受到力的限制时，自身也在限制其他东西。没有力，就没有运动。

　　一个物体产生力之后，在重量和形状方面并不会增加。力造成的运动不会持续下去。

　　拼命努力，力就会增加；静止不动，力就会消失。一个物体受到力的限制，就被剥夺了自由。通常，力借助运动能够产生新的力。

重力局限于水和土这两种元素，但是这种力是无穷无尽的。假如我们能够制造出某种产生这种力的工具，就可以借助它让无限的世界运动起来。

力、物理运动、重力和阻力。人类的所有行动都需要依靠这四种外部力量。

地球不是太阳围绕转动的中心，也不是宇宙的中心，而是它自己伙伴的中心，并与它们团结在一起。当月球和太阳都位于我们下方的时候，假如任何人站在月球上，就能够看到我们的地球和地球上的水，跟我们从地球观看月球一样，地球会照亮月球，月球照亮我们。

运动过程即使再慢，其中也不存在片刻的静止。
在相同时间内，行进距离较小的运动较慢。
在相同时间内，行进距离较大的运动较快。
运动过程可以达到无限缓慢的程度。
运动产生的力量可以达到无限缓慢的程度，同样也可以达到无限快速的程度。

我说，我们在天空中看到的蓝色并不是它的本色，而是由炽热的水汽蒸发成为眼睛无法察觉的细微颗粒造成的，太阳光线吸收那些颗粒，在无限遥远的深暗背景下使它们显得明亮。那遥远的太空由火构成，像罩子一样将它们罩住。

重量、力、打击和动量都是运动的儿子，因为它们是运动所生。
重量和力总是想要尽快死亡，它们都靠暴力维持生命。
动量通常是一个物体的运动得以延续的原因。

力只不过是一种精神能力，是有生命体在无生命体身上通过外部的暴力创造并植入的一种看不见的力量，给那些物体带去一种类似生命的东西。这种生命能够产生神奇的作用，限制并迫使自然万物改变形状和位置，根据环境不同产生的作用不尽相同，而它自己也狂暴地奔向生命的终点。

阻滞使力增强，疾速使力减弱。
力生于暴力，死于自由。
力迫使自然万物改变形状和位置。
力越强大，死亡的速度越快。
力拼命赶走一切阻挡它灭亡的东西。
力是一切物体形状的改变者。
力对控制它的主人充满敌意。
力总是与各种自然状态为敌。
一开始很小的力可以逐渐变得强大，变成神奇、可怕的力量。
力自身总是想要变得微弱并消失。
力受到其他物体限制的同时，自身也限制其他物体。
没有力，就没有运动。
没有力，我们就听不到声音。
力的真正种子位于生命体中。

假如一个力在某一段时间内能够把一个物体移动一段距离，这并不意味着这个力的一半力量在那段时间内能够把那个物体移动一半的距离，也不意味着这一半力能够使用2倍时间把物体移动那一段距离。

假如一个力在某一段时间内能够把一个重物移动一段距离，这并不意味着这个力在同样时间内能够把那个重物的一半移动那段距离的2倍。
这也不意味着这个力在一半时间内能够把重物[移动]一半距离，或者，这个力在整个时间内把2倍的重物移动一半的距离，或者，这个力在一半时间内把整个重物[移动]一半距离。

(a) 为什么物体 o 不能保持在原来的位置？那是因为它没有阻力。它会向哪里移动？它会向 [重力] 的中心移动。为什么不沿着其他方向移动？因为一个物体如果没有支撑力，就会沿着最短路线向最低点也即世界的中心移动。为什么物体知道哪条路线距离世界中心最近？因为它不能独立存在，不可能朝任意方向移动。

每一个物体如果脱离原来的位置并不受限制，它更喜欢沿着直线而非弧线下降。这是因为，无论哪一个物体，只要它脱离使它保持原来状态的地方，就会在尽可能短时间内重新恢复原先的状态。因为我们画直线比画同样长的弧线需时更短，所以每一个脱离原来位置的物体经由直线比经由弧线下降更快。

一个物体在宽度和重量方面具有匀质特征，被平衡地置于空中，假如空气静止并且产生匀质的阻力，那么物体的每一部分都处于匀质的垂直下落状态，与原先的平衡状态相比不会发生偏斜，物体的下落运动非常缓慢，这一点可以得到证明。

但是，假如这个匀质物体原先被倾斜置于空中，而空气的阻力匀质，那么物体下降时就会保持倾斜状态，其速度比上述平衡状态更快。

我问，假如一个 1 磅（ 1 磅约等于 0.454 克）的物体跌落的高度是 2 臂尺，它跌入泥土中的深度是 1 手掌，那么，假如它跌落的高度是 40 臂尺，它跌入泥土的深度是多少？假如一个 2 磅的物体跌落的高度是 2 臂尺，它跌入泥土的深度是多少？

动量是从运动派生出来的一个术语，它来源于原始运动，也即可运动的物体与施动者发生相互作用的时候。

人们发现，动量这种派生运动的任何一部分速度都不可能等于原始运动。这一点已经得到证明，例如，在弓箭运动的每一个阶段，弦从施动者那里获得的力都会发生损失。由于箭的派生运动的原因涉及多种因素，所以它的力量逐渐变弱，从而造成弓的力量逐渐变弱并消失。

施动者给可运动物体施加的动量被注入这个可运动物体的各个组成部分。

两个球体呈直角撞击在一起，如果一个比另一更轻，那么它就会偏离原来的路线更远。

拿斧头以同样的力砍伐树木，从树木顶端砍断的部分比从其他地方砍断的部分跌出去更远。

这是因为，首先受到砍伐的部分受到的是砍伐力量的第一阶段，因此跌出去更远。第二部分受到的砍伐力量已经减弱，跌出去的距离较短。第三部分更短，以此类推。

一个物体的表面越宽、越硬，就会以更强、更快的力把撞击它的物体反弹回去。

沿着船行驶的方向从船头射出去一支箭，假如船的运动速度等于箭的速度，那么箭看上去似乎原地不动。

但是，假如逆着船行驶的方向从船尾射出一支箭，船与箭的速度相等，那么这支箭离开船的速度将是其自身速度的 2 倍。

[3]

一个物体越重，它运动时携带的力越大。

我们可以从双脚被绑在一起的跳跃者那里看到这一现象。跳跃者为了跳得更远，把双手攥紧置于背后，在起跳的同时双手奋力向前运动，借助这个动作，他就会跳得更远。

很多人为了能够增加跳跃的幅度，双手握着沉重的石头，攥紧石头正如攥紧双拳，借此跳得更远。

有人从台阶一级一级往下跳，如果你把每次跳跃的冲击力和重力加起来，就会发现它们分别等于这个人从台阶顶部至底部沿着垂线跳下来的冲击力和重力。

还有，如果这个人从某个高度，沿着像弹簧一样螺旋状的物体一级一级往下跳，由此在每一级产生的冲击力都很轻，那么你会发现，假如把这个人沿着螺旋一级一级下跳的每一次冲击力都加起来，其总和与这个人沿着垂线跳下来的冲击力相比，几乎可以忽略不计。

多次小力度的敲击能够把钉子钉入木头，但是，如果你把这些敲击换成重重的一击，那么它的力量比每一次的力量之和更大。但是，如果一次重击的力量可以把钉子整个钉入木头，那么这个力量可以被分解成无限多的部分，尽管分解出的每一次冲击时间之和更长，但是它们却无法把钉子敲入木头。

如果一个 10 磅重的锤子一次就把钉子敲入木头，那么一个 1 磅重的锤子并不能 10 次把钉子敲入木头。一个 1 磅重的锤子不能一次就把一颗大小为上述钉子 1/10 的钉子敲入木头，尽管这一种情形从比例而言与前一种情形相同。因为我们缺少的条件是，在后一种情形中，木头硬度产生的阻力没有减少，跟前一种情形相等。

如果你想要研究打击力量把其他物体楔入木头的运动比例，就应当考虑打击力量与被打击物体楔入地点的性质。

世界的海水都在同一时间潮起潮落，但是它们看起来似乎时间不同，因为在整个宇宙中，各个地方每一天开始的时间不尽相同。我们这个半球是正午的时候，相反的那个半球则是午夜，在两个半球的东方交界处，一

侧是夜幕降临，另一侧则是黎明到来；在西方交界处，一侧是黎明到来，另一侧则是夜幕降临。由此可以推断，尽管各地潮水的涨落都发生在同一时间，它们却因此而看上去时间不同。

无论地球在重量方面发生怎样的变化，地球各地水体表面的各点与地球中心的距离不会发生变化，始终相等。

假如海水把所有质量都向下压在海床上，一个人躺在海床，身上承载的海水深度为 1000 臂尺，那么海水

的重量就会把他压碎。

太阳的质量：

太阳具有物质、形状、运动、辐射、热量和原动力，这些性质都源于太阳自身，而其自身却不会减少。

有人说，太阳不热，是因为它没有火的颜色，而是比较苍白、明亮。对于这些观点，我们可以回答，铜在熔化的时候处于最热状态，很像太阳的颜色；而铜不热的时候，反而更像火的颜色。

[4]　有人可能会说，月球周围大气接收太阳光线的方式跟我们地球大气相同，由此创造出环绕月球的发光圆环。

有人认为月球拥有自己的光线，但是，这种观点是错误的。因为他们看到新月的两个尖角。之间区域的光线黑暗，即靠近中间明亮部分的区域比较黑暗。这一正面与背面明暗差别的原因在于：月球背面黑暗区域与正面明亮区域相连，在光亮的映衬下显得比较黑暗。而在月球的上部边缘即宽度相同的半圆形部分最亮，这是因为，在月球的中间部分或背面区域的黑暗映衬下，那个边缘部分显得最亮。

如果你想要看看，与月球明亮区域相比，被阴影遮住区域的亮度如何，你可以用手或者用一个距你稍远的物体遮住月球的发光部分。

月球本身不发光，但是，月球被太阳照亮的一侧面积很大，而我们在地球上可以看到那一侧的很大一部分。

月球在夜晚接收的光线是地球水体反射太阳的光线，这部分光线是朝向太阳一侧的水体反射的。跟地球的海洋一样，月球的海洋水体轮廓或表面总是或多或少崎岖不平。海水的这种起伏状态使无数波浪的波峰和波谷、前后和左右之间反射的无数太阳影像连绵不断，也就是说，有多少这样的反射点，我们可以看见太阳的位置就有多少。

假如覆盖月球绝大部分的水体表面是匀质平坦的一个整体，就不会出现这种现象。假如那样的话，每一个旁观者都会分别看到一个太阳影像，而每个影像都是各自独立的，其辐射光线始终呈圆形，正如我们可以清楚看到高大建筑顶部建造的镀金圆球那样。但是，假如这些镀金圆球表面粗糙不平或者它们是由很多小球组成，跟桑葚（一种由很多微小的圆球组成的暗色水果）一样，那么，在阳光的照射下，这每一个小球都会展示出它们各自反射的太阳影像，这样的话，我们在一个由众多小球组成的大球那里就会看到无数个微小的太阳，如果站在很远距离观看，那些小太阳就会合并成为一个大太阳。

星星在夜晚可见，而在白天不可见。这是因为我们处于浓密大气的下方，而大气中充满着无数的水汽微粒，每一个微粒都是独立的，在太阳光的照射下，它们反射光线。因此，这些无数明亮的微粒遮挡了星星。假如大气中不存在这些微粒，那么天空就会在黑暗的背景下始终展示出那些星星。

假如你观察星星时，把光线都摒除掉（你可以采用如下方法：用一根细针的针尖在纸板上戳一个小孔，把小孔贴近眼睛跟前，从小孔观察星星），那么你就会看到那些星星非常微小，似乎没有什么东西比它们更小了。它们之所以那么小，是因为它们与眼睛的距离极其遥远，事实上，它们许多都比我们这颗带有水的星球大很多倍。现在请你思考一下：假如我们这颗星球处于那样远的位置，看上去会怎样？然后再思考一下：在黑暗夜空散布的那些星星之间——在经度与纬度两方面——可以容纳多少星星？

一个东西奉献自己之后就不复存在，那么什么东西不能奉献自己？

这个东西就是"无穷"。一个东西如果能够奉献自己，那么它就是受限或有穷的，因为能够奉献自己的东西与其周围的东西之间都会存在边界，所以没有边界的东西无法奉献自己。

实用科学
Practical Matters

　　尽管列奥纳多在当今的声望主要源于他的艺术成就，但他的天才远不止于此。他认为自己不仅仅是一个艺术家，他的志向更加高远。虽然列奥纳多从未受到过真正意义上的传统专业教育，但是他在多个专业技术领域练就了高超本领。

　　在这些领域中，建筑学在当时只是一门手工工艺，而列奥纳多认为它比绘画更为高贵。文艺复兴时期的建筑师着重强调传统的比例关系。"建筑和规划"一章凸显了列奥纳多对该领域的执着追求，他超越了当时的常人思维模式，追究工程学的精巧细节，例如拱形稳定性和承重能力。

　　与之相比，"雕塑和金属制品"一章探讨熔化与铸造的详细内容。列奥纳多把雕塑贬低为"比绘画低劣"。本章主要收集了列奥纳多为雕塑工作而绘制的大量未完成的素描作品。尽管他认为这项工作比较低劣，然而他依然非常精通金属铸造的严格技术要求。

　　"发明"一章着重描述列奥纳多最浪漫的创造想象。制造绳子的机器、武器、飞行设备——都是他无穷想象力的理想目标。他的奇思妙想在当时人们看来肯定像是痴人说梦，但是其中一些构想现在已经变成现实：他曾经描述的降落伞、飞行机器以及带盔甲的车辆。

　　最后，"实用建议"和"哲理、警句和箴言"两章展现列奥纳多富有教育意义、自我反思的一面。他的苦思冥想涉及广泛，例如：他认为应当对年轻画家进行适当的培训，他对各种罪恶和美德进行讽喻。这些内容警示我们，列奥纳多除了具有艺术、科学及发明等众多才能之外，他对人文知识同样具有超乎寻常的感悟能力。

X 建筑和规划

Architecture and Planning

古代建筑家由埃及人担任，最初顺建造大型名城和城堡，思想群集著名公共建筑和私人建筑，形象较大，比例匀称。

The ancient architects, beginning with the Egyptians, were the first to build and construct large cities and castles, public and private buildings of fine form, large and well proportioned.

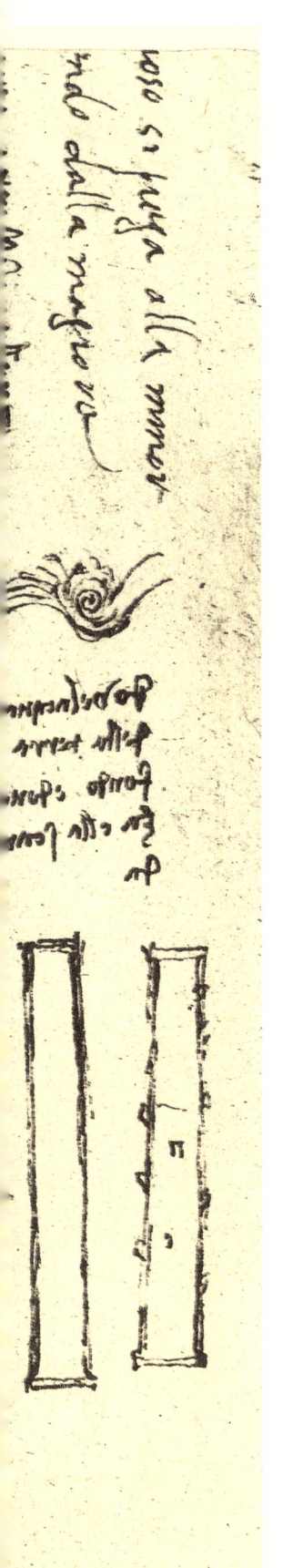

[1]　　一个拱门就是两种弱小的东西合起来创造的力量。建筑中的拱门是由一个圆的两个拱体构成的，这每一个部分本身都很弱小，随时都可能掉落，当它们彼此支撑对方时，就会合起来称为一种力量。

　　拱门一旦被建造完成，就会保持平衡状态，因为两侧彼此推挤的力量大小相等。但是，假如其中一个圆拱的重量比另一个大，就会压垮另外那个，稳定性即遭破坏。给圆拱的两个部分赋予相等的力量，这是最重要的。其次是加载在它们身上的压力也必须相等，否则你就会犯同样的错误。

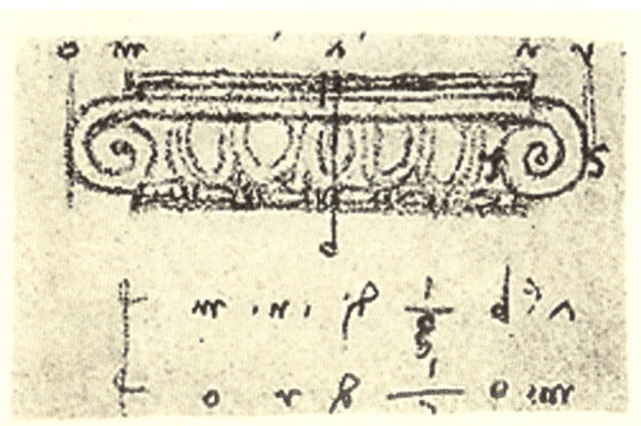

[2]   拱门越是接近地平线的部分，那里能够承受的压力越小。

拱门的宽度如果增加到原来的 4 倍，它承受的压力就是单扇拱门的 4 倍。假如拱门的直径与长度比例更大，那么它承受的压力更大。也就是说，假如单扇拱门的宽度是其长度的 1/10，那么这个双扇拱门的宽度就是长度的 1/5。因为双扇拱门的宽度与长度比相当于单扇拱门的宽度与长度比的 2 倍，所以它承受的压力是单扇拱门的 2 倍。图中这个双扇拱门的宽度是单扇拱门的 4 倍，因此它应当能够承受 4 倍的压力，但是根据上述法则，它实际上能够承受 8 倍的压力。

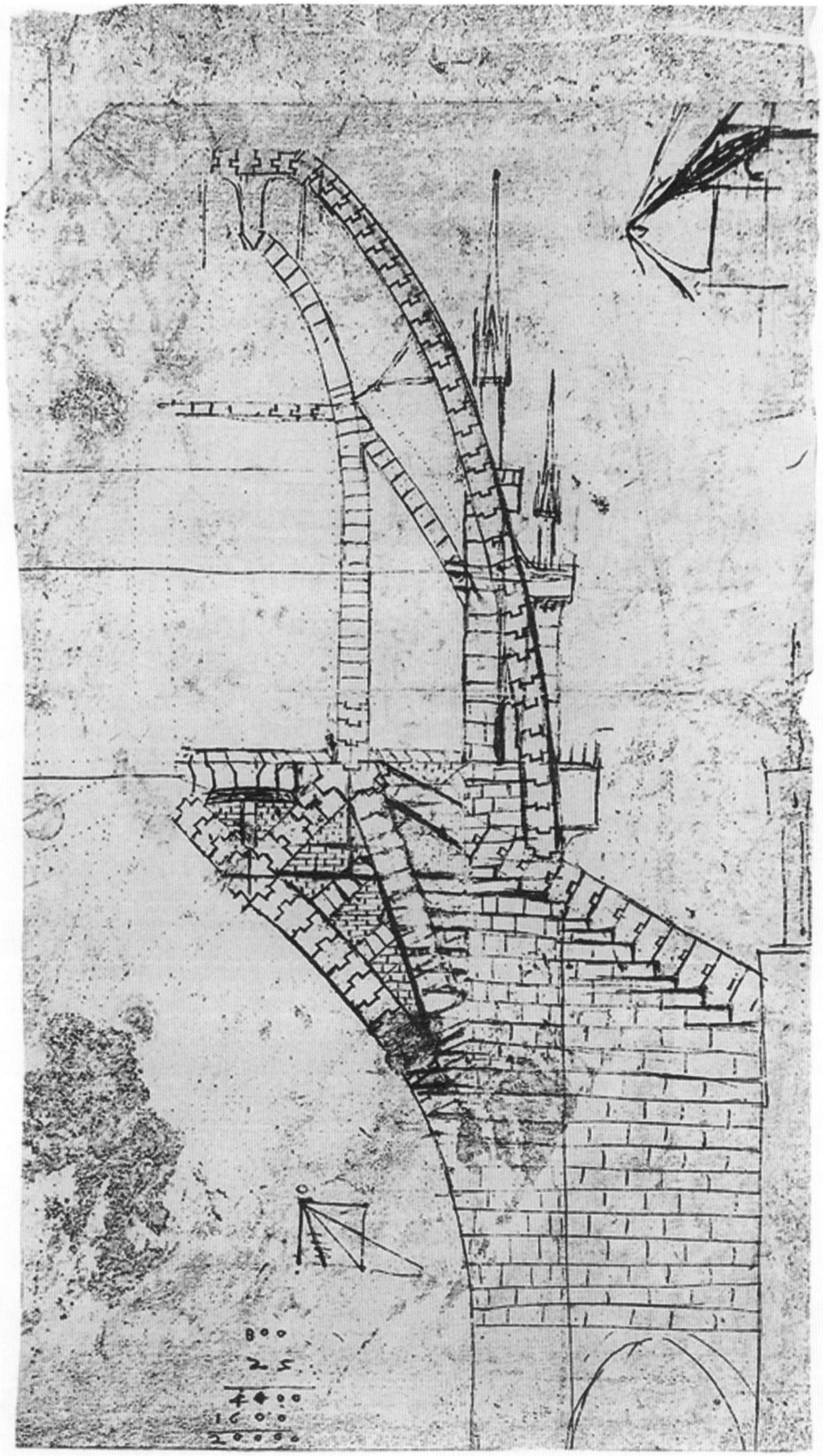

[3]

[3]
　　增强拱门稳定性的方法是，
在拱肩处开始使用精良的石材，
一直到拱门顶端。

[4] (a) 与普通的拱门相比，仰拱能够提供更好的支撑，因为仰拱的下方有一堵墙抵御其弱点，而普通拱门的弱点处只有空气。

a

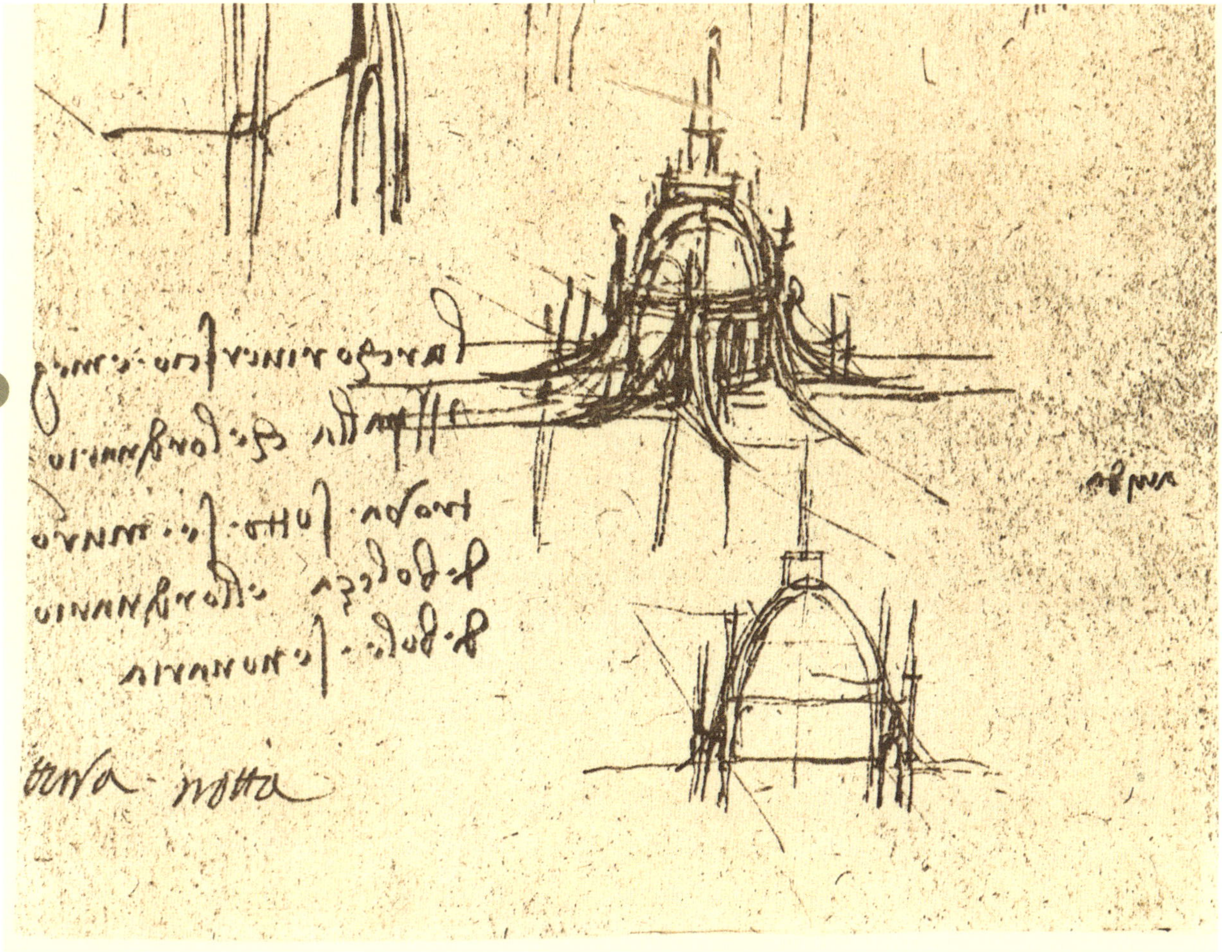

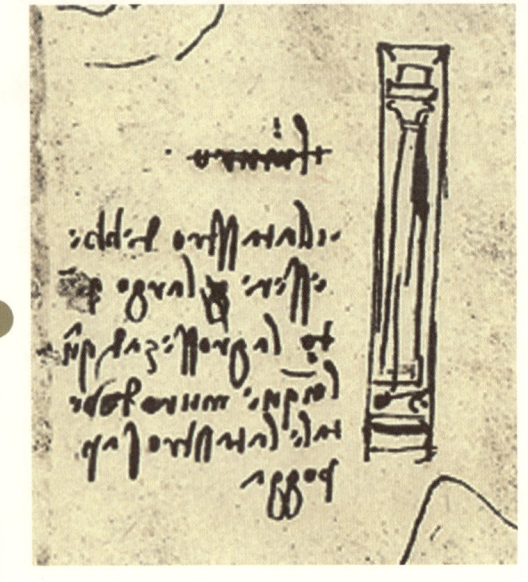

[5] (a) 基座的宽度必须跟建在基座上的墙体宽度一样。

[6] (b) 1494 年 2 月 2 日，我在斯福塞斯卡（Sforzesca）绘制了 25 个台阶，每个台阶高 2/3 臂尺，宽 8 臂尺。

[7] (c) 台阶的结构：台阶 cd 下降至台阶 fg，fg 以同样方式下降至台阶 hk。

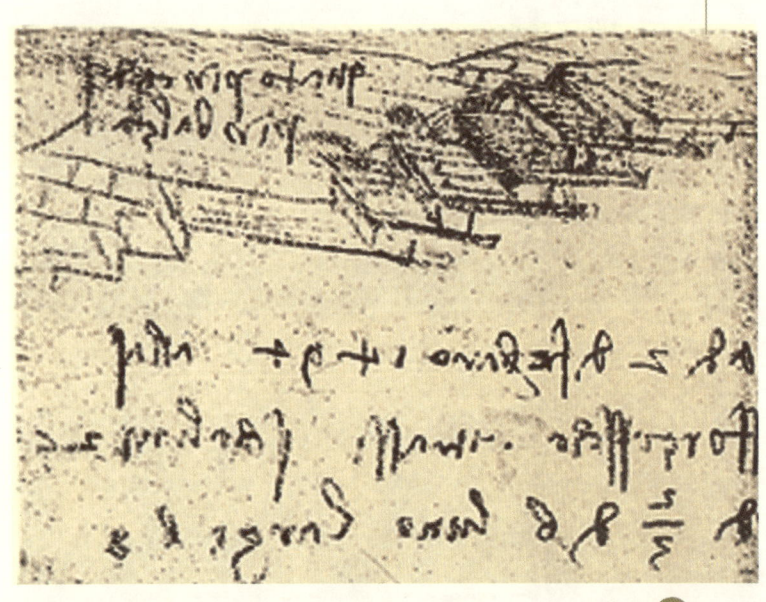

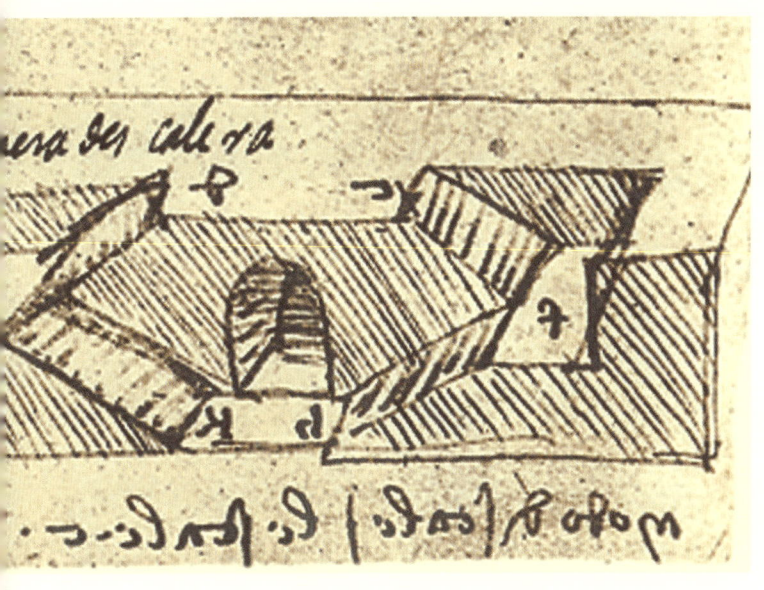

[8] (a) 木杆的正确放置方法，应当便于松树的枝条绑在木杆上。这些木杆必须紧贴拱顶的框架轮廓，用柳条把松树枝绑牢，这样可以方便后来使用剪刀进行修剪。

(b) 让各个圆形之间相隔半个臂尺。松树 [枝条] 应当细端朝下粗端朝上，从下面开始。

(c) 在这个柱子周围捆绑四根木杆，而绑在木杆上的如手指粗的柳条必须固定住，然后使用松树枝从下往上逐步进行，松树枝的细端朝下粗端朝上。

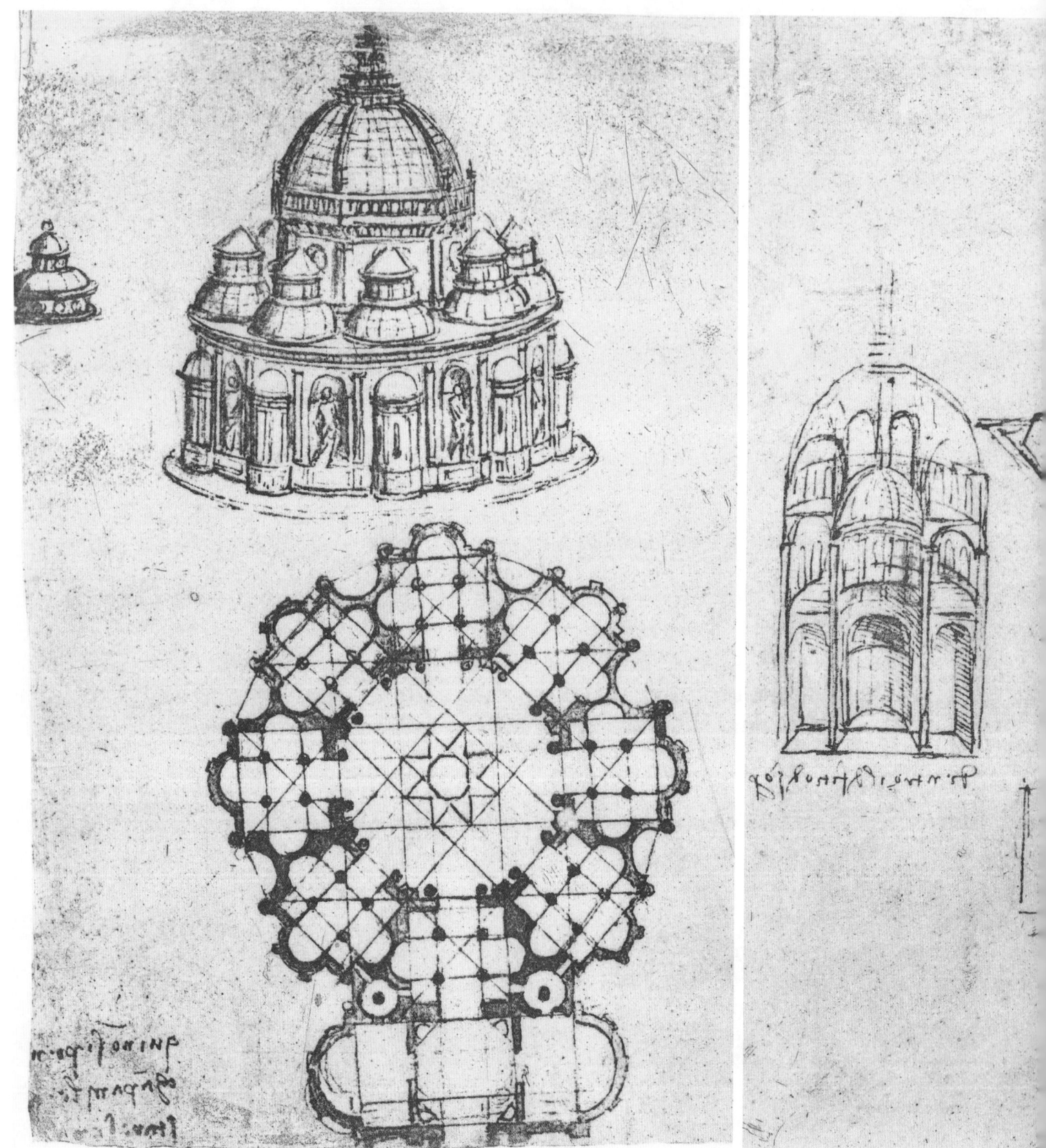

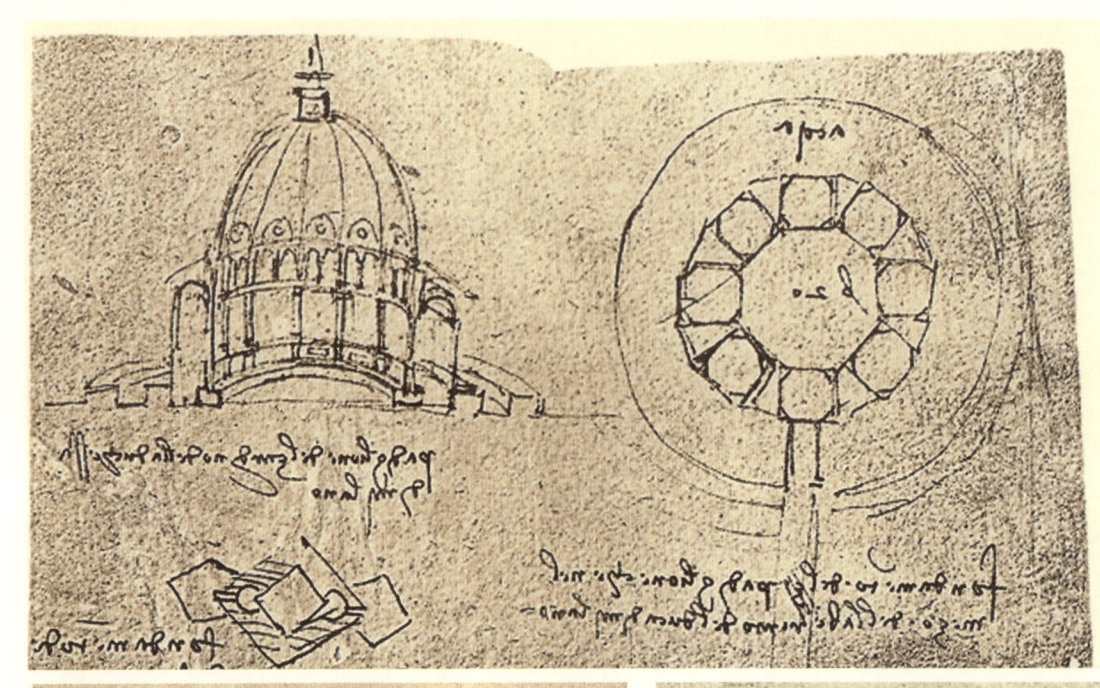

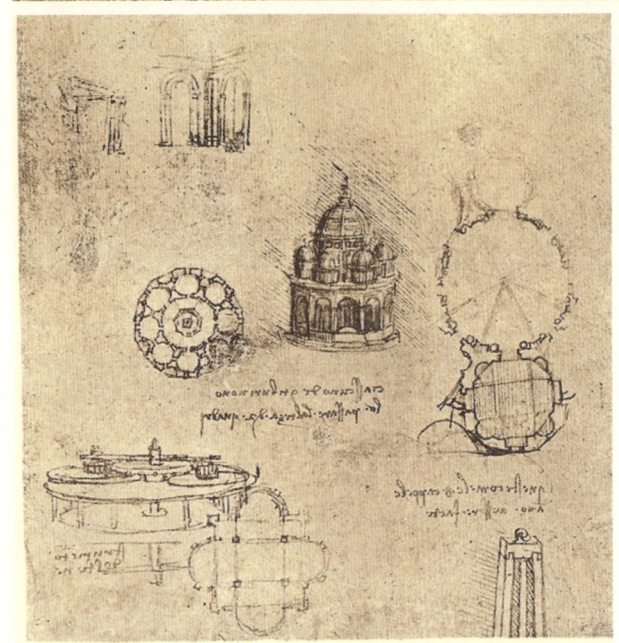

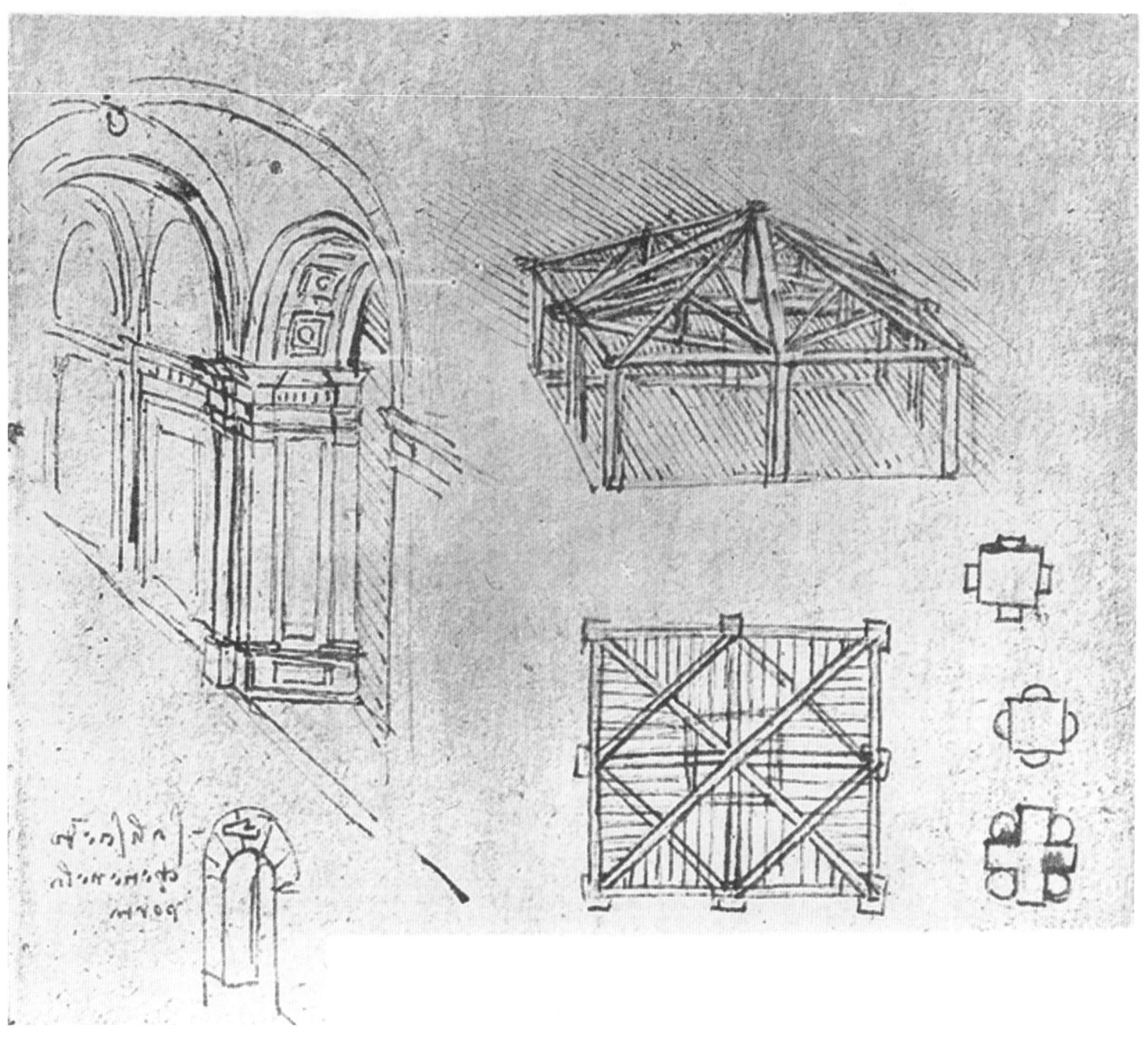

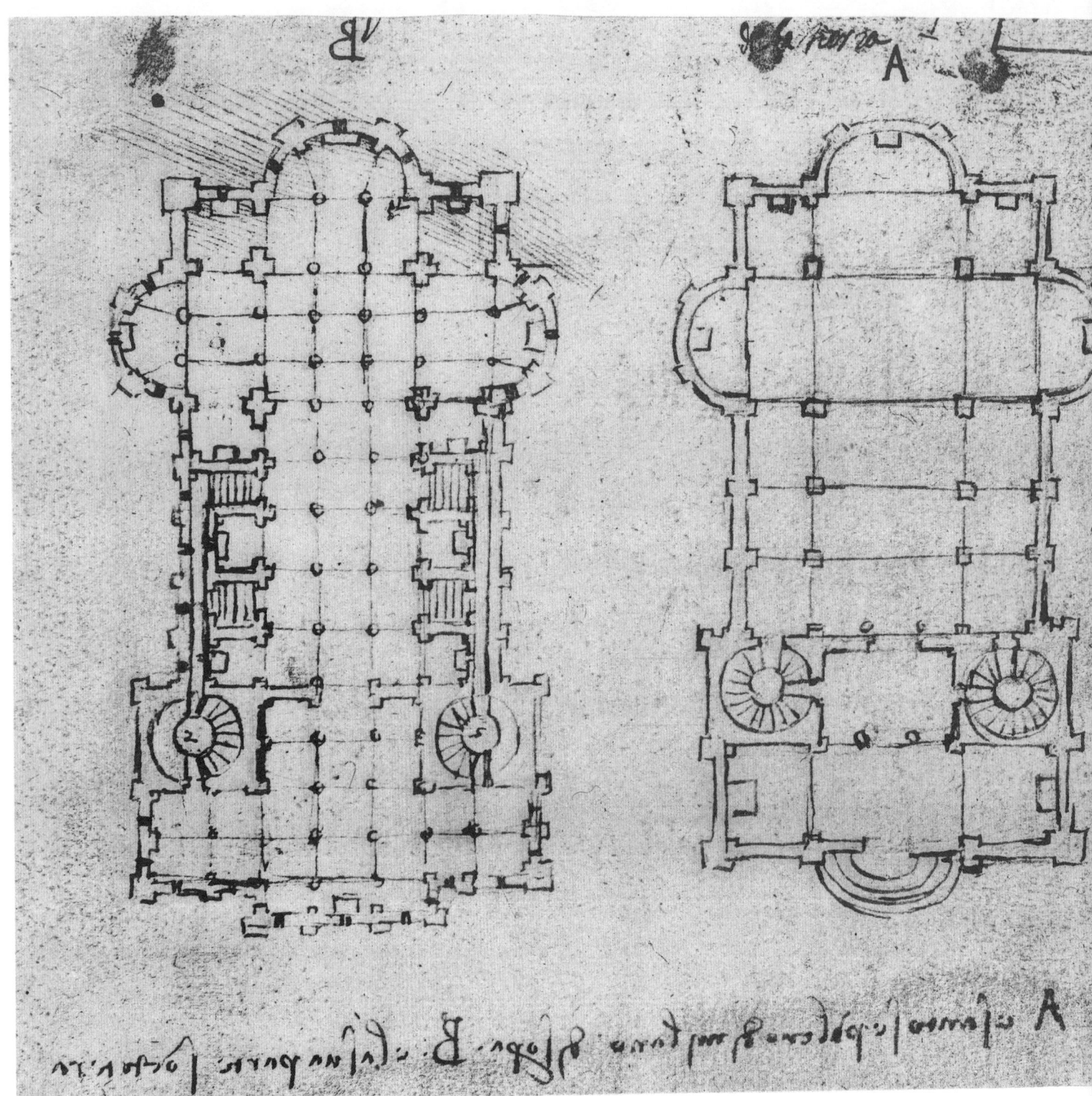

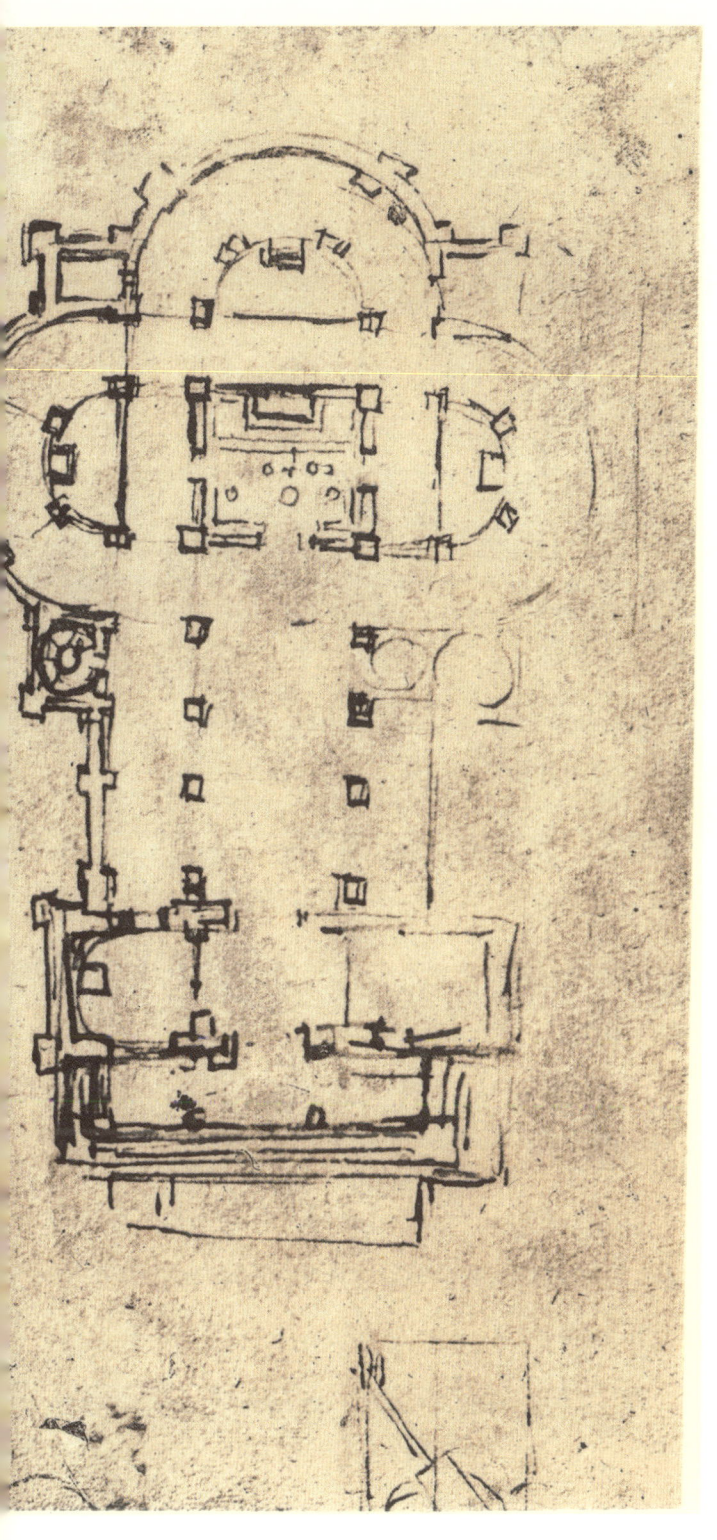

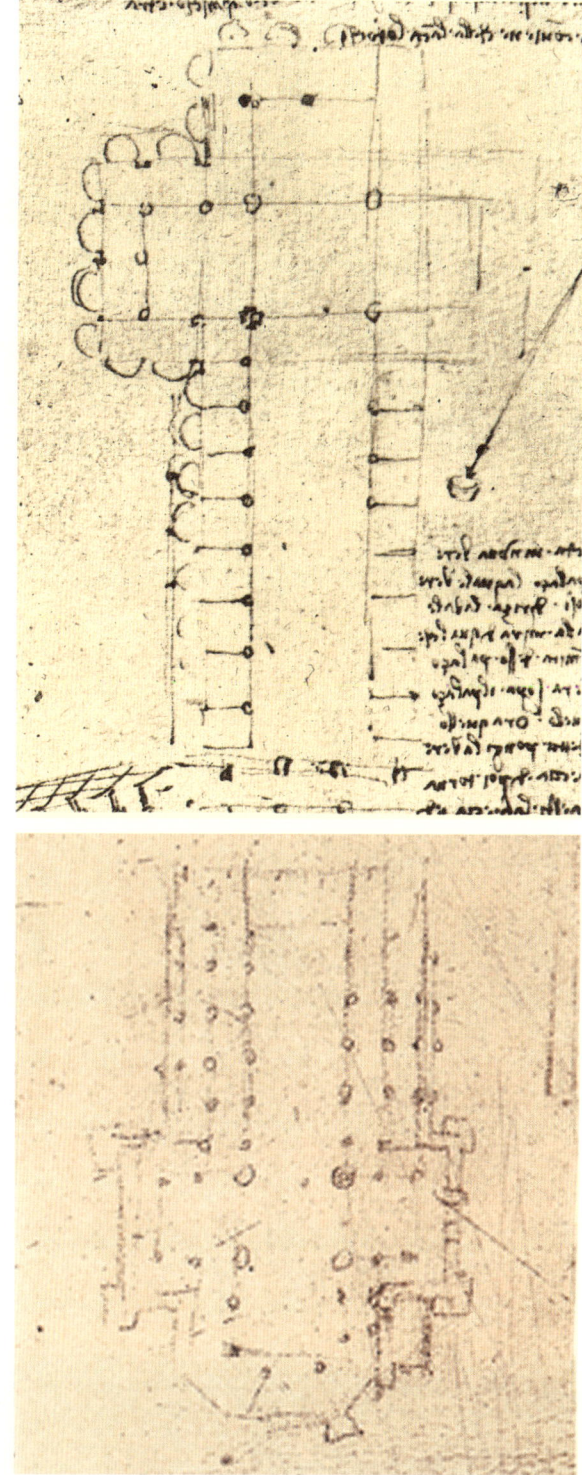

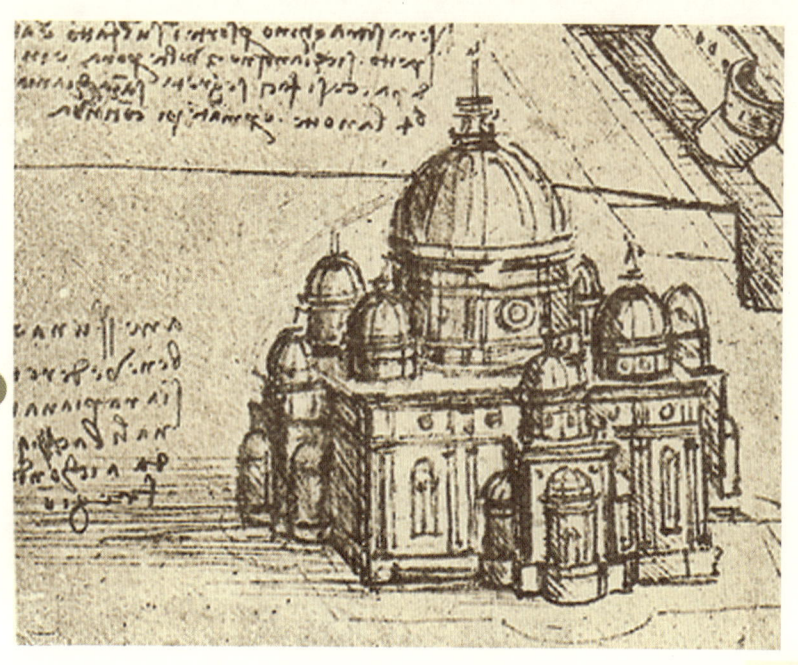

[9] **(a)** 这个教堂的顶部看上去总觉得不对劲。顶部应当比较平缓，应当让水从中楣内嵌的沟槽流出。

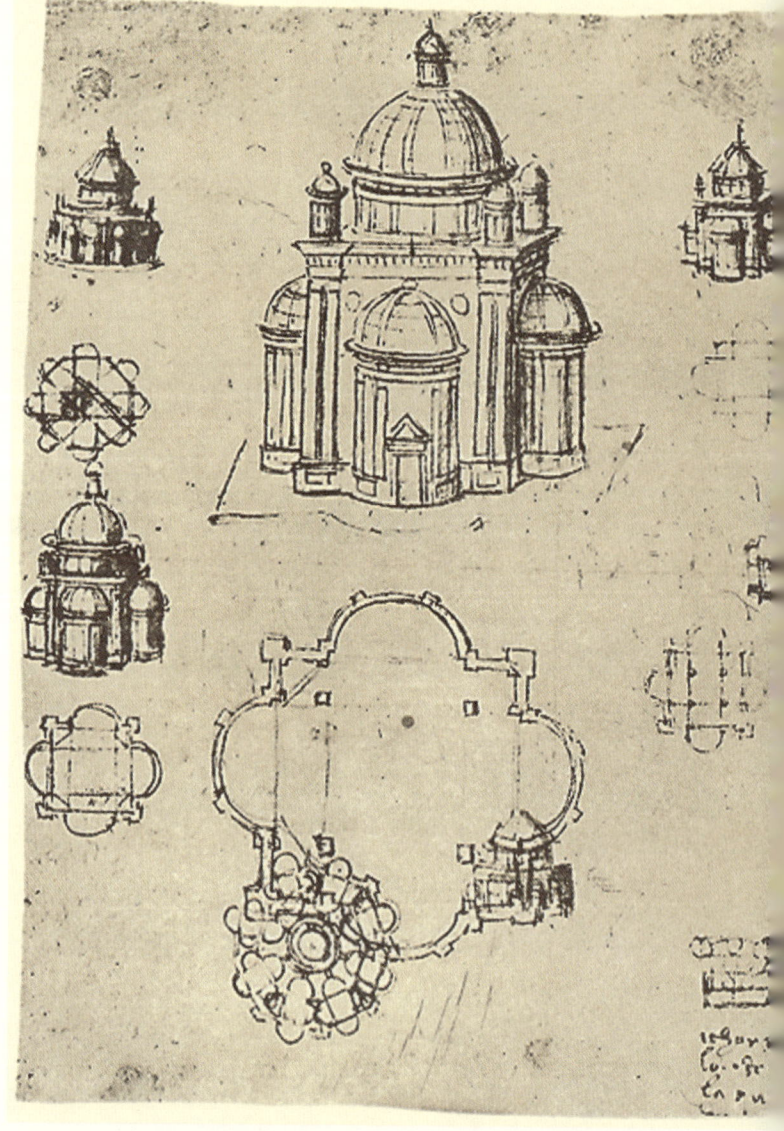

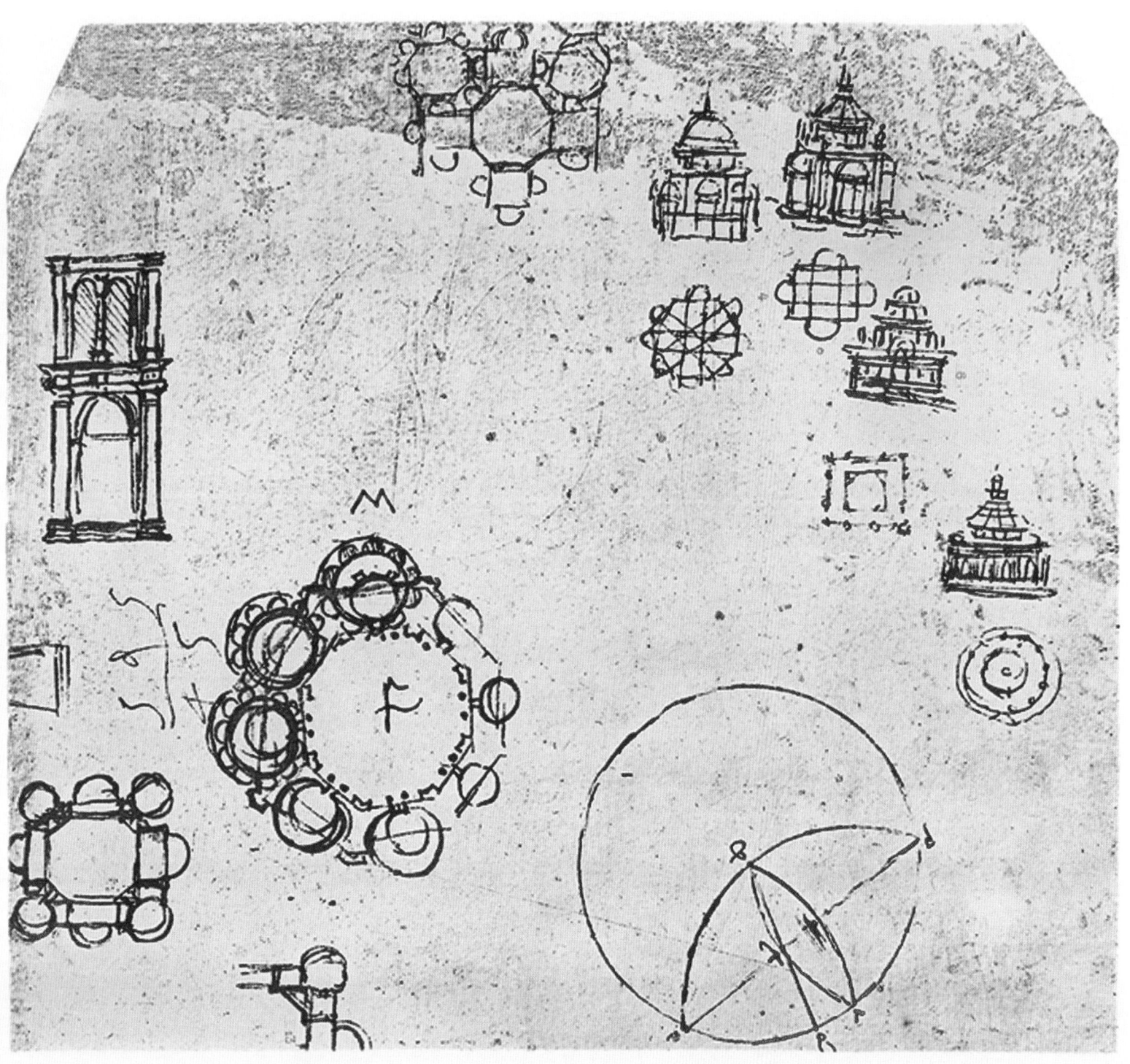

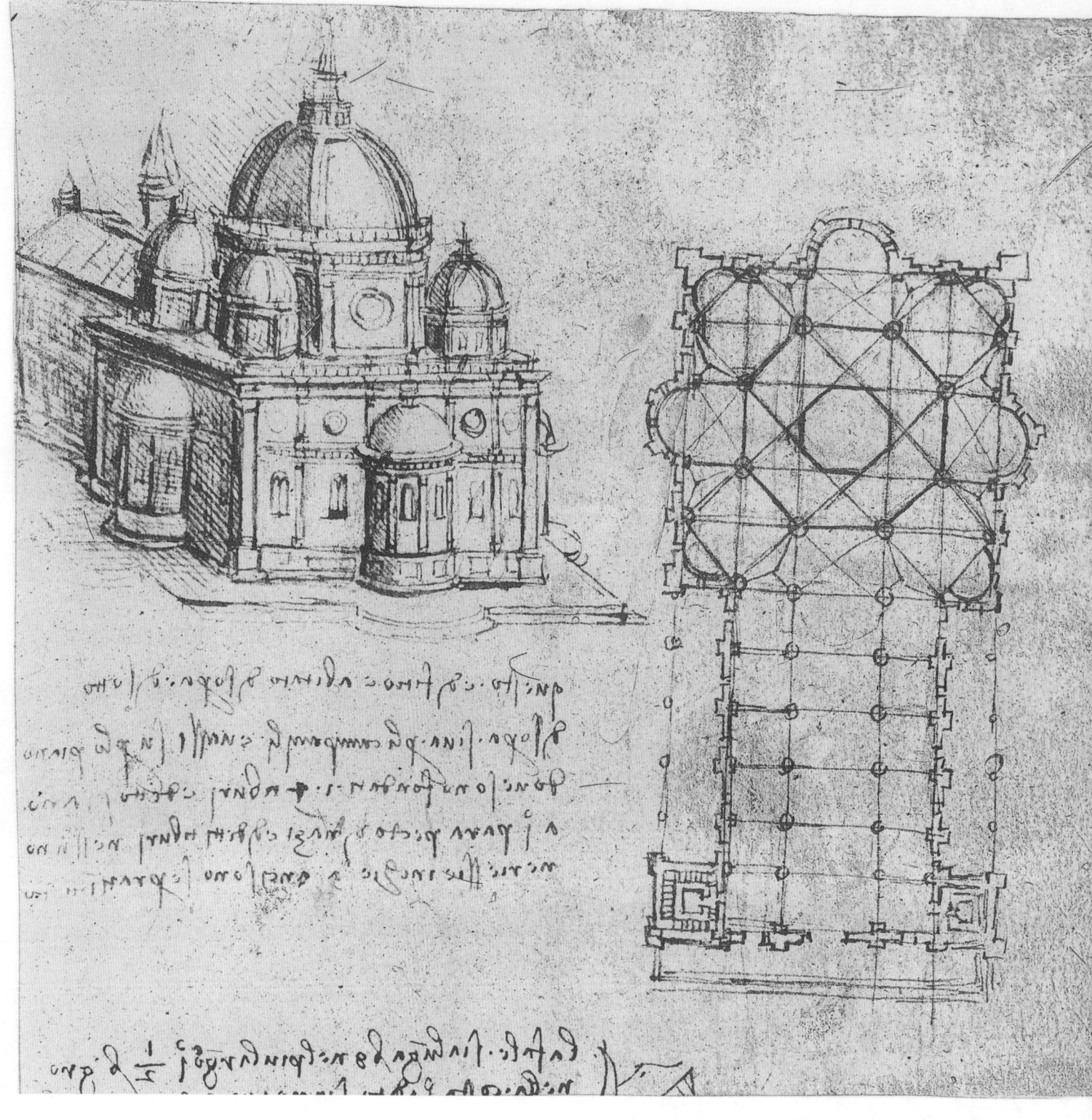

a

[10] (a) 这栋建筑上下两层都有人居住，上楼的路径是经由钟楼，人在上楼的时候需要利用那里的平台，即 4 个拱顶的鼓
起部分，这个平台的前面有一堵胸墙，这 4 个拱顶与教堂之间并不相通，而是各自独立。

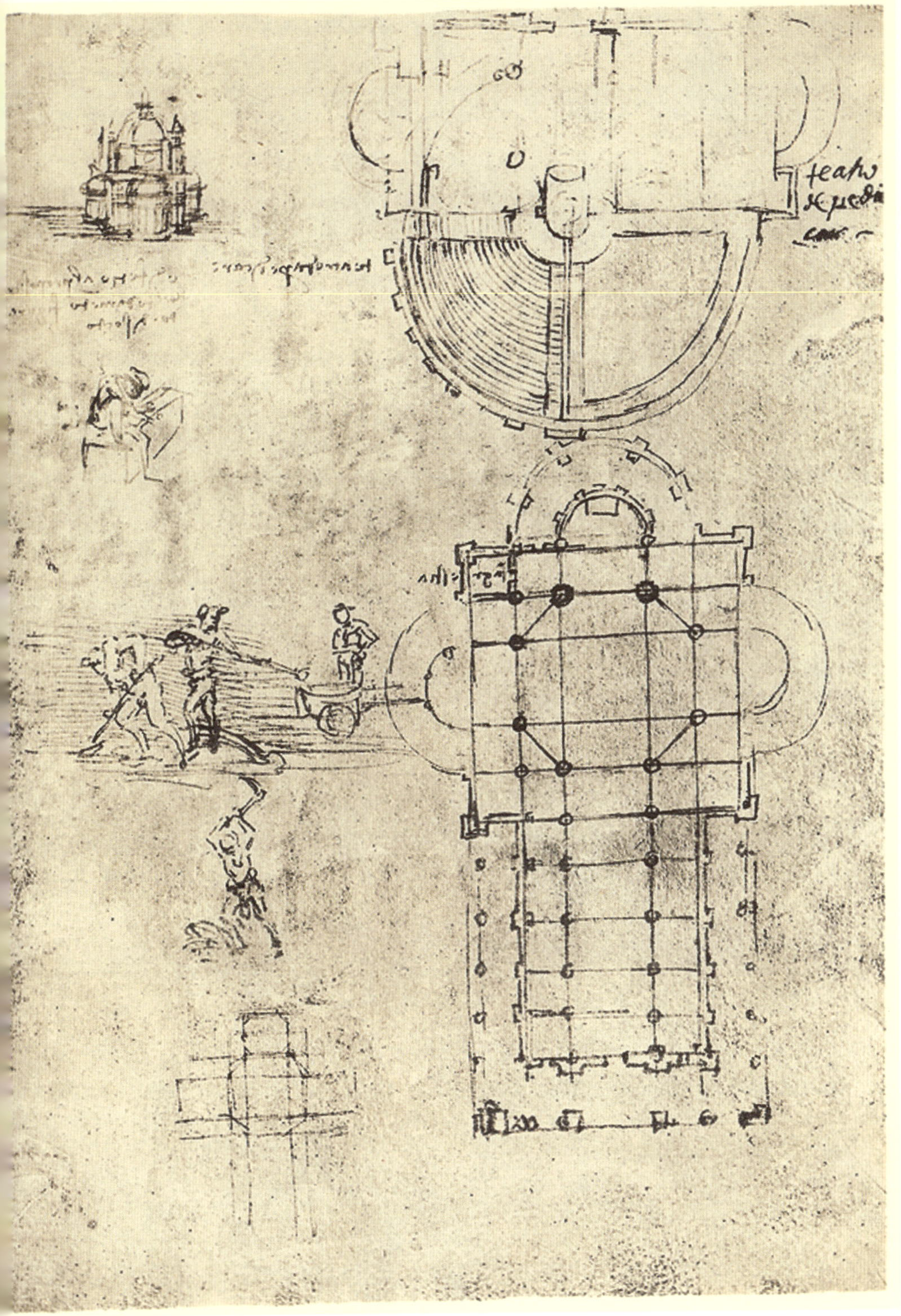

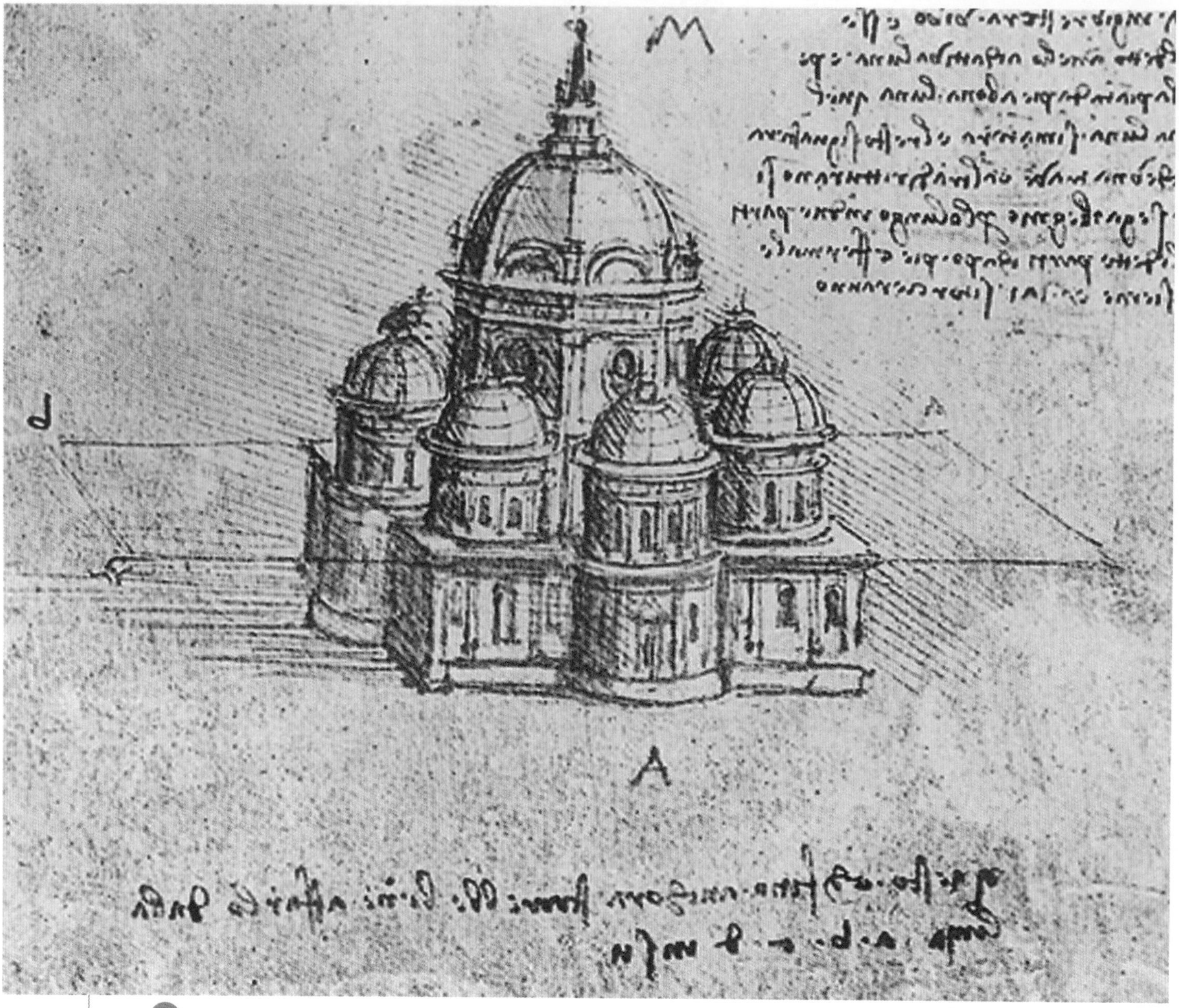

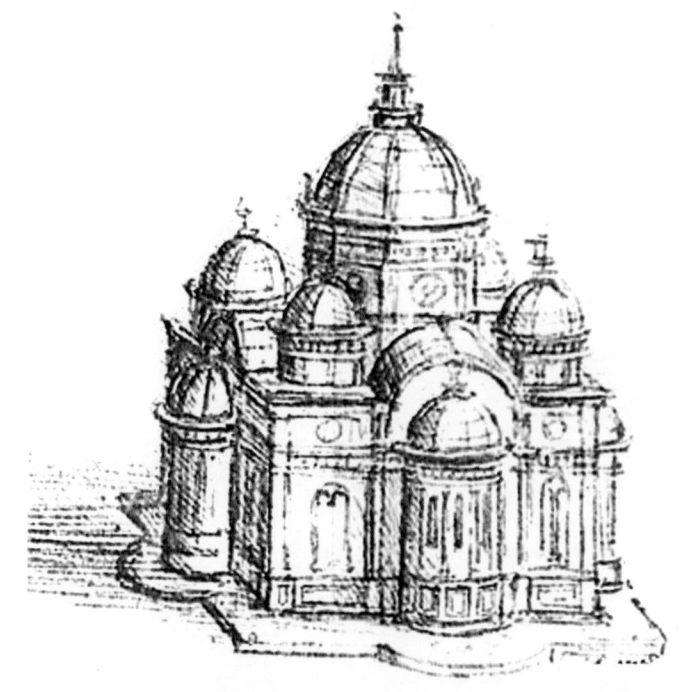

A

a

[11] (a) 只要线条 ab、cd 以上的部分完工，这栋
宏伟的建筑也会显出很好的效果。

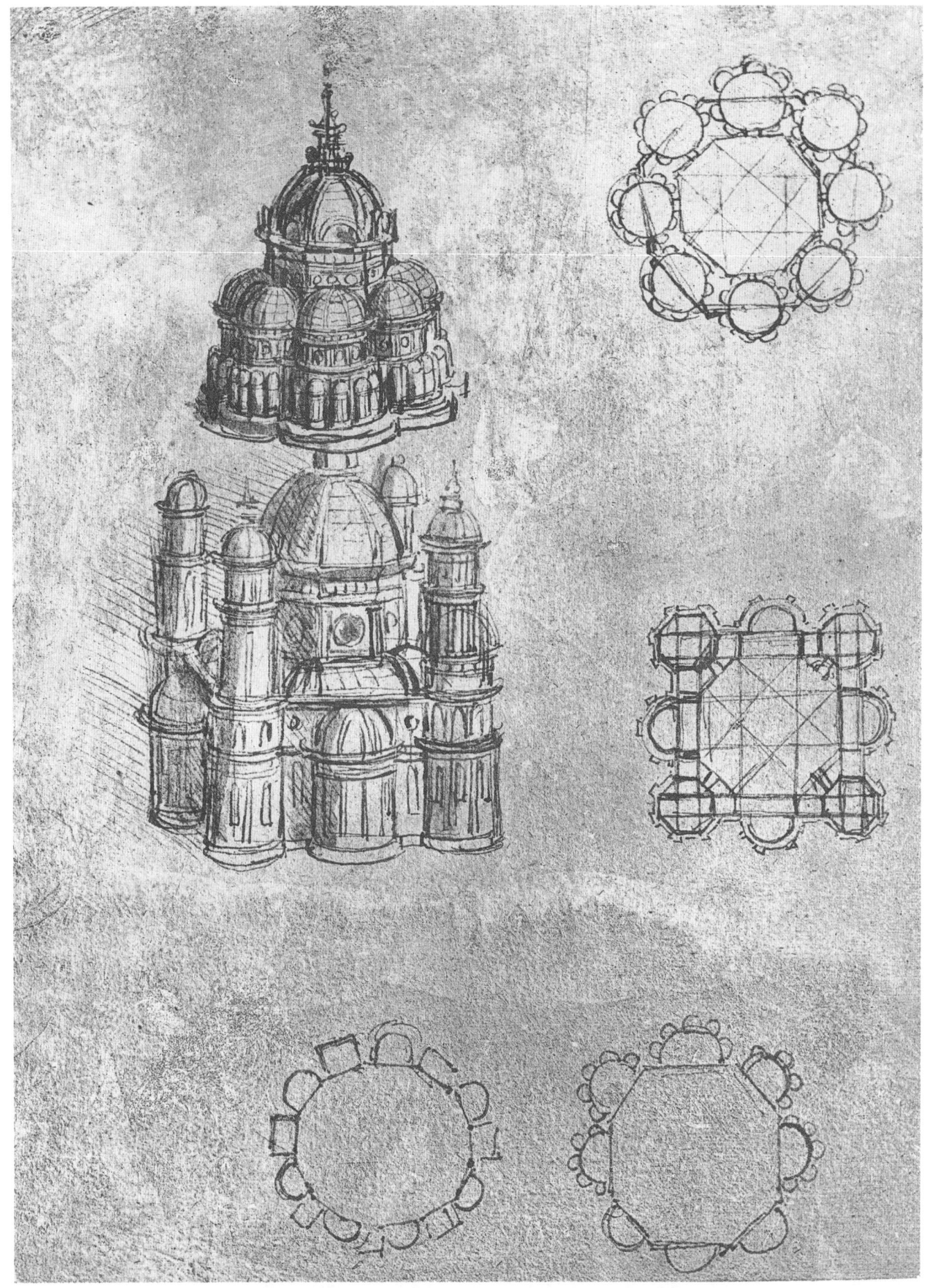

[12] (a) 这座宫殿的正面主要分为两个部分，也就是说，庭院的宽度必须等于整个正面的一半。

(b) 角 a 可以建成马厩管理员的住处。

(c) 在船上使用长矛比武，人们将在这里乘坐船只。

如果你想使用一些房间为一大群人开办舞会，或者从事各种蹦蹦跳跳的活动等，就应当把那些房间设在第一层，因为我曾经看见楼房倒塌，造成众多人伤亡。首要的一点，务必使每一堵墙，无论它有多单薄，它的基座位于地面或者位于精心建造的拱门之上。

使用狭窄的砖墙把那些用于居住的夹层房间隔开，而且不要使用木梁，以防发生火灾。

在所有厕所的厚墙里内嵌通风竖井，这样，可以让污浊空气从房顶排出。

把夹层房间建成拱形，因为这些房间较小，所以拱形的承重力量更强。

把橡木圈箍建在墙体内，以防它们被火损毁。

多建造一些厕所，而且让它们彼此联通，这样，厕所的气味就不会弥漫各个房间，而且厕所的门都应当能够自动关闭。

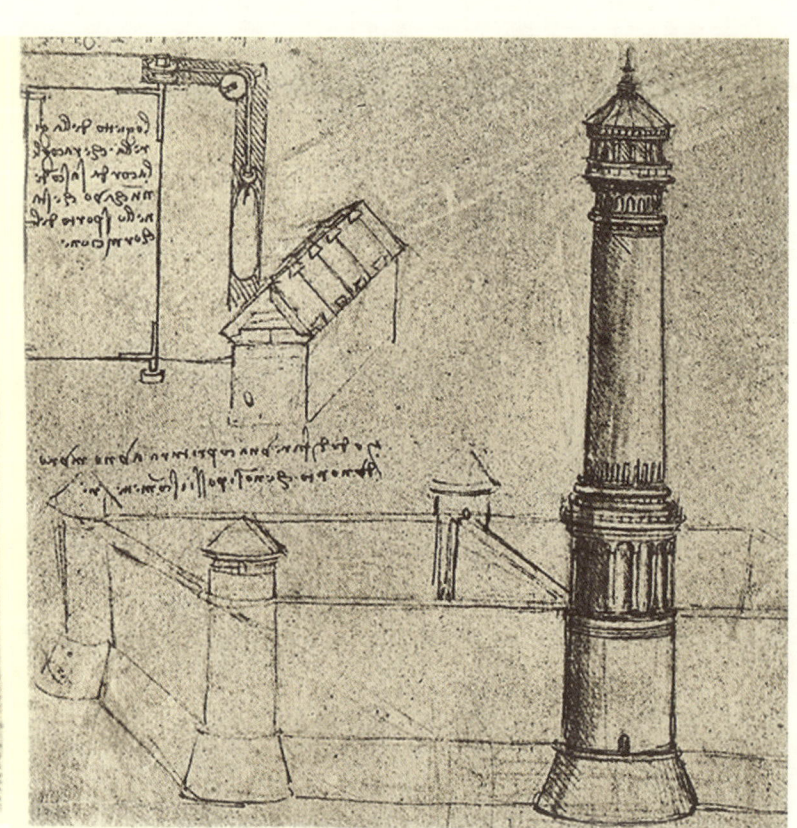

[12]

[13] (a) 光线从正面 am 照亮各个房间。

为了让阳光能够照射到柱廊后方的那些房间，ae 等于 6 臂尺，ab 等于 8 臂尺，be 等于 30 臂尺。cdf 是船只停靠卸货的地方。

为了让这一设计切实可行，以及为了不让河水泛滥时漫入地下室，我们有必要选择一个合适的地点，例如，它所靠近的河流能够把河水分流至水渠，这样

的话，河流水位就不会因为洪涝或干旱而剧烈变化。具体结构如下图所示；选择一条合适的河流，不要一下雨就泥泞不堪，例如：提契诺河、阿达河或其他众多河流。

这种结构可以把河水分流，使水位始终保持恒定的水平，它就是一种码头，可以建造在城镇的入口处，或者最好建在城镇里面，以防敌人破坏。

[13]

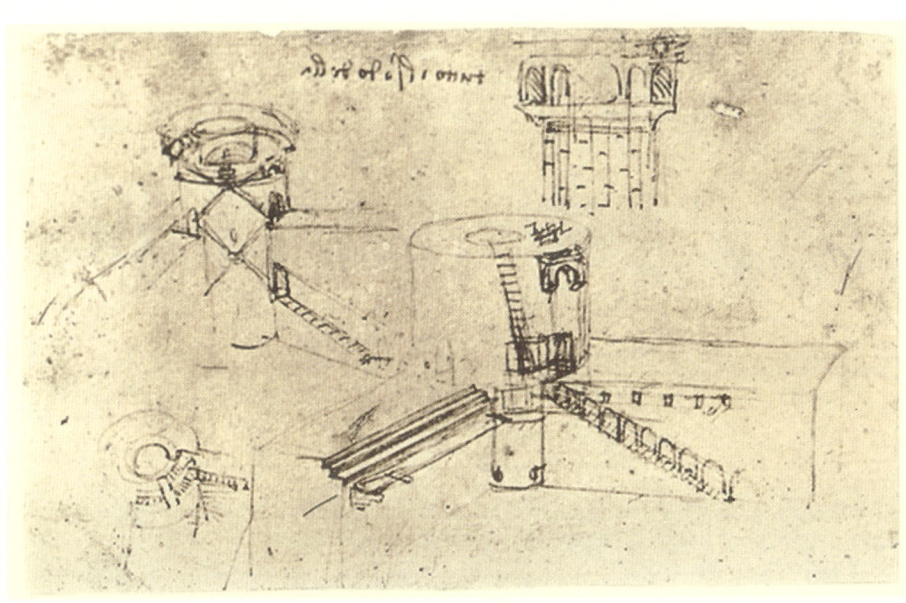

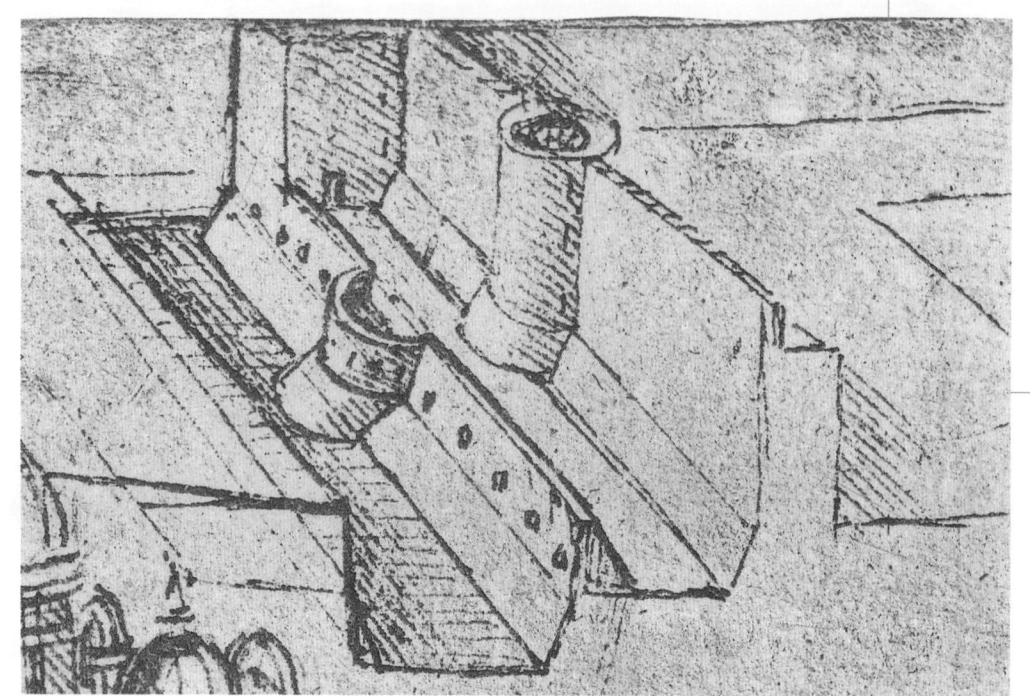

[14]

污水不应当流入地下主渠道，而应当利用城镇外的磨坊把污水导入其他沟渠，在入口处和出口处各建四个磨坊。通过在罗莫朗坦建造大坝拦截上游来水，可以做到这一点。

每个广场都应当建有喷泉。

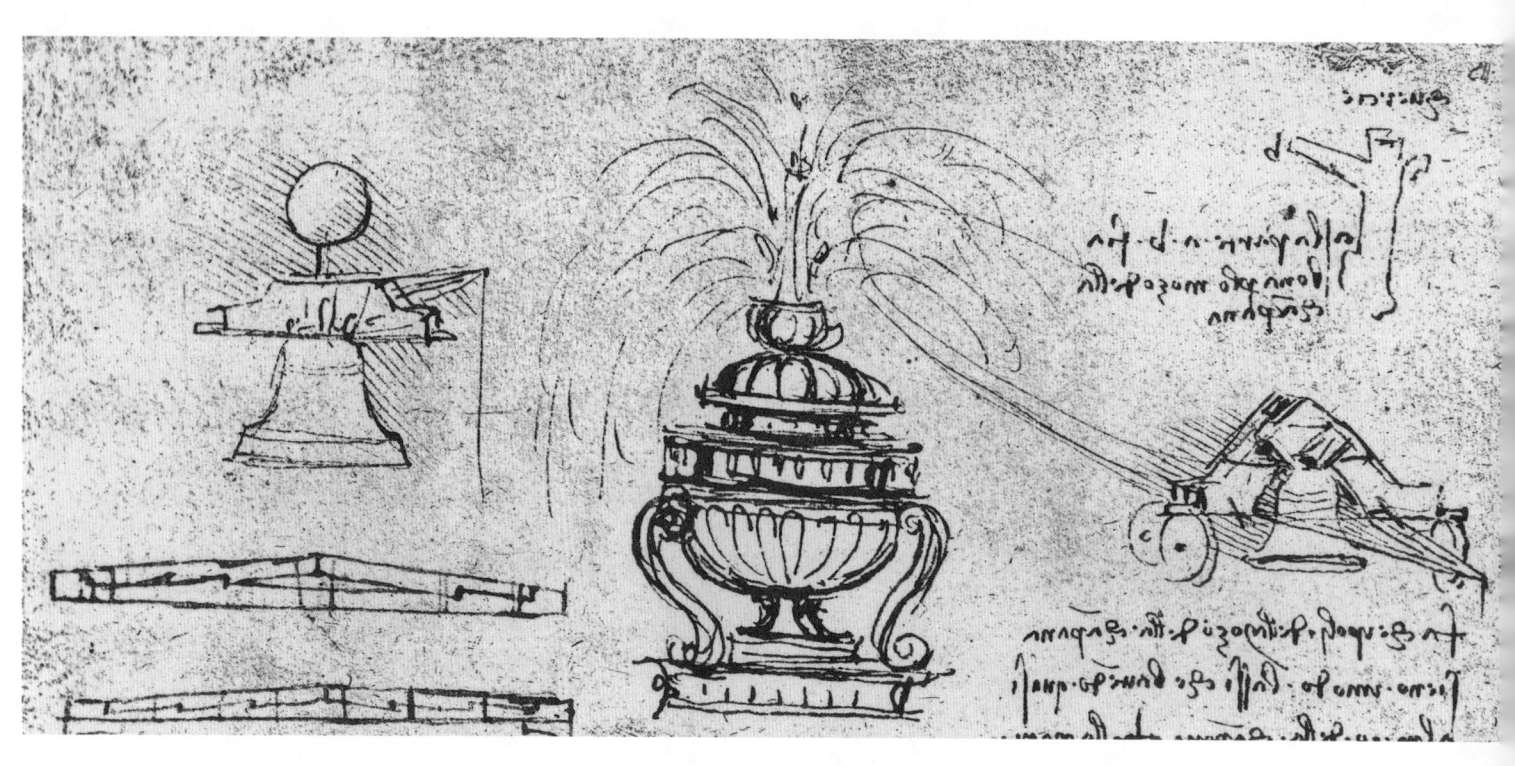

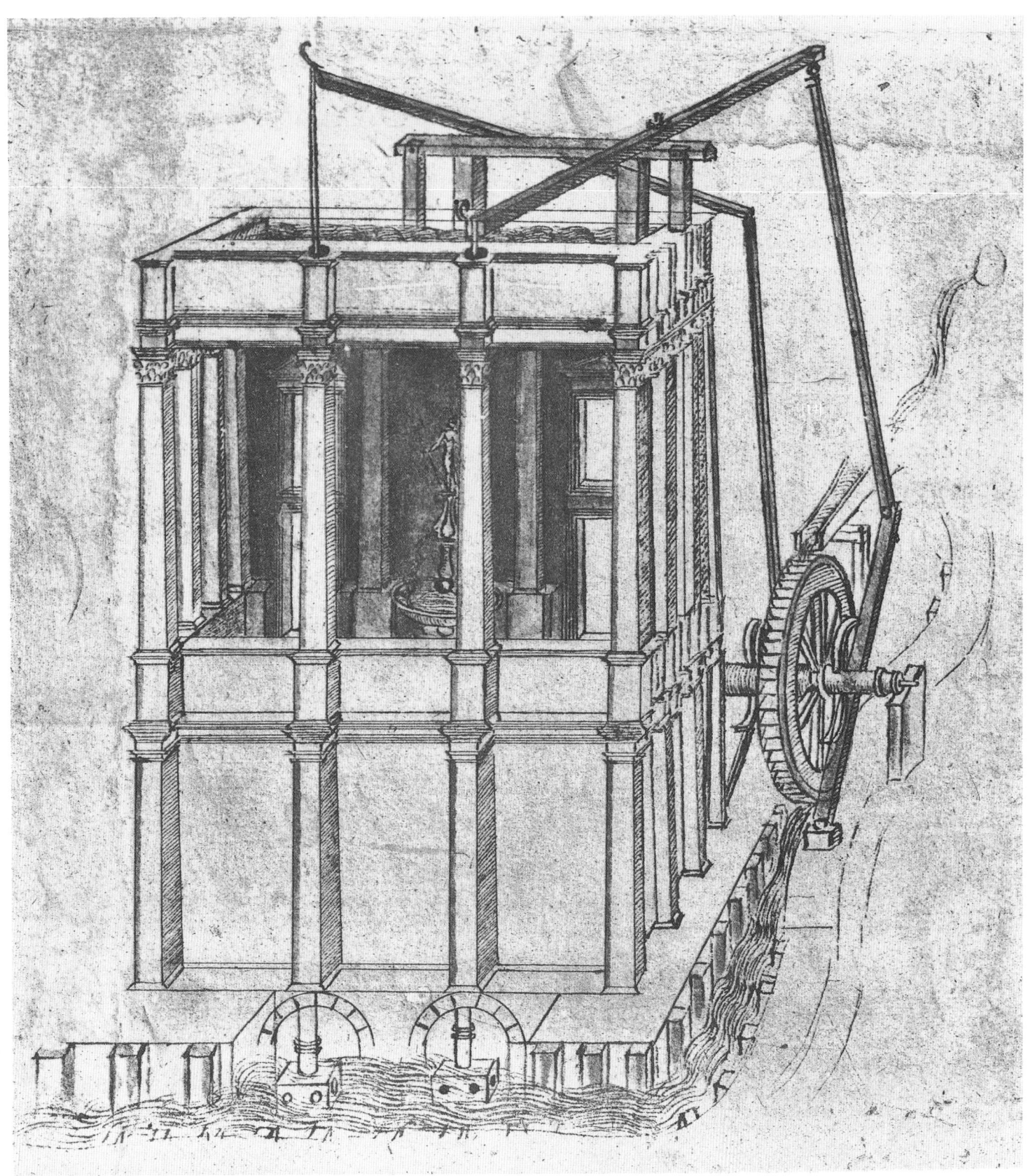

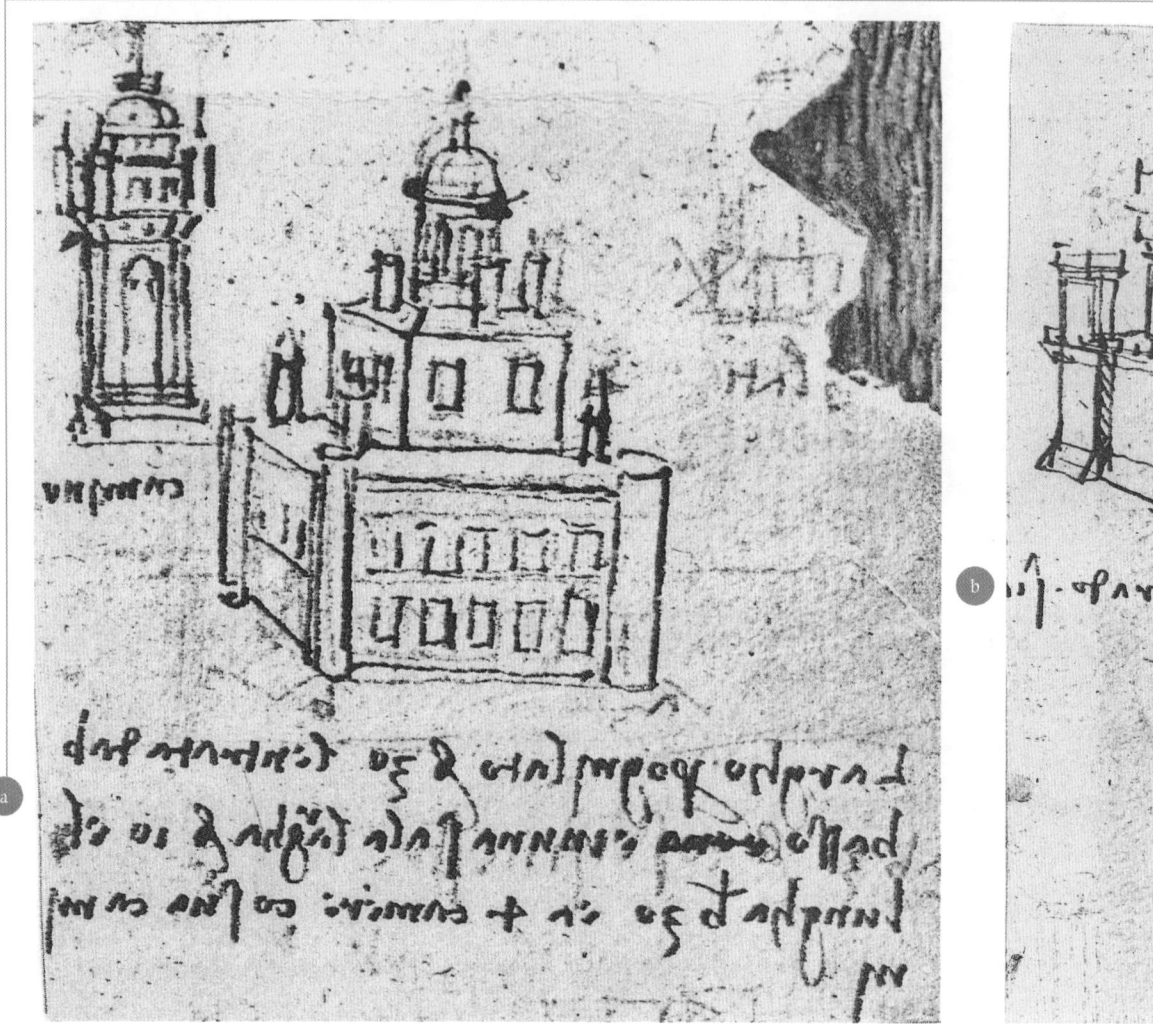

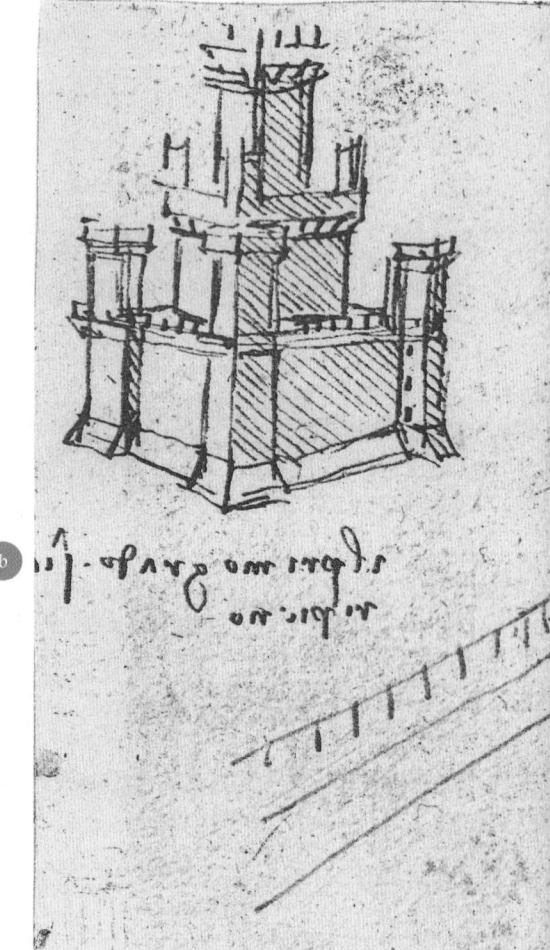

[15] (a) 每一条边边长 30 臂尺。下方的入口通向一个 10
臂尺宽、30 臂尺长的大厅，大厅周围有四间内室，
每个内室带有一个烟囱。

[16] (b) 房屋的第一层 [台地] 必须坚实牢固。

[17] (c) 乌尔比诺 [城堡] 的台阶。

c

　　设计马厩应当遵循的方法。你必须首先把马厩的宽度分成三部分，让这三部分等宽，无需考虑它们的纵深部分。中间部分供马厩管理员使用，两侧部分用于养马。现在，为了达到我承诺的效果，即让这个马厩不同于以往的常规，做到干净整洁：马厩的上部（存放草料的地方）在出口处应当安装一扇窗口，我们可以借助简单的设备，例如图中显示的机器 E，把草料送到这个高处。这个草料仓的建造宽度为 6 臂尺，纵深长度等于马厩的长度，如图 kp 所示。

　　位于中间这部分两侧的部分，需要再加以细分，那些最靠近草料仓的地方即 ps，只供马厩的仆人来回走动之用。另外两处直至外墙的地方是 sk，这里经由两个漏斗给马槽添加草料，漏斗形状上端狭小，在马槽处开阔，这样可以避免草料在马槽堆在一起。这些设备必须光滑洁净。至于给马匹提供饮水，水槽必须使用石板制造，高于 [蓄水池]。马槽应当像箱子一样，提起盖子就可以打开。

[19] (a) 1502 年 8 月中旬圣玛丽节，切塞纳市。

[20] (a) 君士坦丁堡佩拉大桥，宽 40 臂尺，距离水面高 70 臂尺，长 600 臂尺，其中水面上的长度为 400 臂尺，陆地上的长度为 200 臂尺，有自己的桥台。

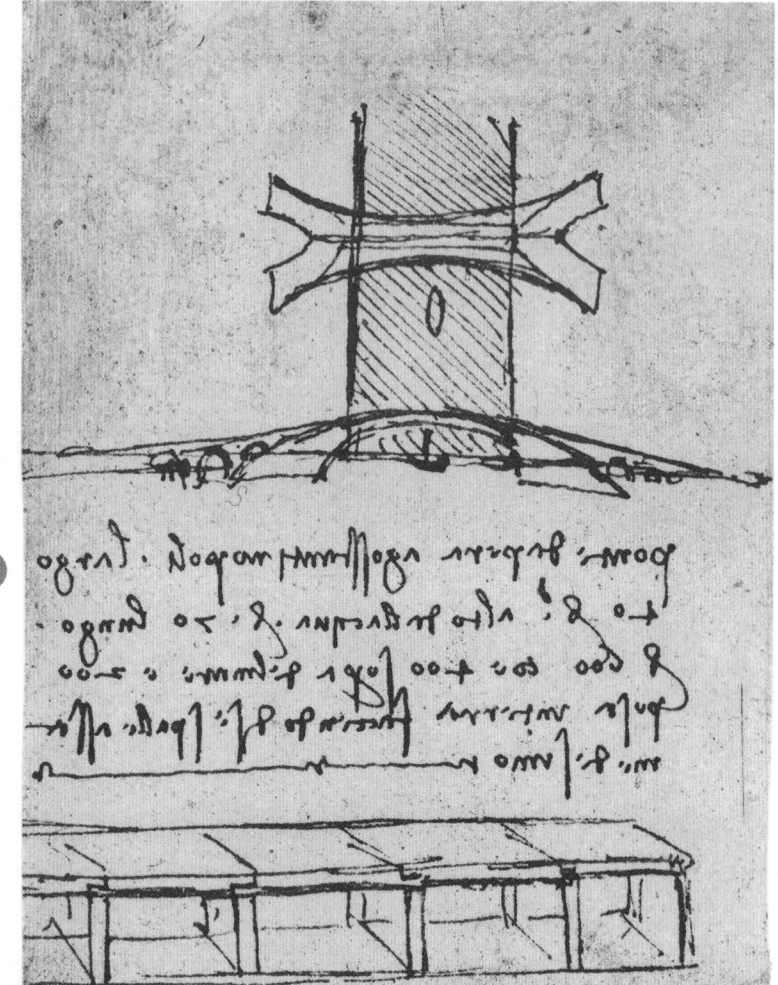

[20]

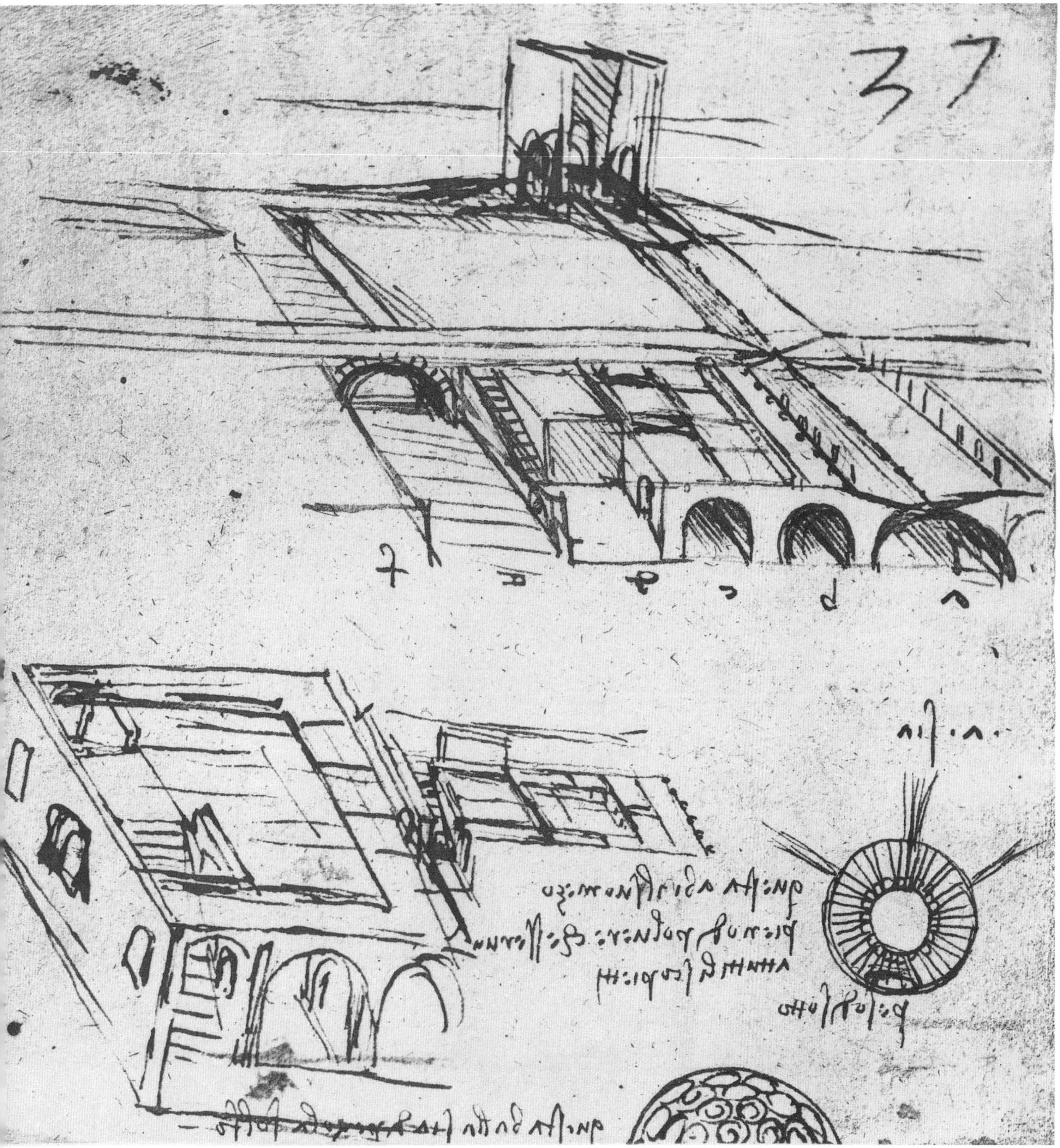
37

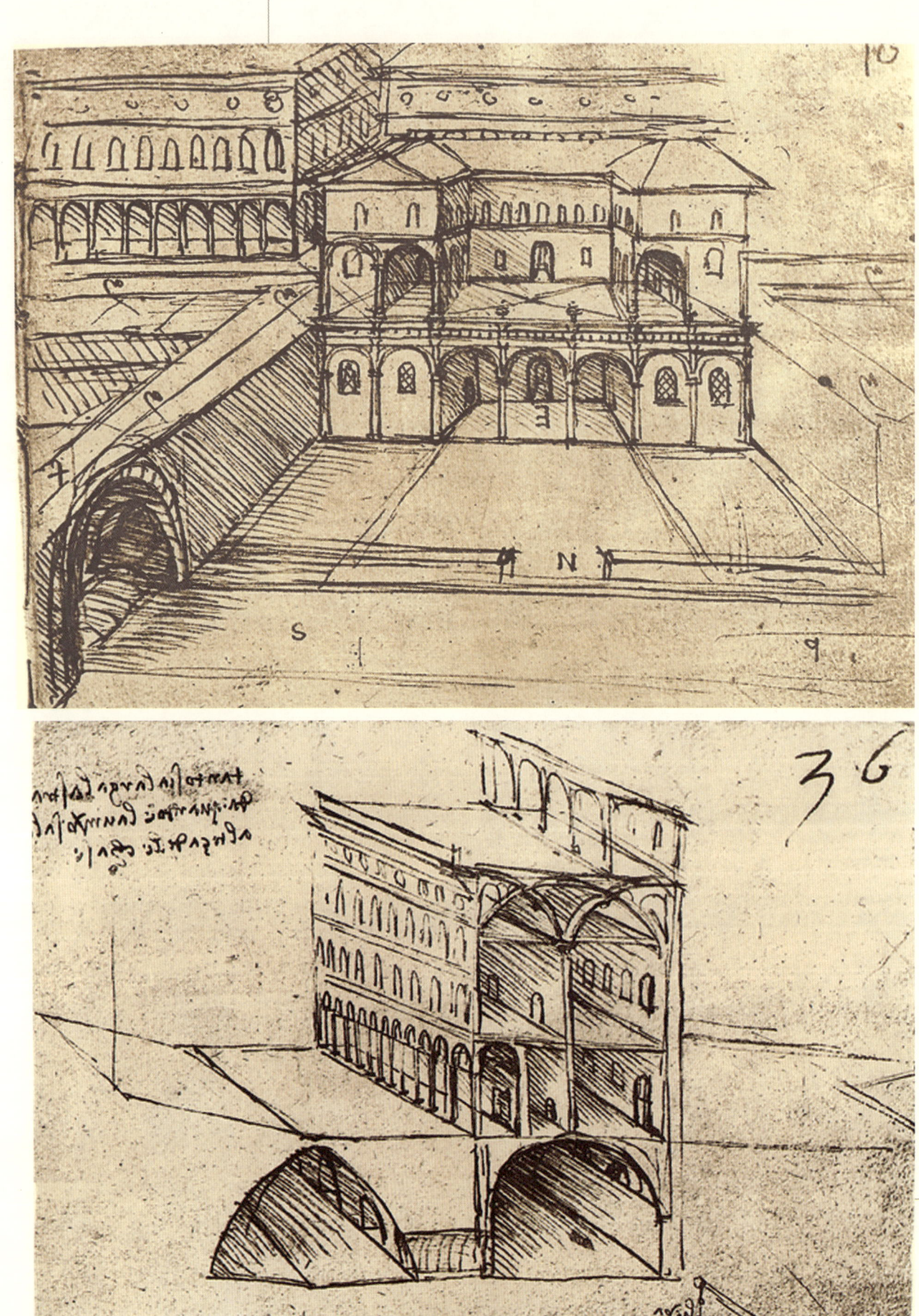

[21] 　　街道 m 比街道 ps 高 6 臂尺，每一条街道宽度应当为 20 臂尺，街道两侧有半臂尺的斜坡朝向街道中间。在街道中间，每隔 1 臂尺留一个豁口，豁口长 1 臂尺，宽 1 手指，以便于雨水能够从街道流入与 ps 等高的凹槽里。在这条街道的两端各建造一个拱廊，6 臂尺宽，用柱子搭建。我们应当想到，一个人如果从较高的街道经过这个地方，可以利用这些拱廊；如果他从较低的街道经过，也可以利用它们。

　　在较高的街道上，不允许车、马或其他交通工具通行，只允许有身份的人行走。为这里的居民运送日常生活物资的马车或货车应当从较低的街道通行。

　　每栋房屋应当采取背对背的方式，中间是较低的街道。供应物资如木材、酒及其他东西可以经由门 n 进入，而厕所、马厩及其他污秽应当经由地下清理干净。

　　从一个拱廊到另一个拱廊的距离应当为 300 臂尺，每条街道经由上方较高街道的豁口处接收阳光。每一个拱廊的楼梯应当建成螺旋式，因为方形楼梯的角落容易被弄脏。楼梯必须宽阔，在第一道拱门处应当有一扇门通向公共厕所，而那些楼梯应当从较高街道通向较低街道。较高街道应当从城门以外开始建造，从街道逐渐向上倾斜至城门，到达城门时的高度应当为 6 臂尺。这样一座城市应当建在海边或大河岸边，便于城市的污秽通过水流排出。

　　水花园的设计方案：

　　楼梯的宽度为 1 3/4 臂尺，形状像膝盖一样弯曲，总长度为 16 臂尺，台阶总数为 32 个，每个台阶为半臂尺宽、1/4 臂尺高。楼梯转弯处的平台为 2 臂尺宽、4 臂尺长，楼梯中间的隔墙为半臂尺。但是，楼梯的宽度应当为 2 臂尺，而通道应当为 2.5 臂尺。这样，这个宽敞房间的长度为 21 臂尺、宽度为 10.5 臂尺，这样的布局很完美。让我们把房间的高度设定为 8 臂尺。虽然房间的高度通常应当与宽度成一定比例，但是那样的话，房间会给人一种压抑感，因为高度太高，房间就会到处阴暗，而楼梯近乎直线，非常陡峭。

　　借助于磨坊，我可以随时给房间通风。夏天，我可以让清新的泉水汩汩流淌，在桌椅间绕行而过，水渠的宽度可以为半臂尺，那里放置的容器中始终装满最新鲜的佳酿。其他水流应当从花园流过，根据需要滋润花园里的柑橘树和香橼树。这些柑橘属植物可以四季常青，因为它们的位置经过精心安排，可以很容易照料。冬季的水温可以持续不断保护它们，比使用火加温效果好得多，原因有两条：一是泉水的温度天然恒定，在各种植物的根的部位都相同；二是用火给植物加温的方式是外在方式，火使那里干燥，温度既不均匀也不连续，开始较热，熄灭时变冷，而且往往还会因为负责此事的人员粗心而疏于管理。

　　小溪中的草本植物应当定期修剪，这样就能透过清澈的溪水看见碎石铺就的河床。应当只保留那些鱼类赖以为生的水草，例如水田芥之类的植物。

　　小溪中的鱼类不应当把溪水搅浑，也就是说，不应当饲养鳗鱼或者丁鲷，也不应饲养梭鱼，因为它们吞噬其他鱼类。

　　借助于磨坊，你可以在房子下方建造很多水渠，还可以在各处建造喷泉，以及建造一条通道。人从通道走过时，地下的泉水从四面八方喷涌而出。这样，假如有女人或其他什么人从那里经过，你要是乐意，就可以操纵机关给她们冲个澡。

　　在头顶上方，我们必须使用细铜丝建造一个大网，罩在花园上面，网里关着种类繁多的小鸟。这样，你就可以听到无穷无尽美妙的音乐，交织着柑橘和柠檬芬芳的花香。

　　在磨坊的帮助下，我可以让它带动各种乐器鸣响，只要磨坊不停地转动，那些音乐就会经久不息。

[22] 　　(a) 让街道的宽度等于房屋的平均高度。

[23] (a) 首先撰写关于墙体崩塌原因的文章，然后分别论述各种情况的补救措施。

在山区岩石发生层理化并且层理化呈现倾斜的地方，建造的房屋往往出现平行的裂缝，因为水和其他湿气经常渗入这些倾斜的岩石缝隙。层理化的岩石并不是从上至下一裂到底，而是向下跌落，直到跌落至山谷底部为止，那块断裂的岩石就像小船一样，把位于它上面的建筑物一同携落下来。

(b) 这种情况的补救措施是，在可能发生滑落的墙体下面多建一些石墩，石墩拱在一起，根基牢靠。让房屋的柱子下端牢牢地扎根于层理化岩石的深处，这样它们就不会滑落。

(c) 为了找出这些层理的坚实部分，我们有必要在墙角处开凿一个竖井，向下深入层理。在竖井里靠着山坡的上半面，从上至下凿平并打磨一块巴掌大的地方，一段时间以后，这个在竖井里打磨的平滑部分将会清楚地显示山体的哪一部分正在发生移动。

[24] (a) 窗口 a 是地点 b 出现裂缝的原因，这个裂缝由于 n 和 m 两点的压力增大而增大。n 和 m 两点沉入或穿透下面的地基，那里较重，而点 b 相对较轻。此外，点 b 下面的老地基已经稳定下来，而点 n 和 m 的地基还没有稳定下来。因此，点 b 并不是处于垂直稳定，相反，它被迫向外倾斜，却无法向内倾斜。因为这个部分从主墙体分离出来，外侧大内侧小，而崩塌的主墙体也处于同样的情形，即外侧大内侧小，所以，假如这个分离的部分向内坍塌，也就意味着较大部分跌入较小部分——这是不可能的。因此，显而易见的是，与前面的说法相反，这堵半圆形的墙体部分与主墙体分离时，只可能向外崩塌，而不可能向内崩塌。

(b) 当圆形或半圆形屋顶受到上方超重力量压迫时，拱顶就会开裂，出现一条裂缝，裂缝上侧较窄、下侧较宽，内侧较窄、外侧较宽，就像一个石榴的外壳，从上端中心向四周炸裂成很多部分。纵向施加的压力越大，接榫部位开裂程度越大，因为那里距离压力的源头最远。因此，教堂的后殿拱顶承受的压力不应当大于主建筑拱顶承受的压力。一个东西越重，它给下面部分造成的压力越大，下面那些部分都没入地基。如果后殿拱顶的结构较轻，就不会出现这种情形。

(c) 立方体 A 位于石板地面，立方体 b 悬在空中，假如它们的质量和体积都相等，而且制造它们的水和黏土用量相等，那么，这两个立方体哪一个会更加均匀地收缩？

(d) 放置在石板地面的立方体其高度比宽度收缩得更多，而悬在空中的立方体则不是这样。这一点已经得到证明。上面那个立方体不如下面这个显得更直观。

(e) 潮湿黏土制成的两个圆柱体 a 和 b 最终结果将会变成下面的锥形形状 c 和 d。证明如下：圆柱体 a 放置在石板地面，它是由黏土混合大量的水制成的，由于自身重量而下沉，把压力传递至底部，随着压力逐渐扩散并且下沉，这个物体的所有部分都向底部靠拢，因为那里是整个重心所在。圆柱体 b 也会出现同样的情形，随着底部力量逐渐增加，整个物体也向重心靠拢，压力最大的地方就在支撑整个物体的重心周围。

[25] (a) 墙体的裂缝，底部较宽，顶部较窄，以及造成裂缝的原因。

一堵墙如果不在同一时间内整体均匀地变干，总是容易出现裂缝。

(b) 一堵墙尽管厚度相同，如果墙体各处接触的媒介不一样，就不会在同一时间内变干。因此，如果墙体的一面接触的是潮湿的斜坡，而另一面接触的是空气，那么接触斜坡的一面将会保持原来的大小。在空气中变干的那个墙面将会收缩变小，而接触斜坡的墙面不会变干。变干的部分很容易从潮湿的部分脱离，因为潮湿的部分没有相应地收缩，所以与变干的部分没有充分粘连，而且跟那一部分变干的速度不一致。

拱顶的缝隙，顶部较宽，底部较窄。

(c) 在拱形墙体制作的门中，拱门的裂缝表现为顶部较宽、底部较窄。由于拱门的高度比宽度更大，而且在高度比在宽度中存在的灰浆接榫数量更多，因此拱门在高度方面比在宽度方面收缩的程度更大。

(d) 裂缝在 ro 处收缩的程度小于 mn 处，因为 r 与 o 之间的材料少于 m 与 n 之间的材料。

(e) 凹面墙体的裂缝底部较宽、顶部较窄。如右侧图中的 bcd 所示，裂缝起源于这里。

(f) 1. 一个物体吸收的水分越多，它的湿度越大。
(g) 2. 一个湿的物体在变干的过程中，其收缩速度与物体内水分蒸发的速度成正比。

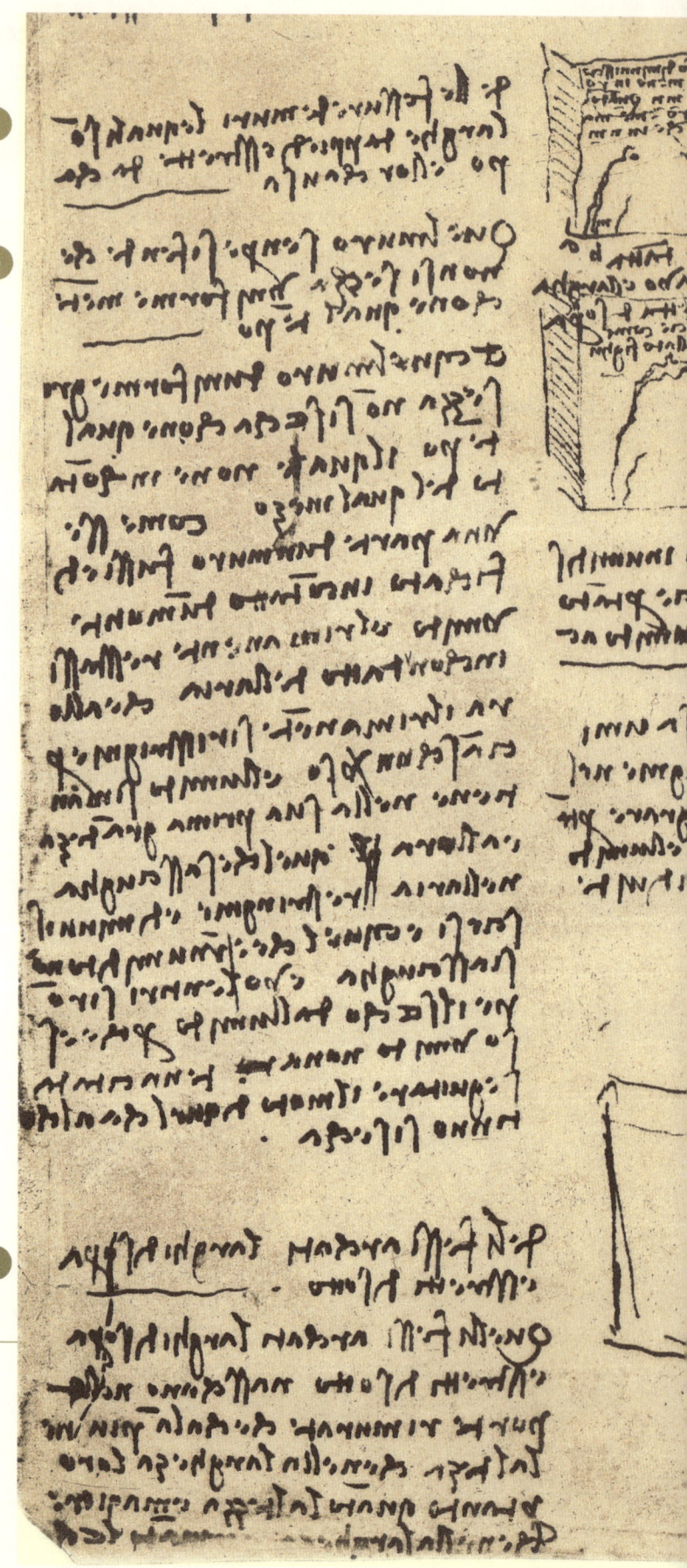

(a) 除非从整个墙体分离出来的部分不至于滑落，否则，墙体的裂缝不可能平行。

也就是说，无论使用什么建材，房屋四周的各堵墙在建造时必须高度相同，循序渐进，厚度统一。虽然薄墙比厚墙干得快，但是随着一天天过去，它未必就会在逐渐增加的压力下崩塌，因此，虽然薄墙比厚墙干得快，但是随着一天天过去，它未必就会因为自身获得更多的压力而崩塌。因为，如果我们让薄墙在一天内的变干速度加快一倍，那么厚墙在两天内也会变干，由此，增加的那一小部分压力就会被较小的时间差异抵消。反方观点认为，a 处突出，将会滑落。而在另一幅图中，反方观点认为，r 处将会滑落，而非 c 处。

那部分墙体之所以不会滑落，是因为从那里分离的另外一部分倾斜墙体向外突出并悬空，已经滑落。

当墙上的裂缝顶部较宽、底部较窄，这个信号表明：造成这条裂缝的力量来源与裂缝垂线之间的距离很远。

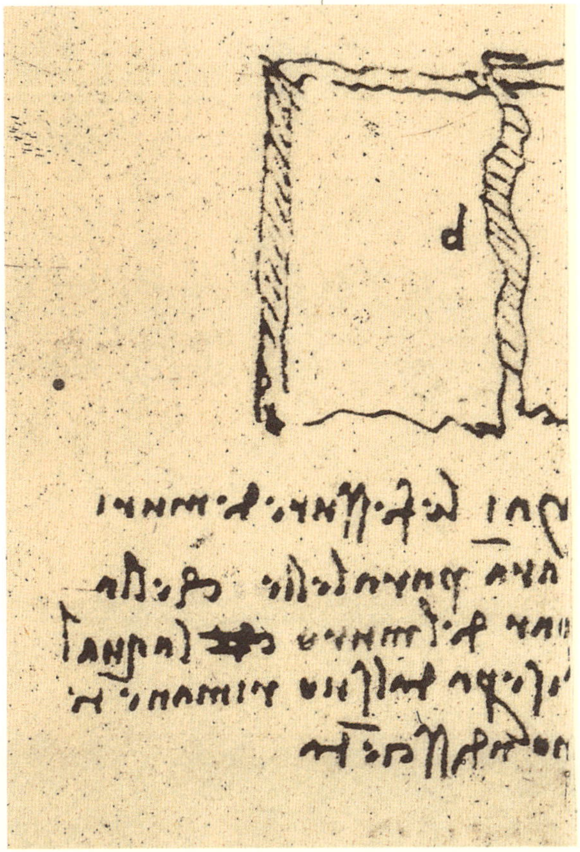

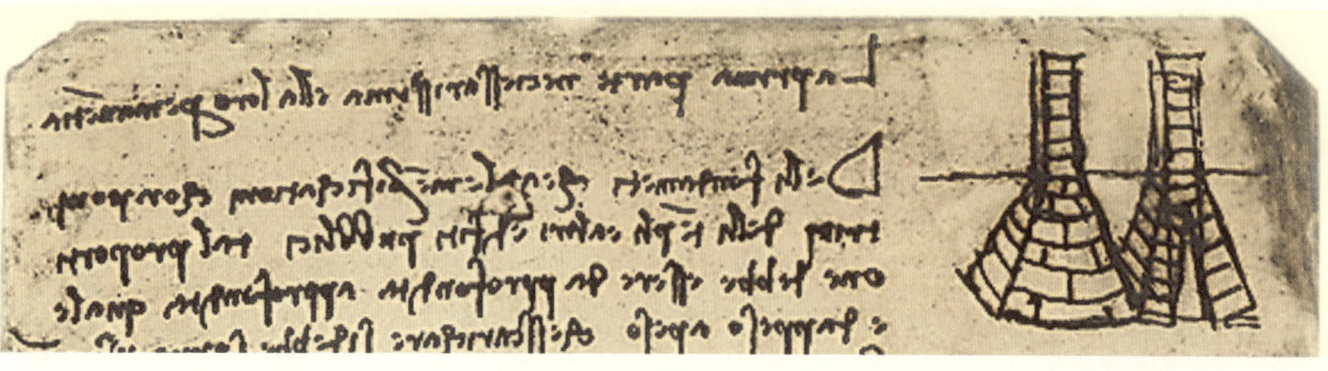

a

[27]　　头等重要的事情是稳定性。

(a) 关于庙宇及其他公共建筑的地基，地基各处的深度
必须与其需要荷载的建材重量相一致。

　　房梁的长度如果超过其最大宽度的 20 倍，寿命
就会很短，容易断裂。记住，即将被嵌入墙体的房梁
部分应当在滚烫的沥青中浸泡，同时需要嵌入一些橡
木板，也应当浸泡。每一根房梁都应当从墙体穿出，
露出墙体的房梁部分应当用结实的锁链牢牢固定，因
为一旦发生地震，房梁通常会从墙体脱出，带动墙体
和地板塌陷；如果房梁被锁链固定，就会顽强地支撑
整个墙体，而墙体就会支撑各层地板。

　　我还要提醒你，千万不要在木质地板上涂抹石膏。
由于干燥和潮湿造成木质地板膨胀与收缩，石膏往往
出现裂缝，一旦出现裂缝，那些裂开的部分就会逐渐
碎成尘埃，样子难看。你还要记住，不要在以拱门为
支撑的房梁上铺设地板，因为在房梁上铺设的地板在
中心部位有所下沉，而在拱门上铺设的地板始终保持
原状。这样的话，久而久之，在两种材质之上铺设的
地板看上去就像山峦一样崎岖不平。

a

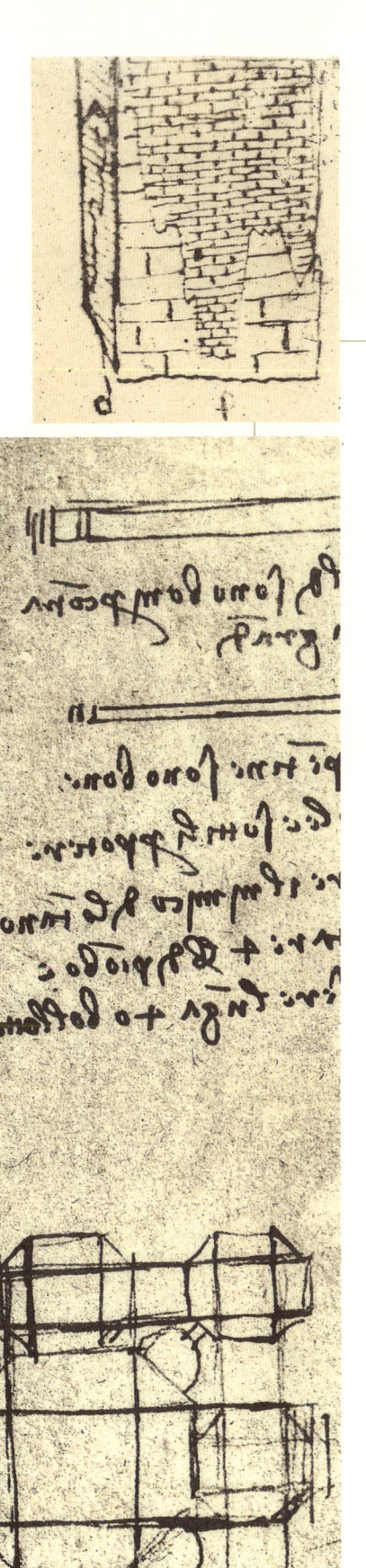

[28] 　　按照一定的程序从下至上铺设石头，而且使用等量的灰浆进行建造，这样，当灰浆中的水分蒸发时，墙体各处匀质下沉并趋于稳定。

[29] (a) 在庭院中，院墙高度应当是庭院宽度的一半，即如果庭院宽度为 40 臂尺，与房子相关的院墙高度应当是 20 臂尺。另外，这个庭院的宽度应当是整座建筑正面宽度的一半。

[30] (a) 一栋建筑在各个方向都应当独立于其他设施，这样才能显示出它的真实形状。

XI 雕塑和金属制品

Sculpture and Metalwork

如果点过体型的人参雕塑上其取直为感，雕过自己在势以名台脚雕上其各件向直教室。

Sculptured figures which appear in motion will
in their standing position, actually look as if they were falling forward.

　　大炮炮身的长度：如果你想让大炮发射石球，制作的炮身长度应当是石球直径的 6 倍，或者多至 7 倍；如果发射铁球，炮身长度应当是铁球直径的 12 倍；如果是铅球，炮身则为 18 倍。我这话的前提是，大炮的炮口应当能够容纳 600 磅或更重的石球。

雕塑没有绘画对智慧的要求高，而且缺乏自然的很多因素。我本人在雕塑方面花费的功夫并不比在绘画方面少，而且两者同样精通。就我看来，我可以毫不偏袒地断言这两者之间哪一个更高超、更完美，也更难学成。

首先，雕塑需要一定的光线，即从上方入射的光线，而绘画可以表现出随时随地的光和影。因此，光和影是雕塑的重要因素。在这一方面，浮雕的光和影是自然固有的，从而帮了雕塑家的忙。画家利用自己的艺术作品表现自然的外在方面，把他的着眼点放在自然有可能产生的东西上面。

雕塑家不能利用各种各样自然物体的色彩丰富自己的作品，而画家在这方面不受限制。雕塑家利用透视时总是显得不真实，而画家可以使画作似乎绵延数百英里之遥。雕塑家的作品毫无空气透视，他们无法表现透明的物体，他们无法表现发光的物体，也无法表现反射的光线，或者诸如镜子以及其他表面光滑的闪亮物体，或者雾霭、阴暗的天空，以及无数其他事物。为避免冗长，不一一列举。

至于耐久性，雕塑具有很好的耐久性，尽管如此，一幅在厚铜板上绘制完成的图画，上面覆以白色的珐琅，再涂抹各种珐琅颜色，然后放在火中烘烤，能够永久保存，远远超过雕塑的耐久性。有人会说，假如画家犯了一个错误，就很难改正。"因为错误难以改正，所以画作就更显珍贵。"如果你力图证明这一点，你其实是徒劳无功的。我认为应当说，与画家犯错后不得不修复他搞砸的作品相比，改造他那犯错误的大脑更为困难。

[2] 三根固定模具的支架。如果你想迅速做出简单的铸件，在用醋泡过的河沙箱子里浇铸。

如果你想在这匹马模型身上制作一个模具，你必须在黏土中浇铸一定厚度的金属。

注意观察在合金工艺中，制作每英担［译注：英担（hundredweight）：1 英担约等于 50.8 千克］需要多少小时。在铸造每一英担合金时，要让熔炉和火焰封闭起来。在所有模具的内侧涂抹亚麻籽油或松节油，然后取一把硼砂粉、希腊沥青和酒精的混合物，涂抹在模具外侧，这样，模具放在地上时也不会因为潮湿而遭毁坏。

为了掌握那个大的模具，你应当仿照模型制作一个小模具，里面的空间相应缩小。
当你把模具放在马身上时，在模具上钻出一些通风孔。

用火钳夹住马蹄，使用鱼胶进行浇铸。称量模具各组成部分的重量以及填满这些部分需要的金属数量，把每一部分需要的金属如数放在熔炉里冶炼。熔炉里金属的数量应当与模具每一部分的重量存在对应关系，通过称量模具黏土的重量，你就可以得出各种需要量。这样做的目的是防止出现下面的情形：假如后来制作马头的金属数量不足，你不得不挪用先前浇铸马腿的金属弥补马头，而这是不可能做到的。

[2]

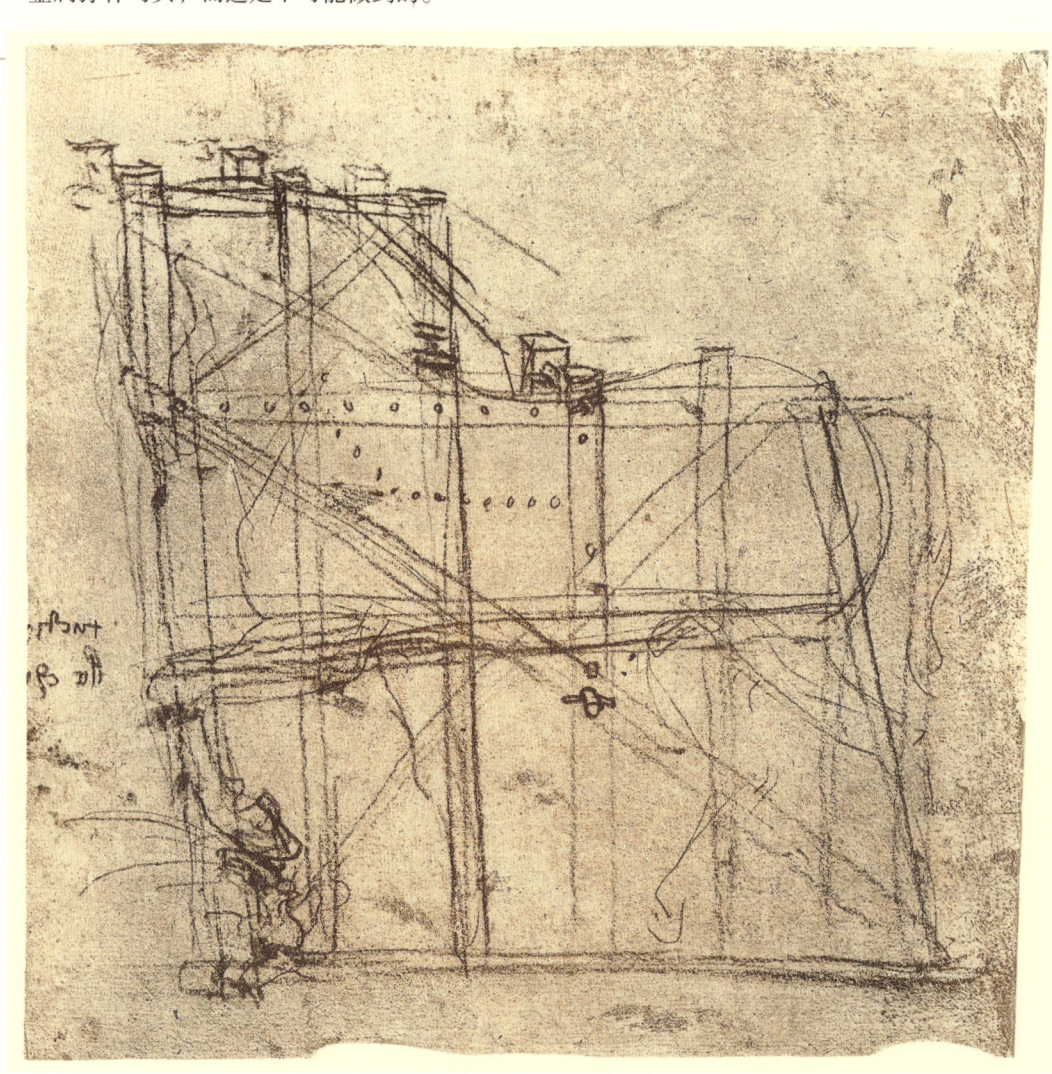

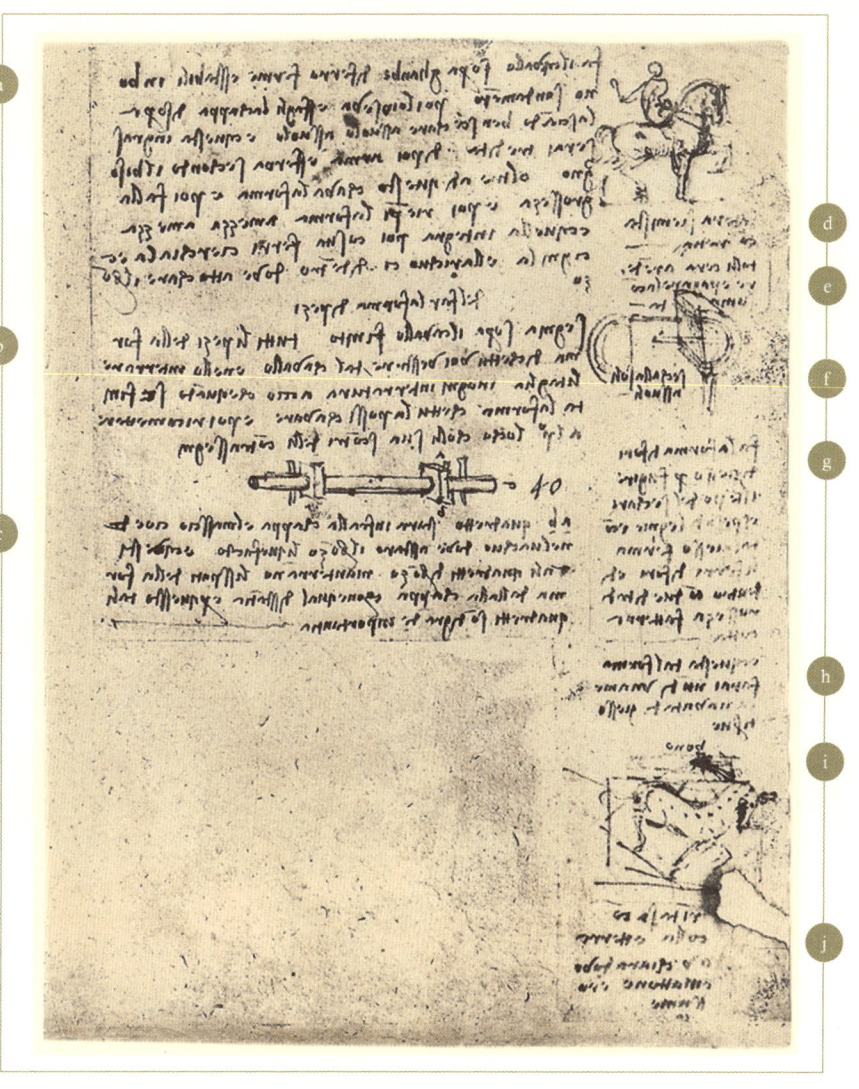

[3] (a) 让马模型固定在铁铸的腿上，底座要结实牢靠。然后给它涂抹油脂，覆盖一层涂层，让每一层涂层逐一彻底干燥，直到涂层厚度达到三根手指的宽度。根据需要，用铁把它固定牢靠。然后取下模具，制作厚度。接下来以此填充模具，使各部分都充实完整，用铁把模具包围固定，把模具内侧将要接触铜的地方烘干。

(b) 模具组件的制作：当马模型完成的时候，据此制作你需要在马身上使用的各种模具组件，把模具放在黏土中，把整个组件分割成各自的部分，这样，当整个模具完成的时候，你就可以把它拿掉，然后按照组件原先的位置重新组装。

(c) 方形模块 a 和 b 将会被置于表层与核心之间，即置于将要灌注熔铜的空间。这些铜方块将会以相等的距离支撑模具与表层之间的空间，因此，它们非常重要。

(d) 黏土应当与沙子混合。

(e) 取一些蜡，[哪里不需要] 就放回，哪里需要就补充。

(f) 逐层进行干燥。

(g) 使用石膏制作模具的外壳，可以节省干燥的时间以及节省木材用量。使用厚度为两根手指宽的石膏包裹铁 [支架] 的里外两侧。制作陶俑。

(h) 这个模具可以在一天内制作完成。半船的石膏量足够使用。

(i) 好。

(j) 使用胶质和黏土，或者蛋清以及碎砖和废物，再次把它固定。

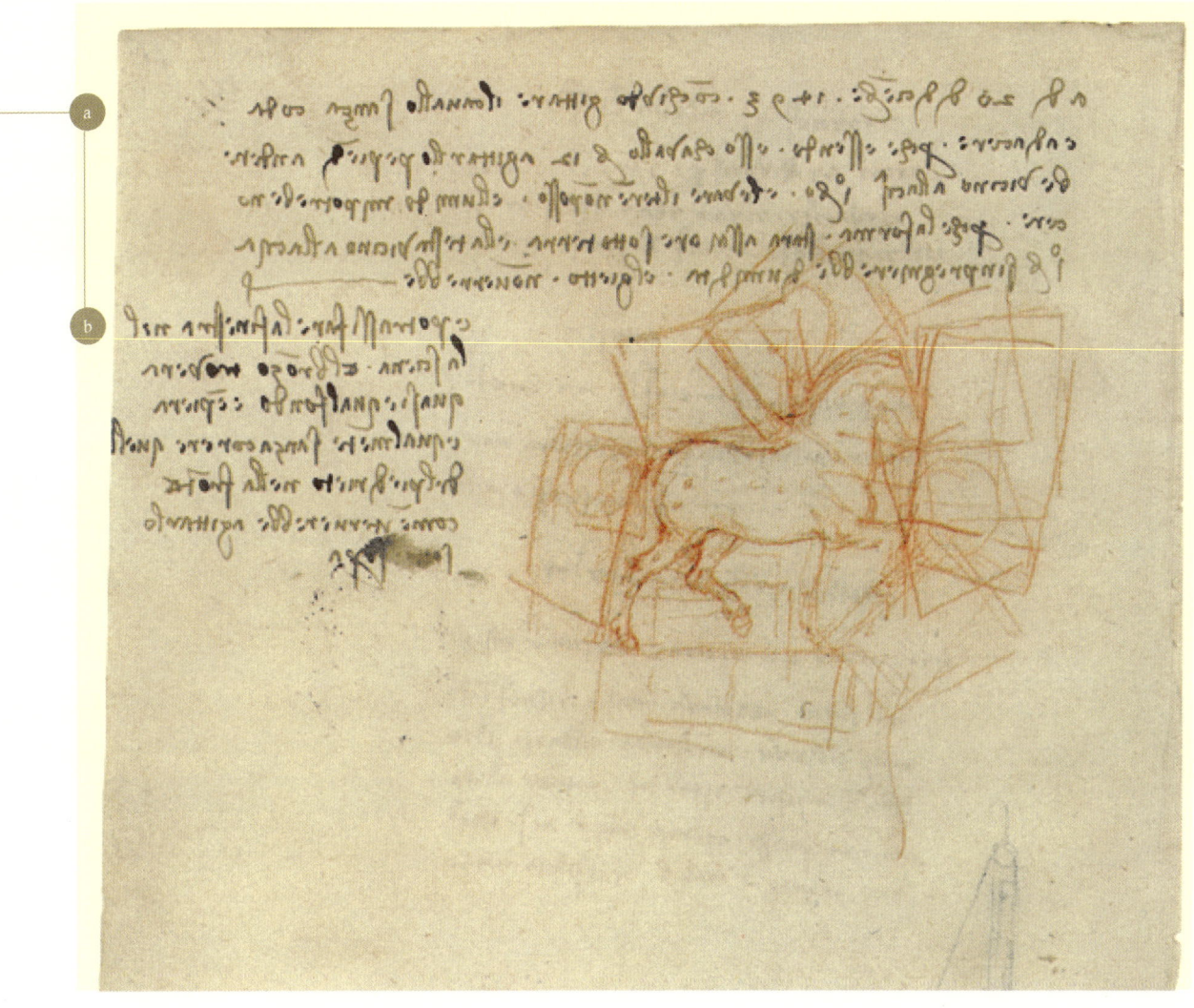

[4] (a) 今天，1493 年 12 月 20 日，我决定铸造这匹没有尾巴、侧卧一旁的马。这匹马身高 12 臂尺，假如我把它上下颠倒进行浇铸，马与水的距离就会将近 1 臂尺。因为我无法把下方的土壤移开，湿气就可能侵蚀模具长达数小时。马头因为距离水 1 臂尺，就有可能遭水侵蚀，那么，浇铸就不可能成功。

(b) 可以在马背开凿一个窗口。熔铜在模具里灌注的高度将会一致，均匀填满各个部位，而不至于让后腿的熔液流到前腿，假如把上下颠倒浇铸，就容易出现这种问题。

[5] (a) 这些是属于马头和马颈模具的组件，还有它们的衔铁和辔头。

(b) 前额的组件形状在模具内侧具有蜡的厚度，必须加以固定，才能够从开口处浇铸出完整的实心组件。这个组件伸入头部、耳朵和脖子内部，周围是木质加铁质的辔头。接下来，你应当给前额组件的内侧组件着色，然后移动组件，只要实心组件就位、触及前额模具，就这样一点一点地为其着色。

(c) 辔头应当有一个组件，被固定于马脸上半部分的两个模具。在下方，它应当被固定于前额模具以及咽喉下面的模具。脖子应当由三个模具组件包围，两侧各一个，前面一个，如 254 图所示。

如果你想制作一个大理石雕像，首先用黏土制作一个，用黏土制作完成后，让它风干，然后放在一个较大的容器里，把黏土人像拿出来之后，容器要能够装得下那块大理石，以便于你按照黏土人像的尺寸制作大理石人像。

把黏土人像放入这个箱子，准备一些刚好能够插入容器表面那些小孔的枝条，把枝条从小孔插入容器，直至它们分别接触到人像的不同部位。把枝条留在容器外面的部分涂成黑色，用一个副本对每一根枝条和每一个小孔进行标记，这样它们就可以一一对应。

然后，把黏土人像从容器中取出，把大理石放进去，按照下面的方法对大理石进行雕琢：把那些枝条重新插入对应的小孔，直至能够插到枝条涂黑的部分为止。为了便于制作，容器应当能够提上去，但是容器底部应当始终位于大理石下面，这样，你借助工具就可以轻易把它提起来。

如何把铅与其他金属合成一体：如果你为了节俭而想把铅与其他金融混合，以及为了节约必不可少的锡的用量，首先把铅与锡熔合起来，然后把它放在熔化的铜上面。

金属的熔合：用作炮弹的金属毫无例外必须遵循 6 或 8 比 100，即锡的用量为 6，则铜的用量为 100。不过，锡的用量越少，炮弹越坚硬。

把锡添加到铜里面的方法：如果你想把锡添加到铜里面，应当把铜变成熔化的状态。

如何能够加快熔化的速度：你可以在铜的 2/3 变成液态时加速熔化的过程。你可以使用一根栗木棒频频搅动尚未熔化的铜，尚未熔化的一小块漂浮在已经熔化的液体之中。

应当如何打磨铸件：把线一样细的铁丝扎成一捆，[用它] 蘸水擦拭铸件。在下方放置一个碗，以免把地面弄得泥泞不堪。

采用拉毛粉饰法制作模具：取 6 份黄油，2 份蜡，在把这两种物质熔化的过程中加入尽可能多的精细面粉，混合物将会跟蜡或制模黏土一样坚硬。

胶质：使用乳香、蒸馏的松节油和铅白粉。

如何去除铜器的粗糙边缘：你应当制作一根铁棍，形状像一个很大的凿子，沿着铜器边缘进行打磨。这些粗糙边缘的成因是，使用模具铸造各种组件，然后拼合起来，这样铸造出来的大炮还很粗糙。但是，你使用的铁棍应当具有一定的重量，每一次打磨的幅度要大，范围要广。

为了加快熔化速度：首先把铜放在坩埚中进行部分熔化，然后把它放在熔炉里，这种半熔化状态将会在熔炉里开始快速熔化。

为了防止铜在熔炉里冷却：当你一看见铜在熔炉里开始冷却备用，趁着它还呈糊状时，赶快使用搅拌棒把它分成薄片，如果铜已经完全冷却，使用宽大的凿子像凿铅块那样把铜块凿断。

制作大型铸件的方法：如果你需要制造一件重达 10 万磅的铸件，使用 5 个熔炉，每个熔炉重为 2000 磅，或者至多重为 3000 磅。

为铜器制作石膏铸件：每两杯石膏，配一杯熔化的牛角，把它们混合起来进行浇铸。

浇铸：把酒石熔化，加入石膏粉，用于浇铸。这种方法可以让混合物在退火处理后凝成一体。然后把它溶解于水。

制作镜子，取用 30 份的锡搭配 100 份的铜。但是，首先要把这两种金属弄干净，把它们投入水中进行结晶处理，然后把铜熔化，浇铸在锡的上面。

当你想要用蜡制作铸件，用蜡烛把浮沫烧光，这样制作出来的铸件不会带有气泡。

[6] (a) 罗马铸币厂。

(b) 没有弹簧也可以制作。但是，上面的螺丝必须总是与可拧动的保护套结合在一起。

(c) 那些边缘不完整的硬币都不能被当成好的硬币用于流通。为了确保硬币边缘完整，首要的一个要求是，所有硬币都应当呈完美的圆形。为了做到这一点，一枚硬币首先应当在重量、尺寸和厚度方面完美无缺。因此，制作几个尺寸和厚度都相同的金属板，根据同一个计量标准把它们切割成板片。从这些板片中你可以冲压出非常圆的硬币，就像筛子筛选栗子那样。然后，按照右图所示的方法冲压制造硬币。

(d) 印模的空心部分应当统一比下部略宽，但是看不出来。

(e) 这样切割出来的硬币浑圆，厚度和重量也很精确，可以节省负责切割并称重人员的工作，而且节省负责把硬币打磨成圆形人员的工作。由此，这样的硬币只需要经过计量人员以及冲压人员之手，就会变成质量上乘的硬币。

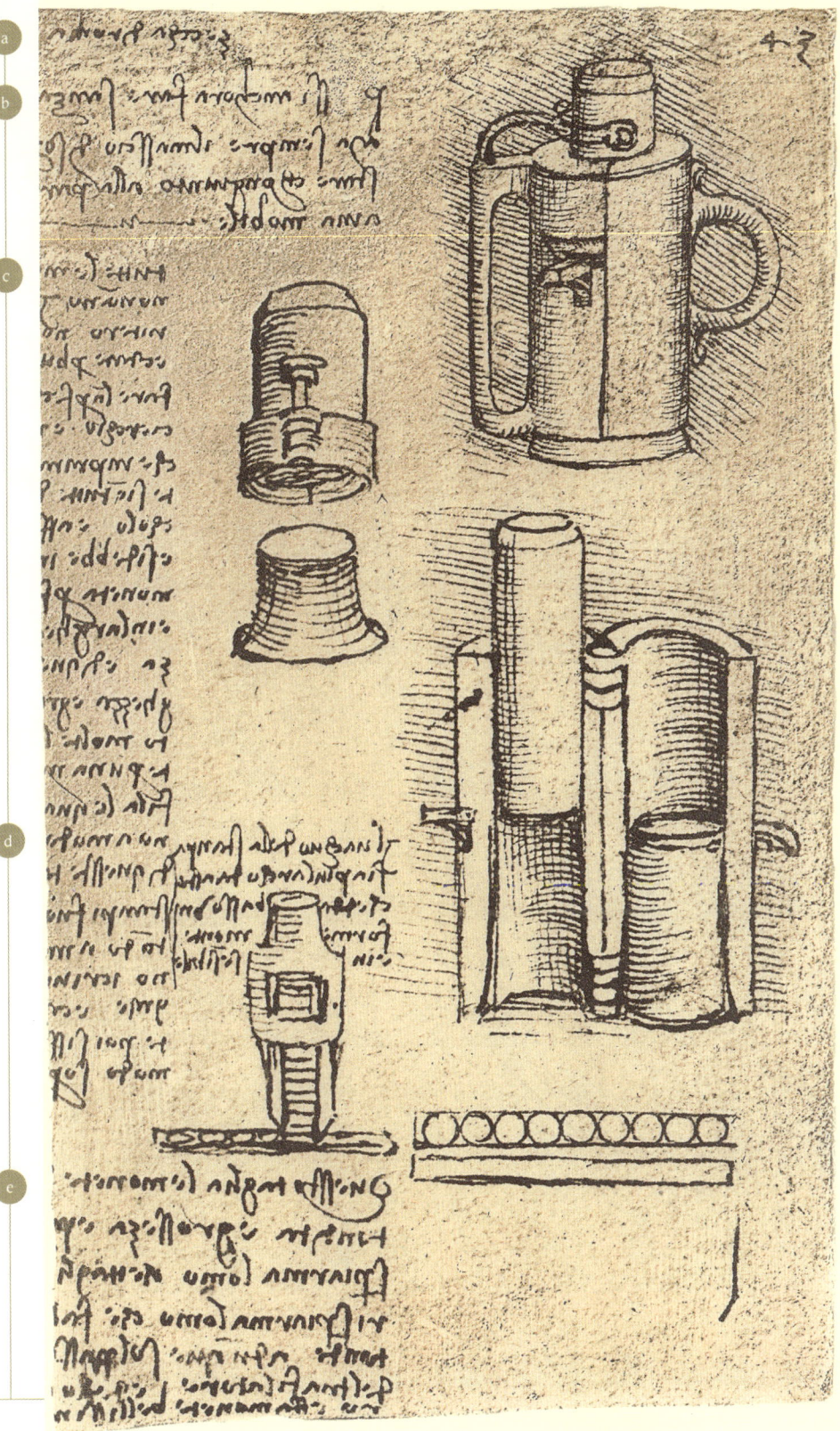

XII 发明

Inventions

科学乃是对可能发生的事物的观察，无论其是现在或过去。预见乃是对将来发生之事物的了解，虽然事物之实现或有迟缓。

Science is the observation of things possible, whether present or past.
Prescience is the knowledge of things which may come to pass, though but slowly.

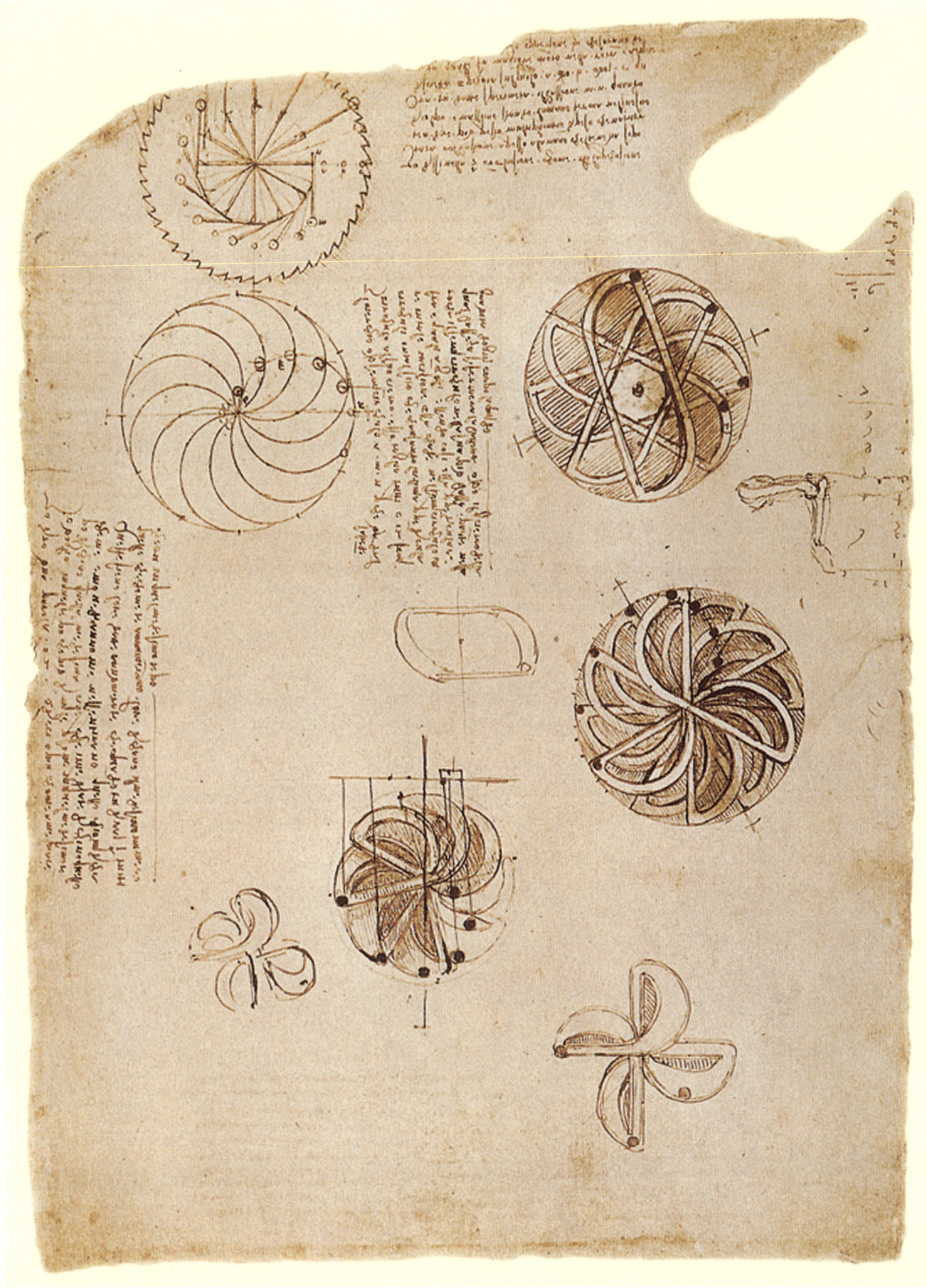

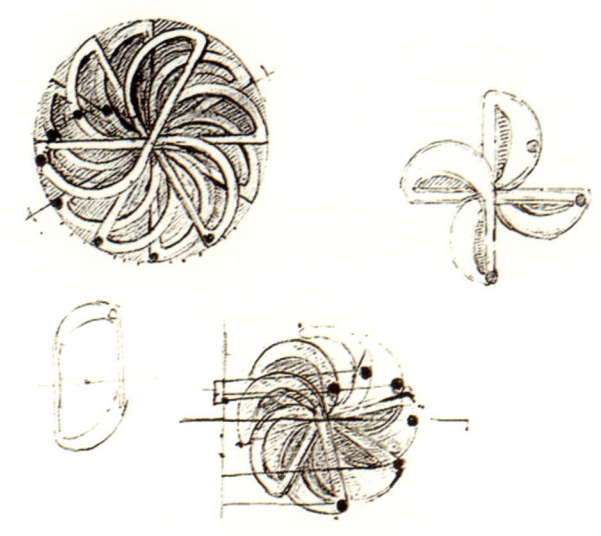

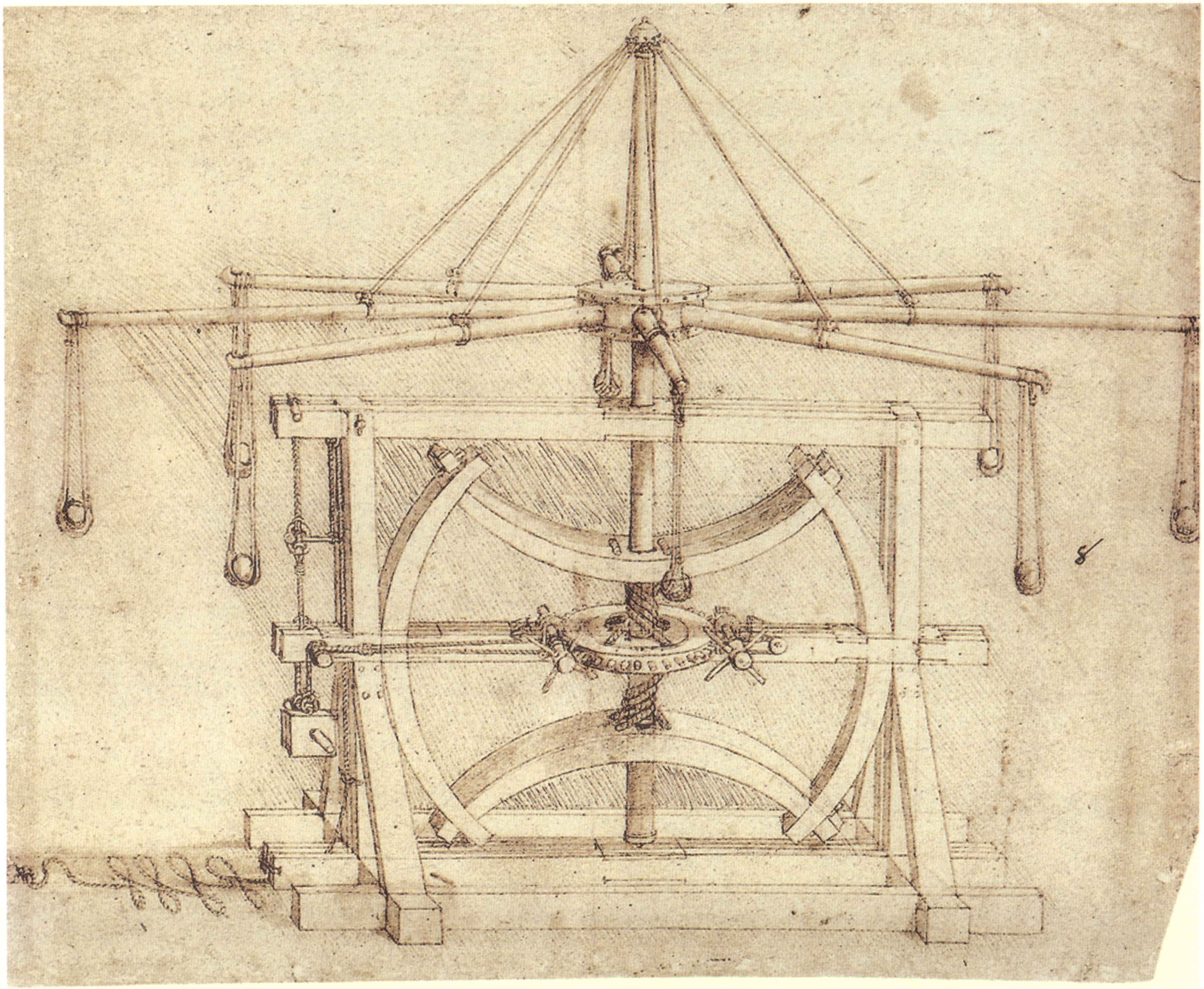

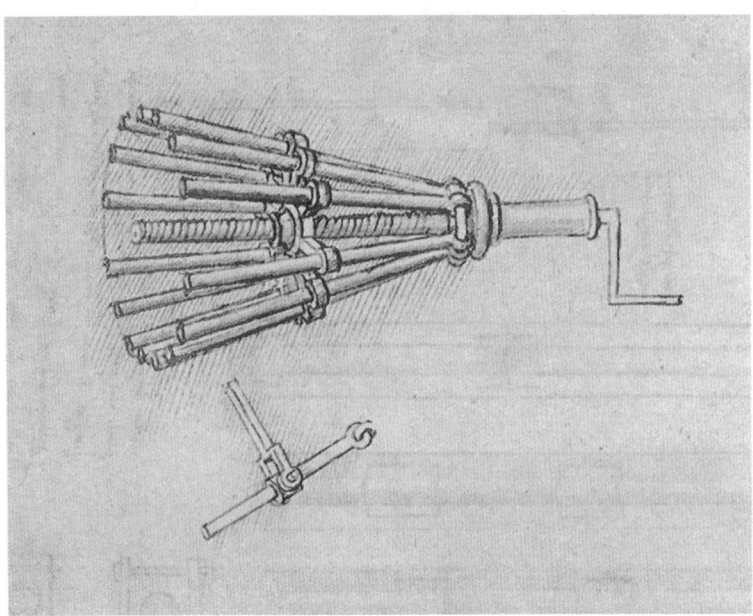

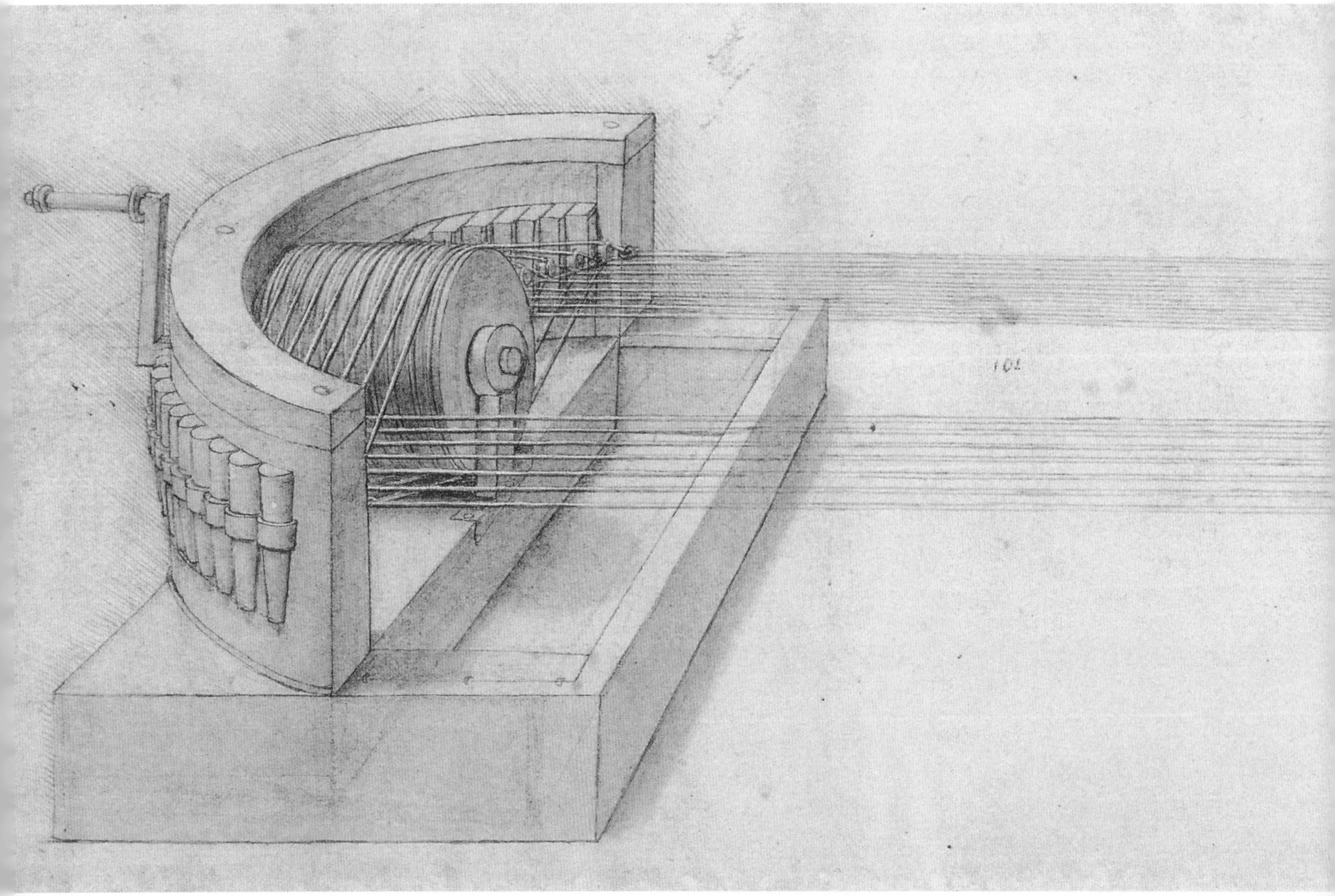

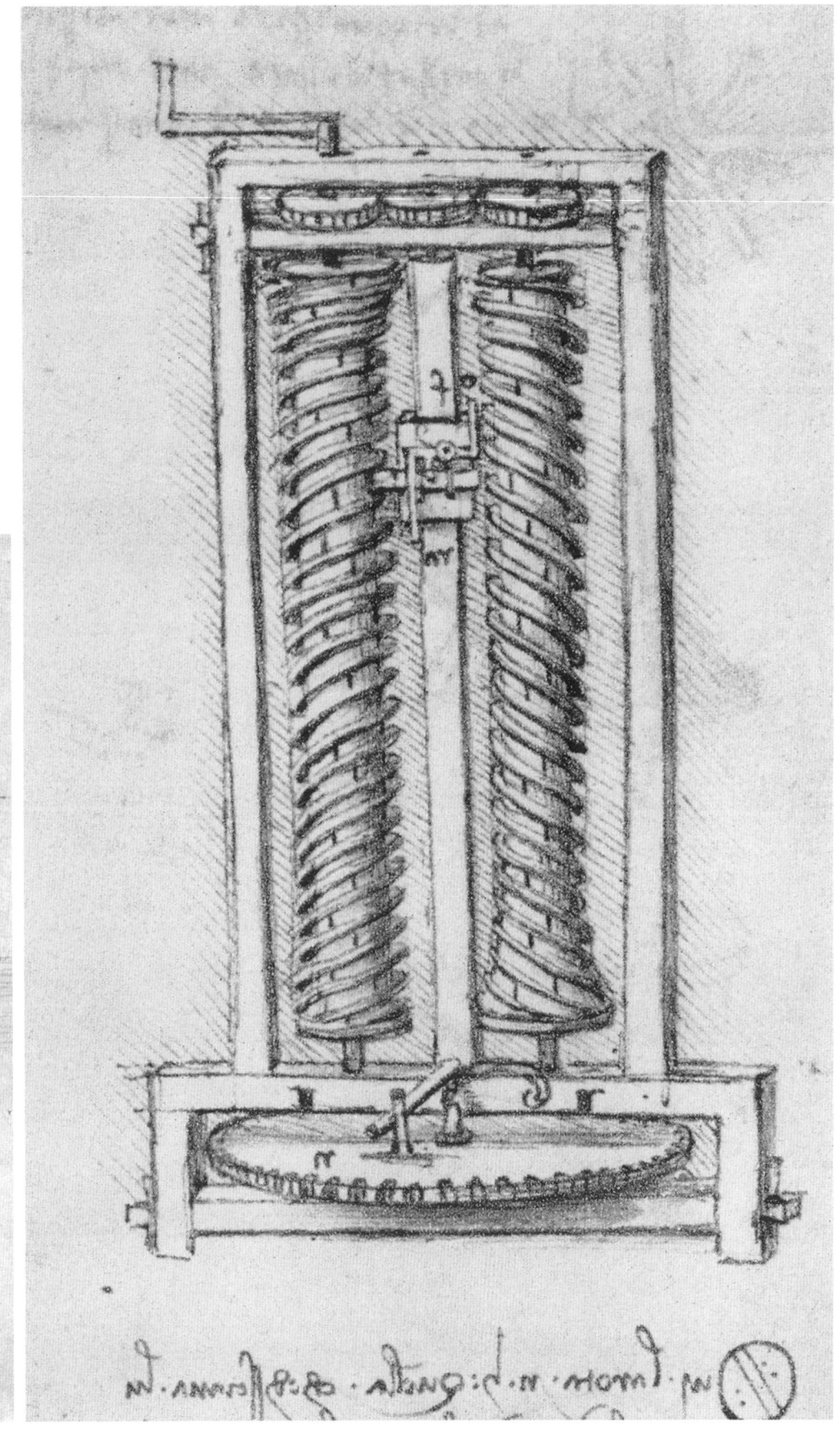

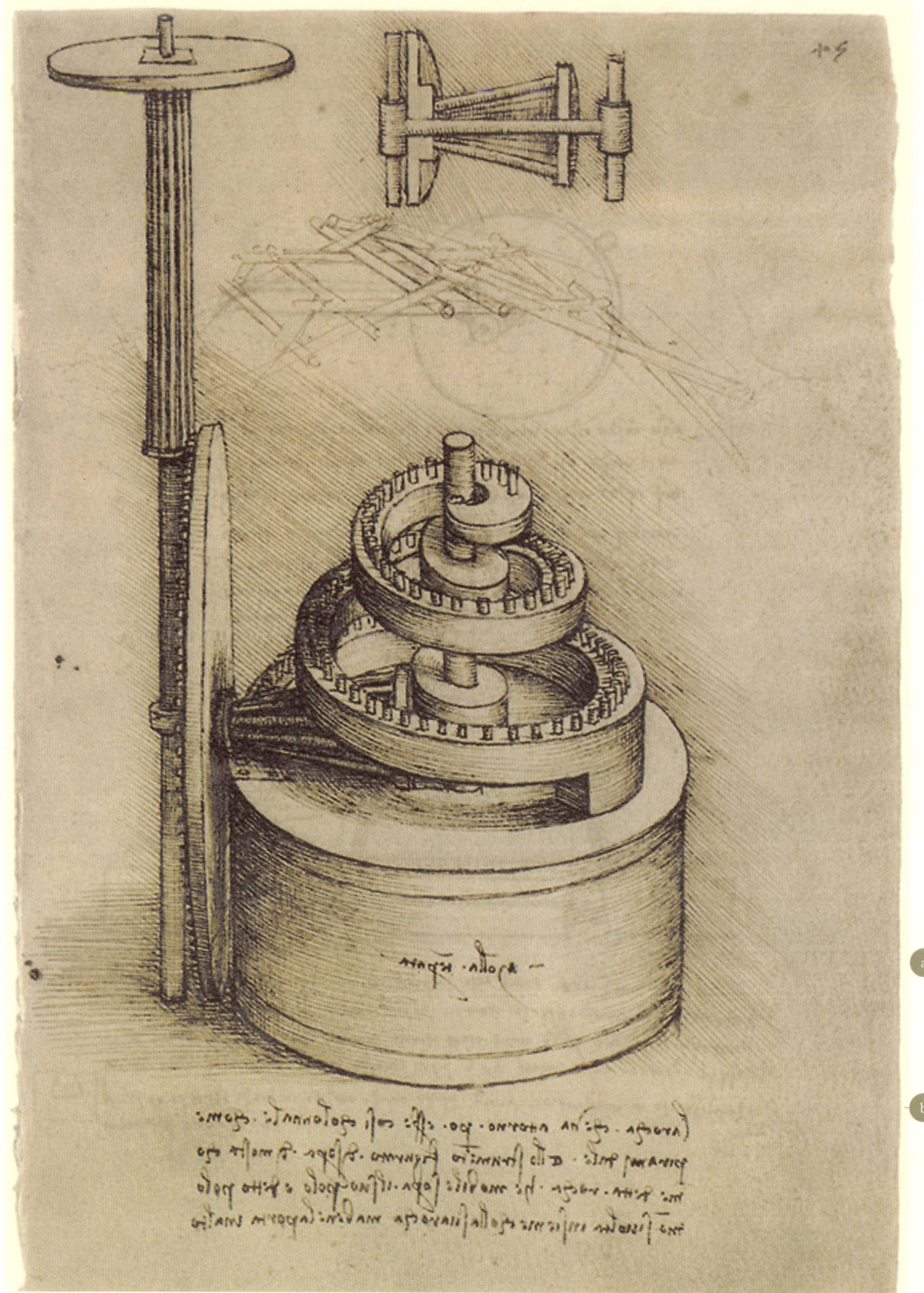

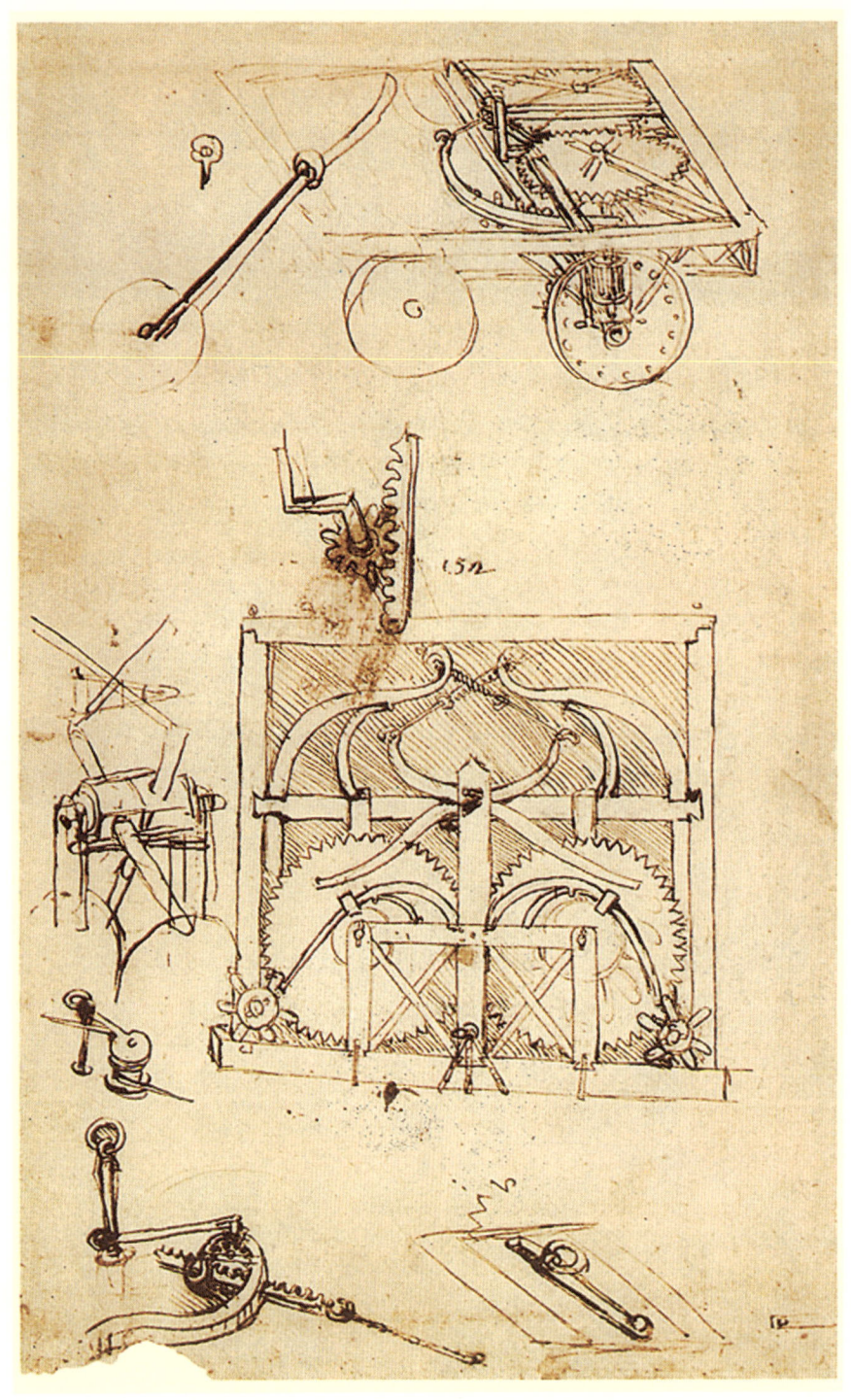

(a) 经过回火的弹簧。

(b) 转动的小齿轮可以是圆柱形或圆锥形。上方描述的装置显示这个小齿轮如何能够绕着轮轴转动。这个轮轴可以提起小齿轮，而自身不会跟着转动。

工具科学或称机械科学是最高贵、最有用的科学。所有有生命的物体都需要借助机械运动完成自己的各种运动，而这些运动起源于物体的重心，重心通常位于不规则物体各边的中间位置。重心的力量有大有小，也具有杠杆作用与反杠杆作用。

[2]

(a) 让一个齿轮始终沿着一个方向转动的方法是：让螺丝先向左移动，然后再向右移动。

[3]

[3]

(b) 这个起吊装置的基座是一个由重物下压的弧形楔子。你可以说，它的工作原理就像一个螺丝，因为通过楔子与齿牙之间的简单摩擦就可以让这个装置运动。这是一个简单好用的起吊装置。

a

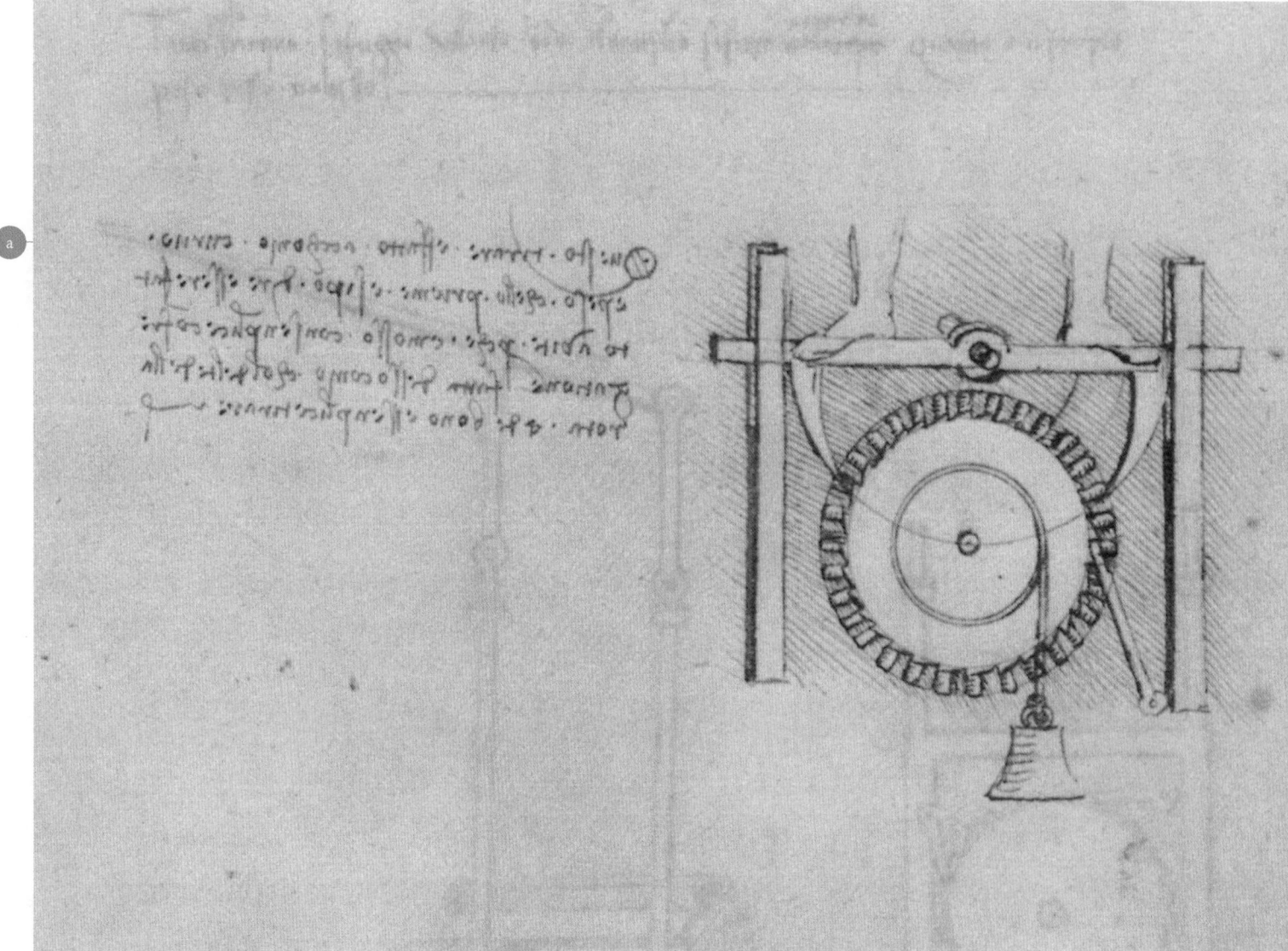

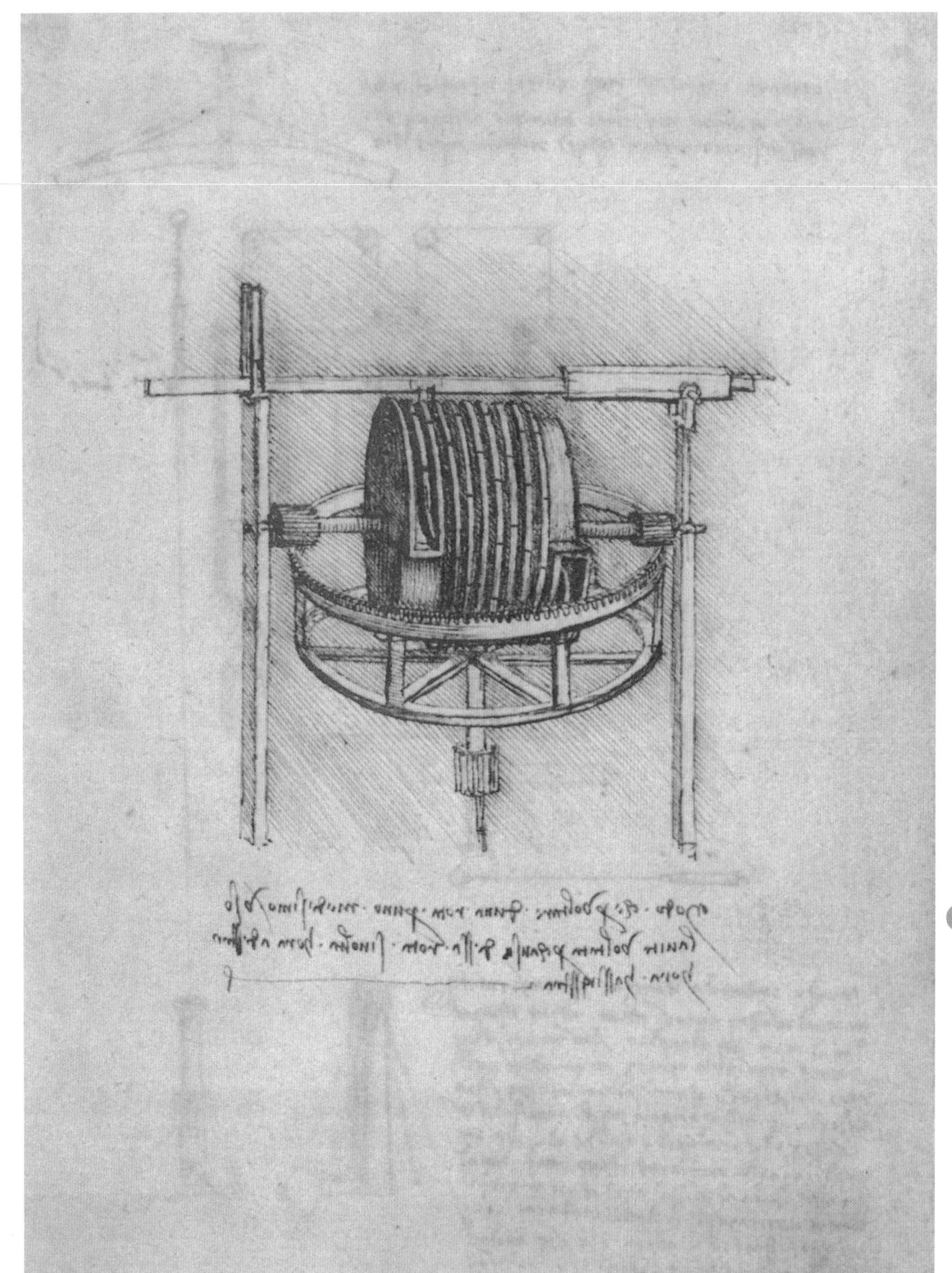

[4] (a) 每一个物体都需要由各个部分构成，每一种艺术都需要利用专门的工具进行创造。让一个物体在整体上运动起来的时候，其组成部分也随之运动。

(b) 反向摩擦的方法。

[5] (a) 小齿轮和大齿轮。

(b) 如果小齿轮必须推动大齿轮，那么小齿轮的齿牙间距必须大于大齿轮的齿牙间距。如果大齿轮推动小齿轮，齿牙的间距恰恰相反。然而，如果两种齿轮都经过精心设计，那么齿牙和间距都相等的话，也能取得令人满意的效果。

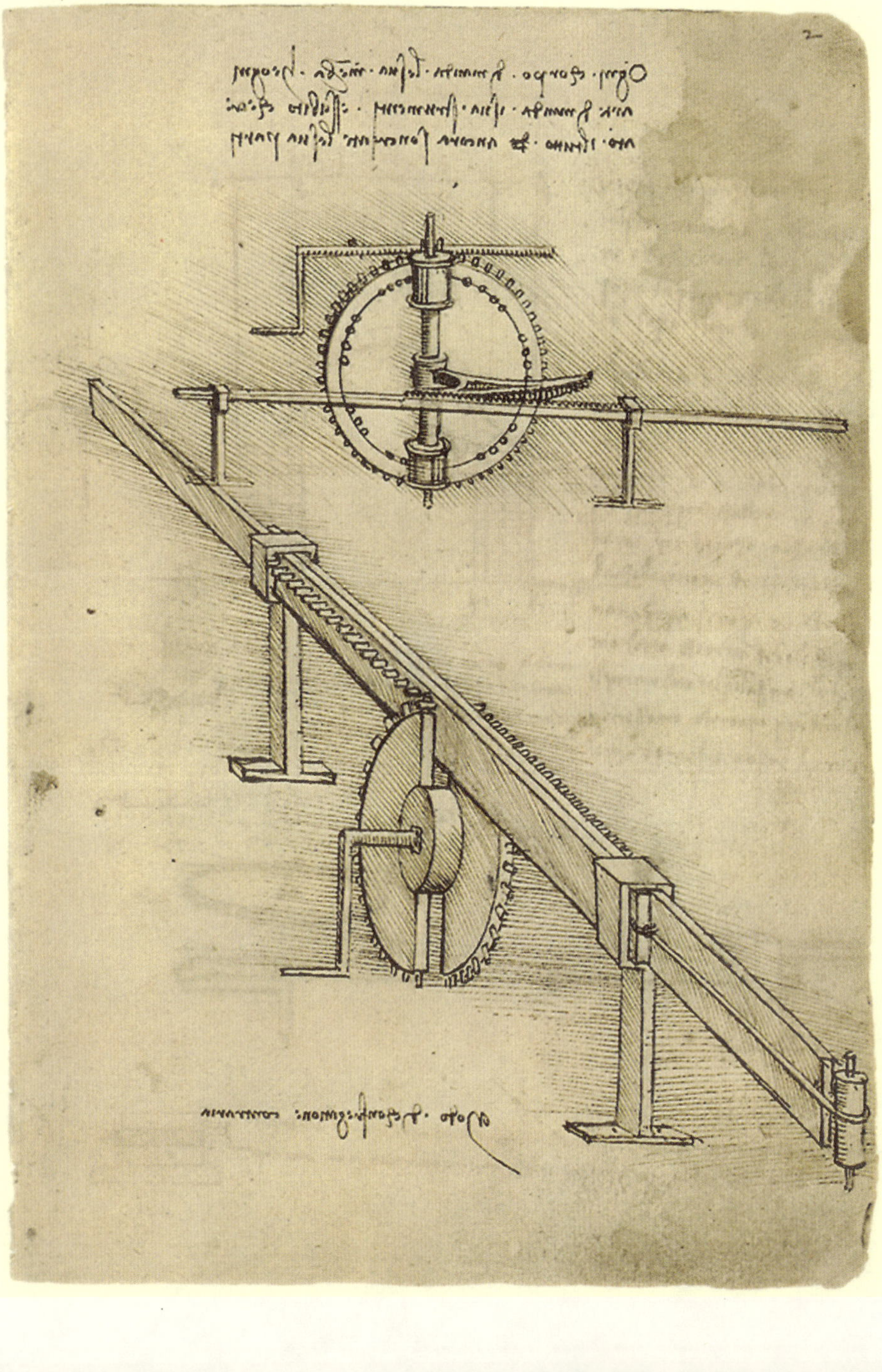

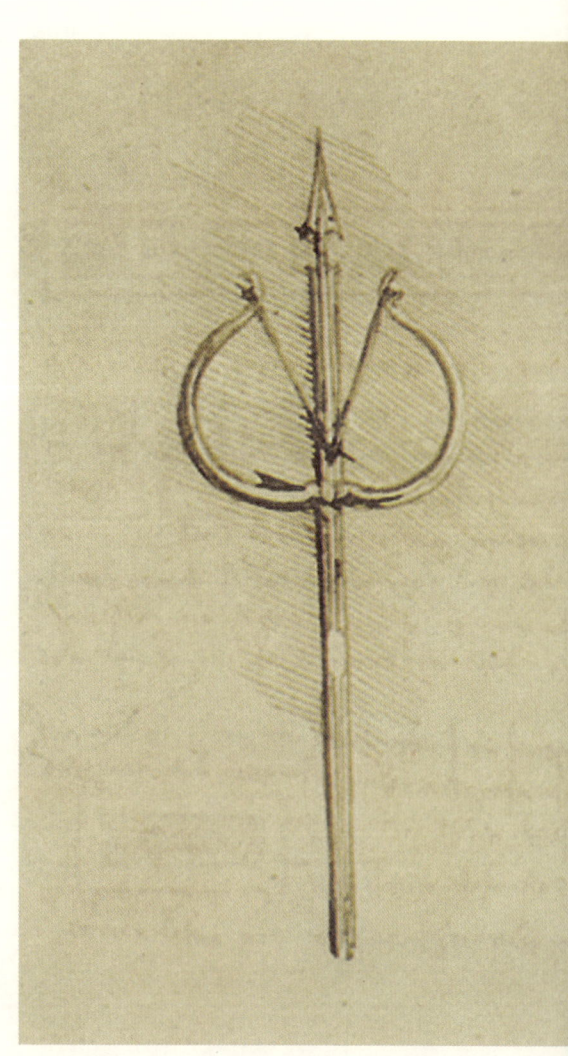

[5]

(c) 如果你推动其中一个齿轮，另外那个与它啮合的齿轮就会沿着相反方向转动。

(d) 如果你想让第二个齿轮与第一个齿轮的转动方向相同，那么你就需要借助第三个齿轮来推动它。

(e) 你有两个齿轮借助齿牙彼此转动，如果它们通过外部接触，那么彼此转动的方向就会相反。但是，如果其中一个齿轮的外围与另一个齿轮内侧接触，无论哪一个齿轮引起转动，它们都沿着相同方向转动。

(f) 无论你朝哪个方向转动齿轮 d，a 和 b 都会同向转动。齿轮 c 则呈反向转动。如果你转动齿轮 a 和 b，也会出现同样的情形。但是，如果你转动齿轮 c，其他几个齿轮都会朝着相反方向转动。

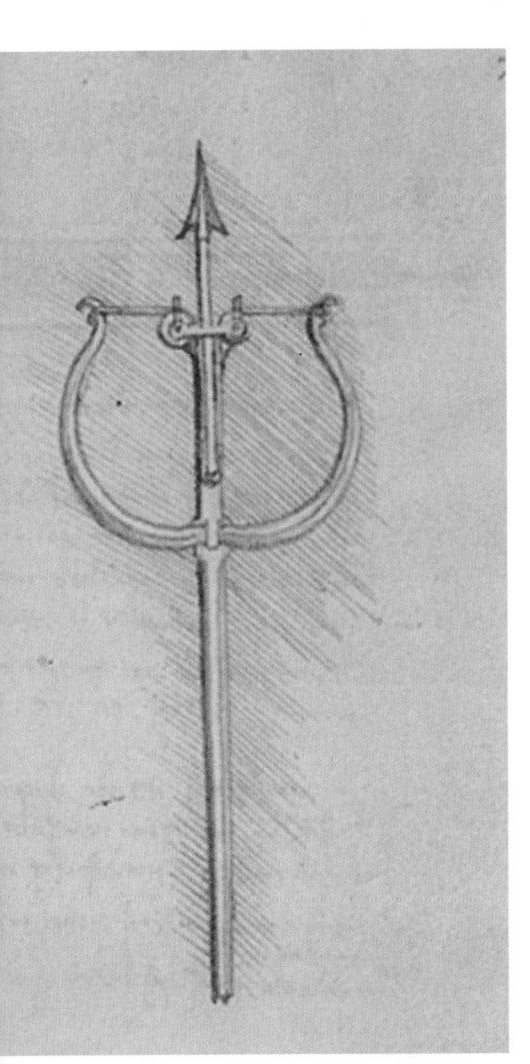

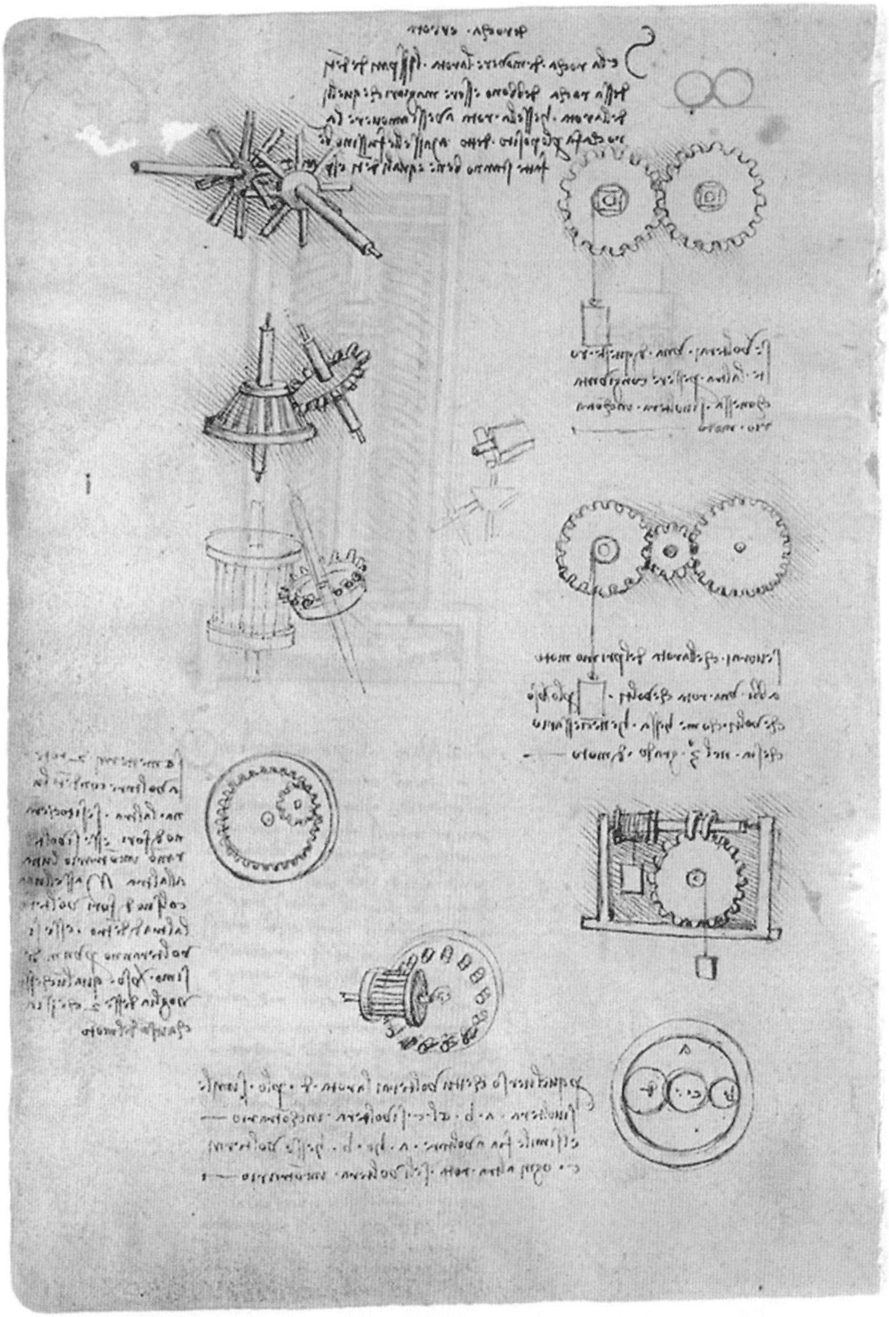

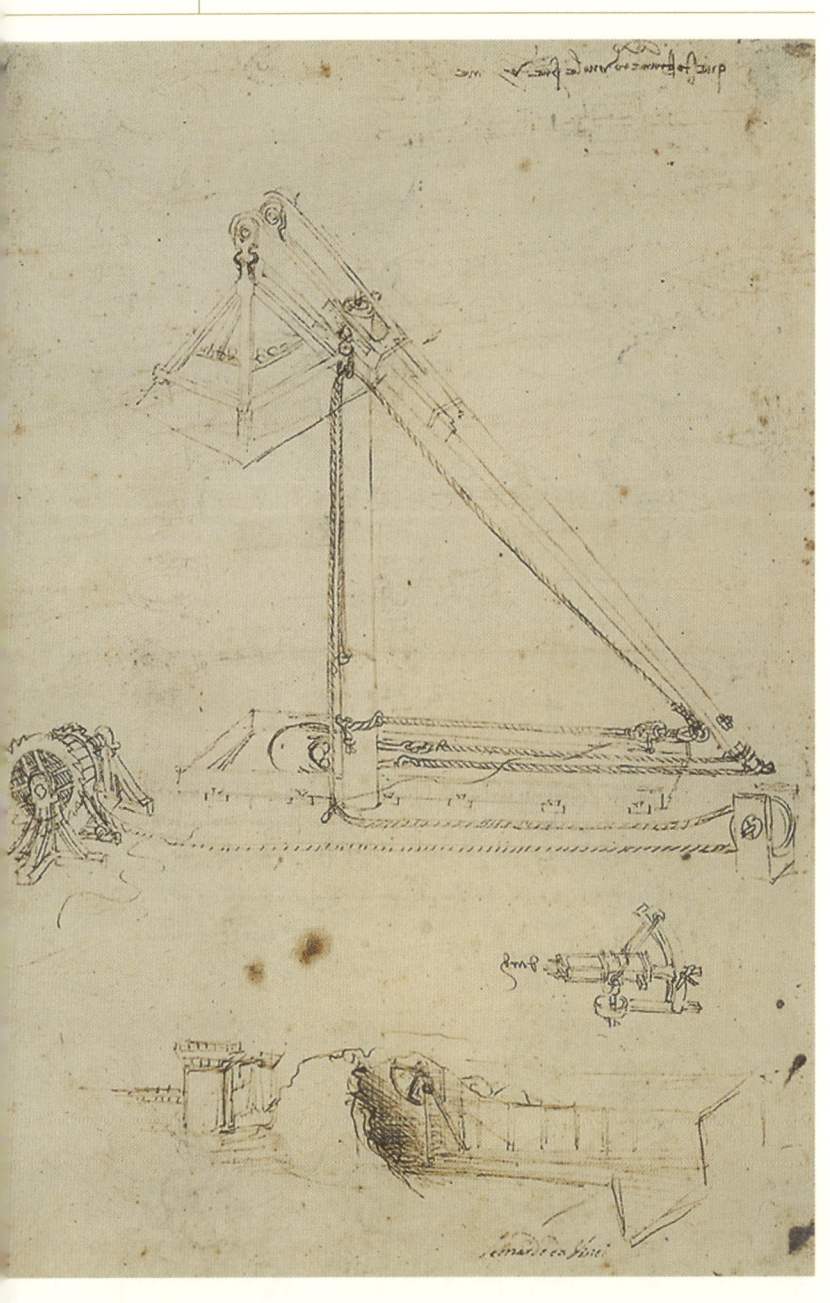

[6] 1. 我有很多造桥方案。有些桥轻巧牢固，随身携带非常方便，可以利用这些桥追击并打败敌人。有些桥非常结实，遭受大火或敌人破坏也不会被毁掉，携带以及安装方便。我还有很多方案可以烧毁并破坏敌方的桥梁。

2. 当我们围困一个地方的时候，我知道如何从壕沟切断水源，以及如何建造数量众多的桥梁、掩体、云梯以及其他各种用于同样目的的设备。

3. 如果一个地方堤防很高、地势险峻，使用轰炸的方法不能奏效，我还有很多方案可以摧毁每一个堡垒或要塞，除非它们建在坚硬的岩石之上。

4. 我还有很多制造加农炮的方案，这些大炮运输起来非常方便，能够发射大量像冰雹那样的碎石，光是浓烈的烟雾就足以震慑敌人，碎石可以给敌人造成巨大混乱和损失。

5. 我还有很多方法通过洞穴以及蜿蜒曲折的秘密通道到达某个指定地点，即便是必须从壕沟或河流下方经过，也可以做到悄无声息。

6. 我还能够制作带盔甲的车辆，既安全又坚不可摧，这样的车辆可以携带大炮在敌军中冲锋陷阵，所向披靡，无论多少敌军也无法阻挡。步兵可以跟随在这些盔甲战车后面，而不会遭到敌人的伤害或抵抗。

7. 还有，如果需要的话，我能够制造加农炮、迫击炮以及轻质军械，它们美观实用，与常规使用的那些武器大不相同。

8. 在无法使用加农炮的地方，我能够提供石弩、投石机、喷水机以及其他军械，它们都具有奇特的效果，而不用于常规战争。简而言之，根据各种复杂多变的情况，我能够提供无限多样的攻击与防御军械。

9. 如果战斗发生在海上，我有很多方案可以建造众多适用于攻击或防御的军械，还可以建造精良的战船，能够抵御威力强大的加农炮引起的大火以及粉尘和烟雾。

10. 在和平时期，我相信自己能够像其他建筑师一样，建造令你称心如意的公共建筑和私人建筑，把水从一个地方导引至另一个地方。

我还能够使用大理石、铜或黏土制作雕塑。我还擅长绘画，我的绘画作品可以拿与任何一个人的作品相比，无论他是谁。

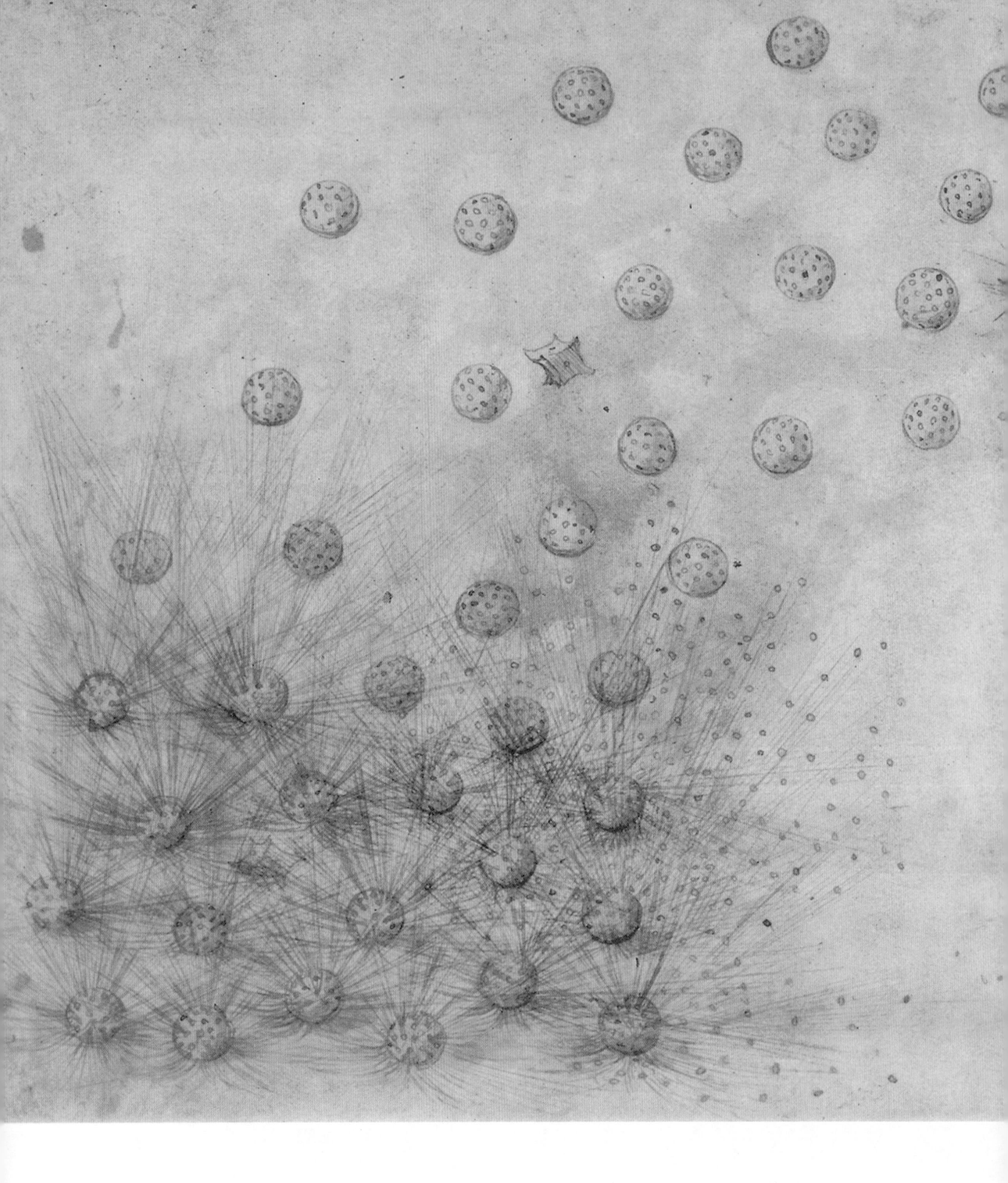

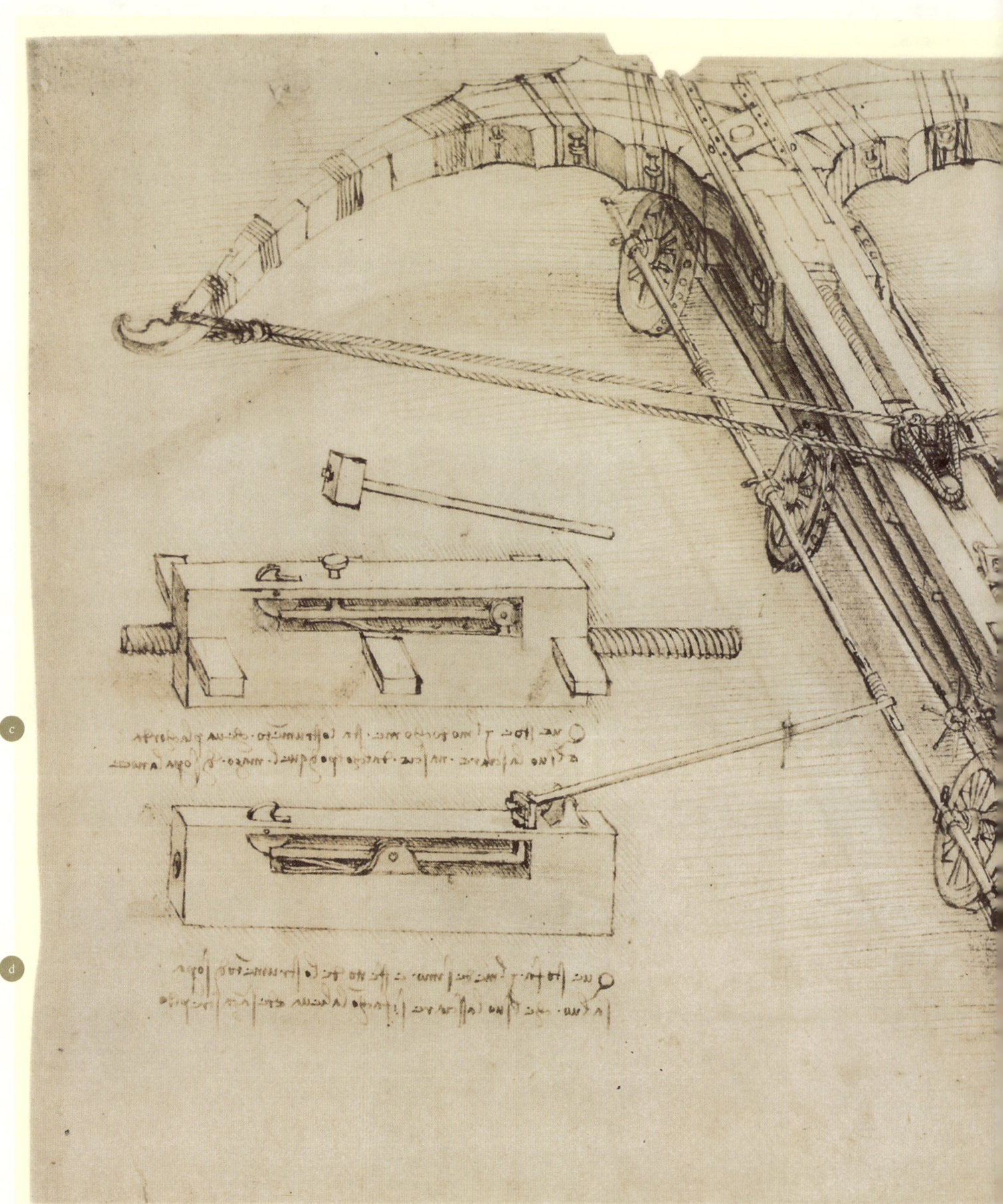

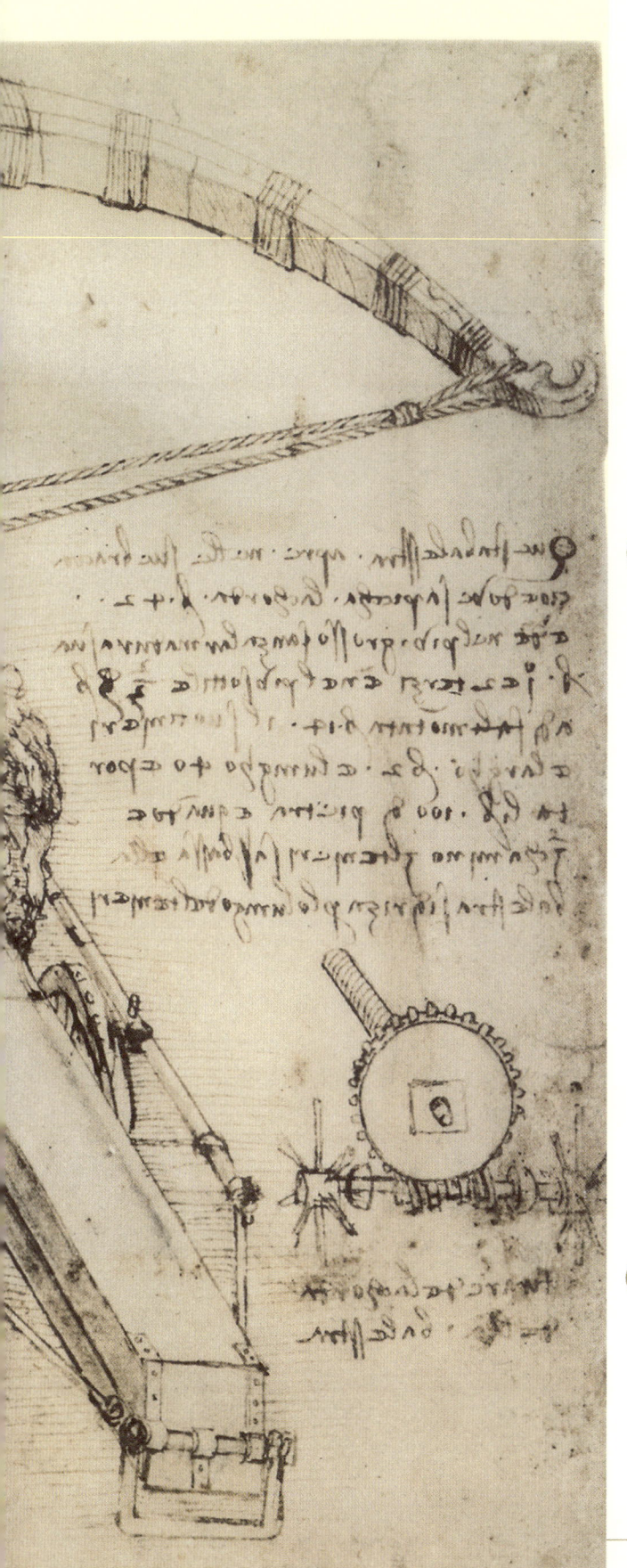

[7] (a) 这张弓系住绳子的两端，即张开的两翼之间宽度为 42 臂尺，弓绳与弓翼前部最远处的距离为 1 2/3 臂尺。箭被射出之后，拉绳器松弛下来，弓恢复了原状，两翼宽度也恢复到最大。

(b) 拉伸弓的绳子。

(c) 这是一件由绳子操作的工具如何运行的方式。借助于弹射按钮上方的木槌打击，绳子得到释放。

(d) 这一个也起到同样的作用。

a

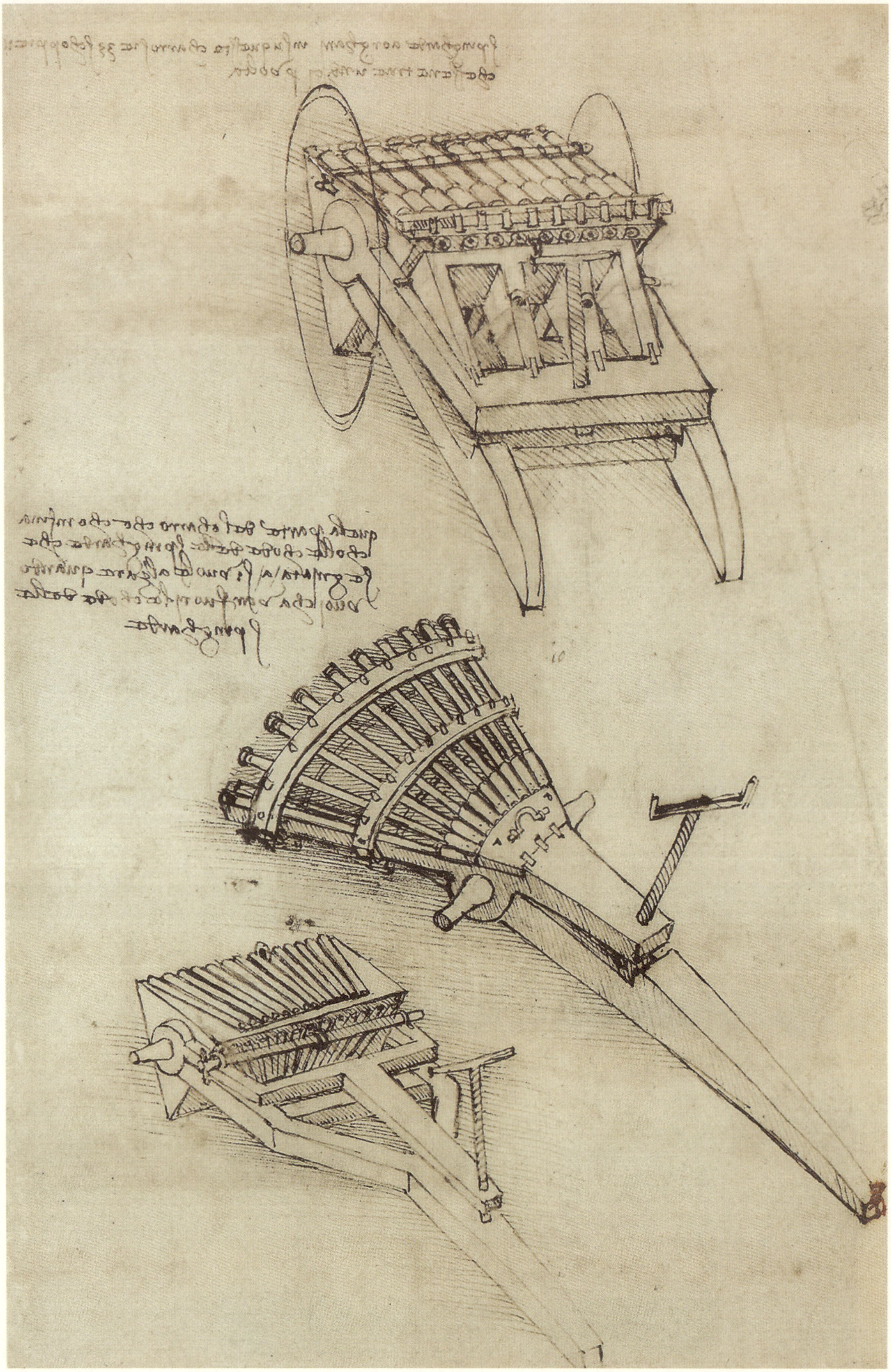

[8] (a) 这辆车与火绳枪尾部相邻的部分被标记为 a，如果你想把火绳枪尾部向外移动，就应当把 a 部分提起。

[9] (b) 假如你有一顶亚麻布制作的帐篷，帐篷的接缝处全都被缝合，帐篷的长度和宽度均为 12 臂尺，深度为 12 臂尺，那么你就可以从任意高度下跳，而不会摔伤。

一个物体对空气产生的阻力等于空气对物体的阻力。你能够看见，一只很重的鹰舞动翅膀，产生的力量足以支撑鹰在最高、最稀薄的大气层中飞翔，那里接近 "火" 元素的领域。你还能够看见，空气在海上运动，把船帆鼓起，驱使载满重物的船只前行。根据这些事例以及背后的原因，我们可以设想，一个人如果拥有足够大的翅膀，而且翅膀经过精心连接，那么他就有可能学会征服空气的阻力，由此，他可以征服空气，成功地凌空飞翔。

任何一种运动产生的动量都不可能即刻被消耗殆尽，但是，如果它遇到一个物体对它产生很大的阻力，那么它就会通过反射运动耗光自己。

鸟类在倾斜下降过程中舞动翅膀能够产生动量，由此，这些动量足以让鸟滑翔很长一段距离，而无须再次舞动翅膀。

b

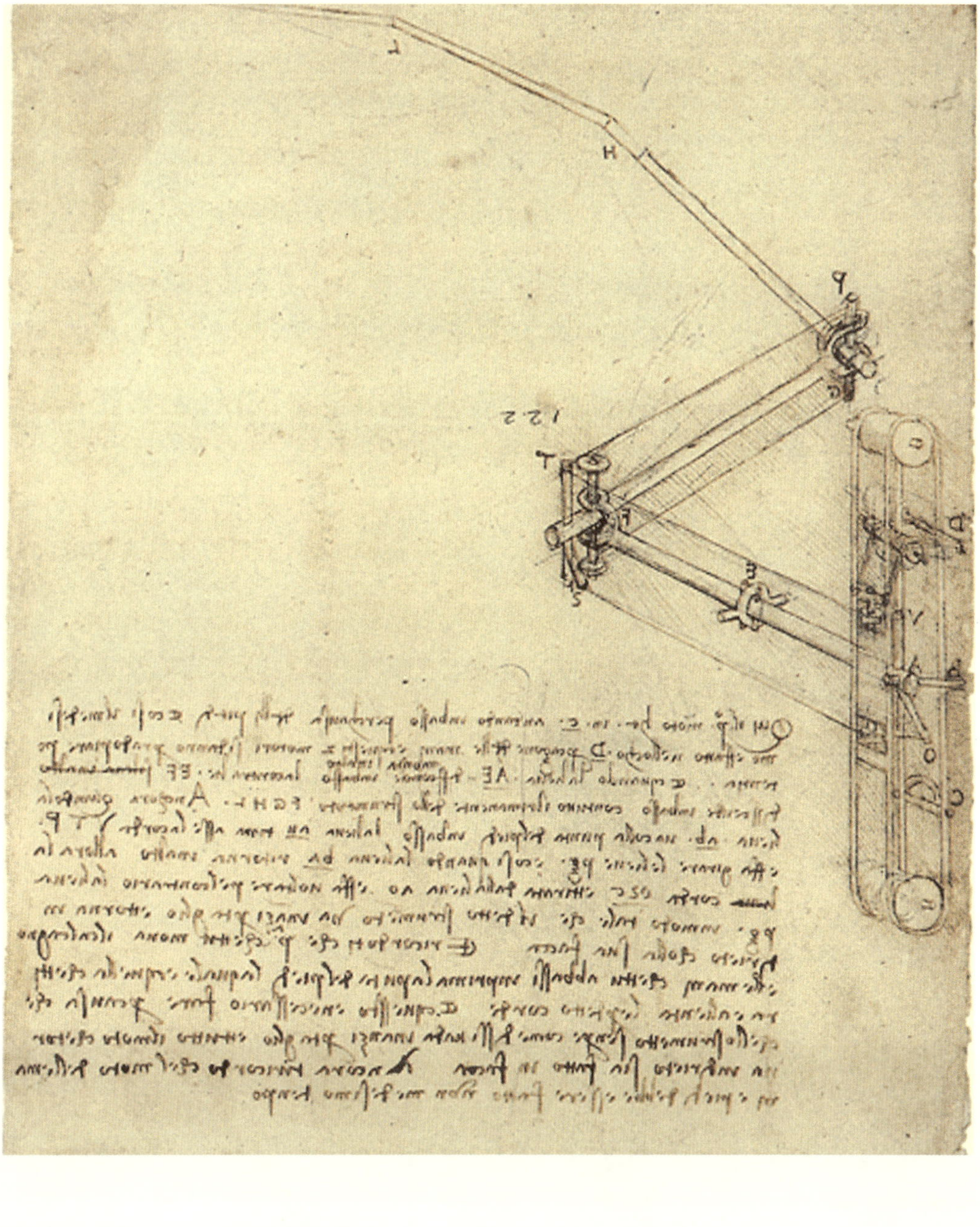

[10]

这是第一部探讨"没有翅膀运动也能飞翔"的书。这只鸟想要下降，它把双翅从中间向下收低，朝向它准备下降的那一侧，这个动作沿着直线 ab 控制方向。然后，小鸟转动身体，面向 ab 方位，以与 ab 同样的倾斜度逐渐下降，下降到预定着陆的地点后，再转过身来。如果北风吹动，小鸟面向东方，小鸟尾巴逆着北风，这就意味着小鸟想要借助风力盘旋上升，风力把鸟尾巴向下压，使小鸟倾斜向上，有助于小鸟的运动。由于风产生的气流在鸟尾巴上半部分受阻造成的阻力，气流使小鸟呈半旋转状态。直到小鸟把正面转向迎风方向，这种状态才会终止。然后，当小鸟转向西方时，风从小鸟的下方袭来，小鸟被迫继续进行螺旋式运动。风筝进行螺旋运动时向上升起，在回转时把上翼交给风继续吹动。因为上翼处于顺风方向，假如你不立即改变风筝上翼的位置，方法是把上翼拉低并且让其从中间以下的部分呈逆风方向，否则，风筝经常就会栽倒。

当北风吹动时，小鸟想要往东南方向飞，也即迎着西洛可风（译注：西洛可风，指从非洲吹向南欧一带的热风）方向，那么，小鸟将会把南面那侧的翅膀收低一半，以降低其受到的风的冲击，只有这样，它才能飞向东南方向。这是因为，假如小鸟不把身体前部压低，采取向东倾斜的姿势，它就会飞向南方。

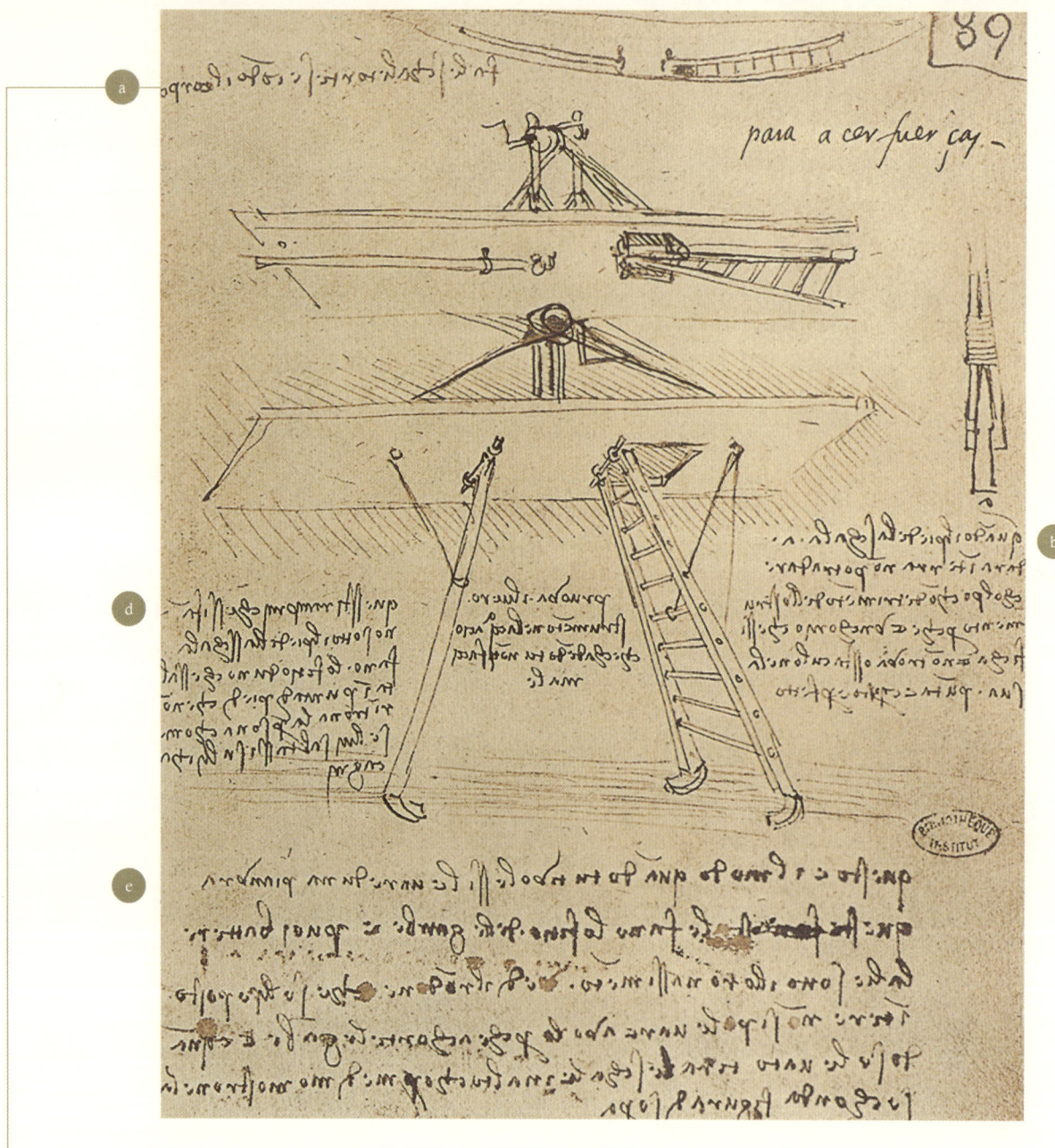

[11] (a) 让梯子的各个梯级与整体相对应。

(b) 当梯子的底部 a 接触地面时，a 不会给梯子造成冲击而损坏梯子，因为 a 是一个圆锥体，内嵌于梯子主体下方，a 的尖端上方是空的，这个设计很完美。

(c) 在水上对实际的机器进行实验，这样，即便你从梯子上掉下来，也不会伤害到自己。

(d) 这架梯子底部的两个钩子很安全，假如有人跳到钩子尖端也不会被扎到，就像他可以在地上随意蹦跳一样安全。

(e) 如果你想从开阔的平地向上飞起，方法如下：这些梯子可以发挥腿的作用，当整个装置升高时，你可以击打它的翅膀。注意观察雨燕，当雨燕落在地面上时，它不可能垂直飞行，因为它的两腿太短。但是，当你借助梯子飞起来之后，按照我在上方第二幅图显示的样子，把梯子拉起。

[12]

(a) 如果你想见识一下真正的翅膀实验，用硬纸板制作翅膀，上面用网覆盖，用藤条制作支杆，翅膀的长度和宽度至少应为 20 臂尺。把翅膀固定在一个重达 200 磅的木板上。通过左图描述的方法制造出一种快速的力量，如果在翅膀下落时，200 磅的木板能够被带动起来，就表明实验很成功，但是，要确保制造出来的力量迅速发挥作用。如果不能产生上述结果，就不要再浪费时间。

(b) 这个翅膀如果由于自身的性质在四等份时间内跌落，而你借助机械手段可以控制它在二等份时间内跌落，其结果是，200 磅的木板可以被带动起来。

(c) 你知道，如果一个人站立在深水中，双臂向两侧平伸，然后让双臂自然垂落，那么双臂将会垂落至大腿两侧，而整个人的位置没有发生变化。

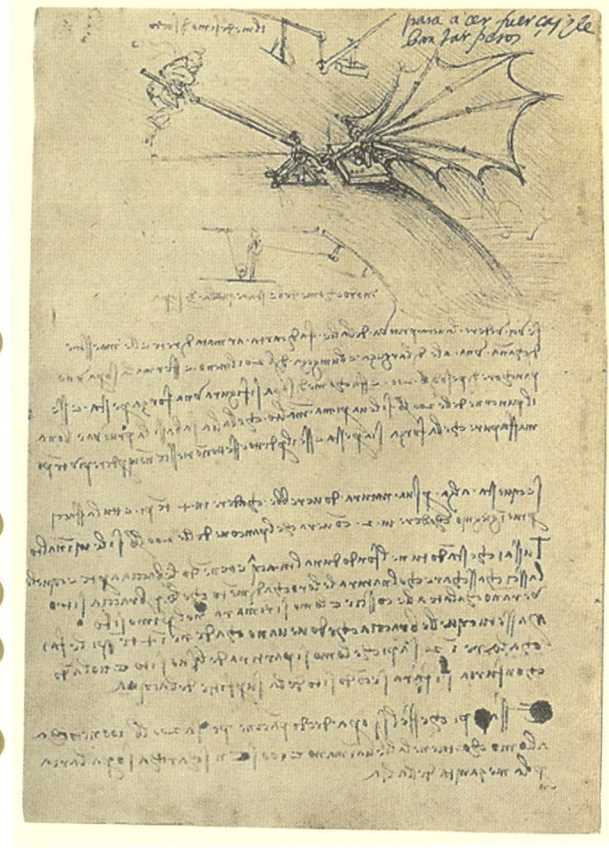

(d) 但是，如果你让原本在四等份时间垂落的双臂在二等份时间内垂落，那么你知道，那个人的位置就会离开原先的位置，而快速的剧烈运动会让他在水面上获得一个新位置。

(e) 你知道，如果上述的木板重量为 200 磅，那么其中 100 磅重量将会由那个用手操纵杠杆的人承担，另外 100 磅重量则由翅膀扇动的气流承担。

你也许会说，鸟类的肌腱和肌肉非常强劲有力，人类无法与之相比。鸟类胸部肌肉发达、结构复杂，由此可以帮助并增强翅膀的运动。鸟类胸部的骨头全部融合为一体，从而能够产生巨大的力量。翅膀也全部覆盖有一整套厚实的肌腱以及其他非常强韧的韧带组织。鸟的皮肤带有各种各样的肌肉，也很厚实。

但是，对于上述说法的回答是：鸟类能够产生如此强大的力量，这种力量主要是用于对付异常状况的储备之需，而不是用于平时支撑自己的翅膀进行飞翔。一只鸟为了躲避追猎者或者追击猎物，只要实际情况需要，它就可以把飞行速度迅速增加至两三倍。因此，在这种情况下，小鸟就必须付出两倍或三倍的努力，除此之外，它还要用爪子抓住与其自身重量相当的猎物。你可以看见一只鹰抓住鸭子或者一只雕抓住野兔，这种情况非常清楚地表明那些多余的力量是如何被消耗的。它们只需要少许力量就可以维持自身的平衡，以及维持翅膀的平衡，在风中舞动翅膀飞行并随时调正自己的方向。翅膀稍微舞动一下，就可以达到这个目的。鸟的体形越大，它的动作越迟缓。

人类的腿部也拥有超过自身体重需要的巨大力量。为了演示这一点的真实性，你可以让一个人站在海边，观察他的双脚陷入沙滩的深度有多少，然后让他背着另一个人，再观察他的双脚陷入沙滩的深度如何。

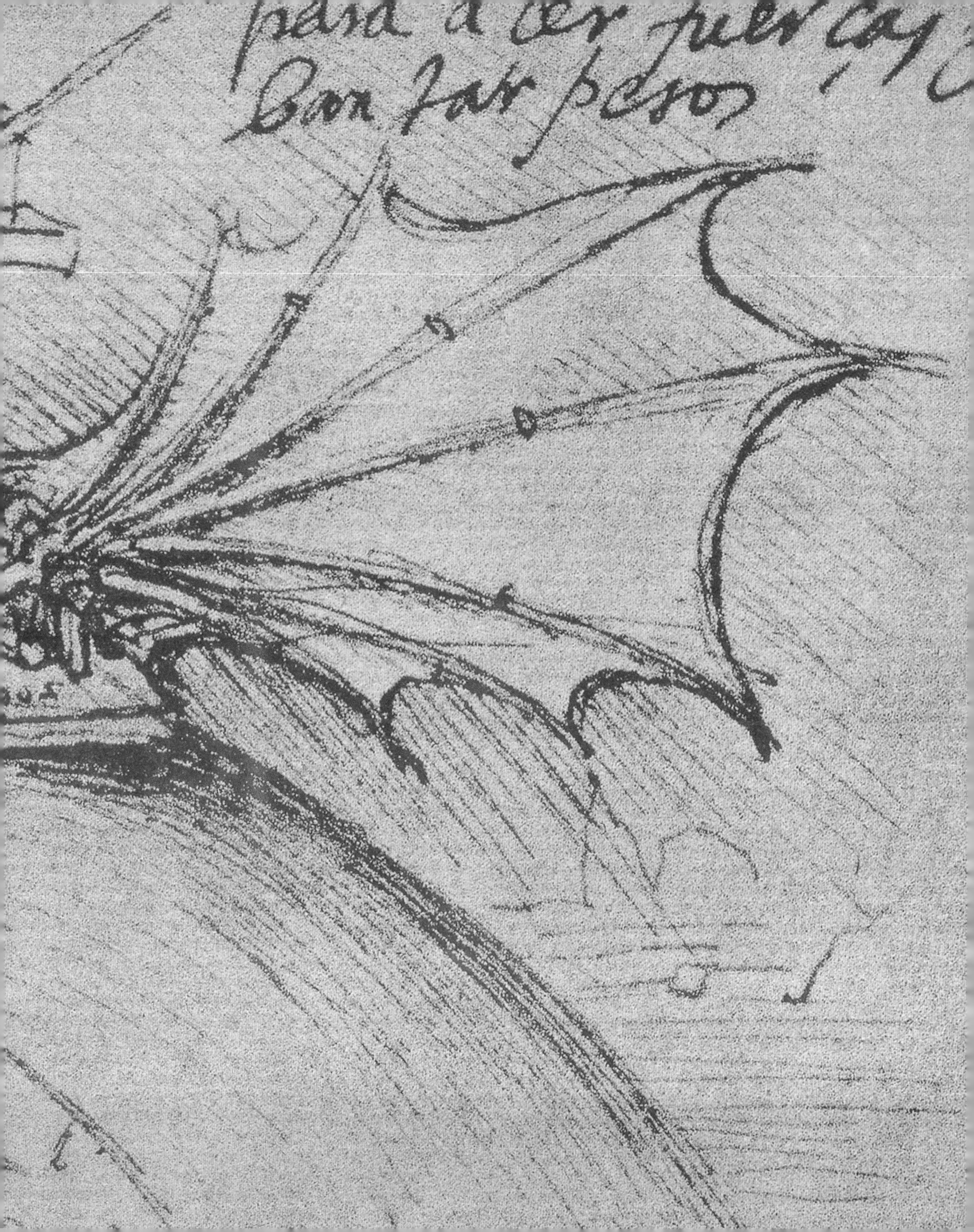

[13]

[13]

记住，你制作飞行机器的最佳模仿对象是蝙蝠，因为蝙蝠的薄膜作用相当于一身盔甲，或者说作为一种连接手段把盔甲散片连缀起来，这就是蝙蝠的翅膀构造。

如果你模仿的对象是带有羽毛的鸟类翅膀，它们翅膀的骨骼和肌腱结构更强劲有力，因为那些翅膀是透风的，也就是说，羽毛之间彼此分开，空气能够从空隙中穿过。但是，蝙蝠飞行借助的是薄膜，薄膜把翅膀连为一个整体，空气无法从中穿过。

[14] (a) 使用细如线绳的钢丝制作螺旋桨的外圈，把外圈至中心的半径设定为 8 臂尺。

(b) 我发现，如果你能够精心制作这个螺旋桨装置，也就是说，使用淀粉把亚麻布的毛孔都封闭起来，然后快速转动螺旋桨，它就会在空中螺旋上升并且上升很高。再举一个例子：拿一把很宽、很薄的尺子，让它在空中快速盘旋，你会发现自己的一个胳膊被迫跟着那个旋转平面的边缘弧线转动。

(c) 上面提到的亚麻布的框架应当使用又粗又长的藤条。你可以制作一个小型的硬纸板模型，模型的中轴采用优质的钢丝制成，中轴受力弯曲，力量得到释放时带动螺旋桨。

在咽喉的凹窝与分叉之间的部位下面，应当有一块羚羊皮，用你的头和双脚把羚羊皮固定在那里。

双手拿着一个绞盘，使用双手和双脚，你可以产生相当于 400 磅的力量，滑翔机的速度就跟人飞奔的速度一样快。

每一个物体尽管在大小和重量方面各不相同，只要它不发生弯曲，就会给那些距离物体重心距离相等的支撑点施加相等的压力，该物体的重心位于其宽度的中间。

[15]

(a) 这个装置可以使用一副翅膀制作，也可以使用两副制作。

(b) 如果你打算使用一副翅膀制作，那么你的两手需要借助绞盘提升这个装置，而利用脚后跟使劲蹬踹可以让它下降。这样很有用。

(c) 如果你打算使用两副翅膀制作，那么，你伸出一条腿可以让一副翅膀下降，与此同时，双手操作的绞盘可以让另一副翅膀升起，在很大程度上也有助于下降的那副翅膀。你的双手先向右转，然后再向左转，这样就可以先后帮助那两幅翅膀。这个装置类似于下一页上的那个大型装置，不过，在这个装置中，牵引力经由齿轮 M 扭动，然后到达双脚。

(d) 你应当在双脚的位置安放一架梯子。按照上图所示，使用三根轻便、柔韧的杉木杆制作一个梯子，梯子由三部分组成，总长度应当为 10 臂尺。

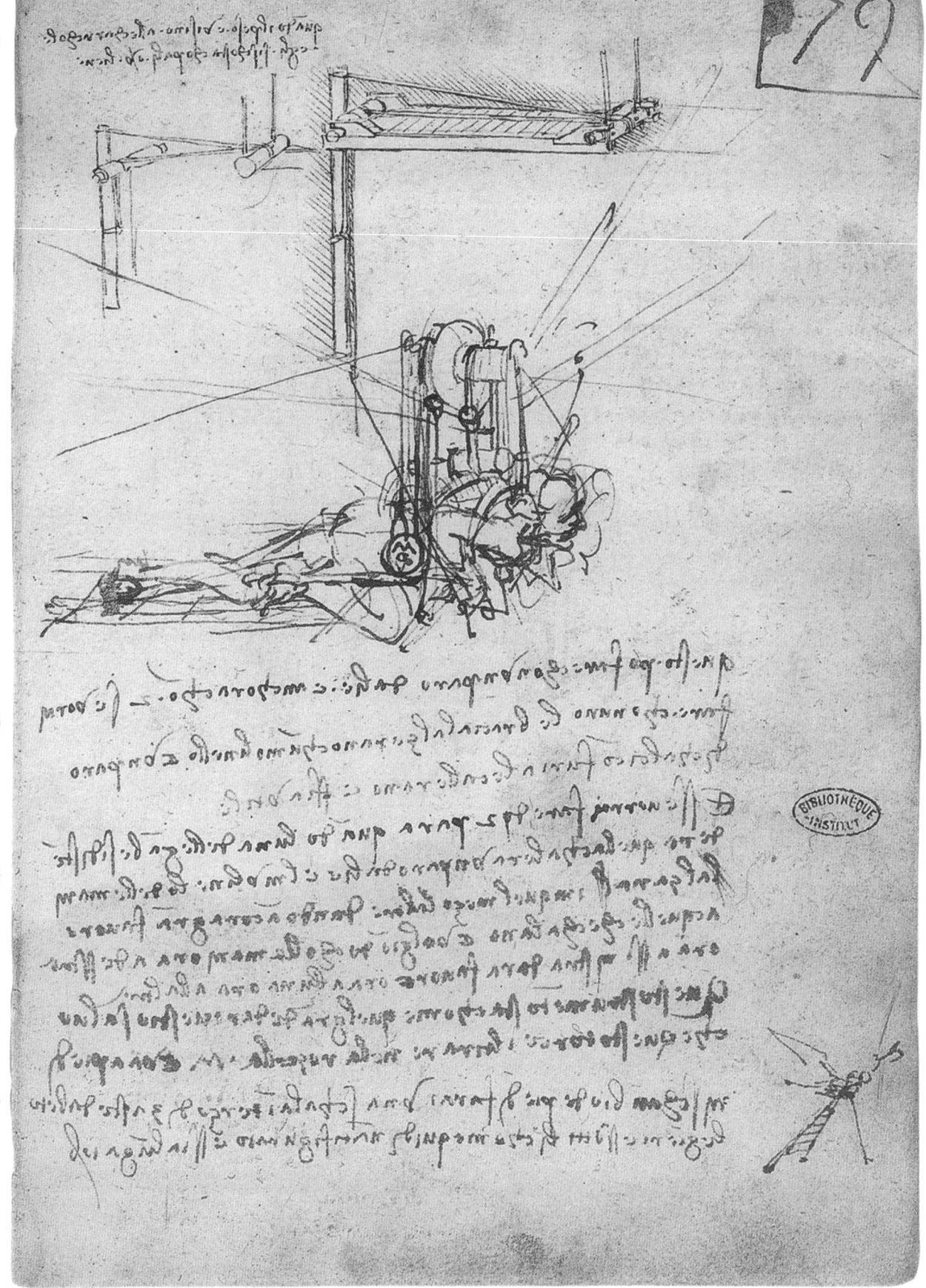

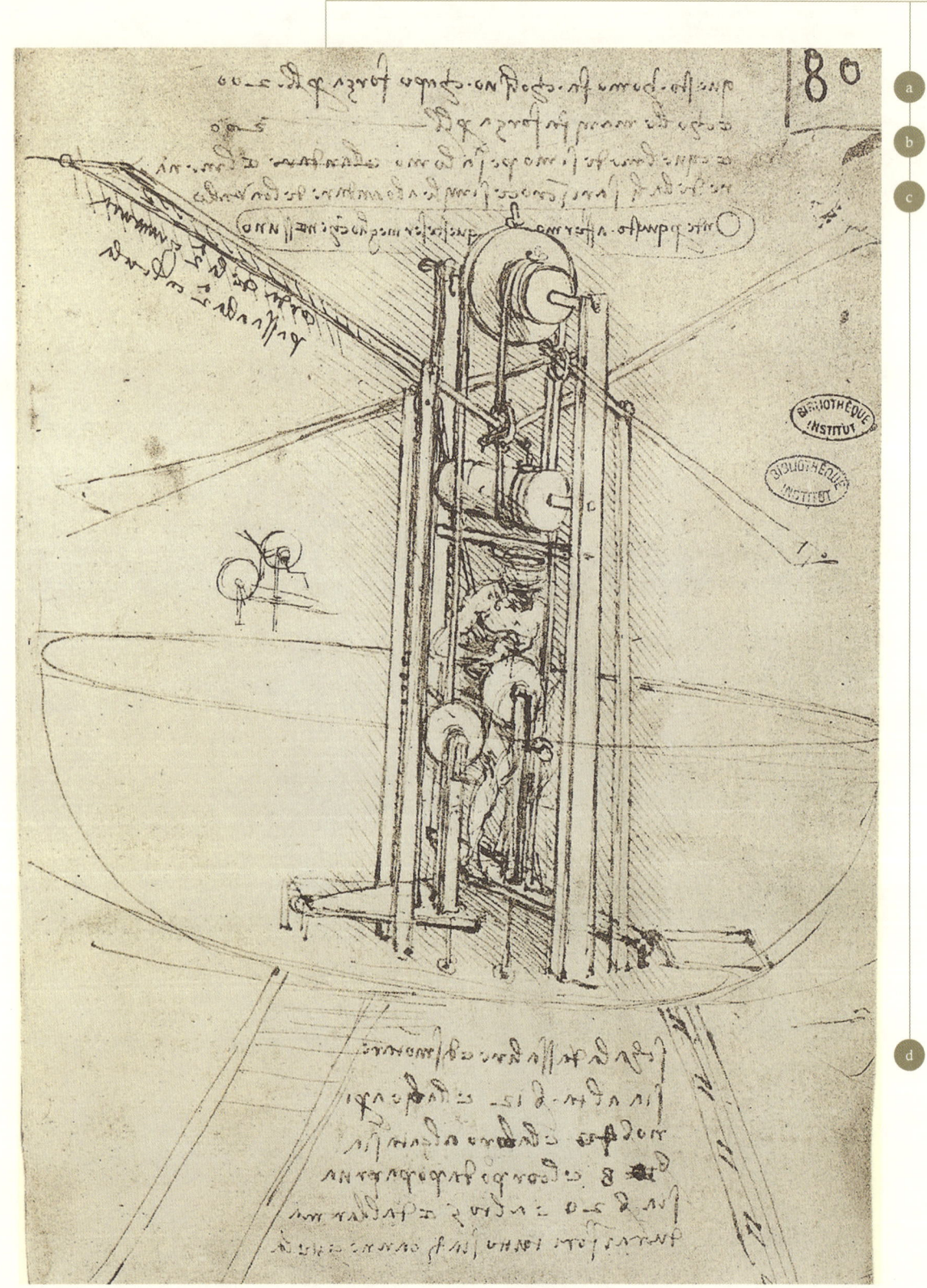

a

b

c

d

[16] (a) 这个人利用头部产生的力等于 200 磅，双手产生的力等于 200 磅。200 磅也是他的体重。

(b) 这些翅膀的运动方式呈交叉状，跟马走路的步伐一样。

(c) 因此，我认为，这个方法比其他任何方法都好。

(d) 梯子用于上升和下降，把梯子的高度设定为 12 臂尺。把翅膀的宽度设定为 40 臂尺，高度为 8 臂尺。主体部分从头至尾的长度为 20 臂尺，高度为 5 臂尺。外侧全部覆以藤条和亚麻布。

　　人在飞行的时候，就像他驾驶小船那样，腰部以上的身体部位必须能够自由活动，才可以保持平衡。由此，他自身的重心以及飞行机器的重心才能够保持反向平衡，而且根据阻力中心的改变而相应做出改变。

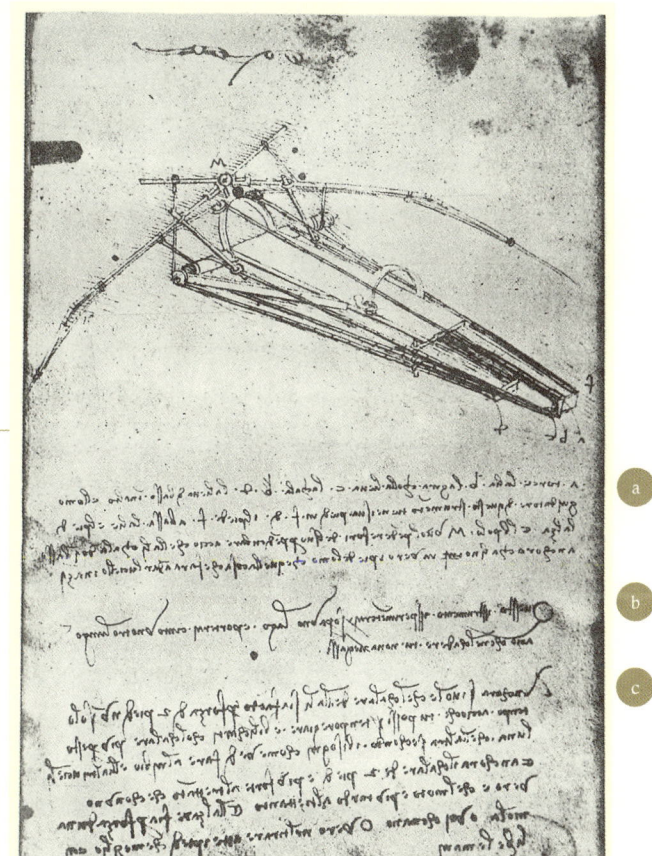

[17] (a) a 扭动翅膀，b 利用杠杆转动翅膀，c 降低翅膀，d 提升翅膀；操控机器的人的双脚位于 f、d，脚 f 降低翅膀，脚 d 提升翅膀。枢纽 M 的重心应当位于其垂线以外的地方，这样，当翅膀下落时，它们也会落向人的脚部，正因为如此，才能让这只鸟向前运动。

(b) 你应当在湖泊上方尝试操控这架机器，你还应当用一个羊皮做的很长的葡萄酒囊当作腰带，以防跌落水中淹到自己。

(c) 你有必要同时使用两只脚的力量操控翅膀的下降动作，这样，你可以根据需要使一只翅膀比另一只翅膀下降更快，由此调节动作并保持身体平衡。你可以看到风筝和鸟类就采取这种做法。还有，两只脚同时操控产生的下降力量是单只脚的 2 倍：不过，这个动作相对较慢。提升翅膀的方法是借助于一个弹簧的力量；或者，你也可以用手操控；又或者，你可以把双脚向身体收拢，这种做法最好，因为这样你的双手更自由。

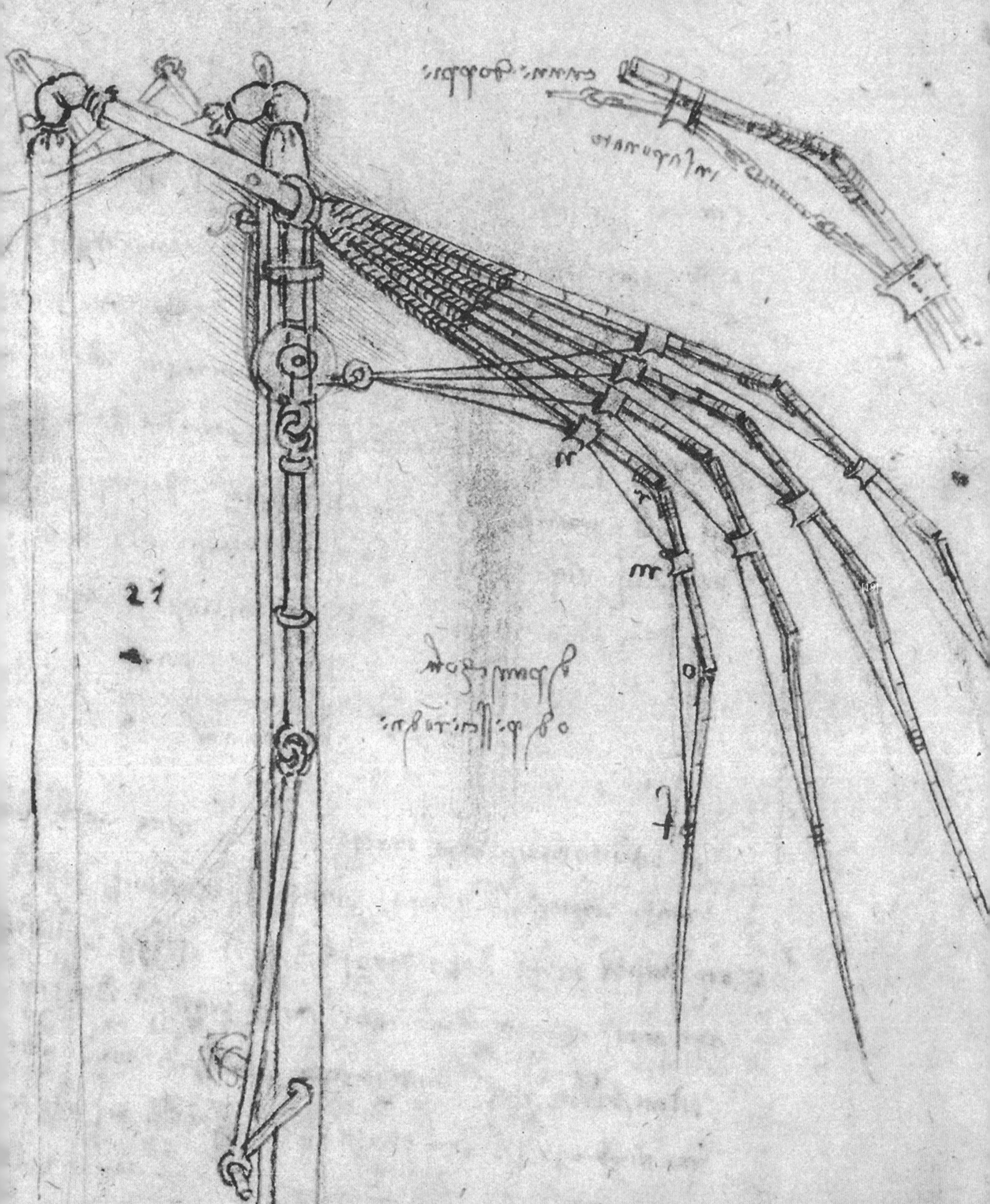

这些机器可能会因为两种情形而损毁：第一种是机器自身断裂；第二种是机器撞到悬崖边缘或者几乎擦边而过，因为它们通常都是从一个很长的斜坡几乎沿着水平直线下降。

为了防止机器遭到损毁，你应当尽可能制造出坚固结实的机器，无论它沿着什么路线下降：在悬崖边缘，以头部或尾部朝前的姿势下落；以左侧或右侧翅膀的尖端朝前下落；或者沿着45度角或25度角下落。

你可以建造具有下述功能的机器：机器无论沿着什么角度下降，它都能够采取某种补偿措施。要做到这一点，你可以让机器的重心高于它所携带物体的重心，两个重心之间位于同一条垂线上，而且相隔足够的距离，也就是说，如果机器的宽度是30臂尺，那么两个重心的距离是4臂尺。我们说一个重心位于另一个重心下方，较重的那个重心位于下方，因为一个物体下落时，较重的部分总是处于下落方向的前部。除此之外，如果这只人造的飞鸟想要沿着略微倾斜的角度以头部朝下下落，那么

它立刻就会翻转过来。因为，假如飞鸟头部朝下的话，就意味着它的较轻部分位于较重部分的下面，较轻部分先于较重部分下落，而这种情形是一刻也不能维持的。

[18] (a) 带有锁 no 的弹簧装置，它有一根金属丝钩住弹簧，弹簧不是直的。翅膀的弹簧装置。

(b) 弹簧 b 应当很强；弹簧 a 应当较弱并且可以弯曲，这样，它才能较容易与弹簧 b 接触。在 a 与 b 之间应当放置一小块皮革，这样很强韧。这些弹簧装置应当使用牛角制成。你可以使用羽毛制作一个模型。

(c) 把弹簧换成经过回火的细碎钢屑，接头之间的钢屑在厚度和长度上应当均匀。如果每个弹簧装置使用的钢屑数量相等，那么你制造出的这些弹簧装置就会具有相等的力量和阻力。

(d) 运动的基础。

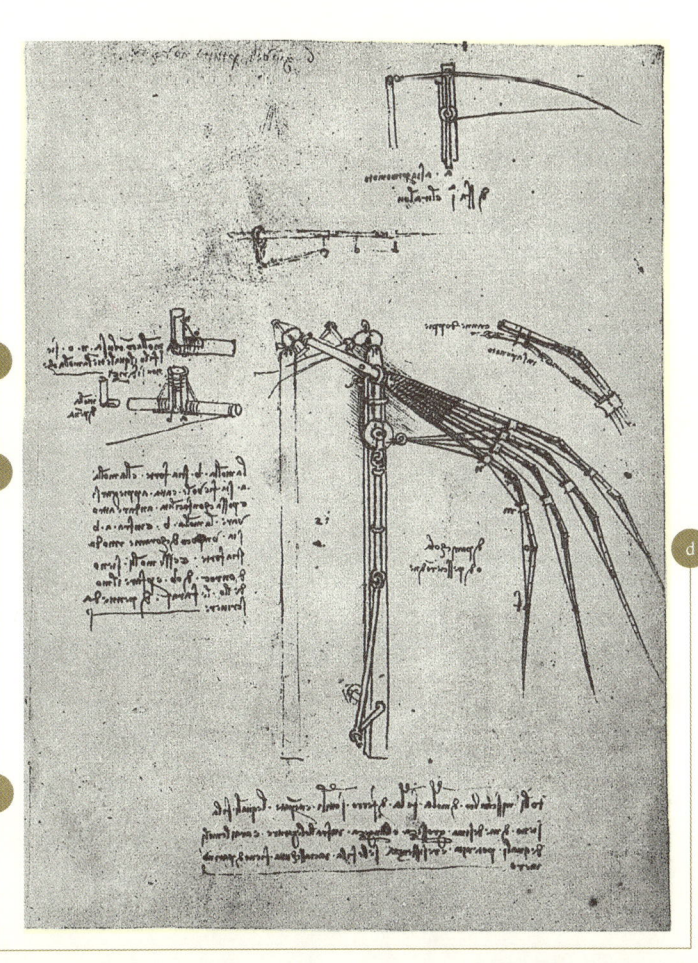

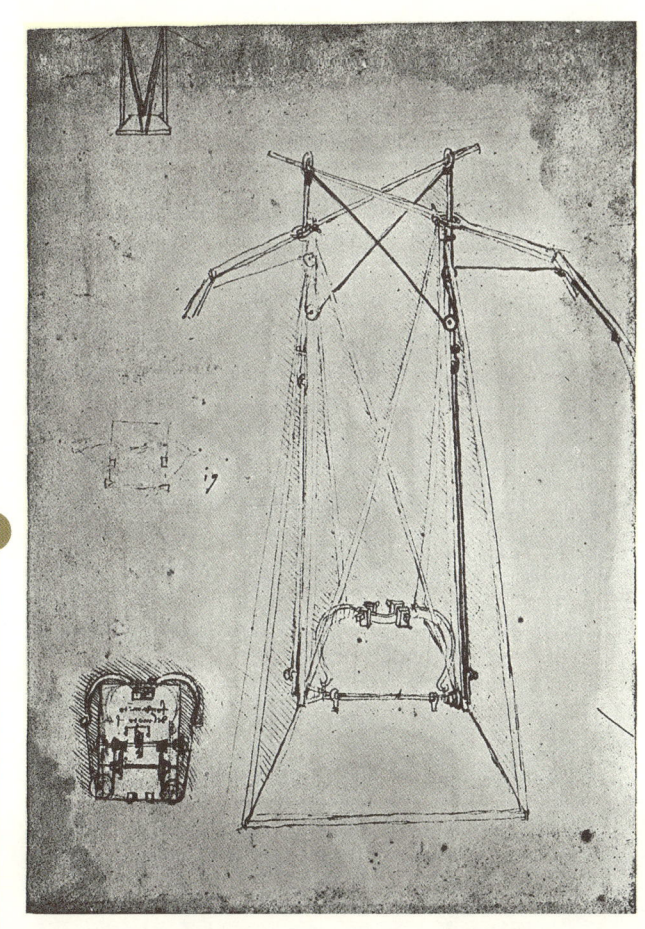

XIII 实用建议
Practical Advice

智慧是经验的女儿。

Wisdom is the daughter of experience.

[1]　美丽脸庞的选择：一个画家给他绘制的人物赋予一种令人愉悦的神情，这种雅致的画作在我看来绝不是一件小事。如果画家不是先天具有高雅的气质，他可以采用下面的方式通过后天学习而获得。

观察你的周围，从众多美丽脸庞中选择最美丽的那些，美丽的标准应当是基于公众的赞誉，而不是基于你自己的判断，你可能自欺欺人，只选择那些与你的容貌相像的那些脸庞，因为这种相像似乎让我们感到非常愉悦。假如你长得丑陋，你就会选中那些丑陋的脸庞，画出的脸庞当然丑陋，很多画家就是这样。一个人的画作往往能够反映他本人。因此，按照我告诉你的方法挑选美丽的脸庞，并牢记在心。

你在素描时如果想学得好、见成效，就应当循序渐进，仔细辨认各种光线中哪些最明亮以及明亮到何种程度，辨认阴影中哪些最黑暗以及黑暗到何种程度，以及明暗如何交混。注意观察明暗的大小以及相互比例；观察它们的轮廓以及朝向；观察线条上哪一段向一侧或另一侧弯曲，哪些地方比较明显或者不太明显，由此导致哪些线条较粗或者较细。最后，注意让你的明暗融合起来，看不出笔触和边界，[却又]像雾的形状。当你如此勤奋地把自己的手和判断能力训练得纯熟，你就会在不知不觉间已经落笔神速。

潜心学习的方法。你如果想把学过的东西牢记在心，按照下述方法行事：你反复多次地描绘同一物件，认为自己已经记在心里，你可以尝试不用那个模特作画；然后，用一片光滑的薄玻璃把模特临摹下来，放在你不用模特画出的作品上面，仔细观察摹像与画像之间不一致的地方，以及你的错误之处，下决心以后不再犯同样的错误。接下来，你再面对着模特作画，将画错的地方反反复复地描绘，直到你把它的形象牢记在心为止。如果你在摹像的时候找不到光滑的玻璃板，可取一张极薄的羊皮纸，油润后晾干。在羊皮纸上画过一次之后，可以用海绵擦拭干净，以备下次再用。

学习绘画的顺序。首先应当临摹名家手笔的艺术作品，根据自然而非根据记忆作画。在老师的指导下掌握了这种本领之后，他就应当练习描摹具有较强浮雕感的物体。

当你在床上醒来或入睡前，在黑暗中学习作画：我从亲身经历中发现这一方法非常有效。你在黑暗中躺卧在床上，在脑海中回忆先前研究过的物体的详细轮廓或者其他经过深思而理解的事物。这当然是一种值得赞许的方法，有助于把事物留在记忆中。

与描绘尺寸很大的物体相比，描绘小尺寸物体时犯的错误不容易被察觉。原因在于，假如这个小物体描绘的是人或其他动物，经过大幅度缩小后，画家最后不可能把必要的细节全都描绘出来。因此，这幅画实际上是未完成的作品，由于它未完成，你就无法判断它的错误之处在哪里。

例如：你站在相距300臂尺的地方看一个人，注意观察他是英俊还是丑陋，相貌出众还是普通。你会发现自己无论怎么努力，也无法妄下断语。原因在于，在这么远的距离，那个人的影像大幅缩小，具体的细节特征无从判断。如果你想要看看那个人[因为距离]而缩小的程度，可以伸出一根手指放在距离眼睛一的前方，上下移动手指，直到手指上部一段关节触及远处那个人的脚部，你就会发现那个人的影像缩小得难以置信。因此，远处的那个人是不是我们熟识的朋友，我们甚至对此都无法判断。

[2]

[2]

　　要描绘头部，使头部的特征与其左右转动以及上仰下俯的动作吻合，可以采用这种方法。你知道，眼睛、眉毛、鼻腔、嘴角、下颌、面颊、耳朵以及脸的所有组成部分，它们都在脸上端端正正地拥有固定的位置。

　　因此，你在勾勒出脸部轮廓之后，从一个眼角向另一个眼角画出线段，对每一个面部特征也这样处理。从这些线段的两端向外延长超出脸部的两侧，看一看同样的平行线之间的距离是否相等。但是，你要切记，这些直线要符合你的视点。

　　如果你想在脑海里记住他人面部的表情，为了练就这种能力，你首先应当熟悉各色人等的头部、眼睛、鼻子、嘴巴、下颌、面颊、脖颈以及肩膀。举个例子，鼻子有 9 种类型：平直、球形、凹陷、上部或下部突出、鹰钩、扁平、圆形或尖形。这些特征存在于侧面像中。从正面看去，鼻子有 11 种类型：均匀，中间宽阔，中间狭窄，鼻尖宽阔、鼻根狭窄，鼻尖狭窄、鼻根宽阔，鼻腔宽阔或狭窄，鼻腔高或低，鼻孔宽阔或者被鼻尖遮掩。

　　你还能在其他细节上找出同样多的差异。你应当采用写生的方式描绘，并把它们牢记心中。或者，当你必须凭借记忆描绘一张脸，可以携带一个事先描绘好这些特征的小笔记本，当你瞥见一个人并且想要描绘他那一张脸，就可以私下里从笔记本里找出哪种鼻子或嘴巴跟他的最像，或者在那里做一个小记号，回家以后很容易把它找出来。

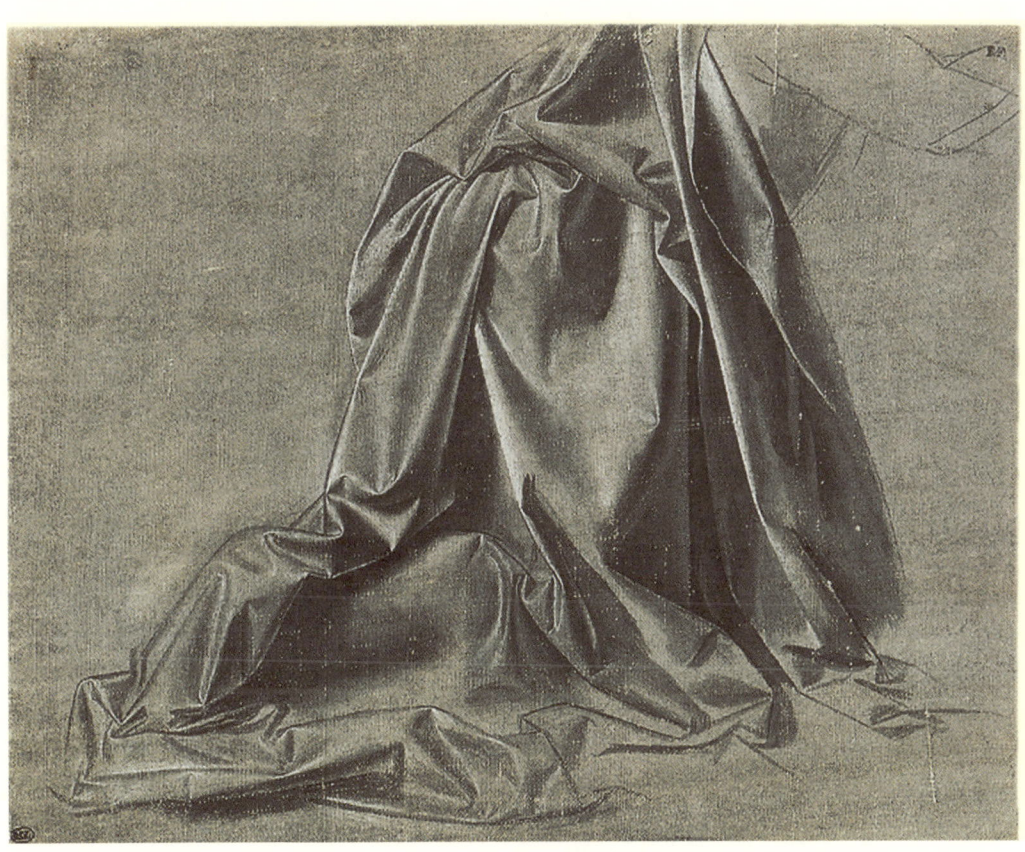

[3]　　　精确描绘一个地方的模式：准备一片玻璃，尺寸有半张皇家对开纸那么大，把它牢牢地固定在你眼前，也就是说，固定在你的眼睛与你准备画的物体之间。你处在距离玻璃 2/3 臂尺的地方，用器具固定你的头部，使它动弹不得。然后你闭上或遮住一只眼，用画笔或红色粉笔在玻璃上描摹你看到的物体影像，再用一张纸从玻璃上把这个画像描下来，转移到一张质量好的纸上，你高兴的话可以给它设色，描绘的时候好好利用空气透视。

[4]　　　衣物褶皱的性质：一个褶皱距离约束它的根部越远，自然下垂的程度越大。任何一样东西在本性上都趋向于静止不动。衣物无论在正面或反面其密度和厚薄都很均匀，同样具有平坦的趋势。因此，如果你在衣物上弄出褶皱或纹路，迫使它不平整，那么它在褶皱约束最大的地方顺从外力的束缚，而在距离约束最远的地方又复归自然状态，即自由舒展。

[5]

[5]

你不应当在衣物上画出太多凌乱不堪的褶皱，而只需画出手和胳膊支撑出来的褶皱，你可以让衣物的其余部分按照其性质自然下垂。不要让裸体的轮廓被太多细节或者被衣物褶皱破坏。

如何根据自然状态描绘衣物：也就是说，如果你想画毛料衣服，就按照毛料画褶皱；如果你想画丝绸、精纺或粗布衣料、亚麻或绉纱，根据布料不同而画出不同的褶皱。不要像很多人那样，习惯在模特身上披上纸张或薄皮革进行作画，那样你会大上其当。

你在写生的时候，应当站在距离等于所画对象高度 3 倍的地方。

[6]

关于人物的构图，在条件许可之下，你应当不时地从自然的动作
进行写生。在大街上、广场上以及田野里，你应当留心观察他们，简
约地摘记下他们的外形。你可以以 O 代表头部，以直线或曲线代表胳
膊，对于腿和躯干也采用同样的方法，回家之后，再把这些摘记整理
润色成为完整的图形。

[6]

[7] 你对历史人物画进行素描的时候应当迅速，画出的人物肢体不应当太长，而应当局限于肢体的范围内，你可以在以后闲暇时间轻松自在地画完。

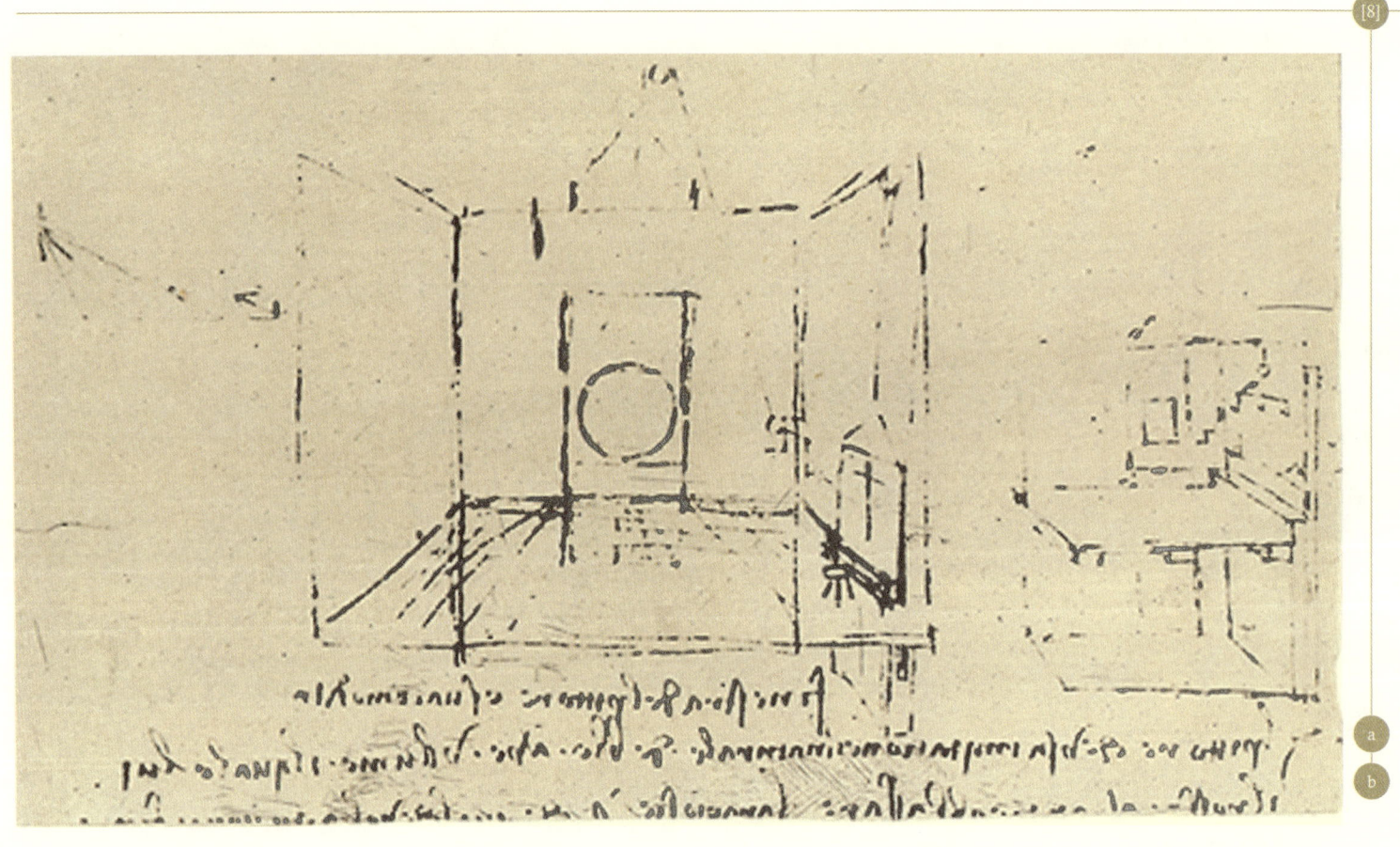

[8]

(a) 画家的窗口及其好处。

(b) 根据自然从事创作的画家应当拥有一扇窗口，他可以把窗口升高或降低。原因在于，你有时候想要完成一幅描绘物体靠近光线的画作。

假设 abcd 是工作台，工作台可以被升高或降低，因此它上面的画作可以上下升降，而不需要画家上下移动。每天晚上，你可以把工作台降低并把上半部分关闭，这样的话，它在晚上可以被用作工作台，关闭以后可以用作长凳。

从高处照下来的散射光如果不太强烈，可以让物体的细节看上去赏心悦目。

用于写生的光线应当来自高处，而且来自北方，这样它才不会变化。如果光线来自南方，你应当用布把窗口遮挡起来，这样，太阳照射一整天，画室内光线也不会变化。光线的高度安排应当像这样：每一个物体在地面上投射的影子长度应当跟它自身的高度相等。

如何选取能够使脸庞更加高贵的光线？如果你有一个庭院，可以随时用亚麻凉棚遮盖起来，那里的光线非常适宜。或者，你给某人画像时，也可以在阴天或黄昏时候进行，让他背靠院里一面墙壁坐着。在天气阴沉的日子，注意一下薄暮时分走在街上的男男女女，就能见到他们的脸庞多么高贵，多么柔和。因此，画家啊，你应当精心布置一下院落：四壁染黑，屋顶稍微高出墙头，院子大小应当 10 臂尺宽，20 臂尺长，10 臂尺高，使用亚麻凉棚遮盖。或者，在黄昏时候或是在有云或有雾的时候作画，这时候的光线是最完美的。

一个物体被最强烈的光线照射，例如太阳光，或者夜晚的火光，那么，它将会展现光和影的最强烈反差。但是，画家在绘画中应当谨慎使用这种情形，否则，绘画的效果就会显得粗糙、难看。

在中等强度的光线中，一个物体在光和影方面展现的反差较小；这种情形一般发生在傍晚或者多云天气，此时绘制的画作比较柔和，每一张脸都给人高贵的感觉。因此，在任何情况下，我们都应当避免走极端：光线太多会令绘画粗糙；光线太少则让我们看不清。适中是最好的。

为了使身体健康不至于妨碍精神健康，画家和绘图师应当保持独处，尤其是当他致力于研究与思索那些不断浮现在眼前的事物，以便让这些事物能够很好地储存在记忆中。

当你独处时，你整个人都是自己的 [主人]。如果你有一个同伴，你就剩下半个人属于自己，如果同伴的品行很差，你所剩的自我更少。如果你的同伴很多，麻烦就会更大。假如你说："只要我干我的事，远离他们，就能更好地研究自然事物的形态。"我告诉你，这可不容易办到，因为你难免不听他们闲聊。

还有，一仆难事二主。你既不能尽朋友之情谊，对艺术研究的影响也会更糟。假如你说："我可以躲得远远地，他们的话钻不进我的耳朵，乱不了我的心神。"我告诉你，你会被他们当成疯子。这样一来，你还是孤身一人。

如果你执意要找一个同伴，请在你的画室里寻找。从各种角度考虑，这种做法都可以给你带来诸多益处。其他任何同伴只会严重干扰你的工作。

画家需要那些可以归入绘画的数学知识。画家应当摆脱那些妨碍他研究绘画的朋友，他的头脑应当很容易接受不断呈现在自己面前的各种事物，他还应当没有其他牵挂。如果他在思考一个问题时，第二个问题浮现出来——一件事情占据大脑时通常会出现这样的情形——那么，他必须判断这两个问题中哪一个更难解决，对该问题穷追不舍，直到彻底弄清楚为止，然后再解决另外那个问题。

首要的一点，他的大脑应当像镜子表面一样光洁清净，正如它反射的物体千差万别，它同时能够摄入万紫千红的色彩。他的同伴在这些研究方面应当与他志同道合，假如找不到这样的人，他应当独立思考，因为他终究会发现，[只有他自己] 才是最合适的同伴。

我坚持认为，与他人一起学画比单独一人好得多，理由很多。第一，如果你水平欠佳，在学生中间就会感到羞愧，这种羞愧感觉能够激发你勤奋学习。第二，积极的竞争能够激励你争取加入优秀者的行列，他人的褒奖对你是一种鞭策。第三，你能够从那些比你高明的人的画作中学习借鉴；如果你比他们高明，也可以从他们的缺点中得到启发，而他们的赞扬能够鼓励你更加努力。

画家应当虚心听取任何人对其画作的评语。画家在作画的时候，当然不应该拒绝他人的忠告。因为我们知道，一个人尽管可能不是画家，对他人的形象也会有所了解，能够判断他人是否驼背，是否一个肩膀高一个肩膀低，是否嘴巴或鼻子太大，以及其他缺陷。我们既然知道人们有能力判断自然创造出来的事物，就应当欣然承认他们同样能够判断我们的差错，因为你明白，一个人最容易被自己的作品蒙骗。

如果你在自己的作品中看不出缺点，可以从他人的作品中寻找，从他人的错误中汲取教训。因此，你应当耐心听取他人的意见，考虑并权衡那些给你挑错的人是否有道理。如果他的话有道理，你就应当改正；如果他的话没有道理，你只当没听见。或者，如果他是你敬重的人，那么你可以跟他讨论，指出他的错误之处。

我们非常清楚，他人作品的缺点容易发现，而自己作品的缺点很难看出；我们往往喜欢批评他人作品的小瑕疵，却无视自己作品的大毛病。若要避免这种无知的行为，你必须首先通晓透视知识，然后全面掌握人与其他动物身体构成的比例关系，还要密切关注地球表面的建筑物以及其他物体的形状。这些形状是无穷无尽的，你通晓的越多，创作的作品就越值得赞扬。

即使你缺乏这方面的经验，也不应当害怕写生。不过我说，为了判断你自己的作品，你应当在作画时准备一面镜子，时时观察镜子中反射的画作，镜子中那幅画已经反转，好像出自另一个人的画笔，这样，你就能比其他方式更容易判断自己作品的缺点。

还有，你不时放下工作、稍事休息，这也是一种好办法。因为坐在画作跟前太近容易使你大受蒙蔽，你休息回来之后，头脑就会更加清醒。另外，你还可以站在距离画作较远的地方，画作看上去显得较小，你的眼睛可以看得更加全面，更容易看出肢体的比例失调或物体的色彩不当。

有些人热爱实践而没有知识，他们就像水手登上船却没有舵或罗盘，永远拿不准自己驶向何方。实践必须建立在坚实的理论之上，为了做到这一点，透视是向导和门径，没有这一点，你在绘画方面将一事无成。

我知道，很多人会认为这是无用的工作，他们是德米特里厄斯［译注：德米特里厄斯（Demetrius）：古希腊哲学家，编辑了第一部《伊索寓言集》］所说的那种人：

与其说他们嘴里吐出来的话像是毫无意义的一阵风，不如说像是从身体下部排泄出来的东西。那些人一心只想追求物质财富，完全缺乏智慧，而智慧是人类的食物，而且是心灵唯一真正的财富。一个人的心灵比肉体更富有，他在心灵比在肉体方面拥有的财富更高贵。我经常看到有的人把一件作品拿在手中，禁不住在想他是否会像猴子一样把作品凑到鼻子跟前，或者向我询问那个东西是否很好吃。

我非常清楚自己是一个不善言辞的人，某些自以为是的人认为他们有理由指责我，声称我不善于使用文字。这些蠢货！他们难道不知道我可以予以驳斥，就像马略（Marius）［译注：此处当指盖乌斯·马略（Gaius Marius，公元前 157~ 前 86 年），古罗马著名的军事统帅和政治家］驳斥古罗马贵族那样，他说：他们坐享别人的劳动成果，却不允许我享用自己的劳动成果。那些人会说，我没有文学天赋，无法清楚表达我想要表达的内容，但是他们不知道，我的研究内容都是借助经验而非文字获得的。而 [经验] 是那些搞文学的人的女主人。同样，我把这个女主人用于各门学问。

尽管我可能不会像他们那样引用其他作家的话语，但是我将依赖比那些话语更伟大、更有价值的东西——经验，它是他们崇拜的文学大师的女主人。他们自己没有劳动成果，却利用别人的劳动 [成果] 装饰自己，何以到处趾高气扬、傲慢无理？他们还不允许我享用自己的劳动成果。他们把我贬低为发明家，但是，他们不是发明家，而是借助别人成果装点门面、自吹自擂的人，最应该受到指责的是他们。

XIV 哲理、警句和箴言

Philosophy, Aphorisms and Miscellaneous Writing

我们的知识全部来源于我们的感觉。

All our knowledge has its origin in our perceptions

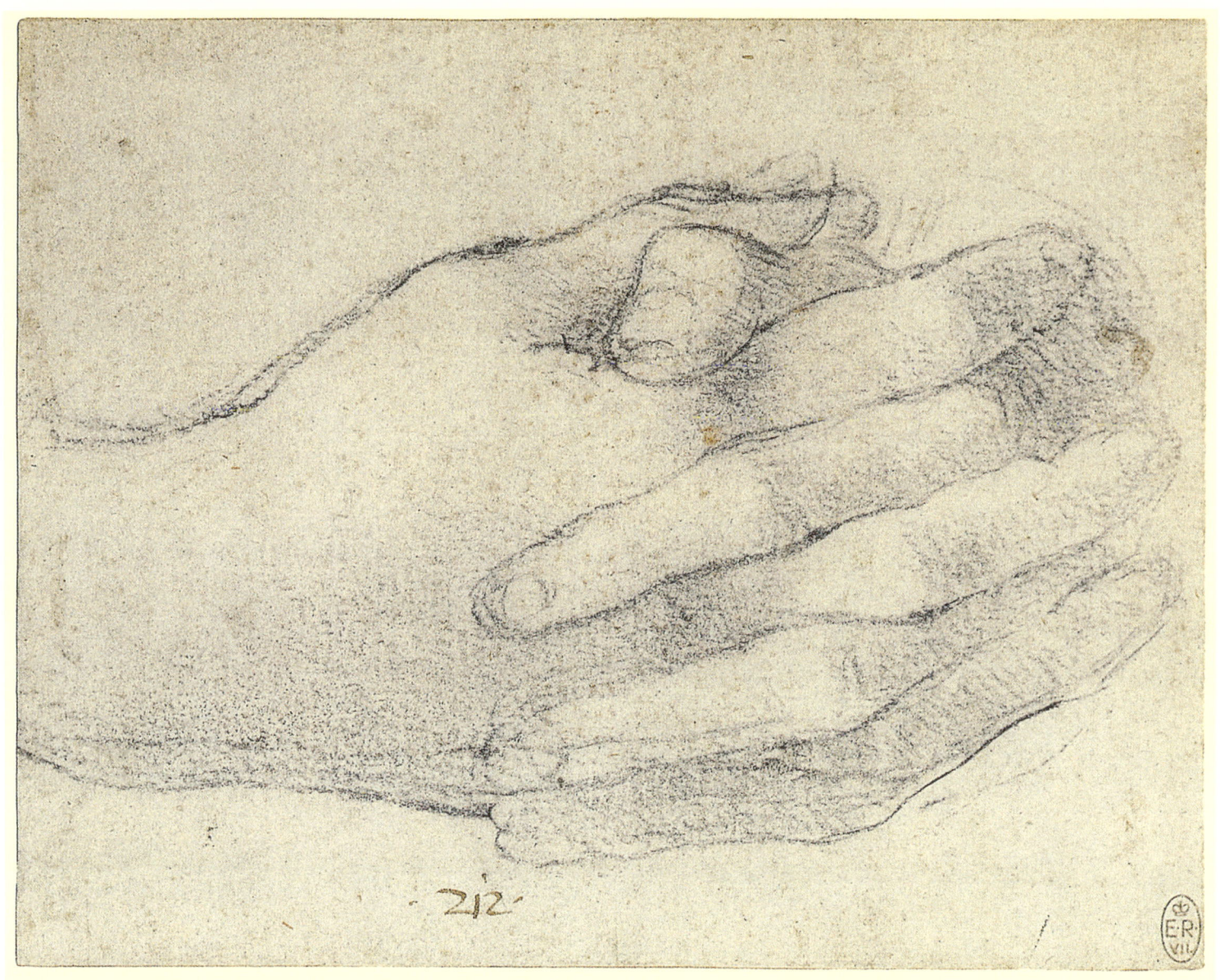

不想进食的时候偏要进食,这种做法有害健康,同样,没有学习的欲望偏要学习,这种做法有害记忆,根本记不住学习的东西。

无论学习哪种知识都会对智力有益处,因为它可以赶走无用的东西,而保留那些好的东西。除非我们首先经过学习,否则我们对任何东西都无所谓爱或恨。

冒犯别人的人,他自己也不安全。

最痛苦的不幸是,你的思想超前于自己的工作。

困难不能压垮我,
每一个困难都会屈服于坚定的决心,
一个人认准一颗星星 [一个目标] 就不会改变主意。

坏事有时候伤害不到我,同样,好事也未必对我有益。

有些人只不过是食物的通道、造粪的机器以及厕所的填料。因为他们不能给这个世界创造任何东西,也不能带来任何好处,只能带来污秽。

需要是自然的女主人和导师。
需要是自然的主旨和女发明家、永恒约束和法则。

为了保持健康,下面是明智的法则:只在你想要吃东西的时候进食,并享受美食。细嚼慢咽对你有好处。食物要精心烹饪,不要辣,也不要放作料。别人建议你吃药,这是糟糕的建议。

没有比处于危险的船上给出的忠告更值得相信。

[1] (a) 思维的一般概念如下 :

(b) 几件东西分别与一件东西相等,那么它们彼此相等。(第一)

(c) 如果给几件东西分别添加相等的东西,添加后的各个整体相等。(第二)

(d) 如果从相等的东西中分别减去相等的东西,剩下的部分相等。(第三)

(e) 如果从不相等的东西中分别减去相等的东西,剩下的部分不相等。(第四)

(f) 如果给不相等的东西分别添加相等的东西,添加后的各个整体不相等。(第五)

(g) 如果两件东西与另一件东西相等,那么它们彼此相等。(第六)

(h) 如果两件东西都等于另一件东西的一半,那么它们彼此相等。(第七)

(i) 如果一件东西在另一件东西附近,把它们叠放在一起,两者没有多余的部分,那么它们彼此相等。(第八)

(j) 整体大于部分。(第九)

[2]

言语如果不符合听众的口味，就会令他厌倦、气恼，你通常可以从听众哈欠连连的举动中看出这种征兆。因此，你在众人面前发言，原本想要得到他们善意的回应，看到这种过度疲劳的征兆，就应当缩短发言内容，或者改变你的话题。

如果你想要看一个人对什么话题感兴趣，不用他开口，你改变话题，然后发现他很快聚精会神，既不打哈欠也不皱眉毛，你可以肯定你正在谈论的内容令他非常心情愉快。

对一个一无是处的人说好话，以及对一个好人说坏话，都是大错特错。

复活节前的星期六，一个神父在他的教区四处走访，按照传统给各家各户喷洒圣水。他来到一个画家的画室，开始给画家的一些画作喷洒圣水，画家转过身来，气恼地质问他为什么对他的画那样做。神父回答说，那是传统习惯，他有义务那样做，而且他是在做好事，而做好事的人有可能得到同样或者更大的回报，因为上帝曾经许诺，对于我们在地球上做出的每一个善举，上天都将会给予他一百倍的回报。画家等神父走出画室之后，迈上画室的窗口，把一大桶水泼在神父的身上，对他喊道，"正如你刚刚说的，请看上天给你送来了一百倍的回报，感谢你用圣水对待我，把我的画作弄得乱七八糟。"

方济各会的托钵修士在某些季节有一段斋戒期，在此期间，他们不能在修道院吃肉，不过，如果他们在出行途中，例如外出乞讨斋饭，就可以吃放在他们面前的任何食物。有两个外出乞讨斋饭的修士来到一家旅店，与他们同时到来的还有一个商人，三个人碰巧坐在同一张桌子。由于旅店太穷，只有一只烤公鸡可供他们食用。商人认为他完全有理由独享这道菜，他转向两个修士，说道，"如果我没记错的话，在这段时间，你们在修道院是不允许吃肉的。"修士严守教规，听到这话之后爽快地承认他们的教

规确实如此。商人心满意足，狼吞虎咽地独享了烤鸡。修士们凑合着吃了点其他食物。

吃完这顿饭之后，这三个同桌朋友一起出发，走了一段路程之后，他们来到一条又宽又深的河流跟前。两个修士原本贫穷，而商人非常吝啬，由于他们都是步行，按照这个国家的传统，那个没有鞋袜穿的修士应当背着商人过河，因此他把自己的木屐交由商人拿着，然后背他过河。但是，修士来到河中间的时候，突然想到另外一条教规。他停了下来，学着圣克里斯托弗（译注：圣经中背耶稣过河的人）的样子，转过头来向那个压在他背上沉重的商人问道，"告诉我，你身上带钱了吗？""嗨，你当然知道我肯定带钱了，"商人回答。"你觉得，像我这样一个商人没有钱能到处走动吗？""哎呀，"修士说，"我们的教规禁止我们背着钱四处走动。"他随即把商人扔进河里。

根据毕达哥拉斯的权威说法，一个人想要证明自己前世曾经在这个世界存在过，而另一个人打断他的话，第一个人对第二个人说，"这个证据表明，我曾经在这个世界存在过，我记得你是一个磨坊主。"第二个人被他的话激怒了，同意他的话是真的，因为根据第二个人的证据，第

一个人曾经是一头驴，为他驮过面粉。

有人问一个画家，他画出的那些人物虽然都是静止人像，却那么漂亮，而他的孩子为什么那么丑陋？画家回答说："人物是白天画的，孩子是夜晚生的。"

在海边一个渔民的房子附近，牡蛎以及其他鱼类被打捞上来扔在那里，它央求一只老鼠把它送回大海。老鼠想要吞吃牡蛎，让牡蛎张开嘴，但是，老鼠刚想咬牡蛎，却被牡蛎夹住了脑袋，僵持不下。一只猫跑过来，杀死了老鼠。

一只狗躺在羊皮上正在睡觉，狗身上的一只跳蚤闻到了油腻的羊毛味道，它认为那里肯定是一个更加舒适、安全的地方，不用再跟着狗觅食并从狗嘴争夺食物，免受狗的牙齿和爪子的威胁。它没有多想，就离开狗，跳到浓密的羊毛上面。它费了很大力气想要钻到羊毛的根部。然而，它淌了很多汗水，终于发现不可能达到目的，因为这些羊毛太浓密，几乎黏在一起，根本没有空隙让跳蚤钻到羊皮那里。因此，经过多番拼命努力变得筋疲力尽之后，它想要重新回到狗的身边，而狗已经离开了。这样，在万般懊悔、伤心流泪之后，跳蚤最终被饿死了。

一头驴卧在一个深湖的冰面上睡着了，它的体温引起冰融化，因为感觉很不舒服而醒来时，已经掉到水里，很快被淹死了。

一只猴子发现一窝小鸟，欢天喜地地凑到近前，但是那些鸟已经羽翼丰满，它只抓住了一只最小的鸟。猴子手里拿着小鸟高高兴兴地回到自己的藏身处。猴子看着那只小鸟，开始亲吻它。猴子对小鸟的喜爱之情难以自制，反复多次亲吻它，翻来覆去爱不释手，最终把它捏死了。这个寓言告诉世人，对孩子过于溺爱，结果只会害了孩子。

老鹰追赶鸭子，鸭子潜入水下很久不出来，老鹰没有耐心等待，也想钻入水中继续追踪。老鹰弄湿了翅膀，被困于水中；鸭子浮出水面，一边取笑老鹰一边看着老鹰被淹死。

一只蛾子无所事事，它不满足于在空中随心所欲地飞行，受到蜡烛迷人火焰的诱惑，决定向火焰飞去。快乐的举动很快就变成了悲哀的结局。火焰烧毁了蛾子精美的翅膀，倒霉的蛾子浑身被烧焦，跌落在烛台脚下。它流下了悔恨的泪水，在擦掉如泉涌的泪水之后，它仰起脸大声叫道，"虚伪的光芒，你在过去诱骗了多少像我这样可怜的蛾子！哎呀！假如我的一个愿望是看清光芒，难道我不应该把太阳光与你这肮脏牛油发出的虚假光亮区分开来？"

[3]

无花果树站在榆树旁边，它看见榆树枝头上没有结果子，却厚颜无耻地挡住了未成熟无花果的太阳光线，就斥责榆树，"噢，榆树，你站在我面前，难道不感到羞耻吗？等着瞧我的孩子们长大成熟后，你会在哪里？"但是，当无花果树的果子成熟后，一队士兵路过此处，他们为了采摘无花果而把树枝折断，弄得它皮开肉绽、伤痕累累。

无花果树就这样残缺不全地站在那里，榆树反问它，"噢，无花果树，你因为自己的孩子们而落到这般悲惨的境地，没有孩子岂不是好得多？"

女贞细嫩的枝头挂满新长的果子，它感到一只乌鸫正在用锋利的爪子和喙叼食果子，带着哀怨的神情向乌鸫抱怨、恳求说，即使乌鸫叼食了它鲜美的果子，乌鸫也绝不应该把它的树叶弄掉，因为那些树叶保护它免受灼热阳光的炙烤，更不应该用锋利的爪子撕扯、剥掉它娇嫩的树皮。

但是，乌鸫傲慢无理地反驳说，"闭嘴！你这没教养的东西！你难道不知道，自然让你结出这些果子就是给我吃的？你难道不明白，你来到这个世界就是给我提供这种食物的？你难道不知道，你这卑贱的东西到了冬天就会变成火的食物和营养？"女贞耐着性子听完这番话，眼泪汪汪。

但是，不久之后，乌鸫落入罗网。猎人砍掉一些树枝做成笼子关住乌鸫，有些树枝是从这棵女贞的细嫩枝条砍去的。这些枝条看到它们做成的笼子剥夺了乌鸫的自由，欣喜若狂地说出下面一番话，"乌鸫啊，我们在这里，还没有像你说的那样被当成木柴烧掉，在你看到我们被烧掉之前，倒是我们先看到你被关了起来。"

一颗坚果被乌鸦衔到一座高高的钟楼顶部，从那里掉落至一个裂缝，有幸从乌鸦的嘴里逃脱。它恳求墙壁看在上帝的份上救它一命，恳求钟楼屈尊帮助它，因为钟楼在上帝的庇护下建造得高大巍峨、气势雄伟，钟声悠扬浑厚。坚果恳求钟楼的墙壁不要抛弃它，因为坚果不能从它老爹那苍翠的树枝自然掉落，跌入被落叶覆盖的休耕田野中，它被叼在乌鸦残暴的嘴里时就曾经发誓，假如自己能够逃脱，情愿在一个小洞里终其一生。墙壁被坚果的这番话深深打动，愿意给它庇护，让它生活在跌落的缝隙处。没过多久，坚果开始发芽，从石头缝隙伸出根须并且长出新枝，把缝隙撑开得更大，这些枝条很快就长得比钟楼顶部还高。曲折盘旋的树根长得越来越粗大，开始把墙壁撑得四分五裂，迫使古老的石墙离开原先的位置。墙壁徒劳地哀叹自己毁灭的原因，但是为时已晚，很快，墙壁被撕扯得分崩离析，很大一部分墙体轰然倒塌。

铁撞击在燧石身上，燧石大为惊奇，厉声对铁说道，"你为何那么大胆，敢来冒犯我？不要招惹我，你找错人了，我从来没有伤害过任何人。"铁回答，"如果你耐心一些，就会看到自己身上会有奇迹出现。"

听了这话，燧石平息了愤怒，耐心忍受煎熬，然后看到自己诞生了"火"这种元素。火具有巨大的威力，成为世间万物的一个元素。

这个寓言告诉世人，有些人在刚开始学习的时候可能会遇到挫折，然后他们战胜自己，继续孜孜不倦地投入学习，终将结出神奇的硕果，流传后世。

从前，一个剃刀从兼做刀鞘的手柄中露了出来，独自躺在阳光下，它看见自己表面反射的太阳光熠熠生辉，感到非常自豪。它暗自思忖，自言自语道，"我刚从理发店跑出来，难道还要再回去吗？当然不！像我这么光彩照人的东西屈尊去做那样卑贱的事情，神仙也会不高兴的！让我去刮那些农民胡子拉碴、沾满肥皂的下巴，干那样下贱的工作，岂不是发疯了？难道我生来就是干这个的？当然不！我要找个清静的地方躲起来，安逸舒心地过日子。"

就这样，剃刀躲了几个月。有一天，它来到阳光下，从刀鞘中探出身子，看到自己的外貌就像一把锈迹斑斑的锯子，再也无法反射太阳光线。它徒然哀叹自己受到无可挽回的伤害，自言自语地说，"要是让理发师继续使用我那锋利的刀刃该多好，可惜现在已经锋芒不再！熠熠生辉的表面哪里去了？已经被污浊的锈渍偷偷摸摸地腐蚀了！"

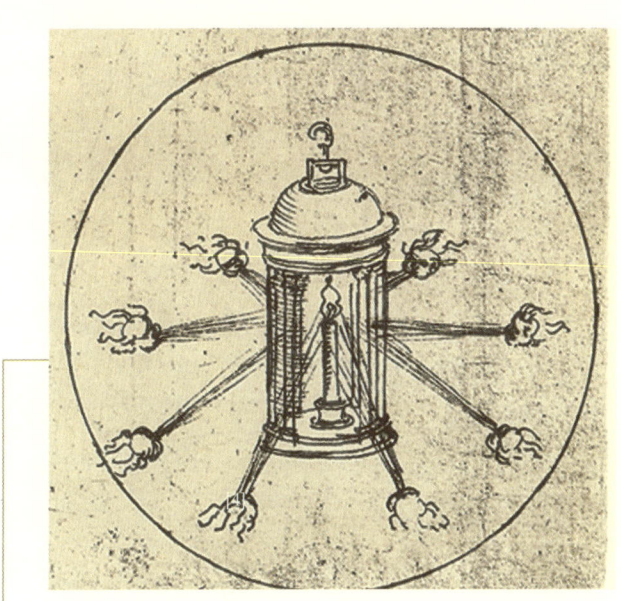

[4]

那些用懒惰代替思考的人也会经历同样的情形。他们就像剃刀那样失去了锐利的锋芒，被无知的锈渍腐蚀。

一些火焰在玻璃熔炉里已经燃烧了一个月，此时，它们看到附近有一根蜡烛插在金光闪闪的精美烛台上。那些火焰都拼命想要接近蜡烛，其中一束火焰离开了自己正常的轨道，钻进一块尚未燃烧的木头，经由一个小缝隙从木头的另一端冒出来，来到蜡烛跟前并猛扑到它身上，极其粗暴、贪婪地几乎把整个蜡烛吞掉。这束火焰想要延长自己的生命，却已经无法返回到玻璃熔炉，被迫与蜡烛耗光一起同归于尽。最后，在哀叹和懊悔之中，这束火焰化作一缕青烟，而它的姐妹们依然燃烧生命、绽放美丽。

耐心帮助我们抵御侮辱，恰如衣服抵御严寒一样。如果你随着天气变冷逐渐添加衣服，严寒就不能伤害你。同样，如果你拿出更大的耐心面对恶毒的侮辱，侮辱也不能伤害你。

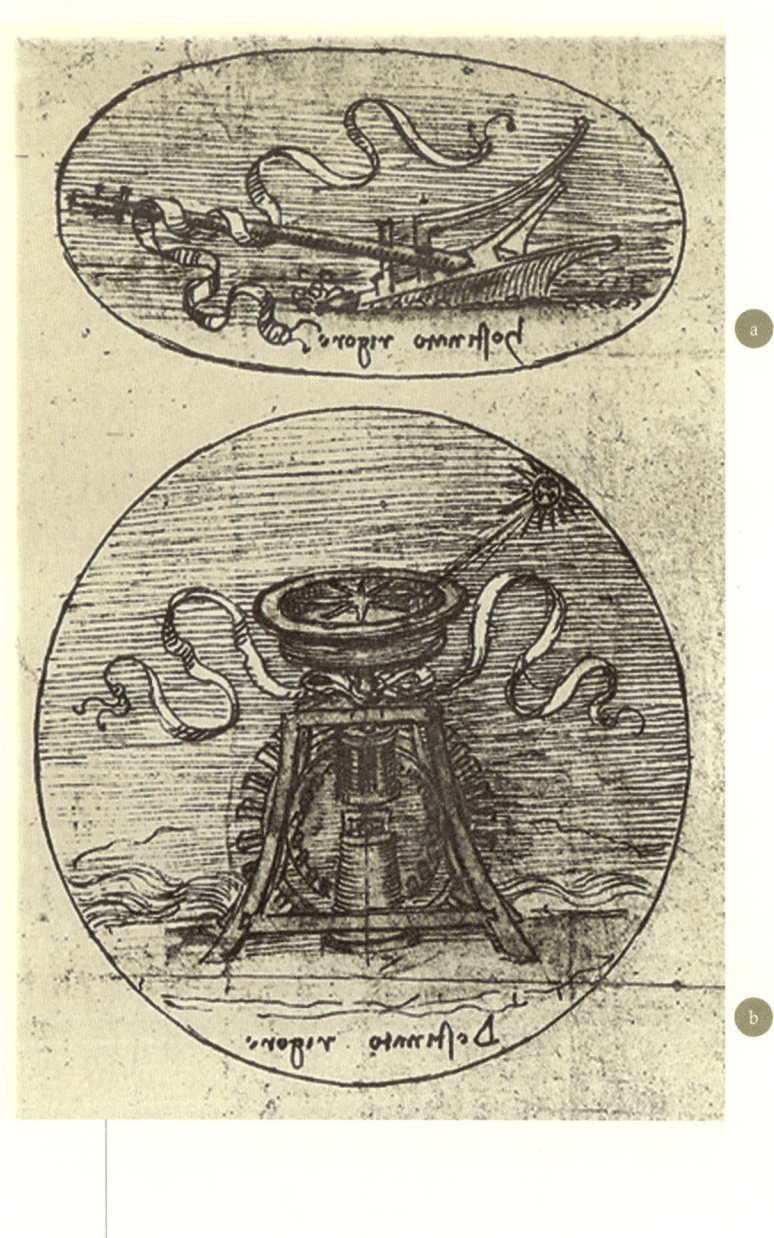

[5] (a) 固执的刻板。

(b) 毁灭的刻板。

鹈鹕

这种鸟对自己的幼崽格外疼爱。如果它发现孩子被
毒蛇咬死在窝里，就会当场刺穿自己的心脏，把热血喷
洒在孩子身上，由此恢复它们的生命。

牡蛎和背叛

牡蛎在月圆之夜嘴巴完全张开，螃蟹看到这种情形，
就向它扔去一块石子或一些海草，牡蛎的嘴巴无法闭上，
被螃蟹美餐一顿。

因此，嘴巴可能会吐露秘密，也可能会被背信弃义
的听者利用。

鳄鱼和虚伪

这种动物抓住了一个人并且马上杀死了他。那个人
死后，鳄鱼带着十分虔诚的声音和大把的眼泪对他表示
哀悼。哀悼完毕后，鳄鱼残忍地吃掉了他。伪善者就是
这样，对每一件小事，脸上都挂满泪水，却暗藏着像老
虎一样残忍的心。伪善者对别人的不幸暗自狂喜，却在
脸上挂满泪水。

蟾蜍

蟾蜍害怕太阳光：然而，如果它被强迫待在阳光下，
它就会鼓起身体，把头藏在下面，避开光线。美德清澈
明亮，而美德的敌人就像蟾蜍，除非使用武力强迫它，
否则它不敢鼓起勇气面对美德。

毛虫和普遍美德

毛虫在身体周围精心编织自己的新住所，花样新颖，
工艺精湛。后来，它破茧而出，挥舞着漂亮的彩色翅膀
飞向天堂。

[6]

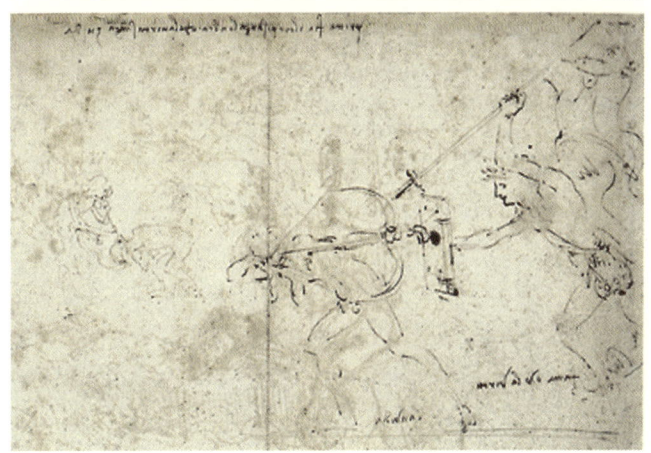

永生

凤凰是永生的典型范例。它知道自己能够重生，就坦然忍受熊熊火焰把它吞噬，然后获得重生。

放纵

独角兽天生恣意纵情，而且不知道如何控制自己对美貌少女的迷恋之情，忘记了自己的残暴和野性，把种种畏惧抛却一旁，来到一个坐立少女的身边，依偎在她膝盖上睡着了，猎人就这样把它擒获。

温顺

关于温顺，羔羊是最好的例证，它在各种动物面前都很温顺。当羔羊被狮子抓住并且要被吃掉时，它们对待狮子就向对待自己的妈妈一样，这样，狮子往往不忍心吃掉它们。

骄傲

游隼由于骄傲自大，想要战胜并统治所有其他的食肉鸟类，因为它想独自为王。因此，人们经常看见它攻击作为百鸟之王的雕。

节制

野驴每次到泉眼喝水的时候，如果发现水质浑浊，哪怕再渴也会克制自己，直到泉水澄清之后才饮用。

淫荡

蝙蝠因为放纵自己的欲望，不肯遵循任何求偶的自然法则，只要它们碰巧在一起，就会雌雄或同性乱交。

愤怒

据说，熊到蜂巢那里想要弄些蜂蜜，蜜蜂群起而攻之，它丢下蜂蜜，急忙进行反击。熊想要把那些叮咬它的蜜蜂都抓住，却一个也没有抓到。结果，它的复仇行动令它气得发疯，绝望地扑倒在地，徒劳地用手脚拼命抵挡蜜蜂的攻击。

正义

可以与正义美德相比的是蜂王。蜂王根据一套系统发布命令与安排事务，它命令一些蜜蜂采花，一些蜜蜂酿蜜，一些蜜蜂与胡蜂作战，一些蜜蜂清理垃圾，还有一些蜜蜂陪伴照料它自己。蜂王变老、失去翅膀的时候，它们抬着它。如果哪一只蜜蜂没有履行职责，它就会受到惩罚，绝不姑息。

真相

尽管山鹑喜欢偷窃彼此的卵，但是那些卵孵化出的小山鹑总能回到真正的妈妈身边。

欺骗

狐狸看见一群喜鹊或寒鸦等小鸟飞来，立刻躺倒在地并张开嘴，看上去像死了一样：小鸟们想要啄食狐狸的舌头，却被狐狸咬掉了头。

大度

据说，雕无论多么饥饿，都会把自己的猎物分一些给附近的小鸟。那些小鸟自己无法觅食，只好仰仗雕的大度获得食物。

谎言

鼹鼠的眼睛很小，总是生活在地下。它能够在地下生活很久，一旦出来见到阳光就会死掉，因为它被阳光暴露无遗。谎言也是如此。

坚韧

狮子从不感到畏惧，相反，它总是带着勇敢的心与成群的猎人殊死搏斗，谁首先伤害它，它就首先咬谁。

害怕或胆怯

野兔总是非常胆小，秋天飘落的树叶也令它害怕，经常令它逃之夭夭。

财富降临的地方，嫉妒就会包围攻击它；财富离开之后，留下的只有痛苦和懊悔。

我忠告你，财富降临的时候，用你的手从正面紧紧抓住它，因为它的背面光秃秃的。

蜜蜂可以被比作欺骗，因为它的嘴巴有蜜，却带着毒刺。

据说，金翅雀被带到一个病人跟前的时候，如果病人注定要死，金翅雀就转过脸去，绝不看他一眼；如果病人还有救，金翅雀就会目不转睛地看着他，直到他痊愈为止。

对美德的热爱也是如此。它对低劣下贱的东西绝不看一眼，而是追求纯洁、美好的事物，并驻留在高贵的心灵之中；正如青翠树林中的小鸟那样，总是栖息在开满鲜花的枝头。这种爱在逆境中比在顺境中更能彰显自己；正如阳光那样，总是照亮最阴暗的角落。

人的生命有限，艺术却不会消亡，这很公平。

时光啊，你摧毁了万物！令人嫉妒的岁月啊，你用牙齿摧毁并吞噬了万物，让它们一点一点慢慢地死去！美人海伦照镜子时，看到自己由于岁月衰老而满脸皱纹，哭泣着叹息自己为什么那么迅速老去。

一个人白白浪费光阴，德行却不见增加。我越想这件事，就越为他感到悲哀。

一个人为了财富而牺牲荣誉，他就不可能获得美德。一个人如果不努力，财富也帮不了他。

如果有人想要了解心灵如何栖居于人体之中，可以让他观察一个人的日常生活环境如何。也就是说，如果那里的环境杂乱无章，那么那个人的灵魂也同样混乱不堪。

在我们心生厌倦、不再有用之前，生命即告终止。
生命比有用终止的速度更快。
死亡比厌倦更快。
帮助他人时，我从不餍足。
没有什么劳动能够让我劳累。
达克特（ducat）（译注：曾在欧洲许多国家通用的金币）

和宝石在我手里毫无用处，就像飘落的雪花消失不见。为他人服务，我从不觉得劳累；这种服务只应当对他人有利，而不是为了自己的利益。

很自然，自然把我塑造成这样。
我能够发挥作用，对此从不厌倦。

人的思想通向希望。

人们错误地哀叹时光流逝，指责它如此飞速，而没有看到时光流逝的时候赋予我们很多东西。自然赐予我们良好的记忆力，让很久以前的事物如在眼前发生一样。

在河流里，你接触到的水是已经流过去的最后部分，也是即将流过来的最前部分。时间中的"现在"也是如此。
认真度过生命，生命就会长久。

图书在版编目（ＣＩＰ）数据

达·芬奇笔记 /（意）列奥纳多·达·芬奇著 ;（美）H.安娜·苏编 ;
刘勇译. — 长沙 ：湖南科学技术出版社，2021.5
ISBN 978-7-5710-0895-6

Ⅰ．①达… Ⅱ．①列… ②H… ③刘… Ⅲ．①散文集－意大利－
中世纪 Ⅳ．①I546.63

中国版本图书馆 CIP 数据核字(2020) 第 271459 号

DA FENQI BIJI
达·芬奇笔记

著　　者：（意）列奥纳多·达·芬奇

　　编　　：（美）H.安娜·苏

译　　者：刘　勇

责任编辑：刘　英　李　媛

出版发行：湖南科学技术出版社

社　　址：长沙市开福区芙蓉路 416 号泊富国际广场

网　　址：http://www.hnstp.com

湖南科学技术出版社天猫旗舰店网址：http://hnkjcbs.tmall.com

印　　刷：长沙德三印刷有限公司

　　　　　（印装质量问题请直接与本厂联系）

厂　　址：长沙市宁乡高新区亮之星夏铎铺工业园

邮　　编：410604

版　　次：2021 年 5 月第 1 版

印　　次：2021 年 5 月第 1 次印刷

开　　本：889mm×1194mm　1/12

印　　张：28

插　　页：5 页

字　　数：250 千字

书　　号：ISBN 978-7-5710-0895-6

定　　价：258.00 元

（版权所有 · 翻印必究）

《达·芬奇笔记》【意】列奥纳多·达·芬奇

《男孩头像》

《达·芬奇笔记》【意】列奥纳多·达·芬奇

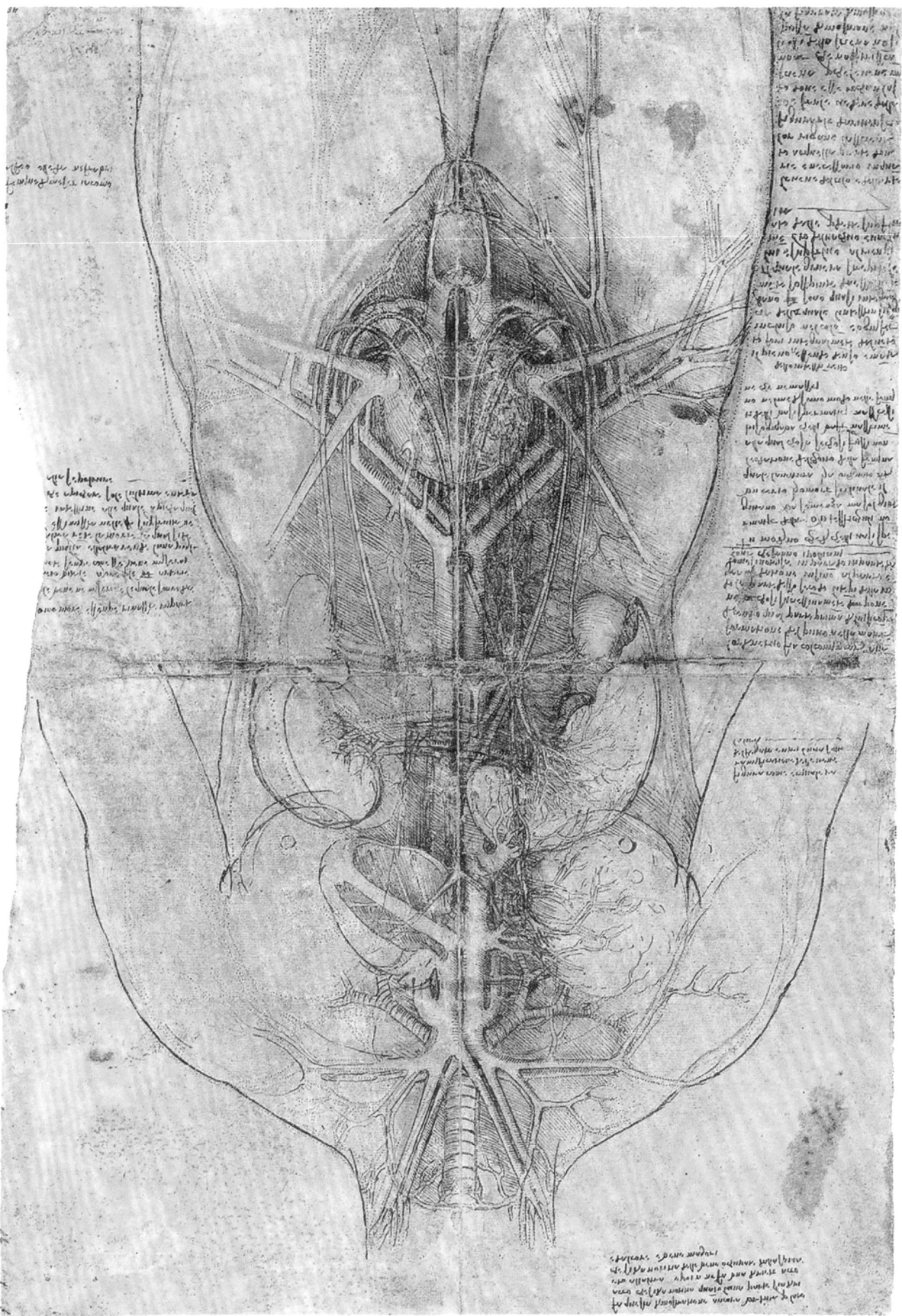